文学回忆录

王蒙

LITERARY MEMOIRS
Wang Meng

王蒙 著

SPM
南方出版传媒
广东人民出版社
·广州·

图书在版编目（CIP）数据

王蒙文学回忆录 / 王蒙著. — 广州：广东人民出版社，2020.10
ISBN 978-7-218-14380-4

Ⅰ. ①王… Ⅱ. ①王… Ⅲ. ①回忆录—作品集—中国—当代 Ⅳ. ①I251

中国版本图书馆 CIP 数据核字（2020）第 126962 号

Wang Meng Wenxue Huiyilu
王蒙文学回忆录

王　蒙　著

出 版 人：肖风华

丛书主编：陈思和
责任编辑：刘　宇　马妮璐
责任技编：吴彦斌　周星奎
装帧设计：UNLOOK·@广岛 Alvin

出版发行：广东人民出版社
地　　址：广州市海珠区新港西路 204 号 2 号楼（邮政编码：510300）
电　　话：（020）85716809（总编室）
传　　真：（020）85716872
网　　址：http://www.gdpph.com
印　　刷：北京彩虹伟业印刷有限公司
开　　本：880mm×1230mm　1/32
印　　张：12.5　　**字　　数：**278 千
版　　次：2020 年 10 月第 1 版
印　　次：2020 年 10 月第 1 次印刷
定　　价：68.00 元

如发现印装质量问题，影响阅读，请与出版社（020－85716849）联系调换。
售书热线：（020）85716826

陈思和

总　序

20 世纪的中国社会大潮从启蒙到革命，从抗战到解放，从浩劫到反思，浩浩荡荡。在此语境下的文学思潮，其主体也表现为激情引导下的青春澎湃，一路呼啸。直到“文革”结束，中国文学才进入一个相对稳定、宽松而多元的年代。

1978 年初，我考进复旦大学中文系不久，同班同学卢新华写了一篇小说《伤痕》，一下子触动了全社会痛定思痛的神经，于是“伤痕文学”引起风潮。理论界还在那里忙着讨论什么“歌颂”还是“暴露”、“社会主义体制下会不会产生悲剧”等夹缠不清的话题时，广大人民群众已经呼啦一下通过了这部作品，由此开启了被称作“新时期文学”的方向。差不多在同一时间，思想解放运动中诞生的《今天》等一批民刊，被称作“朦胧诗”的新诗潮流开始在青年读者中广为流行，尽管不很确切，尽管引起了争论，但是“新的美学原则”由此得到普遍认可，改变了诗歌创作的路径。

1985 年，一批知青作家尝试从民间风俗文化描写入手，融汇传统审美特点与西方现代主义手法，以此改变文学与政治紧密捆绑的写作观念，兴起了蓬蓬勃勃的“寻根文学”，这一创作思潮对 20 世纪 90 年代作家们转向民间、坚持写实和人文理想，产生了直接的推动作用……

一晃，四十年弹指一挥间。这四十年来，虽然道路走得曲曲折折，但国家领导层面基本上遵守了解放思想、改革开放、不搞阶级斗争、中心工作转移到经济建设上等承诺。经济建设带来国家的强盛，大国和平崛起的赞声不断出现。这个时候，我常常想起地球上的另一块土地，欧洲欧罗巴，1871 年巴黎公社起义被镇压下去以后，欧洲资本主义经济飞速发展，殖民政策给宗主国带来了广阔市场，国内经济发达，物质繁荣，人们陶醉在纸醉金迷的欲望追求之中，文学上流行了唯美主义、颓废主义等声色犬马的世纪末思潮。就在三十年后，法国作家罗曼·罗兰写出了《贝多芬传》，大声疾呼人类精神的追求。再过了差不多十年，第一次世界大战突然爆发，又是罗曼·罗兰发表了《超越混乱之上》的精神宣言，强调在国别以上，应该追求人类共同的精神。作家在国人与敌人的咒骂声中获得了诺贝尔文学奖，但咒骂他的人，却在战争废墟上不得不收拾残瓦一片了。

文学是社会的良知，是人类历史的见证。文学在一个时期内可能会被误解、被咒骂甚至被威胁、被迫害，但是优秀文学的真正力量，仍然在于无畏地揭示真相，肯定真善美的理想，让人性中的虚伪、凶残、血腥、无耻都感到战栗与无趣。记得很多年以前，无意中看了一部电视剧，剧中汉景帝对晁错说："老师啊，你告诉过我，对的事情总是对的，错的事情总是错的。可是，为什么现在明明对的事情却变成了错的，错的东西倒好像变成对的了？"于是，晁错被杀了。在临刑前，晁错对汉景帝说："皇上，我还要说，对的，到最后还是对的；错的，到最后总是错的。"我想，两千年以前的对与错，现在已经一点也不重要了。但这样一种坚信自己是“对的”的理想，只有在文学作品里，才会被描写得那么生动，那么有生命力。这就是文学的不朽所在！

广东人民出版社推出的这套“文学回忆录”丛书，意在为研究20世纪下半叶的文学提供第一手的资料，收录当代作家有关文学创作的回忆与反思，以及在文学创作道路上对人生、社会和历史诸问题的思考。这是一个非常有意义的选题。四十年的文学道路和人的历史，将在这里“立此存照”，给当下一个见证，给未来一份信史，也给广大读者提供了一个多维度认知作家的好读本。

策划者向继东先生邀我为丛书作序。恭敬不如从命，于是想到了上面这些，并与本丛书作者与读者共勉。

2017年5月27日

于上海鱼焦了斋

为这一生感动（代序）

有人说我是成功者。什么是成功呢？名位吗？金钱吗？我不是化外之民，我在乎人间诸事，但是我确有粪土名位与金钱的记录。

我寻求的是感动的体验，或云：将这种体验视为人间走过一趟最重要的目标。

我走上了文学道路，我走入了革命，因为文学与革命感动了我。同样的感动常常表现在音乐对我的征服上。这里，音乐比文学更直接也更少受其他因素的干扰。但同时它更具技术性的困难，例如我既没有乐器的装备也没有音乐的训练，所以我没有真正走进音乐。柴可夫斯基与贝多芬，勃拉姆斯与舒曼，刘天华与传统戏曲，苏联歌曲与美国乡村歌曲，日本的民歌演歌，都感动过我，像托尔斯泰、契诃夫、陀思妥耶夫斯基一样，像《红楼梦》和唐诗宋词一样感动过我。尤其是在年轻的时候。

尤其是维吾尔族人的歌曲。忧郁是歌曲的灵魂。这是大诗人纳瓦依的名句。我永远不会忘记，最最艰难的时代，午夜，受苦的赶车夫喝了几碗酒，高唱着“羊羔一样的黑黑的眼睛，我愿为你献出生命”走过我的窗口，循环往复，越唱越悲，越唱越烈，泪如泉涌，心如火烧，歌如涨潮……哪怕你一辈子只会唱这一首歌，就不算虚度生命。

……而文学作品，就是我的歌，我的交响，我的协奏，我的快板与行板，我的生命的节奏与旋律。

文字不但是有魅力的，而且是有魔力的。通过文字，我寻找生命的密码，爱情的密码，我相信生命是一个寻找密码的过程。同样革命的命运与前途，也会从这样的密码中得到领悟。读到《贵族之家》的结尾，读到普希金的“同干一杯吧 / 我的不幸的青春时代的好友 / 让我们借酒来浇愁 / 酒杯在哪儿？ / 像这样欢乐就涌上了心头”，读到“休对故人思故国，且将新火试新茶，诗酒趁年华”，读到“无产阶级失却的是锁链，得到的是全世界”，我感到的是喜悦也是涕泪，是升腾也是永远。生命之所以有价值，就因为它能够感动，生命的滋味就是感动的滋味，生命的纪念就是感动的重温。

有许多事情我说不清楚，想不清楚：关于生命，关于生存，关于死亡，关于永恒。关于学问，关于榜样，关于意义，关于牺牲，关于价值，关于快乐。但是我已经生活在世间，我已经生活在祖国，我已经生活在地球上、人类中和太阳下面。我至少应该真正地感动一辈子，我至少一辈子应该有几件，颇有几件事真正让我感动。

感动就是生的与死的滋味，就是到太阳系、到大地上、到神州河山中走一趟的真滋真味。

我不是魏晋逸士，我不会归隐山林。我不是疯魔艺术家，我永远不会像凡·高那样割下自己的耳朵。我有时候能够做到冷静和计算，自我保护与恰到好处（吹嘘一点说）。然而我永远不是东方不败，不是常操胜算者，不是幸运儿也不是太极冠军，我完全不是一个善打算盘的人；因为与利益和成功相比较，我还有所追求，有时候是忘乎所以地去追求：感动。没有感动的成功，对于我不仅味同嚼蜡而且反胃催呕。没有感动的成功就是没有爱的做爱，那更像是灾难。当我绷起政治的弓弦的时候，有时也差不多可以做到滴水不漏。当我追求感动的时候，我突然变得傻气盎然，我根本不计后果。

感动里当然包含着对反感动伪感动蠢感动的冷嘲热讽，冷嘲热讽的背后，隐藏着的是对真正的感动的执迷，冷嘲热讽而达到了尽兴，也是一种感动和娱乐。

我的感动并不，一点也不艰深，不吝色，不自恋和顾影自怜。一曲梅花大鼓《探晴雯》，一首李商隐的无题诗，一座山峰，一片浪花，一座老屋子，一棵大树或者一株小苗，一叶扁舟，一钩残月或者落到海里去的太阳，时而使我感到生命的极致……

然而，感动里也有幼稚的伤感，有淡淡的哀愁，有廉价的泪眼婆娑，有远远谈不上百炼成钢的软弱……对此，我做过反省，我还会做反省的。然而我更加珍视更加自信的是一种坦诚，一种胸怀和境界，是那阴暗的、肮脏的、狭窄的、渺小与无能的人儿一辈子也够不上、摸不着、更理解不了的坦诚、明朗与善良。是落泪后的含笑，是伤痛后的释然，是奉陪后的挥手告辞，是忘记别人的伤害，是永远对人抱着期望，是自得其乐、其乐在我的主动。

我明朗，所以我不忌恨什么人，我不忌恨，不记仇，不怨嗟，不嘀嘀咕咕，不“给他小碗他不要，给他大碗他害臊”，不小肚鸡肠，不占便宜没够吃亏难受，不自己折磨自己也折磨旁人。

我明朗，还由于我没有过分的贪欲与野心。Every dog has it’s period（每条狗都有自己的时间段），这是英国谚语。自然满足人的需要，却不能满足人的贪欲，这是印度圣雄甘地的名言。需要珍惜的是你已经拥有与可能拥有的，而不是痛心于你渴望得到而最终没有得到的。你得到的太多，你一定会招人厌烦。你得到的稍微少了那么一点点，你反而会得到最珍贵的同情与赞美。其实，你得到的已经大大超过了你被掠夺的了，不知多了凡几了。冥冥中有那么一个填平找齐的机制，冥冥中有大道存焉。

我的善的信仰与对于快乐与幸福、健康与诚信的追求是分割不开的。我坚信阴暗损毁着细胞，而善意是一种营养，是富氧的空气，是润泽的雨露。我坚信阴谋诡计会恶性地耗费脑汁，造成智商的急剧下降而自以为得计。我坚信心胸狭隘会影响身体机能，使得某些器官萎缩，造成各系统的器质性病变。我坚信多疑不但折磨神经而且影响视觉听觉味觉与房事。

我还坚信，那种僵化，那种死抱着过时的条条框框不放的横眉立目，那种不知今夕何夕的牢骚满腹，格格不入，不仅影响了知觉的敏锐，而且削弱了生命与体征，自吹自擂的结果只能是自取灭亡。

善的结果接近谦虚，接近耳聪目明，接近天籁地籁与人籁，接近宇宙固有的灵动与启示，接近生活与百姓，接近时代的变迁，接近纯朴的乐天与单纯的生趣。而以凶神恶煞拔份儿的结果，即使也能欺骗一时，最后只能是害人害己。

我喜欢与追求的是智慧与文明而不是愚蠢与无知，不是以蛮横为个性，以简单表面为明白，以煽情咋呼为哗众取宠的手段，以谩骂与恶毒代替思想与论证，以与人为恶为做人的法门，以念念有词为能事。更休要提那种以编造与谎言来参与的“斗争”了。他们怎么可能不患……病？

我相信智慧是清明的与流动的，我不会闭目塞听，自以为正确，自我作古，自我制造木乃伊，自己把自己装到狭小的匣子里，再把匣盖用钢钉钉死。

我相信人应该以大脑来思考而不是靠内分泌来分析判断。我相信智慧是一种美。有了智慧才有了理解，才发现了世界与人间的美好，才镇定了在恶意与灾难面前的自己。坏人的智力止于猜测旁人的坏。市侩的智力止于以市侩之心度君子之腹。卑鄙者的智力止于相信旁人与他一样的卑鄙。虚伪的智力止于不断地编造假话与设想着自己已经陷落到谎言的泥沼里，一辈子甭想爬出来……

我自省我的革命，我无怨无悔于我的少年时代的选择，我坚信中国的人民革命是不可避免的与完全必要的，同时我也看到了幼稚，看到了过分的、无所不包的应许，看到了仅仅有革命的激情与献身，热血与斗志，并不就能给祖国和人民谋到福祉，越是革命者越要做到在革命胜利后转向务实的发展与和谐，转向科学和理性，慎重和责任，自省与与时俱进。不能够自省的革命者不是革命者而是以革命之名营私的伪革命害革命败坏革命的人。

我同样反省我的心爱的文学与文学人，我同样爱文学迷文学愿意献给文学，同时我也确实看到了拥有话语权的写作人有时候会是怎样的矫情，怎样的虚夸，怎样的自我，怎样的——有时候是自觉或者不完全自觉的——蒙骗。还有色厉内荏，还有实际的鄙俗与言语上的清高。越说得清高就越鄙俗，因为他的或她的一切清高文雅都写到文字里去了，最后，他或她给自己的生活剩下的只有鄙俗和无耻了。这样的故事，我至少知道一百个。我也反省那些读了几本书的同道中人，有的读书而不明理，有的空话连篇，装腔作势，有的说归说做归做……我所尊敬和喜爱的知识界、文人、文艺界啊，你们不比别的行业的人坏，你们完全不应该动辄得咎，但是，我们也未必比别人就天生的强，我们并不比他人天生高明或者神圣。争论中有圈子和霸道。抒情中有胡搅蛮缠。高论中有玄虚和烟幕。著述中有强不知以为知。什么时候自省成为风气，而恶毒与乖戾被人们所摒弃呢？

我也反省知识与知识分子。知识与知识分子都让我感动而且佩服，例如从小我就那样倾心于达·芬奇与屈原。倾心于俄国的、法国的、德国的与我国的作家。但是我也困惑，有的作家、知识分子是那样大言不惭那样横空出世而又那样实际上是无知，是专横，是装腔作势、借以吓人。

我算不上典型的干部——官员，同样算不上典型的中国知识分子或者小说家。我的事太多，面太宽，侧面太多。可能这是我一生中最大的失策。如果我专心攻一两样东西，一两部作品，可能比现在更美好更高级。然而，我明明有这种可能性存在啊。我能写小说也能写诗，能开会也能说讲，能外也能内，能攻也能守，能政治也能艺术。怎么办？我现在应该满意，我做了我能做的了。

事在人为又不全在人为，天道有常，历史自有历史的道路，人算不如天算，人道不如天道，个人不如历史。历史的感动不仅在于它的可预见可计划性，更在于它的非预见非谋略非计划性。每条狗都有自己的时间段，让我们为这英国人的幽默而共勉互慰。我们的奋斗会有成果，成果绝对不归属于任何一个人或一代人或一拨人一圈人。成果属于未来，成果不归个人。未来我们未必赶得及。诗兴可以大发，青春可以在小说里万岁，但是切不可以当真企图把时间捆绑在我们的青春门槛上。“从来系日乏长绳”，唐朝已经有这样的诗了。短短几十年已经这样变化沧桑，再几十年呢？几百年呢？

应该相信我们的后人，我们的小朋友，你代替不了后人的奋斗与前进。世界是我们的也是你们的，但归根结底是他们的。

回首往事，我尚非完全虚度光阴。我留下了一些见证，一些记忆，一些说法，一些酸甜苦辣。我说话是太多了，写作也太多了，我本来可以更严谨一点，精密一点，矜持一点，含蓄一点，如果我有这四个一点，我会比现今更深沉、更美轮美奂乃至更身价百倍的。

我感动还因为我重视家庭，珍惜天伦之乐。我平生只爱过一个人，只和一个人在一起，家庭永远是我的避风港，是我的攻不破的堡垒，是我的风浪中的小舟，是我的夺不走的天堂。甜美的家就是天堂，即使周遭一时变成了炼狱，我的天堂永远属于我本人，在新疆时我们多次体会到，只要我们是在一起，一切都是甜蜜的，幸福的，光明的，谁也剥夺不走我们的快乐。我们常常在一起回忆，在冬天来到的时候，我们在哪里买煤油，在哪里砌炉灶，在哪里挖菜窖，在哪里卸成吨的烟煤。有一间温暖的小屋子，在零下三十摄氏度的气温中，这不就是天堂吗？这是我的信念，我希望为此专门写一本书，我希望我的这句话能留下来能传播开去。2007年初，我们度过了金婚。芳是我的存在的证明，我是芳的存在的证明；芳是我存在的条件，我是芳存在的条件。我们家人丁兴旺，和谐团结，我为此感恩上苍。

我也思考我是不是会引起审美的疲劳？在停笔住口告辞以前。当读你的作品的人的孩子已经大学毕业的时候，你是不是应该停止你的喋喋不休了呢？我说得写得太多，太快，太淋漓，风格太宽，战线太长，自许又太高。太多了如同杂乱，叫人晕乎，用王安忆的话说，是自己冲了自己。太快了只如匆匆掠影。你没有给读者留下消化与反刍的时间。太淋漓了如同相声，太宽了叫人摸不着门，找不到北，一头雾水。太高了最多是鹰击长空，增加的是距离，减少的是亲切。我的傻气特别表现于我的滔滔不绝，写和说，诗和文尤其是作为一个纯洁的作家应该尽量少染指的评论。如果我真的很聪明，我至少应该删掉我的言论的百分之九十，我的作品的百分之六十，我的头衔的百分之八十。我太傻了。

我的为官冲淡了我的地地道道作家身份。我对王朔的“躲避崇高”的评论冲淡了我的主流意识形态的最后一个理想主义者（语出香港《大公报》与《文汇报》）的形象感。我的荒诞冲淡了我对现实的关注。我的不放弃进言冲淡了我的飘逸潇洒。我的飘逸潇洒与灵活冲淡了我的执着与愚勇，还有我的敢为天下先的食蟹胆量。我的政论、学（术）论与杂文冲淡了我的小说。我的小说冲淡了我的诗歌。我自己的活人故事冲淡了我构筑的文学故事。我的头衔冲淡了王蒙的真身。我的幽默与恶搞冲淡了我的感动。我的谈笑风生冲淡了我的眼泪。我的古典文学研究冲淡了我的翻译。我的周游列国冲淡了我的乡土情深。

我自己一直干扰着我自己，我自身一直妨碍着我自身。朋友与非朋友都觉察到了我的不同。我制造了、掀动了，至少是歌唱了、记录了、帮助了洪波的涌起，冲走的与淹没的是我王某人……

所以，我是王蒙。就这么一个。

我寻求感动，我感动过，感动了，而且还在感动着。我笑了。

是的，行了，我应该满意。

王蒙

目录

人生初步

往事历历

写作忆往

心香一瓣

人生初步

故乡

我是出生在北京沙滩的，那时父亲正在北京大学读书，母亲也在北京上学。但是我很认真地每次都强调自己是河北省沧州市（原地区）南皮县潞灌乡龙堂村人，我乐于用地道的、憨鲁的龙堂乡音说：“俺是龙堂儿的。”我一有机会就要表明，我最爱听的戏曲品种是“大放悲声”、苍凉寂寞的河北梆子。我不想回避这个根，我必须正视和抓住这个根，它既亲切又痛苦，既沉重又庄严；它是我的出发点、我的背景、我的许多选择与衡量的依据；它，我要说，也是我的原罪、我的隐痛。我为之同情也为之扼腕：我们的家乡人，我们的先人，尤其是我的父母。

大概我出生后过了一两年，我被父母带回了老家。我至今有记忆，也是我有生以来的最初记忆，我的存在应是从此开始。而我从小的困惑是在这些记忆以前，那个叫作王蒙的“我”在哪里。而如果此前并无王蒙的自我意识与我的自我意识，那么这个“我”的意识——其后甚至有了姓名，煞有介事——又是从哪里掉下来的呢？

我记得祖母去世的一点情景，相信也是此年，也是夏日，在正房的相对比较大的厅堂里，许多人紧张地走来走去，说是奶奶死了。事后分析，这事情的发生大概是在凌晨，睡梦中被唤醒了，只记住了影影绰绰。

我的母亲董敏对奶奶的印象不佳，一直称之为“老乞婆”。此外我对奶奶一无所知。我的父亲王锦第提起奶奶抱极尊敬态度。父亲是遗腹子，只见过他的母亲而没有见过他的父亲。

很晚了我才弄清，我的祖父名叫王章峰，参加过“公车上书”，组织过“天足会”，提倡妇女不缠脚。算是康梁为首的改革派。

我断定，我是先学会了说沧州——南皮话，后来上学才接受了北京话的，我虽然出生在北京，说话却和胡同串子式的京油子不同，我的话更像后来学会的普通话——“官话”，而不是北京原生土话。至今我有些话的发音与普通话有异，例如常常把“我觉着”的觉读成上声，疑出自“我搅着”的读法。一直到十四五岁了，我回到家，与父母说的仍然是乡下话，而我的弟弟妹妹就不会说这种乡下话了。我的这些表现似乎是要大声强调，我，我们的起点是何等的寒碜！我们的道路是何等的艰难！本来就是这样土，这样荒野，这样贫穷落后愚昧，远离现代，不承认这个，就是不承认现实。

也是许多年后，我去龙堂的时候，才听乡亲告诉，我家原是孟村回族自治县人。后因家中连续死人，为换风水来到了离南皮（县城）远离孟村近的潞灌。本人的一个革新意识，一个与穆斯林为邻，密切相处，看来都有遗传基因。

1984 年我首次在长大成人之后回到南皮——潞灌——龙堂。我看到的是白花花的贫瘠的碱地，连接待我的乡干部也是衣无完帛，补丁已经盖不上窟窿，衣裤上破绽露肉，房屋东倒西歪。我从县志上读到当地的地名与人名，赵坨子、李石头……还有我认为最具代表性的民谣：

羊屉屉蛋，上脚搓，
俺是你兄弟，你是俺哥。
打壶酒，咱俩喝。
喝醉了，打老婆。
打死（sā）老婆怎么过？
有钱的（dí），再说个。（王注，家乡人称娶媳妇为说个媳妇）
没（mú）钱的，背上鼓子唱秧歌。

至今，读起这首民谣，我仍然为之怦怦然。这就是我的老家，这就是北方的农村，这就是不太久前的作为伟大中华民族的后人的我们中多数的生活。

而父亲常常带几分神经质地告诉我，他小时候上厕所没有卫生纸可用，连石头土块也用光了，于是人们大便后在附近的破墙上蹭腚（肛门），结果一堵破墙的一角变得光滑锃亮。

我不知道是由于习武而性情暴烈，还是由于性情急躁而习武。家乡人说话嗓门大，像是吵架。家乡人爱骂人，骂得千奇百怪花样翻新，我在《活动变人形》一书中写了一些，使高雅的冰心老人看了不爽。家乡人还爱动手。1984 年我坐着沧州文联的车去沧州，路上因超速行驶受到交警拦阻，迎接我的一位写作同行立即愤怒地下车与民警理论，好容易才劝解开。面包车恢复行驶以后，我的写作同行还脸红脖子粗地宣称：“我要揍他！”

一位亲戚嘲笑我们家人（说话嗓门大）说：“怎么个个像唱黑头的？”我当然不能忍受这种侮辱，我立即反唇相讥：“我看你像是唱小旦的！”话虽然应对及时，不辱乡梓，但是我至今在家中突然动怒突然瞪眼之类的不良习惯，仍显然与乡风有关。

南皮出过一个大人物是张之洞，他的弟弟张之万也很有名。在唐浩明的历史小说《张之洞》里，写到张之洞受到的教诲：“启沃君心，恪守臣节，厉行新政，不悖旧章”，我为之叫绝称奇。启沃是对上做宣传启蒙。恪守是讲纪律讲秩序。厉行是志在改革，向前看，一往无前。不悖是减少阻力，保持稳定……中国吗？深了去啦。

故乡是一个生死攸关的词儿。我完全不明白我为什么是沧州南皮人，这说明故乡何处的问题不是一个可以用“为什么”来讨论的合乎逻辑推理的问题。故乡就是命运，就是天意，就是先验的威严。故乡一词里包含着我的悲哀、屈辱、茫然、亲切与热烈，我要说是蚀骨的认同。

故乡是我的发生图，我个人的无极与太极，是我的最初的势与能，最本初的元素，来自冥冥的第一推动力，是其后各种变化与生成的契机。我与我们，都是这样开始的。

父亲和母亲

我父亲王锦第，字少峰，又字曰生，北京大学哲学系毕业。他在北大上学时同室舍友有文学家何其芳与李长之。我的名字是何其芳起的，他当时喜读小仲马的《茶花女》,《茶花女》的男主人公亚芒也被译作“阿蒙”，何先生给我起的名是“王阿蒙”，父亲认为阿猫阿狗是南方人给孩子起名的习惯，去阿存蒙，乃有现名。李长之则给我姐姐起名曰“洒”，出自达·芬奇的名画《蒙娜丽莎（洒）》①。

北大毕业后，父亲到日本东京帝国大学（现改名为日本东京大学）读教育系，三年毕业。回国后他最高做到市立高级商业学校校长。时间不长，但是他很高级了一段，那时候的一个“职高”校长，比现在强老鼻子啦。我们租了后海附近的大翔凤（实原名大墙缝）的一套两进院落的房子，安装了卫生设备，邀请了中德学会的同事、友人、德国汉学家傅吾康（Wolfgang Franke）来住过。父亲有一个

① 王蒙家乡方言读“莎”为“洒”。——编者注

管家，姓程，办事麻利清晰。那时还有专用的包月人力车和厨子。他并与傅吾康联合在北海公园购买了一条瓜皮游艇，我们去北海划船不是到游艇出租处而是到船坞取自家的船，有几分神气。

这是仅有的一小段“黄金”时代，童年的我也知道了去北海公园，吃小窝头、芸豆卷、豌豆黄。傅吾康叔叔曾经让我坐在他的肩膀上去北海公园，我有记忆。我也有旧日的什刹海的记忆，为了消夏，水上搭起了棚子，凉快，卖莲子粥、肉末烧饼、油酥饼、荷叶粥。四面都是荷花荷叶的气味。什刹海的夏季摊档，给我留下美好印象的是每晚的点灯，那时的发电大概没有后来那么方便，摊主都是用煤气灯。天色黄昏，工人站在梯子上给大玻璃罩的汽灯打气，一经点燃，亮得耀眼，使儿童赞叹科学、技术和用具制造的神奇。

父亲大高个儿，国字脸，阔下巴，风度翩翩。说话南腔北调，可能他是想说点显阅历显学问的官话至少是不想说家乡土话，却又没有说成普通话。他喜欢交谈，但谈话思路散漫，常常不知所云。他热爱新文化，崇拜欧美，喜欢与外国人结交。惠我甚多的一个是反复教育我们不得驼背，只要一发现孩子们略有含胸状，他立即痛心疾首地大发宏论，一直牵扯到民族的命运与祖国的未来。一个是提倡洗澡，他提倡每天至少洗一次澡，最好是洗两次。直到我成年以后，他最喜欢做的一件事就是邀我们包括我们的孩子们到公共浴池洗浴。第三则是他对于体育的敬神式的虔诚崇拜，只要一说我游泳了爬山了跑步了，他快乐得浑身颤动。他的这些提倡虽然常常因脱离我们的现实条件而受到嘲笑抨击，但仍然产生了影响，使我等始终认定挺胸洗澡体育不但是有益卫生的好事，而且是中国人接受了现代文明的一项标志。

父亲对我们进行了吃餐馆ABC的熏陶，尤其是西餐。怎样点菜，怎样用刀叉，怎样喝汤，怎样放置餐具表示已经吃毕或是尚未吃好。他常常讲吃中餐一定要多聚几个人，点菜容易搭配，反而省钱。而西餐吃得正规，他佩服得五体投地，并对不认真的、没有样儿的吃饭，如蹲着吃、歪着身子吃、趴着吃、看着报纸吃嫉恶如仇。

父亲强调社交的必要性，主张大方有礼，深恶痛绝家乡话叫作“怵（chǔ）窝子”的窝窝囊囊的表现，说起家乡的女孩子在公开场合躲躲藏藏的样子，什么都是“俺不！”父亲的神态叫作痛不欲生。

母亲一生极少在餐馆吃饭，偶然吃一次也是不停地哀叹：“花多少钱呀，多贵呀！……”而父亲，哪怕吃完这顿饭立即弹尽粮绝，他也能愉快地请人吃饭，当然如果是别人请他，他更会兴高采烈，眉飞色舞。我曾经讽刺父亲说：“餐馆里的一顿饭，似乎能够改变您的世界观，能使您从悲观主义变成乐观主义。”父亲对此并无异议，并且引用天知道的马克思语录，说：“这是物质的微笑啊！”

童年随父用餐给过我不美好的印象。父亲和一位女士，带着我在西单的一家餐馆用餐，饭后在街上散步，对于我来说，天时已晚，我感到的是不安，我几次说想回家，父亲不理睬。父亲对此女士说：“瞧，我们俩带着一个小孩散步，多么像一家三口啊。”女士拉长了声音说：“胡扯！”后来又说了一些话，女士又说了胡扯，胡扯还是胡扯。我什么都不懂，但是我有一种本能的反感。而且我大致想，父亲并不关心我的要求。

第二天我向母亲“汇报”了这次吃饭的情况。反响可想而知，具体究竟随此事发生了什么，我记不起了。但是母亲从小告诉我父亲是不顾家的，是靠不住靠不上的。我的爱讲家乡话和强调自己是沧州——南皮人的动机中，有反抗父亲的“崇洋媚外”，也许还有“弑父情结”在里头。

没有多久，父亲就不再被续聘当校长了，我事后想来，他不是一个会处理实务的人。他宁愿清谈、大话，叫作大而无当，树立高而又高的标杆，与其说是像理想主义者，不如说是更易于被视为神经病。他确是神经质和情绪化的，做事不计后果。他知道他喜欢什么，提倡什么，主张什么，但是他绝对不考虑条件和能力，他瞧不起一切小事情，例如金钱。他不适合当校长，也不适合当组长或者科长，不适合当家长，他又是一个最爱孩子的父亲，对这后一点，母亲也并不否认。在他年近六十岁的时候他说过一句话，他的人生的黄金时代还没有开始。这话反而使我对他有些蔑视。他最重视风度和礼貌，他绝对会不停地使用礼貌用语，谢谢与对不起、你好与再见、请原谅和请稍候，但是他不会及时地还清借你的钱。他最重视马克思与黑格尔、费尔巴哈与罗素，但是他不知道应该给自己购买一件什么样的衬衫。如果谈境界，他的境界高耸入云。如果谈实务，他的实务永远一塌糊涂。

立竿见影，校长不当，大翔凤的房子退掉了，从此房子搬一次差一次直到贫民窟。父亲连夜翻译德语哲学著作，在《中德学志》上发表他的疙里疙瘩的译文，挣一点稿酬养家糊口。他的德语基本上是自学的。英德日俄语，他都能对付一气，但都不精。

父亲热心于做一些大事，发表治国救民的高论，研究学问，引进和享受西洋文明，启蒙愚众至少是教育下一代，都不成功。同时，他更加不擅长做任何小事具体事。谈起他的高商校长经历，父亲爱说一句话：“我是起了个五更，赶了个晚集呀。”天乎？命乎？性格使然乎？

我的母亲本名董玉兰，后改为董毓兰，中华人民共和国成立后参加工作时正式改名为董敏。

父亲多次对我说过，策划他的婚事时他提出了两点要求：一个是他要看一下本人，就是说要目测一下；一个是此人必须上学。后来就在沧县第二中学，他看了母亲一眼，接受了这项婚事。我的外祖父就是二中的校医嘛。媒人是一个老文人，名叫王季湘。在我上小学以后，王老先生来过我家，我母亲说他做错了这件事，害了她一生。

母亲个子不高，不大的眼睛极有神采，她常常不能控制自己的表情，转眼珠想主意，或者突然现出笑容或怒容。

她是解放脚，即缠足后再放开。母亲上过大学预科，中华人民共和国成立后曾长期做小学教师，她出生于1912年，1967年退休，是养老金领取者，她善于辞令，敢说话，敢冲敢闯，虽然常常用词不当，如祝贺一个人的成就时说你真侥幸——本意是说你很幸运。

我想她也过过短暂的、快乐的日子，我上小学以前，她曾每周定期到北京的一个庙会点西城的护国寺学唱京剧。我很小就听她唱《苏三起解》的西皮流水。

此后，她曾与她的姐姐董芝兰（后名董效，后在户口上的用名是董学文），两个人共谋一项事由（职业）：北京女一中图书仪器管理员。

母亲也读书，冰心、巴金、张恨水、徐志摩她都读过。她知道了许多“五四”带来的新思想，她直到很老了还多次说过，越懂得一点新思想，她就越是痛恨痛惜痛苦，她恨得咬牙切齿，为什么人家就能过那样的人生，而她的人生是这样倒够了血霉，她的人生只有痛苦、屈辱、恶劣……

她不喝牛奶（老年后喝了），不吃奶油，不喝茶，当然，不吸烟也不喝酒，不吃馆子。所有上述享受她都认为太浪费，与父亲的习惯完全不同。

她喜欢听河北梆子，一说起《大蝴蝶杯》就来情绪。我以为“大喊大叫”的地方戏曲是对她的一种精神麻醉。

此外她的生活尤其是精神相当紧张，一个是一直经济困难，无保证，一个是她感觉她常常被人攥（骗）了。父亲对于家庭的财政支撑有时是灵感式、即兴式的，他声称给过家里不少的钱，但他也会无视家庭的固定需要而在毫无计算计划的情况下一高兴就把刚领到的月薪花掉一半去请客。父亲适合过富裕的生活，为此他习惯于借钱与赊账，有时是不负责任的赖皮式的赊账。我见过他怎样地对付来要账的小伙计，令人汗颜。而只要他富裕，他就优雅绅士，微笑快活，吃馆子，吃西餐，结交名流，请客，遇事慷慨解囊。他对俗务和他最缺少的银钱一万个瞧不起。他说过只要他的潜力发挥出来了，钱算得了什么？他说过自己适合当老板，不适合当雇员；适合有钱，不适合没钱。就是说，如果他当了有钱的老板，他会很宽厚，很仁德，说话行事都极漂亮。而作为一个贫穷的雇员，他简直就是一无可取，白白浪费嚼裹（消费品）。他极喜欢花钱，却拒绝考虑如何挣钱与还债，更不要说节约与储蓄。

然而，他面对的是常常吃了上顿没有下顿的妻儿与亲戚。这并不是戏剧场面。我的记忆里不止一次，到了吃晚饭的时候，母亲、姥姥、姨坐在一块发愁：“面（粉）呢？没面了。米呢？没米了。钱呢？没钱了……”可以说是弹尽粮绝，只能断炊。然后挖掘潜力，巧妇专为无米之炊，找出一只手表、一件棉袄或是一顶呢帽，当掉或者卖掉，买二斤杂面（含绿豆粉的混合面粉）条，混过肚子一关。

这样母亲就对父亲极端不满意。她精神紧张的更主要的原因是她无法与丈夫相处，不能信任她的丈夫。她同时渐渐发现了父亲的外遇，至少是父亲希望能有机会结识更多的年轻貌美新派洋派的女性。尤其是在父亲的校长职位被炒，我的外祖母董于氏（中华人民共和国成立后报户口时起名于静贞）、姨妈董效到来之后，她们三个人经常做的一件事就是聚在一起，同仇敌忾地研究防范和对付父亲的办法。

我当然无法做出判断，究竟是谁更加伤害了谁。我只记得从小他们就互相碾轧，互为石碾子。他们互相只能给予伤害和痛苦，而且殚精竭虑地有所作为——怎样能够多往要害处给对方一点伤害，以求得多一点胜利的喜悦。你伤我一分，我伤你十分。当然是父亲胜了。父亲曾经给过母亲他已经登记作废了的旧图章，作一切收入由母亲做主状，母亲立即喜笑颜开，如同苍天降福。而等到母亲去领薪的时候，才知道是上当受骗。

母亲下了狠招，她的一个直捅死穴的做法是搜集父亲交往的学界教育界人士乃至名流的名单名片，然后一个个地突击拜访，宣称父亲如何不负责任，如何使妻儿老小陷入饥饿，如何行为不端。

这时候我们已从大翔凤搬至西城的南魏儿胡同十四号。最可怕的事情似乎发生在这个院子里。父亲住在北屋，墙上挂着郑板桥的字（拓印）“难得糊涂”。这幅字几十年后我在德国汉学家傅吾康的汉堡家中发现了，当然是父亲送给他的。我相信，父亲没有少向傅教授借钱。

有许多发生在这所住房的场面至今令我毛骨悚然。父亲下午醉醺醺地回来。父亲几天没有回家，母亲锁住了他住的北屋，父亲回来后进不了房间，大怒，发力，将一扇门拉倒，进了房间。父亲去厕所，母亲闪电般地进入北屋，对父亲的衣服搜查，拿出全部——似乎也很有限——钱财。父亲与母亲吵闹，大打出手，姨妈（我们通常称之为二姨）顺手拿起了煤球炉上坐着的一锅沸腾着的绿豆汤，向父亲泼去……而另一回当三个女人一起向父亲冲去的时候，父亲的最后一招是耍流氓……

写下这些我无地自容。也许这是王蒙的白痴，也许这是忤逆，是弥天的罪，是胡作非为，哪有一个人这样人五人六地书写自己的父母，完全背弃了避讳的准则。是的，书写面对的是真相，必须说出的是真相，负责的也是真相到底真不真。我爱我的父亲，我爱我的母亲，我必须说到他们过着的是什么样的生活，我必须说到从旧中国到新中国，中国人过的是什么样的生活。不论我个人背负着怎样的罪孽，怎样的羞耻和苦痛，我必须诚实和庄严地面对与说出。我愿承担一切此岸的与彼岸的，人间的与道义的，阴间的与历史的责任。如果说出这些会五雷轰顶，就轰我一个人吧。

高商校长之后，父亲到北师大与北大任讲师。后来此职也被炒。我们搬到了附近的受壁胡同 18 号。父亲后来离开了北京。在兖州、徐州短期任教，后来到了青岛，任李庄师范学校校长。可叹的是在倒霉的时候，父亲在家里的表现好多了，说话和气，点头哈腰，作揖打躬，唯唯诺诺。姥姥、母亲、二姨都庆幸父亲的“改邪归正”，还用了些“浪子回头金不换”的熟语以资鼓励。乡亲们也说是岁数再大一点自然就会好了……而只要他的情况好起来，他与家属的矛盾就进入白热化的阶段。原来，人的各种问题各种麻烦的出现，恰恰是自身的处境改善了好多了的表现，岂不悲哉？

如同梦魇

当我成为地下党联系的一个“进步关系”之后，更不要说在入党之后，有一个万能的解释使我无往而不通透。那就是，人们的一切苦恼、一切不幸来自万恶的旧社会的制度。不论是贫穷、压迫、仇恨、欺骗、叛卖、悲苦、恶习、传染病、迷信、愚昧……都来自帝国主义、封建主义、官僚资本主义、国民党反动派、蒋宋孔陈四大家族。而在革命胜利之后，在建立了崭新的平等、公有、翻身、解放的新社会以后，各种死结都能解开，各种愤懑都能释放，各种悲哀遗憾全部会至少是最终会烟消云散。

中华人民共和国成立以后，我一度认为父亲与母亲的生活也将揭开崭新的一页。身为华北大学四部研究员的父亲穿着灰色干部服回到了家中，而母亲不久也成了区各界代表会议的代表，我还以为从此天下大吉了呢。但是，当我知道父亲去了这么多年解放区却并不是共产党员的时候，当我知道父亲在华北大学没有多少事可做，后来应聘到辅仁大学哲学系教书，而且他的课反映并不怎么样的时候，我失望了。母亲在全国妇联幼儿园的工作也没有能坚持下去，很简单，那里太辛苦了。而等到我从中央团校毕业以后，父亲又把他的离婚的问题提到我的眼前。

是的，不是提到母亲面前，而是提到我面前。从中华人民共和国成立起，差不多，总是父亲来找我，来诉苦，来出题目，来讲他的苦衷，讲他这一生有多少潜力被压制着，因为他的家庭生活婚姻生活太不幸了，他的才能他的资质（这是他爱讲的一个词）是怎样地被忽视乃至受到不公正的对待。这种状况有时候让我痛苦、无奈直到愤慨。为什么我从十几岁就要背起自己这一代人、下一代人而且还有上一代人的种种重担？

从理论上我认定，父亲与母亲离婚有可能为他们创造新的可能，离婚有可能成为一种文明，我来操办。我曾与全国妇联幼儿园的杨园长讲过母亲的离婚问题，杨园长提出两点：第一，根据她与母亲的谈话，她认为母亲对父亲不无感情。第二，母亲的年龄正在临界点上，她再老一点就会全心全力地只顾孩子，再年轻一点，她会优先考虑丈夫。现在，她处于两难时间段。我从她的分析中得不到什么帮助。

母亲提出每月 50 元的赡养费用，我说服父亲一口答应，当时父亲的月薪只有 70 多元，但是我采取了手段。第一，我答应每月给母亲送去 50 元后，再想办法要出钱来转手给父亲，至少退“税”20 元，就是说父亲应该负担 30 元左右的费用给我的弟弟和妹妹，直到他们生活自立为止。第二，我明白，他们二人订的协议并无法律效力，先办了离婚，给父亲以自由，给母亲以尊严，其他的，再说。

父亲就是这样的人，确定离婚了，他似乎依依不舍，和全家，和母亲合影留念，眼泪汪汪，以至于我与姐姐等人以为他不离了。倒是母亲反过来说了点冠冕堂皇的话：这并不是你我个人的问题，谁让我们赶上了旧社会，祝你前途光明远大。

当然，这些事后来办得很麻烦，我甚至向人借债，作为周转金。

然后父亲匆匆结了婚，不久又闹了起来，其火爆程度不亚于过去。然后父亲的潜力永远被压抑着。他常常来到我工作的地方，大吐苦水：新婚失败，工作成绩不被肯定，群众关系（与周围同事关系）不佳，领导不待见，钱不够花，营养没有保证，缺东少西，邻居不讲礼貌，我的弟弟妹妹拒绝见他，写了文章没有地方发表，没有社交活动……他又善于抒情，讲得阴毒痉挛，癫狂冷笑，活不下去。什么（受到了）凌辱，什么他现在的地位是“次小尼姑”（意指《阿Q正传》中地位最低的人物是小尼姑，连阿Q都敢消遣之），什么他准备退职当“家庭主男”……都很刺激人。我不准备再回忆下去了。我得到一个教训，一个男人，尽量不要诉苦，不要把自己的罪过与压力一代一代传递下去，不要搞痛苦与负担的接力传送、转嫁旁人，尤其不要把自己的日子过不好告诉自己的孩子。一个男人一定要咬得紧牙关，不论什么处境，自己起码要扛得住自己。

但是父亲有一个特点，至今我也分析不清楚，他当时已因院系调整到了北大哲学系，他几乎对谁都不满意。但是他从来没有忘记歌颂共产主义与马列主义。他读列宁的《黑格尔〈小逻辑〉一书笔记》，那种兴奋、那种服膺、那种称颂，堪称感天动地。他读毛主席的“两论”也是称颂备至，他对所有的大是大非都坚决听党的听中央的，而且，他对我这样带着激情、带着真情实感地讲，讲一次再讲一次再讲几次几十次，不像是作秀也绝无作秀的必要。

父亲的全部表现中，唯一带点政治上的另类色彩的是他常常从收音机里听到一些重大的场面上的活动的参加者的名单，谁谁主持，谁谁讲话，谁谁剪彩，参加者有张某某、李某某……他会说："老是一样的名单，多么寂寞啊。"

我的反应差不多是轻蔑地一笑，怎么着，您想上这个台盘吗？

我记不清与父亲谈他的思想情绪工作直到生活经济问题几十次还是上百次，我每次都雄辩地、情理并茂地给以忠言，给以鼓舞，给以严肃的批评。一时会好一点，基本上没有效果。当然，每次临别的时候，特别是如果我们一道吃了点饭，他会再抒正面的情，什么为时不晚，他的资质不差，他要振作起来，要从头做起，从现在努力，正好做出成绩。

我读过巴甫连柯的一篇短篇小说《话的力量》，是讲斯大林青年时代信守承诺的故事。而与父亲谈话，我感到的是话的没有力量。

批判胡适的时候他写过一篇文章，寄给《人民日报》。我开始有点瞧他不起，无法设想《人民日报》会刊登他的文章。没几天，《人民日报》把大样寄给了他，他兴奋若狂，扬眉吐气，说拿了稿费请我们吃西餐。他根据《人民日报》理论版的编辑王若水同志的意见反复对文章做了修改，每天等待着大作的发表。一天晚上他突然前来，拿着王编辑的信，就是说最后决定不用他的文章了。于是冷水浇头，全部泡汤。他痛苦得要死要活，比范进、孔乙己还狼狈得多。当天晚上他睡在我的房间，半夜腹痛，洋相出尽。

父亲永远想得很多，知道生活应该是怎么样，他自己本可以是怎么样。同时，他永远纠缠于现实种种无聊的麻烦之中。他永远期盼着自己的潜力，他确实感觉到了自己的无穷潜力连十分之一都没有发挥出来。至于他的潜力到底如何，由于迄未发挥，难以鉴定，死无对证。潜力云云，更多的是一个抒情的话题，而不是一个实证、实践、实有的命题。

我通过区里有关部门，给母亲找了一个小学教员的工作，她大致胜任。有一段时间她被吸收去听党课，她很兴奋，声称自己“入党了”，不知为什么，此事没有下文——可能与1957年后的形势及我的变故有关。

那时我们住在西四北小绒线胡同，两个微型小院。父亲到前院看我，母亲甚至给他做过饭，符合我的文明离婚的设想。赡养费用的猫腻终于曝了光，改成了35元，母亲也接受了。

直到1956年，母亲得知父亲的后妻怀了孩子。母亲突然大怒，对父亲抱咬牙切齿的态度。此后母亲一直是愤愤不平、耿耿于怀，觉得自己是天下最倒霉的人，张口闭口都是讲一个“恨”字。

我常常问我自己，说还是不说？作为一个写作人，稍稍美化一下自己的长辈，避开那些太沉重、太屈辱、太丢人的事情，是不是伦理的义务、起码的准则？

有多少写作人，写起来义愤填膺，横扫千军，时日曷丧，与汝偕亡！多少写作人是冤情如海，怒火如炼狱。多少写作人是人人对不起他或她，是整个世界对不起他或她。写作人就没有做过对不起旁人的事吗？不就是依仗着一支笔几个字一些绝妙好词儿把自己打扮成苦主，而把有关的人装扮成魔鬼？

多少人在要求别人忏悔呀，却并不用自己的真诚忏悔带动他人，不想从自身做起。这本身已经有些滑稽，当然也有他的道理。

在所有的灾难过去以后，人人成了冤屈者，人人在那里吐苦水和揭发旁人。有几个写作人能够做到我不入地狱谁入地狱，能说出关于自己的实话来呢？而不管你写得多么伟大勇敢挑战点火如旗杆如大纛如昆仑、喜马拉雅，如果你对自己的事讳莫如深，你的话还是可信的吗？

比如当年写信求见、见完了又给受自己托付帮助联系求见者的友人写下了感激涕零的感受的一位人物章女士，等到“迎合潮流”揭出了点玩意儿，从而颇有响动以后，立即用一种傲然青松的口气讲自己求见的故事了，而且换一个腔调嘲讽自己当年巴不得一见的人，这样的人是硬骨头还是信口雌黄的小贩呢？

我的回忆面对祖宗，面对父母师友，面对时代的、各方的恩德，也面对着历史，面对未来，面对天地日月沧海江河山岳，面对十万百万今天和明天的读者；就算我说出了最真实最深入的东西，仍然是不够真实、不够深刻的，我永远做不到百分之百，我仍然感到对不起读者和历史。我怎么能只说对自己有利的那一点呢？我怎么能有意隐瞒，有意歪曲呢？如果我承认我做不到百分之百，难道我可以放弃说出来的努力吗？我必须说出来，我必须告诉你们。

我少年时曾为诗：“在我们的奇异的家庭里，有太多的纷争，也有太多的亲密……”

可怕的不仅在于父母的纠纷，而且，在父亲不在的时候，被称为“三位一体”的相濡以沫的三个长辈也常常陷于混战。为什么战我已经说不清了，当然很重要一点是钱，愈是困难就愈怕旁人占了自己的利益。还有那种高度紧张、警惕的精神状态，父亲称之为“性恶论”，每一句话都可能是欺骗自己的谎言，每一分钟都有被最亲近的人“攮”了的可能。

记不起原因，但是我记得她们对骂的场面与言语，她们跳起来骂：出门让汽车撞死。舌头上长疔。脑浆子干喽。大卸八块。乱箭穿身。死无葬身之地。养汉老婆。打血扑拉（似指临死前的挣扎、搐动）。有时是咒骂对方，有时是“骂誓”，是说对方冤枉了自己，如自己做了对方称有自己辩无的事，自己就会出现这样的报应，而如果自己并未做不应做的事，对方则会“着誓”，即不是自身而是对方落实种种可怕的场面情景。骂的结果，常常她们三个人也各自独立，三人分成三方或两方起灶做饭，以免经济不清。这母女三人确实说明着“他人就是地狱”的命题。

当然也常常反省，有一次三个人到老家去了，下火车时失散了姥姥，两个人回到北京家中，却没了她们的母亲。两个人极其不安，挂念、寻找“咱娘”。最后娘回来了，三个人抱头痛哭，一面哭一面发誓，以后再不吵架了。当然，以后，仍然会为一件莫须有的小事大吵大闹，如同死敌。

不但三人间吵，甚至骂到邻居。由于怀疑或者确实是邻居（恰恰也是沧州同乡）说了自己的坏话，隔墙大骂。邻居的女儿是我的同学，也在中华人民共和国成立前夕参加了革命，中华人民共和国成立后很小的年龄，嫁给一位著名的革命领导干部与学者。后被划为“右派”，“文化大革命”初期自杀。她的故事，我写在中篇小说《蝴蝶》的海云这个人物上。

我还要说，骂仗甚至发展到我的姐姐和妹妹身上，以最仇恨的言语给儿童以毁灭性的毒害。读者还记得《活动变人形》里的女孩倪萍的故事吗？

家庭成员中处境最优越的是我，所有的长辈，不管他们之间有什么样的冲突，都宠爱我，所以我就有了几分超脱和高雅，有了几分（对长辈们的）怜悯和蔑视，有了几分回旋余地。一个落后的野蛮的角落里的宠儿，这就是童年王蒙。

她们多次为家事见官。在沧州，姥姥曾经过继过一个儿子，名董福元。后来姥姥与两个女儿认定此人不好，上了法庭与之断绝关系。我听她们不无骄傲地回味姥姥穿着绸子袄裤“过堂”的场面。中华人民共和国成立后，为赡养费用的事母亲与父亲过过堂，为经济纠纷，母亲与二姨及姥姥也上过派出所或过过堂。她们都能直捣要害。在一次冲突中，母亲指出姥姥是地主，而二姨指出母亲的儿子即王蒙是“右派”分子。

我不认为这只是一个家庭、一组人物的故事。早在明代，我国已经有人提出社会上广泛存在的戾气问题。古老的中国，积累了光荣也积累了屈辱，积累了灿烂也积累了乖戾，积累了文明也积累了野蛮，积累了事功也积累了压抑，积累了辉煌也积累了痛苦。而新学、西学的冲击，呼唤着悲壮的先行者也呼唤着皮相的浮躁，激发着志士仁人也激发着大言欺世，造就着真正的猛士，也造就着悲喜剧的堂吉诃德——搅屎棍。已经许多代，许多年了。

父亲喜欢说一句话：“藏污纳垢。”他确认旧中国的每个角落每个家庭每条街区或者乡镇，都藏着太多的“污泥浊水”，后面四个字是毛主席喜欢用的。所以他认同风暴，认同反封建，认定封建罪恶就在家里，就在故乡。他赞成动大手术。不论他以多么可笑的方式，他确实欢呼天翻地覆的慨而慷。至于风暴的代价，风暴的曲折，风暴过去以后应该怎么样创造富强、民主和文明，他已经没有能力去思索了。正像他这个人，他有伟岸的身躯，能应付几种外语，然而他的腿是罗圈的与细瘦的。企图创新的人其实也是旧环境下出现的。果然，他晚年摔折了腿。他的悲哀不仅在于他受到了封建包办婚姻的折磨，而且尤其是，中华人民共和国成立后在我的一手帮助下，他相当文明地办好了离婚手续，但他的自由恋爱的婚姻的荒谬性痛苦性一点也不次于原先。这回对方不是沧州人而是北京的真正市民了。同样的全武行，同样的咒骂，同样的一次次离婚手续的进行与无法进行。他的思想与知识达到的地步与所处的现实、生活与人、修养与能力、条件与环境、气质与情操、对象与位置却永远差着十万八千里。他永远是南辕北辙，缘木求鱼，自投罗网，自取灭亡……悲夫!

已经因病偏瘫的后一位伴侣，在父亲晚年又跛又瞎的时候，她坐着轮椅到住家附近的所有小铺，嘱咐他们切不可允许父亲赊账，切不可卖给父亲好烟，哪怕父亲带着现金。父亲受了龙堂的野蛮、沧州的野蛮的害，他自己也毫不留情地害着人。后来他受到了启蒙主义自由恋爱全盘西化的害，也受了本质上无大区别的北京市民的害并害了人家。他从来没有得到过幸福，没有给过别人以幸福。

母亲晚年常常叹息："你看人家冰心、宋庆龄这一辈子！你们看我这一辈子。干脆什么也不知道就好了，我知道了一点了，但是我什么也做不到！我这一辈子没有一点高兴，没有一点安慰，没有一点幸福！为什么，为什么我要这样过一辈子啊？"

我不明白她为什么要与冰心和宋庆龄比。我更不明白，为什么我断定她不应该不可以与冰心和宋庆龄比。

我明白无误的是：我的父母辈这一代中国人，他们生活得实在太痛苦。我还发现，对于多数俗人来说，没有比家更甜蜜更温馨更可爱的地方了，不论遇到什么凶险，你一回家，就舒服起来，放松起来了。同时，也没有比家更肮脏的了。关于后者，我不必再给读者多解释什么了。

爸爸！妈妈！在你们活着的时候，我没有好好地照顾你们。在认定自己是革命者以后，我对你们更多地采取批判的态度。呜呼！污垢并非一次风暴能够荡涤干净，罪的脉络罪的根是一代代延续下来的。我现在只能为你们痛哭一场了。你们的痛苦的灵魂，在天上能够安息吗?

雨果与周曼华

我从小喜欢数学。小学时候，没有比分析那些四则文字题更令人觉得有趣的了。鸡兔同笼，有头多少，有腿多少，问是多少鸡多少兔。和尚挑水，大和尚一人挑两桶，老和尚两人抬一桶，小和尚一人提一桶……问是三种和尚各是几位。到现在我仍然喜欢这种逻辑的分析，而且我深信有的孩子解不出这样的题，其实主要原因是语文障碍，问题的叙述，已经包含了解决问题的逻辑，但某些孩子读不明晰，弄不清主语宾语定语状语，弄不清条件与设问的关系，觉得文字已经很绕脖子了，还谈得上解题吗？有的孩子做错了题则是由于对文字题的设问词、语、句的理解上出了毛病。听清楚话、看清楚文字，谈何容易。此后的大半生有多少人看不清文字语句却要与你争论，老天！

后来在初中，则是平面几何使我如醉如痴，什么九点圆，那种完美，那种和谐，那种颠扑不破，那种从最简明的地点入手而徐徐升高，变得华彩炫目的过程，实是天机，实是上天给人类的最好的礼物，是上天给智慧的奖赏，是上天与智慧的联欢。而做一道证明题或作图题的过程如寻路，如觅光，如登山，如走出森林，那是一个不断选择、不断分析的过程，那又是一个不断寻找、不断否定、不断舍弃、不断靠近、不断开辟的过程，当你慢慢走对了路的时候，你似乎听到了光明的合唱，你似乎看到了朝霞的绚烂，你似乎服膺了智慧的千姿百态，你似乎亲手造就了自身的成长，做出一道题你就长出一口气，你就又长高了一两毫米。没有比逻辑和智慧更美丽、更光明、更忠诚、更可靠的了。

我还要说，智慧的最高境界与忠诚密不可分，没有专心致志，没有始终如一，没有老实苦干，就只有小打小闹的阴谋诡计，不可能有真正的智慧。智慧使人变成巨人。智慧是美丽的。而在年逾七旬以后，我还要说，智慧是魅力，是风度，是远见也是胸怀。智慧是人化了的性感。智慧使男人变得高大英俊，使女子变得神奇迷人，智慧是美的孪生姐妹，智慧是善的明澈的观照。

我还要提到，我的初中几何老师王文溥是一位极其优秀的数学老师，他善于把一道几何题的做法、解决的过程，讲得栩栩如生、楚楚动人、诱人，他善于表达智慧的力量与快乐。我喜欢数学与他的讲授关系太大了。直到 20 世纪 90 年代，我在四十一中的校庆日返校，见到他，他还在为我的弃数从文而惋惜。他说：“有什么办法呢？你选择了别的路子……”

数学问题上我也表现了自己的狂想遐想。我做过一道证明题给王老师，证明的是“点不能移动”。我的理由是，点从 A 移到 B，必须先经过 A 与 B 中的中间点 A' ，而欲达到 A' ，必先经过 A'' ，欲达到 A'' 必先达到 A'''，而你是找不到那个最后的也就是距 A 最近的点的，这样点 A 的移动遂成为不可能。王老师大喜大笑，他说这是一个微积分的问题，是初等数学里所无法解决的，但是他欣赏我的钻研精神。

而自己的读书主要在童年与青少年时代。为什么爱读书？读书使我感觉良好，使我进入一个美好文明的世界，我明明感觉到了，读书在增长我的知识、见闻、能力。而且，我那个时候确实不知道还有什么别的事像读书一样有益有意义。我三年级以来就常到离我们住的受壁胡同不到一站地的太安侯胡同的民众教育馆借书读。有时候近冬天黑得早，有时候气候严寒，阅览室里的铁炉里煤尽火熄，整个阅览室只剩下我一个人，工作人员有一个老汉还有一位中年妇女，他们见我不走，无可奈何，只好陪我不得下班，同时他们又笑嘻嘻地不无夸奖地欣赏我的喜读爱书。

我什么都读，有关于健身和练功的，其中最得益的是《绘图八段锦详解》，什么“左右开弓要射雕”，什么“摇头摆尾去心火”，我至今会练。我也读过一些太极拳方面的书，不懂，也很难学着练。我甚至省下早餐钱买了一本《太极拳式图解》，学会了“揽雀尾”“单鞭”“金鸡独立”等名词，仍然无法照学照练。从此我深知世界上有些事情示范、比画、身体力行的意义远远胜于课本。

我也在那里读了《崆峒剑侠传》《峨嵋剑侠传》《大宋八义》《小五义》等章回小说。我喜欢郑证因的技击小说《鹰爪王》，宫白羽的《十二金钱镖》，后者的人情世故的描写与冤冤相报的悲剧性的表现，使它的文学价值超过了当时的一般武侠小说。

最主要的是我在民众教育馆读了雨果的《悲惨世界》。一上来，先声夺人，雨果的书令我紧张感动得喘不过气来。看不懂也要看，对于社会的关注与忧思，对于阶级社会的不义的愤慨，“左”倾（虽然雨果时期还没有当今的“左”与“右”的分野）意识，大概从那个时候就开始了。

我也在那里读了鲁迅、冰心、巴金、老舍。我在家里读过一本曹禺的剧作《北京人》，我印象最深的是说到北京的叫卖果子干的两个小铜碗的敲击声。我认为作者的意思是那时的中国已经腐烂，只能大动刀斧。其后又读了《日出》，我恨不得手刃金八爷拯救“小东西”。我喜欢鲁迅的《祝福》和《故乡》，我更喜欢他的《风筝》与《好的故事》。我从一开始就感到了鲁迅的深沉与重压、凝练与悲情。我知道读鲁迅的书不是一件好玩的事情。我读了丁玲的《莎菲女士的日记》，我看不懂。但我喜欢她的《水》，我觉得《水》在号召反抗，合我的心。

在家，我还读了《木偶奇遇记》与《爱的教育》《安徒生童话集》与《格林童话集》等书。它们大大地启迪了读者的爱心，读到木偶比诺乔的腿被烧掉的情节，我流下了眼泪。

我读了一本印刷精美的插图本《世界名人小传》，里边介绍了牛顿、居里夫人、狄更斯等人的事迹，这样的书对于我的立志有所成就，是起了作用的。

我也被带去看过多次电影。我记得梅熹、吕玉堃、白云、舒适、刘琼，特别是李丽华、陈燕燕、陈云裳、周璇、周曼华、顾兰君的名字与形象，却不大记得起他们或她们演的影片的故事。有一部片子叫《万紫千红》，是各种电影插曲的荟萃，并为此片专写了一首主题曲《真善美》，众影星唱道：“真善美，真善美，它们的代价是脑髓，多少心血，多少眼泪，多少沉醉，换几个真善美……”

我不解其意，但是觉得它的词很别致，很怪，便记了下来。

有一个影片是周璇演的《渔家女》，她的几首歌我后来都学会了。我记得的是一个渔家少女上了阔少爷的当。少女千万要小心，我明白了。

我看过根据张恨水原著改编的《金粉世家》，我的一个印象是一男一女亲吻，后来女子就怀了孕。我不理解为什么一拥抱就会怀孕。但是我很明白，电影里的故事多是女性倒霉。我从电影中特别感受到女性的美丽，尤其是周曼华的《不求人》，她演的那些家务劳动，蒸饭炒菜，哭哭笑笑，都那么甜甘，那么平顺，那么实在，让人看着踏实、喜悦、爽利而又舒服。我甚至想到，我长大了有一个周曼华似的媳妇该有多好！

女性美丽，女性倒霉，女性容易受男人的伤害，这就是我从小小年纪看电影中得到的结论。我长大了绝对要对得起女性，绝对不做对不起女人的事。我早就下了死死的决心，即使看电影里的女性哭哭啼啼，我也难过得很。

我多次在家里听到邻居的或自己的收音机播送李丽华唱的《千里送京娘》插曲：“柳叶青又青，妹坐马上哥步行。长途跋涉劳哥力，举鞭策马动妹心。哥呀，不如同鞍向前行……”然后是梅熹唱的两句男声：“用不着费心，我不怕这崎岖的路程。”这首歌使我十分感动，赵匡胤千里送京娘的故事也感动了我，京娘的自杀使我顿足。委婉软弱和渺小的情感，令我惭愧，也令我难以忘怀。中华人民共和国成立后我拼命管住自己，再不应该为李丽华的歌曲而落泪啦，至少理论上我是认识到了。我一直想看这部片子，但是始终没有看到。

我也随着姐姐等学会了不少流行歌曲。大多是周璇唱过的：“春季里，艳阳天……你可不要把良心变”“人生何处不相逢……人生本是个梦”“心上的人儿，有笑的脸庞，他曾在深秋，给我太阳”“这里的早晨真可爱，这里的早晨真自在”“天上旭日初升，湖面晨风和顺”，我们都唱得滚瓜烂熟。到了临近中华人民共和国成立的时候，又有几支歌流行起来。一个是“山南山北都是赵家庄……”却原来这是吴祖光的歌词，是隐含着对于解放区的向往的。另一首是“春天的花是多么的香，秋天的月是多么的亮……”虽然浅，但是我无法抵抗它的动人。有趣的是1990年北京亚运会上香港体育代表队入场的时候，铜管乐奏的就是这一首歌。还有一首是《夫妻相骂》：“没有金条也没有金刚钻”“这样的女人简直是原子弹”“这样的家庭简直是疯人院”，有什么办法呢，这样的歌曲流行起来，旧社会灭亡的预兆也就无可怀疑了。

中华人民共和国成立以后，我以为这些光怪陆离与乌七八糟都是一去不复返了。有一次我无意中哼哼起《蔷薇蔷薇处处开》的调子，我的领导立刻指出：怎么从“重庆的防空洞”中刮出一道阴风……我更加明确，这过去的一切只能是决绝地无情地与之告别，与之永别了。

我要革命

1945 年 8 月日本投降，我的民族情爱国心突然被点燃。同学们个个兴奋得要死，天天到五年级的级任郑谊老师那里去谈论国家大事。郑老师说到，抗日战争前，蒋提倡“新生活运动”，国家本来有望，但是日军的侵略打断了中国复兴的进程，等等，我们义愤填膺。我愈想愈爱我们的国家，我自己多少次含泪下决心，为了中国，我宁愿献出生命。顺便说一下，中华人民共和国成立后郑老师曾经是全市著名的模范教师，1957 年“反右”运动中，她也未能幸免。

也是这个夏季，我做出了跳班考中学的决定。我看了丰子恺的一幅漫画：画着三四个孩子腿绑在一起走路，走得快的孩子被拖得无法前行，走得慢的孩子也被拖得狼狈不堪。我竟从此画中得到了灵感，我认为我就是那个走得快的孩子，而学校的分班级授课的制度就是绑在孩子腿上的绳索。我拿过比我高一级的姐姐正在被教授的六年级课本，认定那些课程对我已经毫无新意。而且，早就有这样的事了，低一年级的我帮助姐姐做高一年级的作业。只是现在说起来有点吹牛的不安感。

我本来想报考离家很近的位于祖家街街口的市立（男）三中，那时是男女分校。排到了报名窗口，人家要小学的毕业证书，并明言不收“同等学力”者，我只好去考私立的以教会伦敦会为依托的“平民中学”（现四十一中），一考就中，而且上学后仍是差不多年年考第一。

日本投降后父亲从青岛回来了，暂时消消停停。一天晚上他往家里带来一位尊贵的客人，是文质彬彬的李新同志。当时，由国、共、美国三方组成的“军事调处执行部”正在搞国、共的停战。驻北京（平）的“调处小组”的共方首席代表是叶剑英将军。李新同志似是在叶将军身边工作。李新同志一到我们家就掌握了一切的主导权。他先是针对刚刚发生的我与姐姐的口角给我讲批评与自我批评的道理，讲得我哑口无言，五体投地，体会到一个全新的思考与做人的路子，也是一个天衣无缝、严密妥帖、战无不胜的论证方式。对于我来说，这是一个做圣人的路子，遇事先自我批评，太伟大了。自我批评一开始也让我感到有些丢面子，感到勉强，但是你逃脱不开李新同志的分析，只能跟着他走，服气之后——你无法不服气的——想通了之后，其舒畅与光明无与伦比。

紧接着李新叔叔知道我正在奉学校之命准备参加全市的中学生讲演比赛。比赛是第十一战区政治部举办的，要求讲时事政治的内容。父亲先表示对此不感兴趣。李新叔叔却说一定要讲，就讲“三民主义”与“四大自由”（罗斯福提出的），主旨是现在根本没有做到“三民主义”，也没有“四大自由”。我至今记得我的讲演中的一句话：

“看看那些在垃圾堆上捡煤核的小朋友们，‘国父’的民生主义做到了吗？”

无须客气，这次比赛的初中组，我讲得最好，连主持者在总结发言时都提到王蒙的讲话声如洪钟。但我只得到了第三名，原因当然是主办者的政治倾向。他们闻出了我的讲话的味道。我也学到了在白区进行合法斗争的第一课。

李新同志后来主要从事党史研究与著述，是著名的党史专家。作为我此生遇到的第一个共产党人，他的雄辩，他的真理在手的自信，他的全然不同的思想方法与表达方法，他的一切思路的创造性、坚定性、完整性、系统性与攻无不克战无不胜的威力，使我感到的是真正的醍醐灌顶，拨云见日，大放光明。

理论的力量在于与现实的联系。我满怀热情地迎接“国军”“美军”的到来，兴奋完了发现人们仍然是一贫如洗。报纸上刊登的都是接收变“劫收”的贪官污吏、穷人无生计一家四口服毒自杀、美军车横冲直撞每天轧死多人、汉奸摇身一变成了地下工作者的消息。食不果腹、衣不蔽体的我走在大街上看到大吃大喝完毕脑满肠肥的红男绿女们，他们正从我从来不敢问津的餐馆里走出来，餐馆散发出来的是一股股鸡鸭鱼肉油糖葱姜的气味，我确实对之切齿痛恨，确实相信“打土豪、分田地”的正义性与必要性，相信人民要的当然是平等正义的共产主义。

何况我正在读的书是巴金的《灭亡》，是曹禺的《日出》，是茅盾的《腐蚀》与《子夜》，还有绥拉菲莫维奇的《铁流》。这些书都告诉我社会已经腐烂，中国已经濒危，中国需要的是一场大变革，是一场狂风暴雨，是铁与血的洗礼。

还不仅仅是这些带有社会批判倾向的作品，我回想，包括《安徒生童话》与《格林童话》，包括《卖火柴的小女孩》《活命水》《灰姑娘》《快乐的王子》《稻草人》《大克劳斯与小克劳斯》《白雪公主》，都给我留下了深刻的印象与强烈的激动。世上有许多不义，世上有许多美丽善良诚实而又受苦的人，世上有许多“国王的新衣”需要戳穿，有许多“灰姑娘”和“白雪公主”和“小人鱼”等待着爱她们的王子，有许多被魔鬼变成了石头的生灵等待着“活命水”（有点像观音大士的杨枝净水）的起死回生。我感觉革命才是这样的复活生灵的“活命水”。现实有太多的丑恶，理想是多么美好动人，能够把丑恶的现实变成美好的理想的唯有革命，为此，我们为革命必须付出高昂的代价，为革命也是为理想，付出再多的代价也是值得的。文艺，尤其是文学常常会成为一个革命的因子，从我自己身上，我清楚地看到了这一点。

与李新成为对比的是国民党的官员。有一次我接到学校命令，必须收听市社会局长温某某的讲话。我们家的“话匣子”（收音机）是日本宣布投降后，住在胡同里的日军家属，惶惶然如丧家之犬，确以“跳楼”之低价卖掉一切东西仓皇回国时，卖给我们的。

我完全不记得温局长讲了什么内容、为什么中学生必须听他的讲话，但是我记得他的怪声怪气，官声官气，拿腔拿调，公鸭嗓，瞎转文却是文理不通。我相信一个政权的完蛋是从语言文字上就能看得出来的，是首先从语文的衰落与破产开始了走下坡路的过程的。同样，一个政治势力的兴起也是从语文上就显示出了自己的力量的。他与李新同志的对比太如地下天上了。我当时已经坚信：李新同志、共产党人的逻辑、正义、为民立言、全新理想、充满希望、信心百倍、侃侃而谈、润物启智、真理在手、颠扑不破……是任何力量也阻挡不住的。作为新生力量的共产党，她是多么光明、多么科学、多么有作为、多么激动人心啊！

我有一个说法，一股政治势力的兴衰，看一看他们的文风与话风就知道了。兴者富创意与活力，明白而又实在；衰者只剩下了套话与八股，空洞而且不知所云。

还不仅仅是这两个人的对比。我读左翼著作，新名词、新思想、新观念，高屋建瓴、势如破竹，强烈、鲜明、泼辣，讲得深，讲得透，讲得振聋发聩、醍醐灌顶、风雷电闪、通俗明白，耳目一新。而你再看旧政权的作品，例如蒋的《中国之命运》，半文半白、腐朽俗套、温温吞吞、含含糊糊、嘴里嚼着热茄子，不知所云而又人云亦云，以其昏昏，使人无法昭昭。一看语言文字，就知道谁战胜谁了。

平民中学有一个打垒球的传统，我现在还不明晰当时我们从日本人那里学到的垒球是不是现名棒球。垒球队有一个矮个子、高中二年级生，他是个性情活泼、机灵幽默、（运动）场风极佳的后垒手，名叫何平。即使他输了球漏了球，他的甜甜的潇洒的微笑也会为他赢得满场喝彩。一天中午我在操场上闲站，等待下午上课。他走过来与我交谈。我由于参加讲演比赛有成也已被许多同学知晓。他问我在读些什么书。我回答了一些书名后说道："……我的思想，"我顿了一下，然后突然宣称："——左倾！"

赶得别提多么巧，何平是老地下党员，我的宣示使他两眼放光，他从此成了我的革命的领路人。回想起来，到现在我也说不清，向并非熟知的同学作这样宣布的目的，也许我完全不懂得其危险性。

我只能说这是历史，这是规律，这是天意，当革命的要求革命的依据革命的条件成熟而且强烈到连孩子都要作出革命的抉择革命的宣示的时候，当这种宣示就像木柴一样一碰就碰到了电火雷击的时候，这样的革命当然就完全是不可避免、无法遏止的了。

此后，父亲随李新同志去了解放区，到父亲的老师范文澜任校长的北方大学去了。而我，也立即跟随何平走上了一心要革命的道路。

入党

我喜欢唱进步歌曲。《跌倒算什么》这首歌的内容是为受挫的学生运动打气，这首歌改了点词收入了大歌舞《东方红》。《团结就是力量》是学生运动的经典歌曲。最早何平教我学会了《喀秋莎》，后来我的领导刘枫还教会了我唱最脍炙人口的苏联群众歌曲《我们祖国多么辽阔广大》，那种自豪感与开阔感是我从以往习唱的歌曲中从来没有体验过的。

有一首歌我不知道作词与作曲者是谁，它的内容极适合进步学生们的口味：

我们的青春像烈火一样鲜红，
燃烧在充满荆棘的原野。
我们的青春像海燕一般英勇，
飞翔在暴风雨的天空。
原野是充满了黑暗，

我们燃烧得更鲜红。

天空是布满了黑暗，

我们飞翔得更英勇，

我们要在荆棘中烧出一条大路，

我们要在黑暗中向着反动派猛攻！

这首歌的歌词对于那时的我像是《圣经》一样。

另一首我早就学会的苏联歌曲据说是列宁喜欢唱的：

生活像泥河样流，

机器吃我们的肉……

情调极像高尔基的《母亲》，也许这首歌的词是高尔基写的？此后许多年，周扬喜欢引用一个例子，说是高尔基的《母亲》深受列宁赞扬，说这是一本“合乎时宜的书”，而普列汉诺夫却批评此书的艺术性的不足。1981年我与胡乔木第一次见面，他说到高尔基的《母亲》写得并不好，倒是《克里姆·萨姆金的一生》才是高尔基的代表作。

无论如何，旧社会的撼人灵魂的革命歌曲是太多了，正义的冲动、悲悯的情怀、献身的血性是太多了。我相信没有革命的小说与歌曲就没有革命。我甚至怀疑过一些没有唱过这一类歌曲的人的革命要求是否足够悲壮与强烈。我深信没有被压迫与求解放的情怀，就没有革命。我怀疑中华人民共和国成立后才参与革命、随大流革命，然后种田打球烧菜收废品全算革命，再然后生怕别人说自己不革命，纷纷抢着表示拥护革命，越表示革命就越能够获得现实的利益——这究竟是不是一件值得庆幸的事？革命毕竟应该是牺牲，是奉献，是迫不得已，是面对重重阻力、重重艰难的豁出命去的千难万险之事儿啊。

有意思的是，还有一批并无革命词句的歌曲也纳入革命洪流。例如"太阳落山明朝依旧爬上来，花儿谢了明年还是一样地开……"也是刘枫教给我的，他边唱边舞。学生工作，容易吗？以及"可爱的一朵玫瑰花，赛的玛利亚……"还有"温柔美丽的姑娘，我的都是你的，你不答应我要求，便向喀什噶尔跳下去……"1948年春，地下党领导搞了一次"平津学生大联欢"，这些比较健康的民歌被联欢的大学生们所传唱，从此这些歌儿也成了进步学生的标志。国民党那边呢，不唱这些歌，他们唱白光、李丽华的靡靡之音。有一位台湾诗人对我说过，他们上学的时候春游，刚唱一首歌，马上被人提醒，那个歌不能唱，那是共产党的歌儿；再换一首，还是共产党的歌……

我渐渐懂得，学生运动的做法是愈来愈成熟了，它发动并组织着矛头直指国民党的请愿游行示威罢课，也扩大着自己的外缘，包括了各种文娱、学习、助学活动。地下党组织过规模庞大的助学运动，征募钱财，帮助经济困难的学生。在这些活动中，树立了进步学生、地下党员学生骨干的威信，紧密了这些学生骨干与广大学生的关系，使这些大学生们变成了同欢乐、共患难、一起向往明天、一起渴望变革、生愿同生、死愿同死、打不散、折不弯的斗争集体。而这是国民党统治者最最没有办法对付的。

革命是怎么来的？革命从补习几何三角中来。革命从唱歌跳舞而来。革命从一切阅读，从一切对生活对世界的不满意，从一切社会矛盾、阶级矛盾、家庭矛盾、人际矛盾……从一切对于新生活的幻想当中来。我的父母骂架，我以为只有革命才能解决他们的怨仇。我听到隔壁邻居每到夏夜晚上拉胡琴，他拉得又不好，聒噪得人心烦意乱，我想是只有革命才能消除这些穷极无聊的噪音。一本书写得极差，我相信只有革命才能淘汰这些格调低下误人子弟的狗屁书籍。一本书写得动人，我相信只有革命才能使书里的人物的眼泪止息，使有情人成为眷属。

我想起了与刘枫的一个小争论。一次他问我在看什么书，我说是老舍的《骆驼祥子》。他表示不以为然。我表示此书可以起动员革命的作用，他不怎么相信。而我坚持，不论老舍当时的政治见解如何，《骆驼祥子》给人的影响是，这个社会已经无可救药。而且不仅老舍，连当时与共产党领导的革命没有太密切的关系的冰心的《去国》与《到青龙桥去》，同样地也会通向革命，引向革命。

与此同时，我读书时也常常困惑，为什么鲁迅的作品没有直接号召革命与歌颂共产党的内容？为什么丁玲的作品中少有直接号召革命的内容？为什么革拉特考夫的《士敏土》与绥拉菲莫维奇的《铁流》里的革命是那样粗暴和混乱？为什么这两位苏联大作家对革命的描写是那样吝惜光明和欢乐的词句？与这些相较，我宁愿读巴金的《灭亡》与《新生》、艾青的《火把》。前者讴歌抽象的革命，后者描写国统区的青年斗争。火把，红旗，在刑场上高唱《国际歌》，我的青春需要的是这样的崇高牺牲的旋律！

也不能说我这个“进步”青年只限于读左翼书籍与唱革命歌曲，我曾经办了一个手写本刊物，叫作《小周刊》，主编与作者主要是我与秦学儒，我为之撰写了充满激情的发刊词，无非是抨击社会的不义与号召斗争。我们用复写纸抄写，然后提供给诸同学阅读。“出刊”两天我就被校长找去谈话，校长是国民党市党部委员，名常蕴璞，字玉森，以管束严厉、提倡并实行体罚而给我留下了印象。常校长讲的是什么“被人利用，造成事件”之类，我主编的第一本刊物就这样被查禁了。

地下党给我的定位是“进步关系”，就是说我是思想进步的青年，但不是党员也不是党的外围组织的成员。我自己对自己的“进步”深为自恋自豪自敬。怀着一种隐秘的与众不同与众相悖的信仰，怀里揣着那么多成套的叛逆的理论、命题、思想、名词……不动声色地生活在大众之间，这种滋味既浪漫又骄傲。一些报刊大骂共产党的残酷的阶级斗争。有的报刊表面公允地对国共各打二十大板。校长动辄在集会上煽动反苏反共。有些老师上课时大讲土改中的刑罚。有些亲友也是提“共”而色变。而我呢，坚信他们都是糊涂虫，昏聩无望，人云亦云，沉睡不醒，腐烂等死，而我却找到了光明，找到了希望，辨得清真伪，一切了然于胸，登高望远，信心十足，阔步前进……而这一点，包括家人，谁也不知道，我是独占鳌头，心明眼亮的唯一。只是在中华人民共和国成立前夕我才知道姐姐也参加了党的外围组织。

有几个月刘枫同志没有来找我，我按他说过的地址去到他说的那一条街，一家一家地寻找，我找不到他。我体会到了失去关系的滋味，太悲伤也太恐怖了，哪怕只是一个进步关系，这个关系是不能中断的，组织的力量是无限的，失去组织就失去了一切寄托和希望。当你只是一个人的时候，你只有十二三岁，一米六多一点高，体重不足百斤，对旧社会完全绝望，你什么事也不可能做成。当你与一个伟大的组织有联系的时候，你知道自己的力量巨大无比，正在艰难取胜。

1948年我初中毕业，我记得毕业时分金合欢花（榕花）树盛开着橙红色的、毛茸茸的花儿的情景。还有各种留影、纪念册与互写赠言。我对此并无所谓，我深信这些事都是小资产阶级的空虚无聊。

毕业时出一本校刊，要选我一篇作文。我汲取了办刊物被取缔的经验，便拿了一篇以堆砌辞藻见长的《春天的心》充数。这篇东西就这样留下了，以致至今仍然有时收入我的散文集中。刘绍棠甚至说是看了此文，觉得我的所谓“意识流”式的文风已见端倪。

当时的高中是各自招生，有的人便报考许多学校，花很多报名费，以增加保险系数。我则报了四中和河北高中（简称冀高），两者都顺利考上了。我与另一个“进步关系”秦学儒决定取冀高而舍四中。原因之一就是冀高有革命传统。

就在我们入冀高一个月后，刘枫来了，冀高的工作是他带领的，他正在为冀高地下党受到破坏而忧虑。他二话没说就说愿意介绍我们二人加入中国共产党，给我们看党章。我至今不知道他从哪里得知我们已经进入了冀高，我相信在经过“四一七”逮捕以后、进步力量受到严重打击的冀高，我们这两个进步关系的到来恰逢其时，自动符合了革命的需要。刘枫这次的到来使我们也使他兴高采烈。

发展我们入党的提议出乎我们的意料，我本来以为共产党员对于我是高不可攀的，共产党员是钢铁所炼成的（保尔·柯察金式的），是真正的仁人志士，是大无畏的英雄，是身经百战的斗士，是人民群众的带路人，是火炬的高擎者与人民的旗手。而我深知自己的幼稚与软弱。我感到了些许的惶惑，乃至失望，如果我都可以成为共产党员，共产党员不是太一般了吗？

我更感到了革命的圣火的燃烧，已经不容惶惑，已经不容退缩，已经不容怀疑斟酌，号角已经吹响，冲锋已经开始，我只能向前向前再向前。

数天后即1948年10月10日，我与秦学儒在离冀高不远的什刹海岸边再见刘枫，声明都已认真考虑过了，坚决要做共产党员，把一生献给共产主义事业。刘枫宣布即日起吸收我们入党。秦的候补期为一年，我的候补期至年满十八岁时为止。刘指示我们，由于形势险恶，要特别注意保存力量，严防暴露，细致工作，扩大党的思想影响，并秘密发展外围组织。

然后我从什刹海步行返回位于西四北小绒线胡同的家。一路上我流着热泪唱着冼星海的一首尚未流行开来的歌：

路是我们开哟，
树是我们栽哟，
摩天楼是我们，
亲手造起来哟。
好汉子当大无畏，
运着铁腕去，
创造新世界哟，
创造新世界哟！

我觉得再没有比这首歌更能表达我当时的心情的了。这可以说是我的入党誓词。

永远的十九岁

我工作的区委位于东四十一条 39 号，是一个三进的大院子——原来的敌产。团委与妇联位于前院的一排南房，区委位于主院，中间是美丽的垂花门，高高的台阶。主院西房是组织部，东房是宣传部，正房是书记与办公室。后院是集体宿舍，通向一个后门，十二条。1952 年底 1953 年初的寒假，一些学生党员调入区委搞“三反”“五反”运动，其中就有女二中的崔瑞芳。我曾经在午夜到他们的办公室去，我很感动。我一直想写一个话剧，一处大大的办公室，冬天，巨大的火炉，午夜，挂钟敲响了十二点，传来了新的消息，领导运筹帷幄，荡涤着旧社会遗下的污泥浊水。年轻人幻想着一个新的水晶一样的光明世界。有同志间的深情与恋情；有敌人的千奇百怪的手段企图腐蚀革命，扭曲革命。有自己人的掉队、颓废和自私；有青年人的好奇与天真；有天使一样的献身热情与对一个无比美好的世界的追求，生活充满希望……

当我想到崔瑞芳的时候整个世界都呼啸和旋转。当我想到她与我都生活战斗在这一个大院里的时候我觉得十分温暖。我当然找得到一种适当的方式表达我的感情。我与她说话，我借给她书看，我找她散步，我给她写了极其美丽动人的信。

……我记得这一年的3月6日晚饭后我们去贡院西街市委党校礼堂听报告，报告会后我步行送她回西单住地，我们缓缓地走到了西单。我一个人又从西单走回了东四十一条。我惊异于灯火璀璨的北京夜晚的辉煌美丽。当然那时候不可能有太多的灯，由于我回来时街上再无一人，我只觉得千万盏灯在为我而照耀，我幸福得如同王子。

当时我只有十八岁，瑞芳只有十九岁，我虽然不大，但已经是干部，已经是小“领导”，已经自以为胸有成竹。而我的追求使她情绪极其波动。有几次她正式拒绝。又有几次我们恢复了来往。所有这些都无比的美好，被友好地拒绝竟也是这样的美丽。

9月下旬，我们忙于准备国庆节的节日活动。已经表示不怎么打算和我发展下去的瑞芳一天突然给我打电话，问我去不去看夜深举行的阅兵式预演。我们的一切都是与伟大的国家伟大的生活紧紧联结在一起的。

我们的生活中出现了世界、和平、生活、幸福、岁月、日子这些字眼，这些字眼令我感动莫名。我在新恢复的杂志《译文》上看到的头题小说是安东诺夫的《第一个职务》，描写刚从大学毕业的女建筑师尼娜怎样在建筑工地上体验到了艰难与幸福，所谓走向生活，所谓和平建设，所谓城市与人的崭新的前途。我学会了在夏季喝冰镇的啤酒就炸花生米，使我美得像上了天。我常常在夏季的周日去什刹海游泳，我想不到自己已经活得这样滋润。我与姐姐还购买了旧留声机。那时的苏联唱片八角钱一张，虽然转速常有快慢的差别，我们还是从这个留声机上听到了尼基丁唱的《春天的花园花儿好》、米哈依洛夫唱的《沿着彼得大街》，尤其是聂恰耶夫唱的《列宁山》，“穿过朝霞太阳照在列宁山，峻峭的山岭使人神往……当我们回忆少年的时光，当年的歌声又在荡漾……世界的希望，俄罗斯的心脏首都，我们的首都，我的莫斯科！”它的抒情和阳光、赞美和纯净，标志着我的青年时代的福气，青年时代大唱《列宁山》那样的歌曲的人是幸运的，即使我后来发现列宁山毫不峻峭，莫斯科大学的斯大林式建筑显得傻气，而苏联的阳光明媚后边有着太多的麻烦和不明媚也罢。

而听到柴可夫斯基的第一弦乐四重奏第二乐章《如歌的行板》的时候我会感动得泪流满面，一听到收音机里放这首曲子，我就会恳求周围的同事或者家人，允许我关闭灯光，拉上窗帘，我要在黑暗中静听这首乐曲。我的这种表现，当然，也成了“生活会”上的一个话题，为什么王蒙有这么多不健康的怪癖呀。

1953年我十九岁，十九岁的王蒙每天都沉浸在感动、诗情与思想的踊跃之中。这一年开始了我的真正的爱情与真正的写作。这一年内心的丰满洋溢，空前绝后。我想过多少次，如果有一个魔法，可以实现我的请求，我当然不会要钱，要地位，要荣誉，要任何古怪离奇——我要的只是再一次的十九岁。

感谢上苍，感谢历史，让王蒙在少年青年时代经历了那么多崇高、危险、浪漫、胜利、激情和阳光。显然，我们面临着新的时期、新的特色。我该怎么办呢?

运动过后一切都会特别纯洁。一个女中学生党员，参加着火热的斗争。这些都令我心醉。头两年，就是1950年夏天，她到由我们团委组织的“暑期生活指导委员会”来开过会。她的笑容与善意十分迷人。那时她是女二中的学生会主席。她从1947年就是地下盟员，1949年夏入党。她还担任过首届少先队大队长。到了1951年至1952年冬季，她来到区里做“三反”“五反”，我们已经是第三次见面了。

每当我想起瑞芳，我想到的是她从小革命的经历，她在学校担负的繁重的工作，她对自己的严格要求，她夜夜加班在那里统计“三反”“五反”的战果。她的笑容使整个区委大院光亮起来了。

我得知她在班上写的作文《看苏联影片〈她在保卫祖国〉》被老师和同学称道。我得知她走在街道上被解放军的骑兵撞成了轻伤。我在“五一”劳动节之夜，在人山人海的天安门广场寻找瑞芳，而居然找到了，这一年的“五一”之夜我们一直狂欢到天明。

初恋似乎还意味着北海公园。漪澜堂和白塔，五龙亭和濠濮涧，垂柳、荷叶和小船，都使我们为城市、为生活、为青春而感动。我们首次在北海公园见的面，此后也多次来北海公园。我们在北海公园碰到过雨、雷和风。东四区离北海后门比较近，常常有团日在北海举行。有一次一所中学的团员在那里活动，轮到我给他们讲话的时候，晚霞正美，我建议大家先用一分钟欣赏晚霞，全场轰动。

但我们第一次两个人游公园是中山公园，那天我一直唱《内蒙春光》里的主题歌：“草儿哟青青溪水长，风吹哟草低见牛羊……”所有的美好的歌曲都与爱情相通。同一天我们一起在西单首都影院看了电影《萨根的春天》。看罢电影，在我幸福得尥蹶儿的时刻，瑞芳却说，我们不要再来往了吧。大风吹得我天昏地暗。

芳情绪波动，没完没了，当然她只是个中学生，她怎么可能一下子就与我定下一切来呢？一会儿她对我极好，一会儿她说我不了解她，说是让过去的都永远地过去吧，一会儿边说再见边祝福我取得更大的惊人的成就。有一个多月我们已经不联系了，但是次年在北海“五一”游园时又见了面。此次游园给人印象最深的是海军政治部文工团演唱的《人民海军向前进》，铜管乐队伴奏。这首歌也永远与我的青春与爱情联系在一起。她事后还来电话说我不应该见到她那样躲避。唔，除了唱歌哼哼歌，除了读世界小说名著，除了含着泪喝下一杯啤酒，我能说什么呢？

是的，初恋是一杯又一杯美酒，有了初恋，一切都变得那样醉人。

1952 年夏天，瑞芳她们参加了团市委组织的在红山口的干部露营，我去看了一下，走了。我走的时候工地上播送的是好听的男高音独唱《歌唱二郎山》，时乐濛作曲，高音喇叭中的独唱声音摇曳，而我渐行渐远。瑞芳说，她从背影看着我，若有所动。这时，我们的来往终于有了相当的基础了。回到市内，我还给我区参加中学生干部露营的人们写了一封信，说到我下山的时候，已觉秋意满怀。包括瑞芳在内的几个人，都对我的秋意满怀四个字感兴趣。

这年冬天，我唯一的一个冬天，差不多每个周六晚上去什刹海溜冰场滑冰。那时的冰场其实很简陋，但是冰场上的高音喇叭里大声播放着苏联歌曲，最让我感动的是庇雅特尼斯基合唱团演唱的《有谁知道他呢》，多声部的苏联女声合唱，民歌嗓子，浑厚炽烈，天真娇美，令人泪下：

晚霞中有一个青年，

他目光向我一闪……

有谁知道他呢，

为什么目光一闪……

为什么目光一闪？

最后一句更是摄魂夺魄。

1953年以后，我再也没有滑过冰，也再没有听到过这样好听的《有谁知道他呢》，直到五十二年以后，我才在莫斯科宇宙饭店听到了一次原汁原味的俄罗斯女孩的演唱。而一切已经时过境迁，江山依旧，人事国事全非。我流泪不止。

我的第一个爱的人是芳。我的新婚妻子是芳。现在快要与我度金婚的妻子还是芳。但是，团区委的岁月，仍然是我的初恋，后来1955年至1956年我们有一年时光中断了来往，这是初恋的结束。初恋最美好，初恋常常不成功，这大体上仍然是对的。直到1956年夏天，我们开始了真正的青年人的恋情，1956年夏天的重逢使我如遭雷电击穿，一种近似先验的力量，一种与生命同在或者比生命还要郑重的存在才是值得珍惜的与不可缺少的。而所有的轻率，所有的迷惑，所有的无知从此再无痕迹。

我这一生常常失误，常常中招，常常因轻信而造成许多狼狈。但是毕竟我还算善良，从不有意害人整人，不伤阴德，才得到护佑，在关系一生爱情婚姻的大事上没有陷入苦海。1956年我们相互的选择仍然与初恋时一样，我们永远这样。这帮助我避过了多少惊险。这样的幸运并不是人人都有。

走向文学

我有过一位女同事（也可以算间接的领导），原也是大学生中的地下党员。她博闻强记，喜欢咬文嚼字，也似乎有好强使性的表现。她讲过一句话，使我非常感动，她说她追求的正像一首歌曲所歌唱的："我们永远战斗在最前线。"

她后来突然调动工作了，有人说曾经见到她，烫着大花头发，人们分析说她可能去担任敌后工作去了。也有人说并无其事，她后来一切平淡无奇。

"五年计划"与安东诺夫的小说令我心潮澎湃。小说《第一个职务》写一个刚刚毕业的学建筑的女大学生尼娜，在巨大的建筑工地上的艰难与勇敢、眼泪与欢笑、沉醉与长进。然后激动人心的还有尼古拉耶娃的《收获》和巴巴耶夫斯基的《光明普照大地》（改编成电影《金星英雄》）。我曾经十分向往杜鹏程的《保卫延安》的成功，而他后来写的《在和平的日子里》就更令我壮心不已。但我又感到了他写得太过用力，太苏联式，不那么自然。我读了赵树理的《三里湾》，我佩服他的群众化的语言和他对北方农村的人情世故的洞察与表现，但是我不满足，对如火如荼的新中国的描绘，需要激情，需要浪漫，需要缤纷的幻想与色彩，而伟大的老赵，除了朴实，还是朴实，除了泥土，还是泥土。“老赵”的风格是无与伦比的、独特的，但不可能取代其他。我甚至于对伟大的鲁迅所讲的白描也只承认那是一种风格、一种手法。可以白描，也可以斑斓绚丽，还可以如诗如梦如云如虹如霞如飞流直下三千尺的瀑布，中国的青年人有一颗颗敏锐多情的心，中国有那么丰赡的文学传统，我们有白居易也有李白、杜甫、李商隐、李贺、苏东坡和柳永。中国的读者，他们——我们有权利得到更多更美好更丰富的精神食粮、精神的盛宴。我们有权利使自己的生活丰富化和浪漫化，永在前线。

我还要老实承认，我的日常工作渐渐让我看到了另一面，千篇一律的总结与计划、冗长与空洞的会议、缺乏创意新意的老话套话车轱辘话……我打算报考大学去学建筑，我要在建筑工地上献出我的热情与才能，有点可笑，但确实是受了安东诺夫的《第一个职务》的影响。

我被领导断然拒绝。我其时已经是东四（比原来的三区扩大了已撤销的原五区的部分属地）团区委（已不是工委）副书记了，属于骨干，岂会让我再去做普通的大学生？

我找来了高中的各科课本，我要自学。我相信自己应该有更大的学问、更高的能力、更精彩的成果、更宏伟的成就。我不愿意混同于庸庸碌碌、人云亦云，我不愿意原地踏步，照本宣科，颠过来倒过去，我要的是创造和前进，是苟日新，又日新，日日新，是一日千里。我是一个正在期待跑出成绩来的长跑运动员，我绝对不是每小时五公里走路就可以尽兴的。

我还要实话实说，“红学”领域的两个小人物李希凡、蓝翎的一举成名令我心潮澎湃。蓝翎本名杨建忠，是我们区的团员，他先分到师大附中三部（即后来的一〇一中学），我们办理过对他的处分事宜，大约是该校团总支，上报了他的处分材料：不安心教师工作，不服从分配之类，后来处分与否我已记不清，但是他很快与李希凡一道调到《人民日报》文艺部则是令人艳羡的事实。人不能没有成绩，人必须有所作为！

我在《译文》(即现今的《世界文学》）上读到爱伦堡的一篇文章《谈作家的工作》，他的文字如诗如歌，他把文学创作的美丽与神奇写得出神入化，他嘲笑那些文学教条主义教师爷主义入木三分，他的文章让我感动得喘不过气。

原来作家的工作是这样美好，创造、构思、风格、设计、夸张、灵感、激情、个性、想象、神秘、虚构、朦胧……所有这些平常要慎之又慎的用语，对于文学都是最最起码的素质，如果你从事文学，如果你在文学上有所作为，你就整天是创造和灵感、神秘和想象了。再往高里要求呢？文学是真正的永远。文学比事业还要永久。谁那么清晰那么缅怀汉唐皇帝的文韬武略？谁能为几千年前的一场战役或一个工程而激动不已？谁又能不为楚辞、乐府、汉赋、唐诗而拍案叫绝？什么都怕时间，除了文学。

突然，一个想法像闪电一样照得我目眩神迷：如果王蒙写一部小说？长篇小说，长篇小说……

我有文笔，我从小喜欢作文。仅仅在二年级做造句，我就显得与众不同。我用注音符号造了一个很长的句子，因为里面的许多字我都不会写。老师出的题目是“因为……”我却造了一个大句子，而且文以载道，有一大堆主题思想，我平生造的第一个句子是："下学时候，我看到妹妹正在浇花呢，我很高兴，因为她从小就不懒惰……"

更要紧的是我有独一无二的少年革命生活，我有对于少年/青年人的精神世界的少有的敏感与向往，我充满经验、记忆，尤其是爱与赞美的激情。在我这个年龄的人当中，没有人会像我看得这样高这样相对成熟。在站得高有经验相对成熟的人当中，没有我这样的年轻人、同龄人。我国作家在写农民写战士写工人。苏联作家笔下的中学生是作为儿童文学的题材来开发的。甚至苏联的写大学生的小说《大学生》与《三个穿灰大衣的人》我也觉得写得太孩子气，太往共青团团课教程上靠。而中国，连这样的偏于小儿科的书也没有。

就是说，我一定可以写一部独一无二的书，写从旧社会进入新社会，从少年时期进入青年时期，从以政治活动社会活动为主到开始了大规模有计划的经济建设，写从黑暗到光明，从束缚到自由，从卑微到尊严，从童真到青春，写眼睛怎样睁开，写一个偌大的世界怎样打开了门户展现在中国青年的面前，写从欢呼到行动，歌唱新中国，歌唱金色的日子，歌唱永远的万岁青春。

我还要写年轻人辨不清写不出，年纪大的人已经过景的少年意气、少年多感、少年幻梦、少年豪情、少年的追求与发现，人生的第一次政治抉择、第一次艺术感受、第一次爱情觉醒、第一次义愤填膺、第一次忧愁与烦恼、第一次精神的风暴……

这样一个写作的念头足以令人如醉如痴，如疯如狂，如神仙如烈士。敢于做出重大的决定，这不正是小小王蒙的特色吗？十四岁的时候敢于加入地下的中国共产党，十五岁的时候敢于退学当干部，十八岁的时候敢丁如火如荼地追求自已心爱的女孩，十九岁的时候就不敢拿起笔来写一部长篇小说吗?

我知道写作并非易事。我应约给《中国青年报》写一篇谈团的组织生活的文字，改了五六次，改得我心灰意懒。联系我的编辑还是中央团校的同学、优秀的新闻工作者唐飞虎。我还写过一些其他东西，投稿后全部原样退回。我知道所有的给初学写作者的忠告都说是不要一上来就写长篇，应该从报屁股千字文开始练笔。但是我能走这样的路吗？我的与众不同的写法只有达到一定的厚度与分量才有可能说服编辑同志。

我认为，人应该做点什么，人应该敢于发动新的进击，人应该集中自己的精神学习奋斗做事而不是随波逐流，虚度光阴。我相信了苏联影片《金星英雄》上的话，“生活中有急流也有缓流，我们要投身于急流”。

近三十年后，我收到法国《解放报》的提问：你为什么写作?我回答道：因为生命太短促，而且美丽。我确实不仅仅是为了个人的出人头地，我坚决相信我们这一代人是不寻常的，我们亲眼看到旧中国的崩溃，我们甚至参加了创造伟大崭新历史的斗争，我们少小年纪便担当起了革命的重任，我们少小年纪便尝到了人生百味历史百图，而时代，历史，是过了这个村就没有这个店了，你如果不去写，你留下的是一大片空白，对于你，对于他和她，对于世界，对于历史。

往事历历

故乡行

——重访巴彦岱

我又来到了这块土地上。这块我生活过、用汗水浇灌过六七年的土地上。这块在我孤独的时候给我以温暖，迷茫的时候给我以依靠，苦恼的时候给我以希望，急躁的时候给我以慰安，并且给我以新的经验、新的乐趣、新的知识、新的更加朴素与更加健康的态度与观念的土地上。

高高的青杨树啊，你就是我们在1968年的时候栽下的小树苗吗？那时候你幼小、歪斜，长着孤零零的几片叶子，牛羊驴马、大车高轮，时时在威胁着你的生存。你今天已经是参天的大树了，你们一个紧靠着一个，从高处俯瞰着道路和田地，俯瞰着保护过你们、哺育过你们、至今仍在辛勤地管理着你们的矮小的人们。你知道谁是当年那年老的护林员？你知道谁将是你们的精明强悍的新主人？你可知道今天夜晚，有一个戴眼镜的巴彦岱——北京人万里迢迢回到你的身边，向你问好，与你谈心？

赫里其汗老妈妈，今夜您可飘然来到这里，在这高高的青杨树边逡巡？您是 1979 年 10 月 6 日去世的，那时候我正住在北京的一个嘈杂的小招待所里奋笔疾书，倾吐我重新拿起笔来的欢欣，我不知道您病故的凶信。原谅我，阿帕，我没有能送您，没有能参加您的葬礼，您的乃孜尔（这里指人死之后举行的祭奠仪式）。那六年里，我差不多每天都喝着您亲手做的奶茶。茶水在搪瓷壶里沸腾，您坐在灶前与我笑语。茶水对在搪瓷锅里，您抓起一把盐放在一个整葫芦做成的瓢里，把瓢伸到锅里一转悠，然后把一碗加工过的浓缩的牛奶和奶皮子倒到锅里，然后用葫芦瓢舀出一点茶水把牛奶碗一涮，最后再在锅里一搅。您的奶茶做好了，第一碗总是端在我的面前，有时候，您还会用生硬的汉语说："老王，泡！"我便兴致勃勃地把大馕或者小馕，或者带着金黄的南瓜丝的苞谷馕掰成小小的碎块，泡在奶茶里。最初，我不太习惯这种我以为是幼儿园小孩所采用的掰碎食物泡着吃的方法，是您慢慢把我教会。看到我吃得很地道，而且从来不浪费一粒馕渣儿的时候，您是多么满意地笑起来了啊！如今，这一切还都历历在目呢。可您在哪里，您在哪里呢？青杨树叶的喧哗声啊，让我细细地听一听，那里边就没有阿帕呼唤她的"老王"的声音吗？

笔直的道路和水渠，整齐的、成块的新居民点，有条有理，方便漂亮。20 世纪 60 年代中期自治区党委提出的好条田、好林带、好道路、好渠道、好居民点的"五好"的要求，关于建设社会主义新农村的号召，如今在巴彦岱不是已经实现了吗？根据规划建设的要求，我和阿卜都热合曼老爹、赫里其汗老妈妈住过的小小的土房子已经被拆掉了，现在是居民区的一条通道。当年，我曾住在他们的一间不到六平方米的放东西的小库房里，墙上挂着一个面罗、九把扫帚和一张没有鞣过的小牛皮。最初我来到这个语言不通的地方，陪伴我的只有梁上的两只燕子。我亲眼看见燕子做窝、孵卵，看见它们怎样勤劳地哺喂那些叽叽喳喳的小燕子。在小燕子学会飞翔的时候，我也已经向维吾尔族农民的男女老少（包括四五岁的孩子）学了不少的维吾尔语了。我们愈来愈熟悉、亲热了，按照你们的古老而优美的说法，你们从燕子在我住的小屋里筑巢这一点上，判定我是一个心地善良的人。于是，你们建议我搬到正屋里，和你们住在一起。我欣然接受了。从此，我们一起相聚许多年，我们的情感胜过了亲生父子。亲爱的燕子们哪，你们的后代可都平安？你们的子孙可仍在伊犁河谷的心地善良的农民家里筑巢繁养？当曙色怡人的时候，你们可到这青杨树上款款飞翔？

阿卜都热合曼老爹啊，我们又重逢了。在那些年，我把我的遭遇告诉了您。您那天沉默了许久，您思索着，思索着，然后，您断然说："老王，不会老是这样子的。请想一想，一个国家，怎么能够没有诗人呢？没有诗人，一个国家还能算是一个国家吗？元首、官员、诗人，这是任何一个国家都不能缺少的。老王，放心吧，政策不会老是这个样子的。"您没有文化，您不会写自己的名字，您不懂汉语，没有看过任何书，然而，您是坚定的。您用您自己的语言，表达了您的信心，对于常识，对于真理，对于客观规律总比任何人的个人意志强大的信心。如今，您的信心应验了：诗人和作家在我们的国家受到了应有的关心和爱护。排斥诗人、废黜诗人的年代终于一去不复返了，而您，也已经老迈了……

还有二大队的支部书记阿西穆·玉素甫。1971 年，我离开巴彦岱前去乌鲁木齐"听候安排"的前夕，阿西穆同志对我说："不要有什么顾虑，放心大胆地去吧！如果他们（指当时乌鲁木齐的有关部门）不需要你，我们需要你。如果他们不了解你，我们了解你。你随时可以带着全家回来，你需要户口准迁证，我这里时刻为你准备着。你需要房屋，我们可以立刻划出九分地，打好墙基。一切困难，我们解决。”这真是披肝沥胆，推心置腹！巴彦岱的父老兄弟呀，在我最困难的时候，你们给过我怎样巨大的支持和鼓励！古人说，“人生得一知己足矣”，而在巴彦岱，成百上千的贫下中农都是我的知己！在最困难的时候，最混乱的时候，我的心仍然是踏实的，我仍然比较乐观，我没有丧失生活的热情和勇气。至今有人称道我四十七八岁了还基本上没有白发，说我身体好。其实，我的青少年时期身体状况是很糟糕的，为什么经过了那么多动乱和考验以后，我反倒更结实也更精神了呢？那是因为你，你们——阿卜都热合曼、依斯哈克、阿西穆·玉素甫、阿卜都克里木、金国柱、艾姆杜拉、满素艾山……你们支持我，帮助我，知己知心，亲如父子兄弟，你们给了我多少温暖和勇气！不是吗？当我来到四队庄子上，看望依斯哈克老爹的时候，他激动得哭个不停。心连心，心换心啊！此意此情，夫复何求？

慢慢地在青杨掩映的乡村大路上前行吧，每一株树，每一个院落，每一扇木门，每一缕从馕坑里冒出来的柴烟，每一声狗叫和鸡鸣都会唤起我无限的怀念。清清的小渠啊，多少次我到你这里挑水？阿帕是贫寒的，她的水桶一个大一个小，她的扁担歪歪扭扭，严格说来那根本不能叫扁担，因为它一点也不扁，而是一根拧了麻花的细棍子。那东西压在肩膀上，才叫闹鬼呢，它好像随时要翻滚，要摆脱你的手心……就是这样，我用它挑了多少水啊。而当枯水季节，或者当小渠被不讲道德的个别人污染了的时候，我就要沿着田埂向北走上三百多米，从另一处渠头挑水了。给房东大娘把水挑满，这也是党的传统，党的教育，党的胜利的源泉啊，我能够忘记吗？即使我住在冷热水龙头就在手边的地方，我能忘记这用麻花扁担挑着大小水桶走在巴彦岱的田野上的日子吗？

继续往前走，就是原来的大队部了。我不由得想起1965年到1966年，我们每天早晨天不亮就聚集在这里“天天读”的情景。我把“天天读”变成了学习维吾尔语的好机会，我认真地背诵着“老三篇”的维吾尔文译本，并且背下了上百条“语录”译文。一方面做学生，一方面又担任教维吾尔新文字的“先生”，有许多个早上我在这里给大队干部教授拉丁化的维吾尔新文字。那齐声朗诵A、B、C、D的声音，还在这里回响着吗？

当然，原来的大队部也使我想起那阴暗的日子，一阵“炮轰”以后的半瘫痪状态，“一打三反”时候的恐怖气氛……这些，已经成为往日的陈迹了。我会见了艾姆杜拉和司迪克，艾姆杜拉已经被落实了政策，担任巴彦岱中学的教员，一家十一口，也转为吃商品粮的了。“你现在和队上没有什么关系了么？”我问。“呵，如果我给队上缴一车肥料，队上就给我一车麦草。”他笑着说。而曾被捆绑和殴打过的司迪克呢，他骄傲地把他新盖的高台阶、宽前廊的房屋指给我看，端来了自己栽植收获的葡萄、梨……劳动者的心地是最宽阔也最厚道的，我们共同引用着维吾尔族的谚语：男子汉大丈夫总要经受各式各样的磨难的。沉重的回忆就这样被欢畅的笑声冲刷过去了。

巴彦岱的农民弟兄们，你们终于安定了，轻松了，明显地富裕起来了。孤儿出身的曾是穷苦的光棍儿的阿卜都克里木啊，你现在也有三间正房，上千元的存款、自行车、手表、驴车并且饲养着牛、鹿、驴了。你包了十一亩菜地，和你的精明的妻子一起种植管理。当年我曾经多少次睡在你的独间土房里，睡在你那个只有架子没有床板，用向日葵秆托着我的身躯的歪歪扭扭的床上，共同诉说着生活的艰辛和期望啊！今天，我又睡到你这间房子里来了，你用伊犁大曲、爆牛肉、炒鸡蛋和煮饺子来招待我。曾经教会我扬场、自称是我的师傅的金国柱也来了，他拿着酒杯向我祝酒说："如果不替我们说话，我们就把你拉下来！"善于经营理财的穆成昌也来了，问我："农村的政策不会变吧？"为什么要变呢？符合人民心愿的，有利于生产发展的政策，要靠我们自己来贯彻啊！巴彦岱的各个大队，正在进一步落实责任制，把责任包到每户、每个劳动力身上。大家都说，真能这样搞下去，就会搞好了。难道可以不搞好吗？我们已经付出了那么多代价，那么多时间！

中秋刚过，明月出天山，天山上的月亮才是最亮、最无尘埃的啊！但愿我们的生活，我们每个人的心像天山上的明月一样光亮饱满。月光下的新居民点，房屋和庭园，属于社员个人的房前屋后的树木，堆积着的饲草饲料，还有不时发出哞哞声的牛吼马嘶，显示出多少希望！过去大队干部为购买一辆货运卡车绞尽了脑汁，现在，大队已经拥有两辆这样的汽车了。过去收割的时候靠马拉机具和人工，现在主要靠康拜因了。过去轧场的时候靠马拉石磙子，现在主要靠手扶拖拉机了。过去粮食加工靠水磨，现在在拥有更大的水磨的同时，电磨已经占据重要的位置了。过去送信时骑马，现在邮递员都备有崭新的挎斗摩托车了。过去谁家里有个半导体收音机就会引起轰动，现在，一些社员的家里已经有了收录两用机，有了沙发、大衣柜、五斗橱和捷克式写字台，还有的社员已经提前买下了电视机了（伊犁的电视台正在建设中）。不管有多少挫折和失望，我们生活的洪流正像伊犁河水一样地滚滚向前。

我又来了。我又来到了这块美好的、边远的、亲切的和热气腾腾的土地上。愿已经与世长辞的赫里其汗妈妈、斯拉穆老爹、阿吉老爹、穆萨子大哥安息！愿年老的阿卜都热合曼老爹、马穆提和泰外阔老爹在公社的照料下安度晚年。愿还在工作岗位上的阿西德、金国柱同志实现自己的抱负，做出成绩！愿当年的小孩子，现在的青年人能过上远胜于上一代的更加富裕更加文明的生活！巴彦岱的一切，永远装在我的心里。

是的，我没有忘记巴彦岱，而巴彦岱的乡亲们也没有忘记我。当依斯麻尔见到我的时候，他立刻提醒我，当年，是我给他写的结婚请帖，我帮他上的房泥；而我也立刻回忆起，那时他的夏日茶棚不是在南面而是在北面，他曾经有过一头硕大的黄毛奶牛。当那时的小姑娘、现在的三个孩子的母亲塔西姑丽见到我的时候，不是立刻问候我的妻子和我的孩子们吗？当吐尔迪、穆成昌……见到我的时候，不是还询问我的那辆因破烂而在巴彦岱有名的自行车和黄棉衣的下落吗？他们不是绘声绘形地回忆起我在哪块地上锄草，在哪块地上收割，怎样撒粪，怎样装车吗？无怪乎曾经担任大队会计、现在担任公社财会辅导员的小阿卜都热合曼·库尔班对我说："我不知道王蒙哥是不是一位作家，我只知道你是巴彦岱的一个农民。"没有比这更好的褒奖了！好好地回忆一下那青春的年华，沉重的考验，农民的情谊，父老的教诲，辛勤的汗水和养育着我的天山脚下伊犁河谷的土地吧！有生有日，一息尚存，我不能辜负你们，我不能背叛你们，不管前面还有什么样的胜利或者失败的考验，我的心是踏实的。我将带着长逝者的坟墓上的青草的气息，杨树林的挺拔的身影与多情的絮语，汽车喇叭、马脖子上的铜铃、拖拉机发动机的混合音响，带着对维吾尔族老者的银须、姑娘的耳环、葡萄架下的红毡与剖开的西瓜的鲜丽的美好的记忆，带着相逢时候的欣喜与慨叹交织的泪花、分手时的真诚的祝愿与“下次再来”的保证，带着巴彦岱的盛情、慰勉和告诫，带着这知我爱我的巴彦岱的一切影形声气、这巴彦岱的心离去，不论走到天涯海角……

1982 年 1 月

我在寻找什么？*

1953年深秋的一个晚上，在离北新桥不远的一幢新建的二层小楼里，当时担任共青团的干部的十九岁的我，怀着一种隐秘的激情，关好那间办公室兼宿舍的终年不见太阳的小屋的门，在灯下，在一叠无格的片艳纸上，开始写下了一行又一行字。旁边，摆着各种工作卷宗和没有写完的汇报、总结，如果有人敲门，我随时准备把一份汇报草稿压在片艳纸上，做出一副正在连夜写工作材料的样子。在写作生涯刚刚开始的时候，我考虑的是失败和嘲笑，我感到的是力不从心的痛苦。

即使这样，当我坐在桌前，拿起笔来的时候，我意识到这是发生了一件影响我的一生命运的事情。我觉得神圣，觉得庄严，深知自己是在努力把美好的、却也是稍纵即逝的生活记录下来，是在给热烈的、难以把握的激情赋予固定的形式。我真诚地认为，写在纸

* 本文为《王蒙小说报告文学选》自序。

上的东西，也许其丰富多彩不及活生生的生活的千百分之一，然而它是热情的结晶，是生活的光泽，是青春的印迹，它比生活事件本身更永久，比生活事件本身更能为千万人所了解，它是心灵的历久不变、行远不衰的唯一的信息。

于是我认为作家是世上最幸福的人，他能够同时与一千个、一万个、十万个朋友谈心，他永远也不会孤独，他永远和千百万人民在一起，去建立全新的、最美好的、最公正也最富裕的生活。

在我当时所工作的共青团委会的院落外面，是一个新华书店门市部，我常常到那里去吸吮油墨的香味。我徘徊徜徉于书林，流连忘返，我希望有一天我的书——我的心，也能袒露在这里。

这是我写《青春万岁》时候的情形。后来，它终于出版了，不是在当时，而是在我的孩子的年龄已经超过了我当时的年龄的时候。它从写作到出版用了二十六年的时间，比四分之一个世纪还要长。1979年，它出版的时候我已经不那么激动了，我已经知道了写作需要承担什么样的责任和风险，需要付出什么样的代价——心血、眼泪、青春，有时候还包括鲜血和生命。

因为文学追求光明，向往真理，渴望发展和进步，因为文学是人学，它以人为中心，它追求人成为真正的人，它要求人和人的关系成为真正的人的关系——共产主义的关系，老吾老以及人之老、幼吾幼以及人之幼的关系，所以它要与一切剥削制度作战，要与黑暗、与愚昧、与一切反动和保守的势力和思想、与一切虚伪和谎言作战。这样，一切黑暗和反动势力不能不把文学视为眼中钉。在我上中学的时候，我已经知道了被枪杀的柔石、殷夫、胡也频……的名字。

我的第一位文学教师是我的姨母。1967年她来到新疆伊犁我当时的家，几天之后因为脑溢血发作而长眠在那里。我至今记得她如何为小学二年级的七岁的我的第一篇作文添加了一个警语式的结尾。那本来好像是一篇描写春风的文章，姨母“代”我在结尾处写道：“风啊，把这大地上的黑暗吹散吧！”老师没有怀疑这句话是否可能出自一个孩子之手，她兴奋地、密密麻麻地为之加上了红圈。

是的，文学应该成为驱散黑暗的一股清风，成为催醒百花、唤来燕子和百灵的一股春风。正是为了驱散黑暗，我从少年时代便参加了当时还处于地下状态的党组织所领导的反对蒋介石国民党的人民革命斗争。我从少年时代便成为这个党的一名战士。在学生运动中，文学是革命的号角。不但有鲁迅、巴金、丁玲的作品，而且有《钢铁是怎样炼成的》，有《铁流》和《士敏土》，有《李有才板话》《白毛女》《吕梁英雄传》《洋铁桶的故事》和《我的两家房东》在蒋管区的青年学生中间流传。我始终认为，像《钢铁是怎样炼成的》这样的书，培养了苏联的、中国的、世界的一代或者几代革命者。

我始终认为，文学与革命是天生的一致和不可分割的，它们有着共同的目标——把旧世界打个落花流水，鲜红的太阳照遍全球。文学是革命的脉搏、革命的信号、革命的良心，而革命是文学的主导、文学的灵魂、文学的源泉。《钢铁是怎样炼成的》之所以能培养不止一代的革命者，首先是因为革命的烈火、革命的理想与实践培育了奥斯特洛夫斯基和他的书。

中华人民共和国成立后的每次政治运动几乎都是从文学开刀，终于，开刀轮到了我自己头上。

于是，我“自觉地”、努力去否定文学，抛弃文学，首先是否定自己。“你和你的作品是多么渺小，多么卑鄙！”我力图去相信批判会上的这种声音，因为它不但洪亮震耳，而且义正词严。我确实发现了文学的渺小——它连一个大嗓门的批判的气势都没有。我还希望能发现文学的卑鄙，发现以后我会心安理得地躺到人们为我指出的下榻处所——历史的垃圾堆里去。如果消灭了我所热爱过的文学以后果然产生了新兴的、“新纪元”的、可能用尽一切革命辞藻来形容的文学的话，如果我在滚进垃圾堆以后中国果然变得更纯洁、更美好、更幸福的话，我何乐而不乖乖地躺在那里？

于是我由衷地欢呼：“喝令三山五岭开道，我来了！”我认真地努力去领会“冲霄汉”“冲云天”“能胜天”之类的样板壮语，不怕人笑话也不怕人抓辫子。我其实觉悟得很晚，更谈不上有什么抵制，我甚至曾经努力去领会“三突出”“高大完美”，尽管在我的潜意识里对此充满了厌恶，尽管我常常在睡梦中哭湿了枕头。

在这一段时期，对于我来说，神圣的、永恒的、郑重和伟大的文学确实变成了渺小的、软弱的、可怜的、任人宰割、任人驱使的文学了。它不过是舞文弄墨的雕虫小技！它不过是自欺欺人的信口开河！它不过是权力的奴婢！它不过是附在大人物的皮上的一撮毛！呜呼，文学！别了，文学！

文学果然也成了卑鄙的了。它满纸谎言，它欺骗和麻醉人民，它变成了黑店人肉包子里的蒙汗药，变成了刽子手杀人时的遮羞布，变成了造谣和诽谤，变成了阴谋整人的小花招……

不仅是文学，生活里有多少表面上咋咋呼呼、其实是渺小而卑鄙的人和事。面对这一切，我一筹莫展，我既缺乏认识，又缺乏力量，更缺乏勇气，我在苟活，我在坐待。我在1957年被指责为渺小和卑鄙以后，过了二十多年，当真感到自己是渺小和卑鄙的了！

然而与此同时，我认识了真正的伟大与崇高。在生活的最底层，在最边远的地方，与人民同甘苦、共呼吸，站在人民的立场上看那些年的戏法魔术、风云变幻、翻云覆雨，孰是孰非、孰胜孰败，洞若观火！

挫折和失败锻炼了、丰富了我们。于是乎，迎来了 1976 年的 10 月，中国终于发生了注定要发生的、人民期待已久的事情。历史是最无情的，历史也是最有情的。我们获得了“第二次解放”，因为历史的规律是人民一定要自己解放自己，一次不行就再来一次。

拨乱反正就是起死回生。党重新把笔交给了我，我重新被确认为光荣的、责任沉重、道路艰难的共产党人。革命和文学复归于统一，我的灵魂和人格复归于统一。这叫作复活于文坛。复活了的我面临着一个艰巨的任务：寻找我自己。在茫茫的生活海洋、时间与空间的海洋、文学与艺术的海洋之中，寻找我的位置、我的支点、我的主题、我的题材、我的形式和风格。

因为，不论我怎样欢呼这二度的青春，怎样愿意一切重新从二十三岁开始，愿意去寻觅二十四年以前的脚印，然而我的起点毕竟已经不是二十几岁而是四十几岁了。尽管回忆童年是一件美好的、撩人心绪的事情，然而人们无法重新成为儿童。尽管回头看《组织部新来的青年人》(后改题为《组织部来了个年轻人》)[①] 以及散文《新年》使我伤感，使我含泪微笑，使我壮心不已，然而，同时也有

① 这篇小说，王蒙 1956 年投稿时题为《组织部来了一个年轻人》,《人民文学》发表时改题为《组织部新来的青年人》，并对稿件内容做了修改。后小说收入《1956 年短篇小说选》时，王蒙调整书名为《组织部来了个年轻人》。——编者按

一种麻木的隔世之感。

二十岁的时候，生活和文学对于我像是天真烂漫、美好纯洁的少女，我的作品可说是献给这个少女的初恋的情诗。初恋的情诗可能是动人的，然而它毕竟是太不够太不够了啊！而现在，生活和文学对于我来说，已经是一个庄严、干练而又慈祥的母亲。她额头的皱纹，述说着她怎样在风暴中挺立、在烈火中再生，也述说着她曾经怎样遭受巫婆的欺凌；她宽广而又温暖的胸膛，却仍然是那样圣洁、温柔，充满着生命的乳汁，充溢着博大而又深远的爱。

不论有多少好心的读者希望我保持“组织部的青年人”的风格，但是，这是不可能也不必要的。二十年来，我当然早就被迫离开了“组织部”，也不再是“青年人”。然而我得到的仍然超过我失去的，我得到的是大有作为的广阔天地，得到的是经风雨、见世面，得到的是二十年的生聚和教训。故国八千里（八千里，指北京到新疆的距离），风云三十年，我如今的起点在这里。不论《布礼》还是《蝴蝶》，不论《夜的眼》还是《春之声》……都有远远大于相应的篇幅的时间和空间的跨度，原因也在这里。研究“小说作法”的人也许会摇头，然而，我无时不在想着、忆着、哭着、笑着这八千里和三十年，我的小说的支点正是在这里。

对于青春，对于爱情，对于生活的信念、革命的原则与理想，我仍然忠贞不渝，一往情深。说我的风格与以前判若两人了，恐怕不符合事实。然而，我现实得多了，我看到了生活的艰难，看到了一切美好的东西还需要成熟，需要成长，需要锻炼和完善自身，需要通过一个又一个的考验。于是，即使是浪漫和透明如《风筝飘带》，我的情歌里仍然有一种清醒和冷峻的调子。为了赞美我的伟大的、历尽沧桑仍然充满了活力的大海一样的母亲，我需要的是运用一切配器及和声的交响曲。我的歌不能再是少年的小夜曲。

是的，四十六岁的作者已经比二十一岁的作者复杂多了，虽然对那些消极的东西我也表现了尖酸刻薄、冷嘲热讽，但是，我已经懂得了“凡是存在的都是合理的”的道理，懂得了讲“费厄泼赖”，讲恕道，讲宽容和耐心，讲安定团结。尖酸刻薄后面我有温情，冷嘲热讽后面我有谅解，痛心疾首后面我仍然满怀热忱地期待着。我还懂了人不能没有理想，但理想毕竟不可能一下子变成现实，懂得了用小说干预生活毕竟比脚踏实地地去改变生活容易。所以我写小说的时候，比起来用小说揭露矛盾、推动社会政治问题的解决，我更着眼于给读者以启迪、鼓舞和慰安。所以，在《布礼》和《蝴蝶》里，我虽然写了一些悲剧性的事情，却不想、也几乎没有谴责什么人。《说客盈门》虽然写得刻薄，但我对“说客”们并无苛责，丑陋的小萧和曾经美貌的女演员都不是什么反面人物。我对他们仍然充满情谊。

有一个不辞万里远道而来看我的青年读者问我：“经过了几十年，你自己就没有刘世吾的东西了吗？”我不好回答。赵慧文曾经责备刘世吾“什么都知道，什么都见过……于是他不再操心，不再爱也不再恨”。我几十年来也总算见过了、知道了一些事情，我力求看问题、写小说更全面、更实际、更深沉一些，然而，我仍然在操心，仍然在爱，仍然敢于面对任何尖锐复杂的社会矛盾。

至于恨，我的恨是有限的。不滥用恨，我认为这是保持和发展安定团结的一个精神条件。但是我也并非麻木不仁，并非明哲保身，我找到的一个武器是讽刺与幽默。在《买买提处长轶事》的前言里，我把幽默视为维持生存的要素。但是那位处长的所谓幽默里却带有痛苦的、值得同情的阿 Q 主义。荒诞的笑正是对荒诞的生活的一种抗议。

有一位友人表示不喜欢我的笑，认为我是用一笑了之来掩盖矛盾和痛苦、来磨光我自己。是耶？非耶？读者自明。但我真诚地认为我们哭得太多了，我们有笑的必要和笑的权力。我甚至觉得，有时笑可能是比哭更高级也更复杂的感情表达方法。动物里有会哭的（如屠刀前的羔羊），而只有人会笑。因此，即使在我写得最规矩、最正经、最抒情的作品里，仍然不乏笑料。同样，我也追求漫画式的、闹剧式的笔法中的严肃的东西。

复杂化了的经历、思想、感情和生活需要复杂化了的形式。我尝试着在作品中运用复线甚至是放射线的结构，而不拘泥于一条主线，我试图用突破时空限制的心理描写来充分展示前面说过的八千里和三十年，展示这八千里和三十年的不同的事物之间的联系和对比。我上下古今中外地求索，求索的目的仍然是创作中的我自己。我不否认我有所借鉴，不仅对外国文学有所借鉴，而且还对李商隐和李贺的诗、对侯宝林和马季的相声有所借鉴，但是，我的试作的形式仍然来自我脚下的土壤、我们自己的生活。首先是我们的生活复杂化了，节奏加快了，然后我的小说才变得多线条和快节奏了的。我找到了吗？我成功了吗？也许，我还是在摸索、在试验罢了。也许我真正要写的东西还在后面，也许我永远也找不到了！

不要再多说了吧。当局者迷，请读者千万不要过分相信作者自己的解说。有作品在，解释权、解剖权属于读者，相信读者会得出自己的结论。

今年，人民文学出版社编辑出版了我1955年至1979年的中短篇小说集《冬雨》。为了避免重复，本集对1980年以前的小说尽量少选，包括《最宝贵的》《悠悠寸草心》这样一些获奖作品也都靠边站了，好在这两篇小说翻印得也比较多。另外，本集在体裁上采取综合的办法，除评论外，收集了小说、散文、报告文学，还有一篇译作，可以在以小说新作为主的前提下包罗万象，更全面地反映我的文学劳作。如果再加上《冬雨》和北京出版社出版的我的评论集《当你拿起笔……》，大概就可以为热情的读者、严明的批评家提供相当的解剖依据了。

亲爱的读者、批评家和同行们！请把你们的解剖结论和医疗建议告诉我，请你们帮助我！前面已经说过，我正在追求，我希望我不要成为生活和文学——这严峻而又慈祥的母亲的不肖子。20世纪50年代的小小试笔，不过是序幕罢了，近三年，确切地说，只不过两年，我的文学创作活动才刚刚开始，刚刚起步呢！

1980年7月

倾听着生活的声息 *

一

1949 年 8 月，作为一个十五岁的共青团（当时还叫新民主主义青年团）干部，我去中央团校学习。当时的团校设在良乡县，在粮场上听大报告，照明用的是汽灯。有一次汽灯吸引了那么多趋光的飞虫，飞虫撞坏了汽灯纱罩，最后使得大课不能不半途停下来。

良乡是一个小小的县城。出城门不远，是一道河，我当时还不会游泳，但很喜欢到那河里，靠在大青石上去泡一泡水。8 月下旬的乡下，黄昏时分空气很清爽，湍急的河水冲撞着我少年的身躯，形成漩涡，激起浪花，落日耀眼而不刺眼。这时，我忽然想起了前不久读过的一本书——萧三同志写的《毛泽东同志的青年时代》。我想到了这本书里引用的那首著名的词《沁园春·长沙》；我想到了独

---

* 本文发表于《文艺研究》1982 年第 1 期。

立寒秋、湘江北去、鹰击长空、鱼翔浅底的这个世界的美丽；我想到了毛主席青年时代的志趣，特别是那种进行“风浴”“雨浴”，与之奋斗、其乐无穷的情形。我好像忽然睁开了眼睛，第一次感觉到解放了的中国是太美好了，世界是太美好了，生活是太美好了，秋天的良乡县是太美好了，做一个团校的学员是太美好了。

生活是多么美好！这一直是我的心灵的一个主旋律，甚至当生活被扭曲、被践踏的时刻，我也每每惊异于生活本身的那种力量，那种魅力，那种不可遏止、不可抹杀、不可改变的清新活泼。即使被错戴上“帽子”，即使被关进了“牛棚”，即使我们走过的道路有过太多的曲折和坎坷，然而，生活正像长江大河，被阻挡以后它可能多拐几个弯，但始终在流动、在前进，归根到底它是不可阻挡的。

正是这种对于生活的爱，这种被生活所强烈地吸引、强烈地触动着的感觉，使我走向了文学。文学开阔了我的视野和心胸。我既是生活的实行者、当事者，又是生活的欣赏者、观察者。即使在中华人民共和国成立初期的繁忙工作中，有时也忙里偷闲让自己停一停，我要放眼观察一下我们的城市，我们的生活，我们的春夏秋冬、风雨晨昏。

我的长篇小说处女作是《青春万岁》，我熟悉那些和我一样的、经历了新旧两个社会的少年—青年人。革命的风暴、从黑暗到光明的巨变，使他们早熟而且充满着革命的理想。在 1953 年，我已经感到这样一代青年人是难以再现了的，我要表现他们，描写他们。《青春万岁》的正文开始以前是一首《序诗》。《序诗》的头两句是：

所有的日子，所有的日子都来吧，

让我编织你们……

《序诗》的最后一段是：

所有的日子都去吧，都去吧……

是的，当写小说的时候，过往的日子全部复活了，各种喜怒哀乐、爱爱仇仇、欢声笑语、无端愁绪纷至沓来，使我应接不暇。我完全忘记了是在写小说，我是在写生活，写我的心对于生活的感受、怀念、向往。

这是一个重要的心理体验。写作过程中对于生活的思恋、消化，创作与生活的充分交融，这是创作的最大的快乐，比成功、比发表在最有影响的报刊上，题目印成黑体字，得到优厚的稿费和奖金还要快乐得多的快乐。

如果没有这种体验，如果感觉不到这种快乐，如果不能成为如此珍贵的、一去不复返的生活的永久的纪念，如果不能在哪怕最小的程度上再现生活的芬芳和五光十色，我就丧失了创作的冲动，我宁可不写。

有人说，在进入创作之前，需要进行感情的积累，而这种积累是很伤身体的。我觉得这只说对了事情的一半。事情的另一半是，当你找到了最合适的形式，把你的所见、所思、所感、所爱、所憎、所喜、所忧表达了出来，你的畅快、你的满足也是无法比拟的。甚至写悲剧也是一样，你流着泪写下了使许多读者为之潸然泪下的作品，你写完会感到一种安慰、一种宁静。而当读者读了你的作品而肝肠寸断的时候，你也许正神态安详地一边听音乐一边喝茶。创作是光明的和快乐的。创作有益于身心健康。作家应该是心理健全、经受得住各种变故和冲击的人。

当然，做到这一点是不容易的。这不仅因为生活本身毕竟包容着许多令人困惑、令人苦恼、令人捶胸顿足的内容，还因为，作者的主观方面，他的激情、感受、思索和愿望，与他创作出来的产品——文学作品，往往有着不小的距离。

二

年轻时候，我的最大苦恼是自己对生活——文学的热情，不能和一定的鲜明而又完整的、具有相当的社会意义的生活样式结合起来，不能和一定的鲜明而又完整的文学形式——故事和人物，冲突和层次，开头、伸展和结尾结合起来。带着少年人的狂气，我不愿意模仿任何人，不愿意模仿任何已有的现成的章法，特别是结构故事的方法。我不喜欢编故事，因为编故事就会产生假和俗套子，这简直让人难为情。从分散中求统一，从自由中求规则，从相当自发的、似乎是漫无目的的流露中求思想性，这是我一开始就给自己定下的目标。然而这个目标对于20世纪50年代的我来说是太难了。我经常处于自觉感受很多、要写的东西很多，却又写不出来、写出来不成样子、捏不成“个儿”的苦恼之中。

我最早发表的作品《小豆儿》，是刊登在《人民文学》上的。此后二十多年，除去那些失去了著作权的年代，《人民文学》是和我关系最亲密的一个刊物。但是，请原谅，在1955年《小豆儿》发表以前，我从来没有读过一期《人民文学》。之所以如此，当然最主要的原因是忙，那时我的理想是做一个职业革命家。其次，就是因为我只想走我自己的路。这种轻视同时代人的创作经验的狂妄少年的态度使我受到了惩罚：20 世纪 50 年代写出来的废品的数量，大大超过了发表出来的作品的数量。

开始认真考虑一下小说创作的方法其实是 1961 年。那已经是在 1956 年发表《组织部新来的青年人》之后四年，正逢三年暂时困难时期，我的“帽子”还没有摘。在北京南苑的机关农场，冬季因为粮食不足而特别强调劳逸结合，也就是让大家多休息休息。利用休息时间我读了茅盾的《一九六〇年短篇小说漫评》及他提到的全部作品，我又读了茹志鹃的短篇小说集《静静的产院》，我觉得我学到了很多东西，我这才懂得，写小说，还是要讲究点章法，讲究点规矩的。我很佩服茹志鹃的小说结构的匠心和她的语言的音乐感。她那篇《阿舒》我几乎背诵了下来。

学了就用，立竿见影。在 1962 年那短暂的“调整、巩固、充实、提高”的时期，在“文艺八条”的昙花闪现下，我发表了《眼睛》和《夜雨》。显然，我的故事编得圆一点了，同时，我已失去了“青年人”的那种锐气。

《眼睛》的构思过程很有意思。我已经开始写了，本打算写一个著名的模范人物去借书、感动了乡村图书室的管理员的故事。写着写着，我忽然考虑起来。如果那个女主人公不是什么有名气的模范人物，事情又会怎么样呢？难道她的行为就不那么光彩了吗？不，当然不是，人的价值，人的行为的价值应该在于人和人的行为本身，而不在于她或他的名气、称号、身份。当这个思想明确了以后，我有一种狂喜的心情，只有不把她写成著名人物，才有意思，才有一点点新意，才能有一串真真假假、既象征又现实的情节。文中对于眼睛的描写，当然是一种象征。

我不知道这种思辨性的考虑对创作到底是否起了好的作用。也许《眼睛》远远不是一篇堪足挂齿的作品，但是我始终认为，逻辑思维的推理和判断绝不是与形象思维不相容的。在逻辑思维的过程中，同样有启示、灵感、飞跃。不仅生活形象是激动人心的，人的理念活动同样是美的、神妙的、激动人心的。我从小既喜爱文学也喜爱数学，一直到 1952 年，由于“第一个五年计划”的开始，我还想离开团的工作岗位去学理工。一直到 1958 年我戴上了“帽子”，我还想从此改行去搞数学。我是因为客观条件实在搞不成数理才搞文学的。但是，我始终没有忘情于概念的运用和迷人的逻辑推理。

但同时我又坚信艺术的直觉、艺术的感觉在文学创作中的重要作用。我讨厌图解，讨厌把生活只是当作主题思想的例证，使每一个具体描写都服务于作者的意图。对于那种剪裁得过分的纯而又纯、整齐而又整齐，每一个细节（不管是描写风景还是肖像、服装、陈设、天时）都在说明着什么，意味着什么，目的性特别明确的作品，我常常不无偏见地称之为“按既定方针”造出来的作品。我坚信“形象大于思想”。而形象委实大于思想，正是一篇作品有味道、耐咀嚼的首要条件。我认为写作的时候，不但要求助于自己的头脑，而且要求助于自己的心灵，求助于自己的皮肤、眼睛、耳朵、鼻子、舌头和每一根末梢神经。例如你写到冬天，写到寒冷，如果只是情节发展需要或是展示人物性格的需要使你决定去写寒冷，而不去动员你的皮肤去感受这记忆中的或假设中的冷，如果你的皮肤不起鸡皮疙瘩，如果你的毛孔不收缩，如果你的脊背上不冒凉气，你能写得好这个冷吗？如果你的眼睛不敏锐，你能写出这大千世界的万紫千红吗？如果你的耳朵不灵，你能写出这生活的旋律和节奏吗？如果你的心灵结着厚茧，你能写出叫人哭、叫人笑、叫人拍案、叫人顿足的故事来吗？

同时我又认为，哪怕是最直观的描写，也都多多少少地浸染了作者的主观色彩。同样描写一轮圆月，一个崇高的人和一个低下的人，一个深沉的人和一个浅薄的人，一个共产主义者和一个个人主义者，难道能写出相同的句子吗？不，不会的。鲁迅也写“枣树”，写“雪”，写“罗汉豆”，写夜色和故乡，但是，那描写只能是鲁迅的，绝不是别人的。

总之，我推崇艺术直觉。同时我反对神秘主义、无思想性和非理性主义。对于无意识、潜意识、下意识、意识流这样一些心理学的范畴，我大致的、粗浅的见解也是如此。我说它是大致和粗浅的，因为我没有学习过心理学，对于心理学和当代外国文学，我是外行。

三

但去年我被某些人视为意识流在中国的代理人。由于自己对意识流为何物不甚了了，所以也不敢断定自己究竟“流”到了何种程度，“流”向了何方，是不是很时髦，是不是一出悲喜剧，是丰富了还是违背了现实主义……至于把我的近作仅仅归结为意识流，只能使我对这种皮相的判断感到悲哀。正像说到20世纪50年代的《组织部新来的青年人》，就被归结为“反官僚主义”，而这篇作品也就很荣幸地与《在桥梁工地上》等一道变成“干预生活”牌号的了。在用简单如意的归类法进行了判断之后，出现了不少的以“帽子”归类而不是以脑袋归类的讨论。

比如，说意识流在外国也已经过时了，或者是腐朽了，这大概是千真万确的吧？但其言下之意是你搞了意识流，你就过时而又腐朽，这倒是一种颇不费力的演绎法。但即使如此，能以此来证明某些被认为吸收了意识流手法的作品就一定“过时”或者“腐朽”吗？如果一篇作品吸收了某种被学者和专家认为“过时”“腐朽”的手法，而本身并不腐朽、也尚未过时，那不是化腐朽为神奇，至少是化腐朽为不腐朽了吗？那不是值得称道的吗？何况文学手法的新与旧全在于运用，全在于能否为一定的内容、一定的题材和主题思想所利用。文学史上有不少这种新而速旧速朽、旧而翻新出新的例子，而且还有不少人正是打着复古、恢复传统的旗号进行革新。反过来说，如果一篇作品写得境界低下、俗不可耐，那么不论它运用了什么伟大清新纯洁朴素的手法，不是只能证明它的作者的无能，证明他是化神奇为腐朽、化健康为苍白吗？在艺术手法的问题上，望文生义的空对空、一知半解的冬烘式讨论，是没有多大意思的。

我也不赞成把一种手法和另一种手法对立起来。如说某一种手法是创新，难道另一种手法不是创新吗？为什么要这样提问题呢？难道各种手法是互相排斥、有我无你的吗？李白、杜甫，风格手法是如此不同，然而，他们都伟大，他们实际上是相异而相成、相异而相辉映、相异而相得益彰。如果这两个伟大诗人的风格手法竟然毫无二致，那不是太单调、太贫乏、太寂寞、太可悲了吗？同时，李白、杜甫再伟大，仍然不可能替代李贺、元稹、白居易等诗人各自的创作探求。白居易通俗而李贺晦涩，但是两个人不是依然各有各的位置、各有各的光辉吗？如果我们由于喜爱老妪能解的白居易的诗歌而把李贺赶出文学史坛，那祖国的文学宝库里不是少了一颗璀璨夺目的明珠吗？

事实上，任何一种流派，都以其他流派的存在为自己存在的前提。所以，百花齐放的政策是各种风格和流派的作品进行自由竞赛的政策。萝卜茄子，各有各的爱好是很自然的。因为爱吃萝卜就想方设法去贬茄子，却大可不必。在艺术手法、艺术趣味这样的问题上，“党同”是可以的和难免的，“伐异”是不需要的、有害的。只要方向好、内容有可取之处，我们就应该让其八仙过海，各显其能。我们要党同好异、党同喜异、党同求异。没有异就没有特殊性，就没有风格，就没有流派，就没有创造了。一个作品之所以有存在的价值，一个作家之所以有存在的价值，其中一个原因（不是全部原因），不正在于它和他有异于其他作品、其他作家吗？

至于说，谁要是认为意识流手法在中国包括传统的文学作品中也能时有发现，就是为意识流争专利权，这种俏皮话的专利权拥有者却丧失了起码的语法感和逻辑感。意识流不是人，不是法人，它怎么能有权呢？在拥有专利权这样的句子中，主语应该是人、人群或者法人，而意识流只能充当间接宾语或修饰宾语的定语。再说，文学表现方法与工艺图纸等东西不同，谁也不能拥有这个专利。我之所以认为李商隐诗中或《红楼梦》的某些描写中有意识流的因素，正是想表明谁也没有拥有对某种文学表现方法的专利权。事实上，倒是俏皮话的主人在为洋人争夺意识流的专利权。

另一方面，也确有许多爱好文学的青年习作者，他们求新喜异，不满足于我国传统的描写手法，热心于引进一些当代的洋玩意儿，喜欢搞意识流，搞人称和视角的变化，或者搞什么“荒诞”“变形”之类，这是并不奇怪的。年轻人是有这么一股子“从我这儿开始”的狂劲儿的，前面说了，我年轻时也是这样。他们的许多作品不成功，这也是必然的，不足为奇。如果每个自称创新的人都创出了新，如果每个自称在探索的人都真的有所突破，那么创新也罢、探索也罢、突破也罢，就都易如反掌、如同儿戏，可以廉价甩卖、买一送一了。

我接触的青年朋友中有一种看法，认为采用了他所谓的意识流手法就好写了，写得就快了，这是一个严重的误解。如果以为意识流就是东拉西扯、胡说八道、信口开河、“鬼画符”，那么搞出来的东西就只能是丢进字纸篓的艺术垃圾。那种结构谨严、故事完整、情节紧凑、脉络分明的作品是不容易写的，但那毕竟还有一个大致的规范。那种放得很开的作品，其实是以收得拢为条件的。联想愈是自由驰骋，就愈要有生活依据、有时代特点，入情入理，深刻巧妙，生动鲜活，余味无穷。

四

至于我自己，我力求趣味广泛一些，偏见少一些。偏爱是有的，偏见则愿其无。我喜欢贝多芬的交响乐，我也喜欢苍凉的河北梆子和清甜的京韵大鼓以及李谷一、朱逢博的歌唱；我喜欢李白、李商隐、曹雪芹、蒲松龄的作品，我喜欢屠格涅夫、托尔斯泰、陀思妥耶夫斯基、契诃夫的作品，我也喜欢海明威、约翰·契弗的作品；我同时也喜欢侯宝林的相声和刘宝瑞的单口相声作品，而在某种时候，我同样津津有味地读松本清张的推理小说。即使仅仅为了身心健康、生活丰富，也不必把自己的兴趣搞得那么窄呀！

但是真正能引起我的灵魂的颤动，使我神往，使我进入与作品的交融境界的，却是那些惟妙惟肖地刻画生活、刻画人的精神世界的作品。精神生活当然也是生活的一部分，而且也反映着社会生活。这种生活（包括精神生活）的气息，是我最偏爱的东西。这种生活（包括人的内心）境界，是我最重视、最神往的东西。鲜明的性格、动人的故事、匠心独运的结构，这都是我所喜爱、所重视的。我丝毫没有轻视乃至抹杀人物和故事的意图，我至今并没有写过任何一篇无人物、无故事、无冲突的“三无”小说。至于侧重什么（我说的只不过是侧重罢了），各人会有不同的偏爱。

与生活气息、境界并列而特别吸引我的还有一条，就是语言。那种纯粹的，富有色彩和旋律感、节奏感的语言，那种诗的、哲理的、言外有言的语言，总是能让我一见钟情，久久不忘。有许多作品我是早年看的，内容几乎忘光了，但是它的某一段语言，甚至某一句普普通通的话，却仍然印在我的心里。我写《风筝飘带》，最使我动情的并不是写那些有点花哨、有点俏皮的话的时候，而是写佳原在素素所在的清真食堂里吃饭的时候与素素的对话。他们谈的是“炒疙瘩”“老豆腐”“放不放辣椒”，甚至是“三两粮票”和“七毛钱”，然而，这正是我的男女主人公在那时令作者眼睛发热的情歌。

这种爱好当然不是绝对的，更不是排他的。文学是一个整体，忽视哪一方面也不行。前面我已经写到，对思想性、逻辑推理，我也颇为热衷，但毕竟这种审美观对我的创作有一定的影响。我喜欢小说中反映的那种活泼泼的、鲜亮而又流动的生活，我喜欢小说反映生活的时候像是用手捧出了一掬海水，水还从指缝里往外滴答呢。从这一掬水里，你可以闻见海的腥味，你会看到海水的一切杂质，会想到这水本来是广大的、形状不固定的。对另一种放在瓶里的规规整整的蒸馏水，我也完全敬重，有时候我也惊叹，但它不是我最喜爱的。

所以，我喜欢那种比较自由、不受拘束、相当解放的文体。我希望把小说的题材、手法、结构、文体搞得更宽一些、更活一些。我认为最好的结构是没有结构痕迹的行云流水式的结构；最大的匠心是完全放松、左右逢源、俯拾即是、看来像是毫不费力的、没有丝毫匠气的匠心。如果有一个十分精彩但过于奇巧的故事和一个有点平淡但是十分自然有趣的故事，如果有一种非常强烈但过于单一的性格和一种一句话说不太清楚、却是日常可见的性格，我都宁可选择后者。技巧、手法的问题也是一样。我认为，最好的技巧和手法，应该是让读者和作者本人完全忘掉了世界上还有技巧和手法一说的技巧和手法。最好的经营和修改，应该是不但让读者以为是天生如此、天衣无缝，而且一经改定，也让作者本人认为是自来如此，无可经营和修改的经营和修改。总之，好的作品，应该是让读者和作者完全沉浸在它的形象、情绪、境界里边，其他全忘了。文无定法，无法之法是为法也。

当然，这也只是事情的一面。20 世纪 50 年代我读狄更斯的《双城记》的时候，常常为那结构的严整和情节的神奇而跳将起来。有点雕琢的作品，只要有新意、有内容，我仍然是推崇的。同样，堂吉诃德、阿 Q 这样一些反常的典型性格，也都使我印象深刻，使我羡慕它们的作者的典型概括能力，但是我觉得，像严监生临死的时候，伸着两个手指头，这样的描写虽然极为精彩，却未必是十分深刻的。中华人民共和国成立以后的小说作品中，没有任何一个人物像相声《买猴儿》里的马大哈那样活在人们的口头上、被普遍接受，这也是事实。有一位理直气壮的“商榷”者质问：“为什么不提阿Q呢？”这实在令人惊异，好像这位商榷者竟不知道《阿Q正传》并非发表在中华人民共和国成立之后。对这样一些文学现象应该怎样探讨、怎样评价呢？由于我所见所学所闻所知有限，我还有待于听到学者、专家们的意见。

我特别有兴趣于把最不同的东西放在一起，加以参照，加以比较，并寻找他们的联系。城市和乡村，20世纪50年代和80年代，内地和边疆，汉族和少数民族，中国和外国，知识分子、干部和工人农民，上一代和下一代人，这都是我喜欢放在一起写的。因此，我不能同意按社会职业划分文学题材——如工业题材、农业题材、青年题材等。

体裁上、文体上也是这样。小说首先是小说，但它也可以吸收包含诗、戏剧、散文、杂文、相声、政论的因素。有人说某一篇小说像散文，如果不是同时能够论证这篇小说并不是小说，那么，“像散文”的评语，其实是一种褒奖。如果说是“像诗”，那就更加让人鼓舞。王维的诗中有画，画中有诗，这已是两种不同的艺术门类的交流。那么，同在文学之中，我们为什么不喜欢小说中有散文、小说中有诗呢？

风格和手法上更是这样。幽默与严肃，达观与哀伤，夸张与写实，议论与直观，通俗与含蓄，嬉笑怒骂与深沉委婉都不是互相绝对地排斥的。

所以，我认为毛泽东同志关于革命现实主义与革命浪漫主义的提法是很有价值的。虽然对于二者如何结合以及是否所有的作品都要结合，我还有些困惑，但我认为毛泽东同志的提法比苏联的“社会主义现实主义”是一个进展。由于“四人帮”大搞假大空的文学，在粉碎“四人帮”以后大家都特别强调现实主义，强调写真实，这是完全必要的，可以理解的。但我认为，我们同样不能贬低浪漫主义，不能贬低作家的激情、想象力。对现实世界的独特而奇妙的感受与表现，不管写得怎样“神”，最终是来自生活并表现着生活的，这是没有疑义的，这说明我们赞成唯物论的反映论。但表现生活的重点和方法，会有各种不同，如实地去表现，按生活本来的面目去表现，这可能是最根本也是最重要的一种手法，但不论这种方法如何根本而又重要，这只是方法之一种。还有别一种，例如，不完全是按照生活本来面目，而是按照生活在特定的人的心目中的感受，用类似电影的主观镜头的方法，既表现人的内心，又表现人的环境、遭遇和生活，既追求客观的真实，也追求主观感受的真实。这也是一种方法。从广义上来说，方法的丰富与变换，不是取消了源于生活、反映生活这一原则，而是丰富和发展了这一原则。

因此，那种轻率地认为现实主义已经过时、传统手法已经过时的观点，那种一看到有人在寻找尝试某种不那么习惯的手法便惊呼这是反现实主义，就要鸣鼓而攻之的观点，都是不足取的。在手法问题上，我更喜欢“不管白猫黑猫，抓住老鼠就是好猫”的态度。我们要抓的“老鼠”无非是把作品写得好一点、更积极一点、更深刻一点，境界更高一点、更引人入胜一点、更有益于人民一点。反过来，如果没抓住老鼠，恐怕也只能由猫自己负责，具体分析原因，而不能责备猫的颜色。

五

在这篇文章中，我没有多谈近几年创作中自己对内容的一些考虑。因为，内容的问题，在一些文章当中，例如去年发表在《文艺报》上《我在寻找什么？》当中，已经谈得太多了。有一些好朋友规劝我集中力量写小说，他们告诉我，创作本身就是最好的发言、最好的辩论，最好不要去参加讨论，耗费精力。显然，他们说的是正确的。自己跳出来说话，即使在最好的情况下也像是煞风景的“不务正业”，在最成功的情况下也只会把含蓄的东西说破，把耐咀嚼的东西当众自己咀嚼一遍，实在乏味。再说，写出作品来，有人谈论、有人非议、有人赞成、有人夸奖、有人讨厌、有人喜爱、有人误解，这本来是一个作者的幸运。而自己也挤进去说长道短，干预评论，干预阅读，闹得最好也是对读者和评论家的干扰；闹得不好，还会把话说片面、说错。小说作者毕竟不是学者理论家，多半不善于引经据典、科学论断。

但我毕竟又说了以上的这么一些话，是因为杂志邀稿太恳切，是因为自己也有逻辑思维的癖好（虽然我的评论文章都称不上什么理论），还是因为人的脑子也需要换一换，在小说与小说的写作之间，不妨换换口味讨论点问题？这都可能是原因。同时，也还有一个原因，我求教心切，亮出一些不成熟的看法的目的，当然是抛砖引玉。

生活有多么美好！这仍然是我当今作品的一个主旋律。所以，即使仅仅从艺术的考虑上，我也不赞成堆砌黑暗、渲染丑恶，或者一味沉湎于那种廉价的怨艾伤感。当然，我也不赞成粉饰太平、无冲突论、假大空、冲云天。

生活仍然是美好的，而且是更美好了！在我饱尝了生活的酸甜苦咸辣五味之后，我更感到了对生活的甘之若饴。然而，这毕竟是一种多味的饴，而不是一分钱两粒的那种哄小孩的糖球。因此，对于另一种冲突虽然尖锐、倾向虽然强烈、鞭挞虽然义正词严，但只把人分成黑白两色，而且黑得奇黑、白得纯白的作品，我也觉得不甚满足。我最近发表的一篇小说题为《杂色》，人们对这个题目可以自由地表示感兴趣或不感兴趣，但我要说生活是杂色的，不是单色。光说杂色又是不够的，因为我有几篇小说题为《深的湖》《温暖》《春之声》《光明》《最宝贵的》。是的，从《杂色》中，从《深的湖》中，我希望能表现出那最宝贵的东西来，那就是温暖，那就是光明，那就是并没有忘怀严冬但毕竟早已跨越了冬天的春之声。

从 1953 年冬天写下了“所有的日子，所有的日子都来吧”，到现在已有二十八年了。生活是以“日子”的形式展现在我的眼前，以“日子”的形式敲打着我的心灵、激发着我的写作的愿望的。这就是说，时间是生活的一个要素，是生活最吸引我的一个方面。生活是发展的、变化的、日新月异的。那随着时间的推移而不断出现的新事物，那时代、年代的标记，就像春天飞来的第一只燕子，秋天落下的第一片黄叶，总是特别引起我的关注和兴趣。王府井大街口出现了第一块商业广告牌，经过长期的匮乏和涨价之后，猪肉又屡次降价出售，天津的两个农民坐飞机去北京旅游，年轻人中出现了“出国热”，1980 年底许多人围着电视机观看对“四人帮”的审讯，农村的自由市场五花八门，邓丽君的歌走红一时又逐渐凉了下来，不少的心比天高的大姑娘找不到婆家……生活中的这些事情会相当快地进入我的小说。我希望我的小说成为时间运行的轨迹。我本来是从长篇开始我的写作生涯的，近年来我也几次想搞长篇，而且手头还有一部搁置在那里的长篇初稿，但是生活对我的冲击，当代的“日子”对我的引诱是太强烈了。我像一个守门员，随时有球从前面和后面、上面和下面、左边和右边向我射来，我必须做出灵活的反应去接住球，而且，我已经进入这样一种竞技状态，想不去接那个球也不可能了。

生活是不会停滞的。党的十一届六中全会以后，完成了拨乱反正的历史任务以后，我国的政治、经济、社会、文化生活，人们的精神面貌、心理时尚、生活水平与生活方式必将发生更快更大的变化。我们处在一个大发展、大变动、大改革的时期，写小说的人大有可为。我不应该懈怠，更不能自满。我最近又来到新疆伊犁地区了，我要倾听新时期新生活的声息，我要表现新时期新人物的新生活，我应该写出更好一点的新篇章，我必须加油努力！

1981年9月完稿于新疆伊宁市

《笔会》与《青春万岁》

是三十年的旧事了。1956 年 9 月，我的小说《组织部新来的青年人》发表了，反响强烈。费了九牛二虎之力，写时累得几乎要了我的小命的《青春万岁》也通过了，打出了校样。《文汇报》的梅朵、姚芳藻同志找了我，建议我把校样给他们一份，说是《笔会》一复刊就全文连载《青春万岁》。

我接受了这个令人神往的建议。我去《文汇报》驻京办事处见了浦熙修同志。我们谈得很愉快。她给我的印象是一个能干的人，脸上充满笑意。梅朵告诉我这就是鼎鼎大名的《文汇报》记者浦二姐。

那时候《文汇报》驻京办事处设在灯市口，隔壁似乎是一个友好国家的外交代表机构，有陈列图片的宣传橱窗。

谈妥了，我天天等着《笔会》复刊那一天。等到了，却不见《青春万岁》的连载，发表出来的连载文章是郁风的配画散文《我的故乡》。

少年的我大光其火，特别是当梅朵告诉我上海编辑部方面认为

《青春万岁》太长，不宜全文连载，只准备发若干片段以后。

我措辞尖锐地表示了我的不满。决定撤回稿子并且立即退回报社预付给我的500元稿费，还在一个座谈会上不点名地批评了这种事先许愿，拿到稿子后便不执行的编辑作风。

浦熙修和梅朵夫妇倒是很有涵养。他们见到我，笑了，做无奈状，并向我一再道歉。浦二姐和梅朵还专门到我家去了一次，我住的小绒线胡同太窄了，他们的汽车是停在胡同口外的报子胡同里的。

如此这般，《青春万岁》终于部分地在《笔会》上登出来了，还配有插图。插图的作者好像是姓丁。我至今记得里面画的苏君的毛线衣，那种灰底，前胸有深蓝菱形色块的毛线衣，恰恰和我自己的一件一样。当时，这大概算是挺高级的一种毛衣，起码价钱高，买一件要三十块挂零的。

但是《青春万岁》的书却是1979年才出来的。1958年春天，我已经“不行”了，在北京西四新华书店，看到一名小小的女中学生，羞怯而又企盼地问书店店员：“有《青春万岁》吗？”

都是旧事了。浦二姐早已作古，愿她的在天之灵安息。

1986年5月

《青春万岁》六十年

一　六十年的往事

我的长篇小说处女作《青春万岁》，从1953年秋动笔，至今已经六十年了。1953年“开工”，1954年第一稿完成，送中国青年出版社，1955年中青社肯定了此稿的基础，并由中国作协青年工作委员会出面为我办理请创作假事项，1956年修改定稿，1957年部分章节在《文汇报》连载，个别章节在《北京日报》发表，1979年由人民文学出版社首次正式出版。至今，三十三年来发行超过五十万册，其间还有此书的天津百花文艺出版社《王蒙选集》版、华艺出版社《王蒙文集》版、人民文学出版社《王蒙文存》版、《中国文库》版、中华人民共和国成立六十周年作家出版社版，并于1983年放映了根据小说改编的同名影片。六十年离着万岁固然还远，至少，它算是长命的。

小说发行得不少，但谈不上畅销。属于长销：正式出版至今，三十三年来重印没有停止过。这是一本唯一的书，写于20世纪50年代，冻结并假死于胎中二十四年，出版于“文化大革命”甫告结束时，至今仍上架于图书市场，为读者尤其是青年读者所购买与阅读。50年代有过许多比《青春万岁》更重要、更显赫的书，但它们现今只出现在修史、教学、科研领域，而在普通读者的阅读生活中、市场销售中、公众关注中，它们已经寿终正寝。

《青春万岁》六十年，回忆起来，也还有趣。

二 从动笔到完成

我对我们那一代人有个自出心裁的说法，就是说在我们的少年到青年时期，赶上了从旧中国到新中国的翻天覆地，我们恰好活到了历史的关键点儿上。我们赶上点儿啦！接着赶上了从革命的凯歌行进到和平建设时期的历史过渡。我亲眼看到了、亲身经历了旧中国的土崩瓦解，反动势力的穷凶极恶，革命力量的摧枯拉朽，新中国的百废俱兴、万象更新。

而在1953年，十九岁的我已经感觉到，胜利的高潮，红旗与秧歌、腰鼓的高潮不可能成为日常与永远。那么我觉得自己有一个使命，把这一段历史时期，把少年—青年这一段历史时期的心史记录下来。

还有一个不无可笑的过程是，什么“五年计划”呀，什么大规模、按比例的建设呀，什么工业化呀，曾使我热血沸腾，我申请离开青年工作岗位去考大学学建筑，因为苏联作家安东诺夫在小说《第一个职务》中对一名女建筑师的生活经验的描写使我沉醉。我的申请未获准，我无法，只好走向文学。此时又从《译文》(后改名《世界文学》)上读了苏联爱伦堡的文章《谈作家的工作》，同样使我如醉如痴。“一痴”成不了改为“二痴”，我动笔了。

我是悄悄地写作的，怕人家说我不安心本职工作，也怕写砸了丢人。写得很辛苦。一年后完成初稿，我请我的妹妹王鸣和我的同事即共青团东四区委干部朱文慧帮我抄了一遍，我请我父亲王锦第帮助，拿给北京电影制片厂的编剧、作家、南皮县同乡潘之汀先生(我称他潘叔叔)看看。一个月后他来信说我“有了不起的才华”，他已推荐给中国青年出版社文艺室审读。当时的该社文艺室负责人是吴小武即作家萧也牧。负责读我的稿子的是编辑刘令蒙。

潘先生的信令我如发高烧。但底下是漫长的等待。为了等到中青社对此文稿的处理意见，我用了一年的时间，急不得恼不得，催不得问不得，哭不得笑不得。其间我小心翼翼地给刘先生打过电话，刘先生也给过“快了”之类的答复。忽然从我所在的共青团北京市委传出消息，刘令蒙在“反胡风”运动中有麻烦，我只能目瞪口呆了。终于，1955年秋天，我接到吴小武的电话，说是小说最后请了中国作协青年工作委员会副主任、老作家、评论家萧殷审读，约我到赵堂子胡同萧老师家里一谈。萧殷老师指出此书稿有很好的基础，作者有好的艺术感觉，问题在于小说缺少一根主线，需要从结构上下功夫打磨。他还表示，可以由中国作协青委会出面为我请创作假，专心于书稿的修改。

1956年初，我获得了“创作假”，就这三个字已经让我乐得屁颠儿屁颠儿的了。此前一年夏天，我在《人民文学》上发表了小说《小豆儿》。秋天，在《文艺学习》上发表了小说《春节》，并获得了参加定于1956年春天召开的第一次全国青年文学创作者——为了怕有人骄傲，不叫作家叫文学创作者——会议的通知。梦想正在成真，各路绿灯正在亮将起来。

参加青年作者会议的一个收获是得到了结识我心仪已久的邵燕祥诗人的机会。我把我起草的《青春万岁》的序诗给他看，他热情地回信说："序诗是诗，而且是好诗……"他帮我做了一些修改，其中重要的是增添了"用青春的金线与幸福的璎珞编织你们"句。序诗的中心是对所有的日子的编织心情，这是我当时的实感，是文学写作的最大魅力所在，燕祥的金线与璎珞亦功不可没。

1956年，我发表了小说《组织部新来的青年人》，引起热烈反响。同时，《青春万岁》改完交稿。各方面已经传出对于此书的正面舆论。年底，《人民日报》发表了刘白羽同志文章，谈到"张晓的《工地上的星光》与王蒙的《青春万岁》表现了青年作家的新实绩"（大意如此）。

1957年，先是上海正欲恢复出版的《文汇报》驻京办事处主任浦熙修女士与著名报人梅朵先生找我洽谈《青春万岁》在该报副刊连载事宜。后来也确实选载了约七万字。此后中国青年出版社与我签订了出版合同，并打出了此书清样。

三 《文汇报》的连载

《文汇报》的连载也有一点小故事。先是浦熙修与梅朵登门拜访，预付稿费，说好了全文连载，但后来未这样做。我认为是由于《青春万岁》的题材与抒情散文式文体，在当时难成主流，说严重一点就是不无另类。他们一复刊，连载的是郁风的散文配画《我的故乡》，然后找我商量，说他们准备搞选载。

这使我极不高兴，我退回了预付金，说明此事作废。但浦、梅二位长者锲而不舍，又是写信，又是坐着汽车来拜访——当时谁家有“屁股冒烟”即坐汽车者来访也不是小事。总之，最后还是按他们的意思办了，客观上看能够部分连载一下也好，否则全面胎死或假胎死，连个模样也没有看得着，岂不更加悲哀?

后来，1993 年，我在香港与碰巧也到了香港的黄苗子、郁风夫妇见面，我与郁风说起此事，开玩笑说郁风应该赔偿我的“精神损失费”。郁风大笑，并说时任香港当局的司法方面的负责官员是她的什么亲戚，不怕立马与我在港对簿公堂云云。

四　冻结与假死

但同时，从 1957 年 7 月份全国“反右”运动开始，此书冻结。我的姐姐王洒告诉我，一次她在新华书店，碰到一位女青年问售货员：“有《青春万岁》这本书吗？”

当然回答是没有。

说是冻结吧，舆论已经沸沸扬扬，《文汇报》连载了近三分之一，就是说不是完全冻结于胎中，而是出世一小部分，胎儿脑袋已经伸出了子宫，突然叫了停，可以说是中途难产，这在历史上可能也是难得一遇 。

1961 年，在“调整、巩固、充实、提高”的口号下，中国各方面的政策有所松动。首先是人民文学出版社负责人韦君宜同志派人找我，询问《青春万岁》的书稿情况。不久中青社的著名编辑黄伊也找过来了，我便与当时中青社负责人边春光见了面。他们请了《文艺报》的负责人、著名评论家冯牧审读书稿，我与冯牧也见了面。冯牧认为书稿无问题，只是里面过多地提到苏联，可以减少一点。于是我把提到苏联歌曲、书籍的地方尽量改成本地土产：将青年们读的《卓娅与舒拉的故事》改成《把一切献给党》，把苏联歌曲改成陕北民歌…… 说好了很快可以出版。这时出现了党的八届十中全会即北戴河会议，提出千万不要忘记阶级斗争。如此这般，中青社将书稿报到主管的上级团中央那边，请团中央的一位书记刘导生同志审读。据中青社同志传达，刘书记的主要意见是，书中未写出知识分子与工农兵的结合，是个缺憾。其时对杨沫的《青春之歌》也有此批评，故而杨沫加写或改写了若干章节，证明她的书中人物林道静不是没有与工农兵结合过。

我还把此书稿呈交给对我甚为爱护的时任中国作协党组书记的邵荃麟同志看过，邵认为我写得很好，但与工农兵结合的问题亦不可忽视，他建议我去某省找家出版社低调出版一下…… 此举亦未可能，因整个形势正朝着“拧紧螺丝钉”的方向激变。

黄秋耘同志还告诉我，说有好事者问冯牧审读《青春万岁》之事，冯牧甚感尴尬。

我听着，就不只是尴尬了。我想到的是“哀莫大于心不死”，兹后在聂绀弩先生的诗中也发现了此语。

黄秋耘学问极好，他参与过《辞源》的编纂。但他与我说到“尴尬”二字时发音为“见介”，不知是否受到广东话的影响。

然后是“文化大革命”，我以为《青春万岁》已经宣告死亡，死于难产。一个“之歌”，一个“万岁”，与工农兵结合得怎么样我不敢说，倒是我本人，去了新疆，与兄弟民族维吾尔族的农民结合得如鱼得水，不亦乐乎，并有2003年由花城出版社出版的《这边风景》为证。

感动人的是，新疆生产建设兵团文工团长、友人姚承勋读了此书的清样，他用绸布面做了封套，将清样装订得很漂亮，并宣布：此书已经由他出版，印数一册。时在1973年或1974年左右。可惜的是这本“姚版”书，没有保存好，找不到了。

五　出书了

1976年“四人帮”垮台，1978年我应中青社之邀到北戴河团中央的培训中心修改《这边风景》的文稿。在北京，我与人民文学出版社的领导韦君宜同志见面。君宜同志关心我的平反问题、调回北京问题，同时坚决提出，《青春万岁》可以立马着手出版。只有极个别的地方，指描写杨蔷云的春天的迷惘心情，略删即可。她还建议请萧殷写个序，说明一下这是当年旧作。我给萧老师写了信，因萧老师当时身体不好，无法动笔，于是改由我个人写了后记。交稿后我回到乌鲁木齐。

在乌鲁木齐迎接新年的时候，我收到了一份《光明日报》，原来是该报副刊刊登了我为《青春万岁》写的后记。呜呼痛哉，呜呼快哉，从1953年到斯时的1979年，是二十六年；从打出清样的1957年算，是二十二年；从1962年宣告此稿难产死亡到斯时，是十七年。终于得见天日了，此份《光明日报》的到来大出意料，哭哭笑笑，夫复何言？

《光明日报》一出，我立即收到了老友来信。说是向马特洛索夫夏令营营长报到。原因是，《光明日报》所发的“后记”中提到1953年北京东四区的中学生马特洛索夫夏令营。马是苏联卫国战争中的一位英雄，他用自己的身体堵住了法西斯敌寇的碉堡枪眼。1953年，一本描写他的事迹的纪实作品《普通一兵》在中国热销。我是马营营长，“后记”里提到的著名物理学家是郝柏林，时为马营副营长，我妻崔瑞芳也是副营长。我们还请大作曲家郑律成谱写了“营歌”，歌词是谁写的，没有弄清，歌中唱道：

> 普通一兵，是我们中国青年的心，
> 我们热爱自己的祖国，
> 我们热爱和平的人民……

向我报到的马营营员是天津的中学语文教师程庆荪。1953年，她是北京女二中的团总支组织干事。她的儿子是著名的剧场运营家，因故服过几年刑，现在仍在天津运营剧场的钱程先生。

六　其他与一点歉疚

1979年5月，人民文学出版社首次出版了《青春万岁》，定价六角八分，首印十七万册。

这里有一个阴差阳错的地方，抓这本书，最费力气的是中国青年出版社。1978年谈此书出版的时候，我正在为中青社改《这边风景》，我满心以为会给中青社提供一个“革命化”得多的书稿，没有想到因为“风景”过于“革命”了，亦不宜出版。“万岁”不够革命，“风景”过分革命，都未能在中青社成活。后来中青社得知“万岁”稿到了人文社，甚为着急，还通过团中央有关领导极力做我的工作，想把稿子要回来，因为他们的清样已经毁掉了。但我已经答应了君宜这边，不好再改变。这是我至今对中青社感到歉疚的事情，顺便向中青社的新老工作人员问好，我仍然期望有机会为中青社效劳。

早在“文化大革命”一结束，上海电影制片厂即有刘果生先生来联系将《青春万岁》改编电影之事。或有认为不怎么好拍者，后来出现了导演黄蜀芹女士，愿意开拍。1983 年拍出来，反响不坏。1984 年，我率包括黄女士在内的电影代表团携此片参加了苏联塔什干电影节。另此书还得到了在山西出版的《语文报》主办的“中学生最喜爱的书”的奖励。

还应该提一下吴小武即萧也牧，他因小说《我们夫妇之间》挨批，再未翻身，1963 年我去新疆时，他从中国青年出版社要了一辆车送我去车站。“文化大革命”后我回京，听说他死于“干校”，死得很惨。

2013 年

这是我的幸运

提起人民文学出版社，我不能不说到除《暗杀3322》外，我的所有长篇小说包括《青春万岁》《活动变人形》《恋爱的季节》《失态的季节》《踌躇的季节》与《狂欢的季节》都是在这里出版的。我的短篇小说集《冬雨》与《球星奇遇记》，我的论文集《风格散记》也是从这里走向读者的。至少有这么几点这家出版社是很突出的，首先是校对极其仔细，不厌其烦，细得有时我都受不了啦。与之相比，有的出版社干脆可以说是没有校对。其次，他们的信用是很好的，信守合同，提供作品发行的真实情况，靠得住。再有，就更是奇迹了，他们是真正团结全体作家的，有些派别观念山头观念很突出的作家文艺家，他们是很难在一个时空出现并碰头的，但是你会发现他们的不同部分即彼此关系很不怎么样的两拨或几拨人同时快乐地出现在人民文学出版社的活动里。

无疑，我与人民文学出版社的密切合作关系与出版社的老社长韦君宜同志有关。她早在20世纪50年代负责《文艺学习》的编辑时，就因组织《组织部新来的青年人》的讨论而与我打起交道来。她对我后来被错划为“右派”一直耿耿于怀。她的丈夫杨述同志时任北京市委副书记，他一直反对将我划为“右派”，后来又一直催促有关部门给我“摘帽子”。1962年，形势稍有松动，按照韦君宜同志的布置，人民文学出版社就给我发了约稿信。我当时还在郊区劳动，后来很快给我们这些“摘帽右派”分配了临时工作。我的命运的这一变化与我收到约稿信有关，否则摘了帽子也可以让你照旧劳动不误。1962年，人文社还派遣了编辑张木兰大姐来拜访和约稿，这对于惊魂乍定、余悸犹深的我，当然也是一个安慰和鼓励。

到了20世纪70年代后期，君宜一见形势有了变化，立即催促与指引我去办“右派”改正事宜，并立即抓旧稿《青春万岁》的出版工作。

20世纪80年代以后，人文社的老社长严文井同志也与我联系甚多，给我许多指点和帮助。

我与《当代》的关系也很密切，我的中篇小说《布礼》就发表在创刊不久的《当代》上的。后来，四部“季节”中的三部发表在《当代》上。我有一篇重要的中篇小说《郑重的故事》是五年半前发表于《当代》的，因看似内容荒诞无稽，没有受到多少注意，但是与2000年发生的事情一对照，就可以看出我的不幸而言中的方面了。

1987年后我十几年住在朝内北小街，与人文社相距不到一百米，这种地缘优势使我们的合作更加密切，他们的编辑李丹妮、杨柳、王晓与王小平，都是勤勤恳恳的文学事业的天使，我以为。我原来想说他们是老黄牛，是螺丝钉，但这些词都太黯淡了，我坚信他们是天使。人文社的许多老领导，也都对我充满爱护和帮助之情。

有一家讲文学讲质量讲信用的人民文学出版社，是中国文学事业的幸运，也是我个人的幸运，我祝福他们，永远永远。

2001 年 2 月

旧事旧诗偶记

1981 年夏，我收到胡乔木同志一封信，说是他在病院中读了我的一批小说，非常高兴，乃赋诗予赠。这里说明一下，他读的是人民大学一个资料部门出版的“白皮书”，书名是“王蒙创新资料”之类。书中收了一些我当时的似乎有点骇世嫉俗的所谓意识流小说，内含《夜的眼》《风筝飘带》《海的梦》《春之声》《布礼》《蝴蝶》和一些有关评论，多少有点争鸣的意思。当时某些人尚无或至少是宁无著作权观念，亦无有关法令，他们以教学资料的名义编选，仍然是卖人民币的，而且卖了不少，但对作者是连个招呼也不打。这就不完全是一个法律问题而是一个常识和文明礼貌问题了。

不尊重作者权益也罢，想不到它的出版构建了我与乔公交往的基石，对我后来的遭际，有相当的影响。

我是个马大哈，后来就再也找不着乔公的赠诗了，这使我颇觉抱歉。谁想得到，事隔二十年后我去新疆，与一位老友谈起此事，他说我 1981 年秋去新疆时曾将此诗写给过他，他是个仔细人，果然一找便找了出来。诗是这样的：

故国八千里，风云三十年。
庆君自由日，逢此艳阳天。
走笔生奇气，溯流得古源。
甘辛飞七彩，歌哭跳繁弦。
往事垂殷鉴，劳人待醴泉。
大观园更大，试为写新篇。

这首诗应该算什么体，请方家有以教我，说是五律吧，多出来了四句。说是古体吧（当然不是那种胡诌的伪古体），它又比较精致而不是古朴，对仗、平仄都挺讲究。能不能算受乐府体的影响呢？[①]

头两句是我自己的话，见于当时我的一篇谈创作的文章中，指我的写作题材。接着的“庆君自由日”，有趣，倒像我是才从囹圄中放出来。其实，二十年来，比起很自由的人不如，比起不自由的人，我也就算够自由的了。特别是“文化大革命”十年，我成了三不管的人，更是物极必反的辩证法的活证。“走笔”好懂，“得古源”实际是我的一点自我辩护，因为有人见了比较自由的笔体和什么内心独白就惊呼“现代派来了”“食洋不化”，还要“掌握政策界限”之类，装腔作势，借以吓人。我乃引用李商隐诗歌和《红楼梦》对贾宝玉的内心世界描写为例，努力证明心理描写的流动性古已有之，我虽写了，仍是爱国爱党的大好人。乔公称之为“得古源”，也有为

① 此乃五言排律，律诗五联十句以上者为排律。——编者按

我正名之大义存焉。我当永远感谢他老人家。“七彩”“繁弦”句是说那几篇小说的风格，还是够美丽的，过奖啦。“往事”“劳人”一联，也很有居高临下的概括性与导向性，毕竟是登高望远与庸众不同。最后两句弱一点，但他后来当面告诉我，他的用意是你王某人也不见得篇篇写什么“八千里、三十年”，那样写下去会自我重复的。他的这个意见确实是对的。

胡诗失而复得，令人快乐。回想旧事，亦有沧桑之感。乔木老对我确是呵护有加，祝他的在天之灵安息。

保存了此诗的是新疆文学评论家陈柏中，他是浙江人，进疆多年，为新疆的文学事业贡献不少，担任过新疆文联的副主席。

2002 年 1 月

我当政协委员

“嘴里出彩的，应该到政协”

1993年八届政协以来我担任政协委员，1994年以来是八、九、十届常委，2005年以来，是全国政协文史和学习委员会主任。

我的政治生活的经验告诉我，不要看不起程序、形式、摆设、花瓶之类。有程序，注意遵守程序，就比无法无天不知道前进了多少。有个合理的与适当的形式，即非虚伪、非过度、非纯然作秀的形式，也比赤膊上阵、粗鄙野蛮好得多。知道讲讲观瞻，讲讲摆设与调剂，也算有了文化礼仪，无愧周公孔子等先人，无愧进入21世纪的文明世界范畴。事实证明，多一点文明，多一点民主与法制的程序，多一点广开言路、进言纳言的形式，多一点民主生活的讲究，绝非不值得注意之事。只有那些一心拔发登天者才嘲笑王某的这种低调逻辑：有进步就是好，有进步就大有希望。

我写过一首旧体诗《少年》，表达了一种看法：

少年慷慨笑嫣然，挑战鲲鹏搏九寰。

审父[①]应知观火易，捐身岂畏弄潮难。

隔靴议痒可益智，信口搬山容焕颜！

代有才人脱颖疾，千红万紫是春园。

审父成了隔岸观火，否定前辈的献身，连隔靴搔痒都谈不到而是隔靴“议”痒，据说愚公移山并不符合经济学与科学原则，但总不能以为说说大话就能移掉贫穷与落后两座大山吧？我的诗或有刻薄，但我仍然讲代有才人，脱颖而出，万紫千红，寄希望于未来上。

其实政协的事情比想象的要好得多，而且越来越好。

政协有它的不一样之处。让我们从一些小事说起。政协开常委会，也是依姓氏笔画排列座位。但是每次它都轮换，前一次是姓氏一画（政协有常委一诚法师）两画三画的委员前排就座，下一次就是四画五画姓氏的委员坐前排，底下的顺势往前挪，一至三画的排到最后。

我最最感动的是，不论是常委会还是全体会议，都由秘书长将各小组讨论情况向与会人员作一个综合汇报，原汁原味，不避锋芒，有的发人深省，有的令人惊诧，有的全新思路，有的语重心长，基本上带棱带角，绝不是泛泛之谈。

我们的各种会议相当一部分意见是靠在小组会上讲，大会人太多，不会有太多人即兴发言，而小组会的气氛是比较放得开的。问

---

① 审父，即“审父意识”，又称“审父情结”或“审父叙事”，与“审母”同为西方文学中的经典母题，在中国现当代文学中亦屡见不鲜，如王蒙《活动变人形》。

题在于，作为一名与会者，你很难知晓别的小组会上有些什么高论、有些什么鸣响。但是参加政协的会议能行。我多次建议把秘书长的历次综合汇报出版，哪怕仅仅是内部出版，希望此事能做得成。

政协有大会发言，这也是政协特色，只此一家了。虽然由于行业太多，有时一方面的发言，引不起不同行业委员的兴趣，但毕竟给了普通委员一个在人民大会堂讲坛上参政议政、发出自己的洪亮的声音的可能。在这里，我听过委员们讲建筑业问题，讲行政成本问题，讲腐败问题，讲环境、人口、能耗、教育、文物保护、计划生育、老龄社会诸问题的发言，言之有物，尖锐泼辣，振聋发聩。我相信等到各个重要的代表大会、全体会议、委员会议上都有这种严肃认真、畅所欲言、启迪民智、强化参与的大会发言的时候，我国的民主生活将出现新高涨、新局面。

我前后在政协全体会议上作过四次发言。1997 年我讲过建设文化大国刍议。2005 年讲文化与和谐社会建设。2006 年讲创新的关键在于人才。2007 年讲同一个世界同一个梦想。我的发言频率如此之高，效果越来越趋于热烈：最近两年的发言，都是只用了六七分钟讲，同时获得了六七次打断讲话的掌声。对于实际工作的作用也越来越明显。"同一个世界同一个梦想"的发言，与其他两位体育界委员的有关发言一起，被中央领导批给了有关机构。网上也有热烈的反响。当然也有反对的，如说对运动员不应如何如何挑剔。其实只要稍稍用一点脑筋，多一点知识，人们就会知道王某的发言根本不是针对运动员。我说得很清楚，是讲宣传的，是讲文明的，讲我们决策人与掌舵人的理念的。

再明说吧，我讲的是爱国主义与国际主义的结合兼顾的问题，讲的是舆论导向的问题。我必须讲得稳稳当当，必须谨慎从事。我只能从具体赛事，从媒体对于运动明星们的报道说起。只有习惯于用脚后跟思考而不是用大脑思考的娃子才会认为王蒙要挑战令我们为之骄傲不已的，宝贵已极、可爱已极的运动员，例如刘翔。

仅从大会发言一点上，也可以老老实实地承认自己的政治参与的积极性得到了相当充分的发挥，也从一个小侧面表现了至少是思想与言论的逐步开放。需要知道，我的发言并不都是无一句无来历无一字无出处的，我的发言有骨头也有肉，有针对性也有锋芒。而多年来，我们养成的文风会风领导作风，恰恰存在着上面说的两个"无无"与有肉无骨的问题。

在政协，说了当然不是白说。大量的事实证明，我国的政协事业大有可为，对于我国的发展进步，其潜力还大着呢！

尤其是政协的机构使一些并不处于社会政治生活中心位置的人士成为政协的重要角色。还有一些从领导岗位上退下来的人物，包括遭遇了一点小小曲折的同志，在政协都得到了足够的倾听和重视。有了政协，多少积极因素被调动起来了，多少消极因素转化成了积极因素。

至于政协的小组会上，言路之广，空间之大，气氛之和，态度之善，应属首屈一指。政协是一个政治文明走在前头的地方，希望这种文明有浸润熏染扩展的作用。

统一战线思想是中国共产党的一个重要的政治贡献，它具备着丰富的内涵及广泛的可能性：它承认阶级背景、阶层、界别的多样，思想认识、关注重点与具体利益的多样，承认人民内部矛盾，承认不同的观点意见出现的不可避免；更承认和坚持中国共产党的领导地位，承认和确信中华民族与中国人民的根本利益的一致性。它提倡民主协商，凝聚各界人士的力量，不搞封建的家长制，也不照搬西方的多党纷争与对决，而是实现中国共产党领导的多党合作以及与无党派人士的合作，统筹兼顾，各得其所，各得其利，万众一心，殊途同归。

在我国的政治生活中，人民政协把协商提升到了特别重要的地位。协商是个宝，我们要通过协商检验、补充、校正并丰富领导的意图与决策，使国家的大政方针与各方面的工作照顾得更加全面，实现应有的动态的平衡与稳定。通过协商，我们可以不在人民内部搞你胜我负、谁吃掉谁的模式，而代之以双赢和多赢的模式。我们拒绝在内部搞恶性政治争斗，同时我们警惕和防止滥用权力与一言堂，警惕像“文化大革命”那种的事态。那就得重视协商，多多协商。

协商是我们党我们国家创造的一种政治文明，是文明执政的表现……协商是一种发扬民主，解决人民内部矛盾，自我调控的方法，是我国的政治生活的一个规则一个特色。

协商体现着广泛团结，重视人才，调动一切可以调动的积极性的原则，最大限度地包容了各级各界，五湖四海。承认差别，顾全大局，代表多数并且照顾少数，以求获得最大的凝聚力与向心力，这正是我们的民主理念。中国共产党的领导与全国各族各界人民的政治协商，有可能做到保证这样一个时时面临新的课题与挑战的国家的建立在社会主义民主与法制基础上的稳定与团结，统一与效能，生气勃勃与政治渠道的通畅……

人民政协把各行各业的代表人物、带头人直接吸引到这个机构里，建言献策，群策群力，化解矛盾，理顺关系。它不具备立法、行政、监察、司法的权力，不承担繁忙的日常管理任务，但又有极强的代表性与极高的威望，有重要的功能和自己的人才、智力、思想与言论方面的优势，并在我国政治生活中发挥着重大的作用……它宏大而不滞重，灵动超脱而与各方面的实际工作息息相关，集合了各方面的专家的智慧而又不影响他们坚守各自的专业岗位。这就与西方由职业政客为主体组织起来的代议制区别开来了。万物生于有，有生于无。有之以为利，无之以为用……政协的机制体现了中华文化的生命力和社会主义中国的政治想象力、创造力。

中国作为坚持走自己的道路的社会主义的发展中的古国大国，如何实现现代化、民主化与法制化，如何处理好民主与法制、民主与集中、民主与稳定、民主与效率、民主与发展、民主与民族尊严、民主与国家主权，特别是民主与加强并改善党的领导的关系，这是我们面临的一个意义极其重大的历史课题，又是一个复杂的必须坚决而又谨慎地因应工作的艰巨任务。

但至少我们可以说，在党的领导下发展与加强人民政协是一个好办法好答案，是政治体制改革的一个重要组成部分。在推进我国的民主建设方面，人民政协承担着巨大的责任，可以也应该大有作为。政协的存在与运作符合中国国情，有利于民主、团结、求实、鼓劲，有利于把改革的力度，群众的承受能力与国家的稳定发展的需要结合起来。

……我们希望今后政协的工作更加规范化和制度化，我们要更好地为经济建设这个中心，为物质文明、政治文明、精神文明的建设而贡献自己的力量。同时，我们希望政协在继续发扬敬老尊贤的传统的同时，补充新的血液，焕发新的活力，并摸索一套政协委员与本界别的群众加强联系沟通的办法；使我们的人民政协，与时俱进，拓宽思路，面向社会各界，在我国的政治生活与社会生活中，在各行各业的人民群众与各类精英、骨干、代表人物中，发挥更大的作用。

以上是我在纪念政协成立五十五周年座谈会上的讲话的一些段落。

确实，有一个政协与没有一个政协大不一样，政协是中国的民主政治的带有实验性的先导者。有一些文人、艺术家、各界人士，很乐意担任政协委员。

但是我的实际经验也说明了参政议政谈何容易。有一年政协的工作报告中，号召政协委员每年至少提一条提案，或反映一条社情民意。我听了觉得不是滋味，从理论上说，领导的这一条号召够苦口婆心的了。但我觉得不大好听，这等于承认：我们的政协委员，有不止一个人（如果只是个别人就根本不需要提这样的号召了）是一年不提一个意见，不反映一个情况的。这太对不起人民了！想想每年的两会，采取了多少措施保证会议的开好，提供了多少便利让委员们来开好会议，最后却原来有的委员是一年不做一件委员应做的事情的，这怎么向人民交代？

我参加过的九届政协好几次小组会谈委员面临官司即法律诉讼问题。诉讼当然都是个案，一幅画，吴冠中委员不承认是自己画的，却以自己的名义在那里拍卖了。这也绝了，我知道有关法律规定了不可以侵占创作者的知识产权包括署名权，却不知道应该怎么样解决硬替你署的名。我完全理解才华横溢的画家的愤慨与激动，他老人家甚至表示如果官司得不到满意的解决，他会上天安门自焚。但是，说实话，我不认为这是一个适宜于由政协过度介入的事情。最后这个官司果然得到了使吴老满意的判决。

另外的官司也是如此。北京有一家超市，非法对他们怀疑偷窃的两个女青年搜身，吴祖光老师为此写了文章责备那家超市，被那家超市以侵犯名誉为名控告。而那家超市的负责人的母亲是一位领导干部。当然这里又有了悖论，政协应该关心委员帮助委员，无法说委员的官司与政协无关，那么究竟怎么样关心和帮助委员更好呢？委员与非委员在司法问题上，其权益怎么样能够得到平等的对待与保障呢？而当一位委员与一位领导干部的子女发生了司法纠葛以后，能不能认定就是该位领导干部的责任呢？

类似的意见的发表使我得罪了人，我们的习惯是既然是朋友是一个政协界别的伙伴，就应该同仇敌忾，一致对外。于是另一个资深“愤青”在外国广播中宣称，王某如果当权，也是会搞一场“反右”运动的。迹近哄闹了。

我们同时也要看到：我们的层次很高的“精英”们中间，也还没有足够的法制观念，起码的是非规范，更不要说那些言不及义、那些清谈忽悠、那些哗众取宠了。民主政治，自由言论，依法治国，大家——不仅是他或她也包括你我，不仅是旁人也还有自己，都还需要一个学习与实践的过程。我在主持小组讨论当中，没少干打补丁、捣糨糊、堵漏洞，在保护中防范，在论述中绕行的活儿。

我在1958年的少年宫建筑工地上学到过一些词儿、一些活儿：

灌浆、腻缝、抹光、齐不齐一把泥……在某些特定情况下，在政协小组会上当小组长需要这方面的训练，1997 年会议上，在一位老哥大放厥词之后，我勉为其难地做了这方面的活计，并为此得到了“感谢”。

看来我被称为“捣糨糊”并非偶然。至于将此“捣”作什么样性质的解读，则全看你的心地、动机、效果、后果。我费了什么样的心，使了什么样的力，收到了什么样的结果，有目共睹，历历在目。化名骂一声王是混世者，对此作不堪的下流解读，则只能显示解读者的无赖、肮脏与鬼祟。

有一位善于总结的领导告诉我，手上使劲的人，应该去当劳模；心里有劲头的，可以去当领导；嘴里出彩的，应该到政协。当然这也只能算是一笑。

政协的文人与艺术家

在政协有机会领略了那么多文人艺术家的风采。丁聪从五十年代第二届就是委员，至八届，他当了四十多年委员，他厚道而且谨慎，善良而又自足。漫画家毕克官也算颇有道行，历次发言都很犀利沉痛，同时又是那样的与人为善、忠心耿耿。鼻烟壶内画专家，河北的王习三，同样地痛砭时弊，为民执言，同时心存忠厚，顾全大局。陈祖芬既是来开会的，又像是来采访“采风”的，言谈话语，一颦一笑，都成就了她的潇洒散文随笔。张贤亮爱发惊人之论，如说要“改造共产党”，先吓你一跳，然后得意扬扬地拿出根据：毛主席在延安“讲话”中就讲过，小资产阶级要按小资产阶级的面貌改造党，无产阶级就要按无产阶级的面貌改造党。幸亏有一届李希凡也在我们组，他是时时不忘记住与强调自己的共产党员身份的，有他在，我们的小组会的发言不会偏于一面。

按惯例，冯骥才、张贤亮、傅庚辰、陈晓光等是常常在文艺联组讨论会上作有准备的发言的人。有一次组里安排的发言人没有张贤亮，但是他自己提出，没有他发言是不可以的。他就西部大开发问题讲了一些颇不外行的意见，受到了国务院领导同志的肯定，并说："过去只知道贤亮同志成就在文学方面，原来他对经济问题也是有见解的……"这是贤亮议政的一个高峰，此后他再不要求在联组会上讲什么话了。

冯骥才的发言集中在保护民间文化遗产方面，他已经成为这方面的专家了。政协为他施展这方面的才能提供了平台与讲坛。

冯骥才、邓友梅，有时候也还加上我，我们得空便修理修理张贤亮，打一打他的威风与野性，而贤亮兄的一大可爱之处就是接受修理、欢迎修理，没有人修理反而会寂寞得闹腾。有一年是在二十一世纪饭店开会，他一报到就入了两个骗子做的局。两人先找他打听一个大单位的地址，然后佯装时间赶不及，一批旱獭皮草只好廉价处理，而才高八斗的张贤亮居然把六七块所谓旱獭皮草买了下来。就在他像一个倒爷似的提着倒爷包儿进旅馆的时候碰到了我，问明情况，一看，我太熟悉了，这就是我的头一个孩子王山上幼儿园时穿过的兔皮小大衣的料子，他可真够天真可爱的。一个没有什么弱点的人绝对不如一个有着明显的拙笨与糊涂的人可爱。知道受骗上当以后，他仍然情绪良好，说是可以将它们送给他担任董事长的公司女职员们。相信这些女职员也不会错把董事长送给她们的礼物当成旱獭皮草吧?

个子不高的魏明伦也极热心，差不多所有的联组会议上他都要发言。他讲过缓称“盛世”的意见，讲过为我打抱不平的意见，还讲过“扫皇”，即如今的以皇帝为主角的电视剧目恶性膨胀，应该扫一扫——的意见。次年我在发言中也讲过这个话题，被媒体炒为魏某王某联手抨击皇帝剧。其实更早是张中行老师著文讲过这个问题，我记得他文章结束于：与其看皇帝剧，不如看《动物世界》。毕竟是经受过“五四”洗礼的一代知识人啊。

还有发言认真态度庄重的戴爱莲，她致力于提倡民族舞蹈，抵制西方大众文化的影响，可惜她的中文是后学的，口齿不易听懂。口若悬河的是李燕，他是画家李苦禅的儿子，滔滔不绝，情理（材）料俱茂。美协主席靳尚谊对城市建设上的缺乏民族特点痛心疾首。1998 年九届政协第一次会议时我在美国三一学院讲学，故我不是小组召集人，也不是组长。1999 年我回来了，召集人之一靳校长，在会议上临时发难，硬把他的组长角色转嫁给了我。傅庚辰的发言条理清晰，口齿清楚，正气浩然，有时还哼一下革命歌曲的旋律，给人留下了深刻印象。

韩美林是极其性情中人的，他有时在发言中对一些坏人坏事破口大骂。有时他得罪领导。他有数次在全体会议期间招待众文艺界委员到他家晚餐，他把宾馆的厨子请到自家，搞得规模巨大，气势磅礴，一个又一个的“部长”级领导讲话，为他的辛勤劳动与出色创造赞美不已。

1996 年，我参加了政协的二十一世纪国际论坛的筹备工作与论坛。李光耀、舒尔茨、基辛格、竹下登还有许多各国政要出席了论坛。我也结识了俄罗斯的季塔连科，美国的傅高义，这些本国的权威中国研究专家。

2000年与2001年，我参加了有关“不同文明间的对话”的准备活动与国际会议。

2003年初政协换届时，我与其他委员一起，就文艺界的政协委员进退事反映了一些具体意见，居然这些意见被上面百分之百地接受，我很高兴。

自2005年我担任政协文史和学习委员会主任以来，这方面的工作得到了政协领导的极大支持。这是一个现职也是实职，我自己也没有预料到会有这么多干头。委员学习研讨班最初一次与最后一次的开班式或结业式，都有贾庆林主席、王忠禹副主席、郑万通秘书长出席。我们对此提出的设想，得到了政协领导同志的肯定的批示。我们编辑的《政协委员一日》首发式，贾主席也来了。2005年，我随贾主席视察了湖南。次年，我又作为主要陪同人员之一参加了对于英国、乌克兰、立陶宛与爱沙尼亚的访问。我在政协的处境与工作状况与在作协的某些境遇成为鲜明的对比。这也说明了生活、社会、人事关系以及组织机构运作的多样性吧。

我喜欢生活，喜欢日子

有一位小朋友叫路东之，住家离我很近。他喜古文、书法、诗词、金石、绘画与搜集古玩文物。他常常来找我交谈，给我刻了名章，又应我的要求刻印了“无为而治”“逍遥”“不设防”三枚闲章。他后来在传统文化传承与收藏古物特别是陶器方面成绩斐然。

小路给我刻了“大道无术”“大德无名”“大勇无功”三枚我的自撰格言章。对于一个写作人、读书人来说，一定的语言与一定的生活方式是互不可少的，是相得益彰或者互相拯救的。无为无术当然与我的无视各类小动作、小谎言、小伎俩的经验有关。我总不能降低自己的身段，去搞一些针尖麦芒、妇姑勃豀、蝇营狗苟、拉团结伙的低俗事务，更不要说是阴谋诡计。与使计取胜相比，我宁愿不设防而一败涂地。所以我经常是嘻嘻哈哈，笑话连篇，心宽意广，一笑置之，一笑了之。

我在香港认识了一位画家姜丕中，他送我两枚印章，一个是“直钩去饵五十年”，一个是“一笑了之”。福建书画家、文联主席丁仃先生给我写了他最拿手的大篆书法，辛弃疾——《清平乐·独宿博山王氏庵》：“……平生塞北江南，归来华发苍颜。布被秋宵梦觉，眼前万里江山。”塞北江南云云或有会心，华发苍颜，则尚未至，斯时我的头发仍然浓密与漆黑，我是世纪末头发才变得花白的。万里江山，如果说是漫游，不止万里了，现代人有飞机，与南宋时期不一样了。至于胸怀，达不到的。

与江山万里相比，我经常关注的不过是一个小小的院落。我自己花了钱，也在文化部有关工作人员支持下，修整了北小街四十六号的厨房、饭厅、卫生间，安装了瓷砖、护墙，搭了一个小小凉棚，还整修了门口边的一间三角形房屋。最得意的是我买了乒乓球案，先是放在院子里，用厚厚的塑料膜保护，不行，进了水，鼓起了包，我乃把东屋打通，迁入乒乓球案，还举行过若干次家庭赛事。

有一件事也还有趣，我从亲戚家移来了两株树，一是柿子，一是石榴。由于原有的大枣与香椿已经覆盖了全院，此二树的生长十分艰难，而且常有病虫害，幸亏东四街道办事处支援市民家里的绿化，及时派员前来打药，我也采取了一些措施，为新树争取阳光。最后两树都长得不错，我也吃到了自产的石榴与柿子。守护石榴，使我增加了对李商隐的诗“浪笑榴花不及春，先期零落更愁人”的理解。

而最好的柿子是高高在上，够也够不着的。这个令人心痒与痛惜的经验，我写到《尴尬风流》里了。

而《尴尬风流》的写作缘起是1998年在香港大学讲“通识”课时，阅读一些佛经故事的启发。一开始，我追求类佛学的玄思，写着写着，摆脱不了对于现实的尴尬感与风流感了。铁凝的评价是，王某对什么都感兴趣，得算是个“高龄少男”。

我在小院写《雨在义山》一文，讨论李义山对于雨的描写时，恰逢此院淅淅沥沥地落着春雨。“红楼隔雨相望冷”的诗句令我泪下。“一春梦雨常飘瓦”的句子使我迷茫。一心阳光明朗的王某却又那么迷雨，赏雨，悲雨，从小就这样，什么问题呢？

而河南的评论家鲁枢元送我的则是请书法家写的“论万世”三个大字，并用小字写上黄宗羲的名言：“大丈夫行事，论是非，不论利害。论顺逆，不论成败。论万世，不论一生。”境界高远开阔，非我所能达到。但万世的说法我仍觉得太过，谁论得了万世？谁知道得了万世？能考虑到三世四世就不简单了，就差不多算神仙了。当然，意在长远眼光，阔大胸怀，则是无疑问的。

记得20世纪80年代第一次在法国大使馆的酒会上见到吴祖光老师，我说：“您看着精神很好。”他答道：“我们这些人，皮实嘛。”我后来有一次向他解释我对“皮实”二字的心得体会，什么叫皮实呢？就是旧京卖布头的人所说的“经拉又经拽，经洗又经晒，经铺又经盖，经蹬又经踹”。这时髦的“经”字读如“今”。

20世纪90年代，吴老给我题写了“皮实”与“生正逢时”的条幅。

可感的是，不止一处书画机构，支持我多练写字，给我送来了碑帖、字典、大全之类书法书籍。还有朋友送来了文房四宝。不止一个朋友要我给他们写“大道无术”四字，可惜是没有一张写得好的。

还有陕西的、东北的一些书画家，其中有许多我素未谋面，也送来了他们的书画作品。

至于无名无谋无功，我终于体会出来了，真正的大德是不可以吹嘘乃至不可以公示的，大德是一时看不出来的，有时是与时尚、与集体无意识不相同的，有时是更容易被误解的。大勇大智是不做在表面上的，是深层次的，是常常遭到误解乃至遭到诬陷的。我既没有掌握大道，也没有大德，谈不上大智，更没有大勇，但是我只是微微地体会到了不可轻举妄动，不可朝思暮想，不可整天玩心眼，不可设局使计，不可气迷心窍，不可牢骚满腹，不可对人记仇怀恨的那点意思罢了。

不这个不那个不可这个不可那个，那么你去干些什么呢？读书，写作，学习，生活，自然其乐无穷。

总之，我喜欢生活，我喜欢日子。生活是无法剥夺的，夸张的与自恋的张牙舞爪，抵不住平常心的一行小诗，一杯清茶，一首小曲。

我自磨豆浆，每逢磨好煮沸，我与我的大孙子就大喊大叫“喝豆浆啦！”叫着所有的院落里的人一起喝，一边喝一边感觉到营养与精力正随着豆浆进入口腹，进入血脉，进入肌肉与骨骼。

我排队买炸油饼，并趁机与诸邻里寒暄。

我每天都要找机会在东四三条的自由市场来回走那么几次，购买蔬菜、鱼肉、山药与其他副食。拐到二条处有一家个体书店，名为“修齐治平”，我去了一下书店，立即被店主认出，多有交谈。

我喜欢自己去邮局和银行办事。我愿意排排队，听听交谈，看看邮局与银行的业务员们是怎样工作的，体会一下日常的生活。

一天早晨我购买炸油饼回来，碰到英若诚骑车经过，他是拿着小锅来买面茶的，那时他家住在朝内南小街。面茶是糜子面做的，加上芝麻胡椒盐与芝麻酱，美味至极。

我相信北京的小康生活是喝得上面茶与豆汁，吃得上驴打滚与艾窝窝的。

我每年都要找机会坐两次公共汽车，眼看着车子的质量与设备越来越好，车上的年轻人越来越时尚与大胆，票价越来越贵，觉得人生真是风光无限，前景无限。

20 世纪 90 年代中期，我们家安装了两台空调，有高消费之感。至于冰箱与洗衣机不但早就有了，而且更新过了。之所以要更新，都不是机器的问题而是我们使用上的问题。济南产的什么小鸭牌洗衣机，根本没有坏，不知道自来水龙头被谁关上了，我乃自作主张换了新的，把旧机当废品卖了。而一台日立牌冰箱，由于我放置的地方冬季太冷夏季太热，不符合它的工作环境要求而报废。

我的家与此期间中国城市的许多家庭一样，进入家用电器飞速发展时代。电视屏幕越来越大，音响质量越来越好，微波炉，电磁灶，电烤箱，各种影像产品一应俱全。等到有了这些以后，才想通了：这又算什么呢？这样普通，这样简单，这样方便，怎么会原来羡慕别人的家电用品呢？这就是所说的发展是硬道理呀。而那些侈谈精神的人，他们有什么权利轻视对于普通人的物质要求的关怀与满足？

我注重锻炼身体，每周至少游泳两次。有一阵天天起早去景山，可惜未能坚持长远。

至少有两年，我经常去首都剧场看文化部为离退休干部放映的电影新片，有两三部描写毛泽东的片子，我看得泪眼蒙眬。还有一批美国的警匪片，看得我走火入魔，我写了一篇文章，并提出了“虎头蛇尾是万事万物的规律”的命题。

忘了是从哪一年，我再也没有去看过一次给老干部放的电影了。

人生就是这样，有时闲适，有时忙累。

累累闲闲累，闲闲累累闲。累闲闲累累，闲累累闲闲。

忙人勿嚣嚣，疲累须节劳。忙人勿倨傲，事多难做好。

闲适不空虚，岂愁未扰扰？忙闲皆有味，舒卷自长啸。

敲字兼读书，三餐防过饱。爬山复戏水，四时赏琴箫。

朋友多交流，享受在思考。得失不屑言，优游弹古调。

寒暑重健身，浮沉成一笑。宵小或叵测，丈夫何心躁？

有酒唯半杯，有肉贵精少。有诗应背诵，有书供探讨。

如镜勤擦拭，如室勤打扫。心如秋水清，心如明月照。

乐在忙闲中，不知老吾老。

这里的第一个“老”，不是“老（去声）吾老以及人之老”的意思，而是承认已老的意思。不知老吾老，就是未感觉到自己有多么老。

2008 年 2 月 16 日

回忆三联书店诸友

三联书店，对于我来说，首先是一批好朋友，其次才是一家出版社。

我愿意回忆的是 20 世纪 90 年代初期某种特殊情况下八面来风的美好故事。我想提到三联书店与《读书》杂志。由于这本杂志，我和我的一批友人在那个年代活得快活了许多。

早在 1988 年底，编辑吴彬（她是吴祖光、吴祖强的外甥女）就约我次年在该刊开辟一个专栏，我笑说："承蒙不弃……"吴彬大笑，说："我们不弃，我们不弃……"于是前后数年，我写了六十七篇置于《欲读书结》栏目下的文字。这些文字的影响甚至一度超过了我的小说。不止一个朋友告诉我，你写的这些评论比小说还好呢。我只能一笑，当然了，小评论是最容易接受的。如果大情势再尖锐一点，那就不是小评论，而是尖厉的杂文。再发展一步，口号才受读者的欢迎。再换一种更不好的情况呢，那时连口号也不过瘾，人们欢呼的是一个站在十字街头大骂粗话的傻子。

那一个时期的《读书》及其主编沈昌文也是值得怀念的。沈的特点是博闻强记、见多识广，三教九流、五行八卦、天文地理、内政外交，什么都不陌生。他广交高级知识分子、各色领导干部，懂得追求学问珍重学问，但绝不搞学院派、死读书、教条主义、门户之见。因为他懂得红黑白黄，上下左右，我称他为江湖学术家。同时，他是编辑家、文化活动家、文化公共关系开拓者，还是各种不同组合的文化饭局的组织者、领导者与灵魂。

看看他为杂志写的篇篇后记《阁楼人语》吧，嬉笑怒骂，阴阳怪气，另一面却是循规蹈矩，知分量寸，言谈微中，点到为止。事隔多年，作家出版社的应红编辑为之辑录出版，仍然受到广大读者欢迎，亦出版界之奇景也。无怪乎我那位爱生气的兄长愤愤于这样的刊物："怎么还没有查封？"

斯时《读书》上还有蓝英年的《寻墓者说》、葛剑雄的读史系列、吴敬琏等的经济学文字，辛丰年的《门外谈乐》、龚育之的《大书小识》（专谈毛主席著作）、赵一凡的《哈佛读书札记》、金克木的《无文探隐》《书城独白》、吕叔湘的《未晚斋杂览》等专栏，本人也攀附骥尾，借光沾光。其间《读书》的销量以几何级数上升，洋洋大观，一番盛况，于今难觅。沈公拜拜了《读书》，当年的那么有趣有新意的《读书》也就拜拜了读者了。

更早的三联的老总范用的读书奇术使我震惊。他说他的读书法是今日书今日毕，好书读完不过夜，对不好的书的确认与搁置也不必过夜。千万不要把书放在一边待读，待下去就会愈来愈多，永无读日。

范用兄的特点同样是热心知识，广交天下贤士，以书会友。他家经常是高朋满座，往来无白丁。这既是他的出版家的风格，更是他个人魅力与光辉的表现。

董秀玉从《读书》创刊就跑过我的稿子。她精力充沛，有稿无类，一心启迪民智，推动进步，追求学术尖端。

三联人有一种为学人友，为学人竭诚服务的传统。他们如老子所讲，为天下溪，为天下谷，天下之牝，天下之交也。

当然我也不会忘记冯亦代、陈原等老师的风范。

这里有方针原则，更有人的因素。所以我担心，我也祝愿，这些老三联人渐渐退休以后，怎么样继承和发扬三联精神？弄一点酸溜溜的圈子派别，借出版以拔自身的份儿的矫揉纨绔子弟？弄几个唯市场是瞻的书商？毁了，一定会毁在他们手里的。

不，不会，事业不允许，三联的作者、读者尤其是老领导、老编者不允许，三联只能是愈来愈好。我们信心十足地祝福它吧。

2008 年 5 月 31 日

我这三十年*

一 “文化大革命”结束后到担任文化部部长之前（20世纪70年代末至80年代初）

记者：1978年12月党的十一届三中全会拉开了改革开放的帷幕，您个人对三中全会前后这一段时间内印象最深的事件是什么？

王蒙：在1978年三中全会举行的时候，我当时受《人民文学》杂志社委托，写一个报告文学，正好就在北京逗留。当时还没有正式恢复作家协会，作协和文联的筹备机构通知我去新侨饭店开一个会，这个会是关于三中全会后为一大批曾被判定为“毒草”的作品正名，其中就有我的《组织部新来的青年人》。这对我来说，完全是事先没有想到的一件事情，我没有想到这个事情会发展得这么快，所以当时我还是采取了一个比较谨慎的态度。会上发言的时候也很

* 本文是《南方时报》记者对作者的访谈。

低调，无非是说那篇作品并非敌对，不必上纲上线。

第二天早晨，这个会的消息就在中央人民广播电台的《早间新闻》节目广播了。当时我的爱人还在新疆，听到这个广播后非常兴奋，我自己当然非常高兴，但还是有点没有把握，不知就里。因为我无法理解这个陡然的转变，好像过去费了好大的劲，今天批判这个，明天批判那个，批判几十年以后，突然在一个早晨就一股脑儿一家伙全解禁了，糊里糊涂就没事了，跟狠打猛批时所费的九牛二虎之力，简直形成了鲜明的对比。所谓“铁案如山”都在推翻，所有的批倒批臭，一阵风便变成了批红批香。了结起来，不过是“划错了”三个字，“改正”两个字，历史的写成与作废就是如此简易，转折就是一挥而就？所以这件事我其实没有完全做好思想准备。

当年岁末的时候，《光明日报》副刊发表了我的《〈青春万岁〉后记》，这太出乎意料了，从1953年写《青春万岁》到1978年，已经过了整整二十五年，这期间等待的时间比我动笔时生命经历过的岁月还要长。

记者：作为一名作家，您从作品的命运扭转中，是否预感到了改革开放将为中国社会带来翻天覆地的变化？

王蒙：从1976年把“四人帮”抓起来开始，我已经感觉到，中国第二次解放来临了，其兴奋，其感触，其命运攸关，生死所系，甚至超过了1949年第一次解放。1978年底的正名，对我来说意味的不仅是一个人从死路走到了活路，而且对国家来说也是绝处逢生。好像黑暗的地窨子里照进阳光，绝望变成了希望，困惑变成了清明，惶惶不可终日变成了每天都有盼头了。

当然了，我当时对怎么改革也完全没有任何的预想，但讲改革的前提是平反，给过去的那些“帽子”、那些印记、那些“打入冷宫”和“十八层地狱”的人重新恢复名誉，我觉得这是政治生活的一种正常化的发端，因为这不能在一种不正常的情况下进行改革。我没想到我们的国家能有这么大步子的改革，我当时想的就是能恢复到20世纪50年代那样，允许唱歌、看戏，允许农民挣点钱，允许老百姓养家糊口，过安生日子，能恢复到这样我已经谢天谢地了。

记者：1979年您拖家带口，从新疆重返阔别十多年的北京，您注意到北京哪些方面发生了变化?

王蒙：我回到北京的时候，和上次离开的时候已经隔了十七年之久，北京已经满目疮痍。我们住在东华门附近，往东走就是百货大楼和东安市场，“文化大革命”时改名叫东风市场。1979年，日子逐渐恢复的信号越来越强烈，比如东安市场出现了较多的鸳鸯冰棍、杏仁豆腐、奶油炸糕、牛肉干、槽子糕、话梅糖果……而每天傍晚与周末，这里人山人海，而且有了勾肩搭背的青年男女，这些日常的小食品，再加上不那么藏着掖着的青年人，足令我热泪盈眶。

晨昏时节，我们一家人常常到故宫周围的筒子河散步，周围有提着笼子遛鸟儿的，有骑着自行车带着恋人的，有带着半导体收音机听《早间新闻》广播的，有边走边吃炸油饼的。常常看到、听到有年轻人提着录音机，播放着当时流行的《乡恋》《太阳岛上》《我心中的玫瑰》……播放着李谷一、朱逢博、邓丽君、郑绪岚，得意扬扬地自路边走过。入夜后的王府井大街灯光璀璨与商品的琳琅满目，令人喟叹：久违了，北京，久违了。我觉得，艰难也罢，匮乏也罢，只要不与生活为敌，不与日子为敌，生活是不被消灭的，日子是不被抹杀的，人间还是有温馨和希望在的。而我与我的亲人、朋友，已经付出了二十多年的代价。

记者：如同您曾经打过的一个比方，整个社会呈现出一种严冬过后“返青”的局面。

王蒙：是的。给我感触最深的还是文化生活的复苏。压在五行山下的各种文艺作品纷纷重见天日：人们又听到了“洪湖水，浪打浪”，人们又见到了王昆、郭兰英、各地戏曲名角，人们又看到了戏曲影片《红楼梦》、边疆影片《冰山上的来客》，人们终于可以尽情吐露对周恩来总理的怀念，而我在电视屏幕上看李维康主演的《杨开慧》的时候，听到一句提到“爱晚亭”“橘子洲”，竟然痛哭失声……人们感叹地引用着那几年上演的南斯拉夫影片《瓦尔特保卫萨拉热窝》里反法西斯英雄瓦尔特的名言：“活着就能看得见！”我们看见了，因为我们活着！而有很多人已经看不见了。

一些外国的名著也开始进入中国。《基督山恩仇记》当时火得不得了啊，要买《基督山恩仇记》还得有什么关系啊，要托朋友啊。那时人民文学出版社赠送给我一套《基督山恩仇记》，我马上就感觉自己这个社会地位提高了，觉得自己又开始人五人六起来。那是一种严冬转暖的兴奋心情，现在想起来都觉得好笑。

记者：20世纪70年代末80年代初，也是“伤痕文学”大行其道的时期，您第一次读刘心武的《班主任》是什么样一种感受？据您观察，中国人在改革开放初期处于一种怎样的精神状态？又是如何走出“伤痕”的？

王蒙：我第一次在《人民文学》上读到了刘心武的《班主任》，是在1977年冬天。它对于“文化大革命”造成的心灵创伤的描写，使我激动，也使我迷惘，我的眼圈湿润了。我都不敢相信：难道小说真的又可以这样写了？哪怕是反映一部分真实的作品又能够出现了？这样的小说已经不会触动文网，不会招致杀身之祸了？难道知识分子也可以哭哭自己的命运？总的说来，这篇小说对我来说是一个巨大的惊喜。

当时对“伤痕文学”的说法就是，现实主义的传统又恢复了，允许你在作品里头反映一点生活的真实，允许你说点真话。讲老实话，我对于伤痕文学啊、反思文学啊这些说法是姑妄言之，姑妄听之，因为我不赞成把文学这样来分。文学更多的是个性，是个人化的产物。文学不是在一个时期有一个主题，由大家共同来说一句话，那样的文学是不成功的文学，是乏味的文学。以现在的眼光来看伤痕文学的作品，它相对内容比较简单，而且往往把历史上的曲折归咎于少数“篡党夺权的野心家”。这种见解过于简单化，甚至给人一种无法再深入思考的感觉，一种有意无意来遮蔽某些真相的东西。但从文学史和思想史的角度，“伤痕文学”具有重要意义：中国当时在否定“文化大革命”的问题上太敏感，在政治上，在舆论上没有开放到这个程度，所以在政治上党中央还没有提出一个彻底否定“文化大革命”的决议的时候，“伤痕文学”起到了一个打先锋的作用，在文学作品里头已经控诉了一番，诅咒了一番，痛斥了一番，也悲愤了一番。

至于怎么走出“伤痕”，首先，“伤痕”在文学上没有写不写得完的问题，但是同一个平面上，那种比较简单的、控诉型的作品多了以后，就会引起厌烦。最突出的例子，就是在20世纪80年代初期，有一部讲“文化大革命”的电影叫作《并非一个人的故事》。这部电影无非就是写“文化大革命”当中的一些什么抄家啊迫害，就特别失败，以至于传出一种说法，说这部电影“并非是一个人上当”。

另一方面，胡乔木就提出过，不能老是没完没了地写“文化大革命”、写“伤痕”，否则等于人为地延长了“文化大革命”的影响。人们不会老停留在昨天的伤痕上，他会马上敏感地觉察到社会生活开始有了变化，整个社会正在由过去以阶级斗争为纲，转为经济建设热情的日益高涨。

记者：自传中您引用了北京的文艺人的一个说法，说逢单年（1981、1983、1985……）怎么怎么整顿，逢双年（1982、1984、1986……）怎么怎么开放……这种“流年论”您又是怎么看呢？

王蒙：改革开放，要改革是肯定的，但到底怎么改革，是恢复到20世纪50年代就算改革了，还是纠正一下“文化大革命”中的错误行动就算改革，还是进一步对我们的精神生活、经济体制、领导方式、政府职能等方方面面作全面的检讨？我想这个当时大家并没有一下子就拿出明确的说法。好比经济上的提法，先是“有计划的商品经济”，后来又提“计划经济为主，商品经济为辅”，这些提法和我们后来的“社会主义的市场经济”的提法，差别很大。所以“摸着石头过河”是非常符合当时的实际情况的。这反映了80年代是一个很热情洋溢的年代，勇于尝试的年代，同时又是一个如履薄冰、摇摆不定的年代。

在我看来，在改革当中，一直有两个不同的角度或者两个不同侧重方面的思维方式在相互角力和制衡。一个是考虑进一步的开放，当时甚至提出过“闯红灯”的说法，也就是说过去禁止的东西现在就先干了再说，什么事都是越开放越好。比如过去不允许作品披露社会阴暗面，现在就成了写得越黑暗越好，整天尽写什么领导干部强奸少女之类的，把这个当作是改革的一种方向。但是也有另外一种角度、思路，就是怕改革引起混乱，乃至造成体制性的崩溃，尤其是把思想搞乱。比如当时就有人把“温州模式”说得危险得不得了，就是因为温州的私营经济很发达，很活跃。这两种力量是一直在不同程度上影响着我们的生活。应该说这两种思路都有可取之处，我也不赞成见灯就闯。

讲广东呢也是很好玩的，这是广东人告诉我的，说广东“香三年，臭三年，不香不臭又三年”。遇到改革比较顺利的时候，就到处宣传改革的经验，遇到改革受挫的时候，就会出现各种舆论批评广东或者责备广东。当时有个传言，说某某老同志到深圳去了一次，哭着回来，就是说现在除了旗子是红色的外，就没有什么是红色的了，都是资本主义的了。当时还有一个说法，叫“辛辛苦苦几十年，一觉回到解放前”。20 世纪 80 年代去趟深圳珠海可是一件大事，得郑重其事，还要特区通行证的。

记者：这种改革开放的大形势，对新时期中国文艺创作产生了怎样的影响？

王蒙：在文艺上，1981、1982 年对《苦恋》的批评，变成全国性的事件。1983、1984 年对“资产阶级自由化”的批评，对人道主义、异化论的批评，我想这些都反映了这两种思路在互相提醒、互相牵制的态势。因为一方面又要不断地推动这个社会活力的释放，同时又要防止这个社会发生大的混乱，防止社会的解体，防止出现无政府的状态。这个时期，文艺界所谓“报警”的说法也很多。

但我觉得最重要的一点是，从20世纪80年代开始文艺界已经逐步摆脱了过去那种反倾向斗争的惯性思维。过去领导的文学事业呢，是时时刻刻高度关注“左”还是“右”的问题，通过批判错误倾向来抓文学的问题。80年代初期，我就经历过这种令人喘不过气来、谁也说不清楚的“左”还是“右”的争论。而90年代以后，文联也好，作协也好，更多的是从管理和服务的思路来领导文艺创作，遇到问题也是个案处理，而不是打击一片。这种转变，对于有些人来说是觉得不过瘾，觉得没有一个高屋建瓴的精神在那儿悬挂着，但是我个人觉得这种转变是正常的，如果在文学界整天搞“反左”“反右”的斗争，对文学发展实在是不利的。这个和整个社会的大环境是密不可分的，譬如我们现在说通货膨胀，就绝不会有人说是“左”还是“右”造成的，更多的人会去考虑是不是要紧缩银根之类的问题，这在中国是一个了不起的进步。

记者：发表于1986年的《活动变人形》可说是您20世纪80年代最重要的长篇小说。不少学者都评价过，这部作品对中国历史乃至于中国知识分子的命运进行了反思。这部作品为什么会诞生于那样一个时期？

王蒙：我有这么一点想法，就是我不想把历史简明化。我自己对于知识分子有一种比较切近的观察和经验，我觉得，一个民族的文化传统和思想方法，所谓集体无意识，在知识分子身上有着最为集中的表现，可以说知识分子身上就有我们民族的劣根性。我写

《活动变人形》之前，许多人写在旧社会追求现代文明，追求自由恋爱，追求人的现代化，基本属于一种悲壮、悲情的调子，凡是妨碍现代化的事物都被贬得一无是处，丑恶到了极点，就像巴金所描写的冯乐山，又讨小老婆、又迫害少女，都是一帮坏人。但是我实际的人生所体会的却是，那种非现代、反现代的表演固然显得很愚昧、很丑恶，但是它也有情有可原的一面。中国知识分子向往现代化、走向现代化的过程，有时候是一个悲喜剧，它不完全是一个悲剧，里面有许多幼稚、无能、脱离生活，是一种哭笑不得的尴尬。书里面的主角倪吾诚，他很可爱、很天真，他是一个梦想者，他又是一个多余的人，是一个和生活简直无法和平共处，和社会、家庭格格不入的人。他陷入一种几乎四不像的境界，既不像有作为的人，又不像没有作为的人；既不像坏人，又不像很好的人；既不像是多情的，又不像是无情的。我觉得知识分子的这种尴尬和窘态，是中国特定的历史造成的，就是人性当中往往出现某种愿望，和你实际上能达到的可能性之间存在鸿沟，梦想和现实有差距，追求和实际迈的步子有差距。同样在《青狐》中，我也把所谓20世纪80年代很理想、很上进、很渴望现代化，有点头脑发热这个过程作了一次反思，同时又表现了这一代人人性上的弱点，比如说浅薄、起哄、无知。我觉得如果我不提供这样的一些真相，就不会再有其他人说了。

二　担任文化部部长期间（20世纪80年代中后期）

记者：黄苗子先生有一次在香港一家报纸上撰文，说您在1986年到1989年主持文化部工作期间，没有什么政绩，就是对人还不错，听说您曾经当面向他表示不服气。是这样吗？

王蒙：是的，后来有一次他当面问我，那你有什么政绩吗？我立即回答，是我开放了营业性歌舞厅啊。就在我到文化部上岗的前几个月，一些大报上还刊登着一些宣传文化部门、工商管理部门与执法部门联合公布的告示，严禁举办营业性歌舞厅。我想起了以前一些作家在书里面描绘的情景，说是工人宣传队的队员在舞厅周边巡逻，生怕一男一女之间产生了相互爱慕情意。这也未免太前现代了，太中世纪了。其实，当时至少广东就有许多歌舞厅了，北方就少一点。

我与万里同志一次接触中，听到他讲，舞厅的开设，夜晚娱乐场所的开放是人民需要，我就有意想要开放营业性歌舞厅。不过，在当时一般人的观点看来，舞厅是色情活动场所，旧社会的舞女，在人们心目中就和妓女差不多，所以舞厅在中国能不能开放确实有一个很大的问题。

摸底的时候，有关部门主要担心开放舞厅后会有流氓地痞前来捣乱，核心问题还是怕影响风化。我说，那就太好了，各地歌舞厅应该欢迎执法部门蹲点蹲坑。我还说，原来社会上有些流氓无赖，不知会出没在什么处所，使执法部门难以防范。现在可好了，如果他们有进入舞厅捣乱的习惯，这不正好乘机守候，发现不法行为便依法给予痛击吗？

我的雄辩使此事顺利通过，从此神州大地上开舞厅才成了合法。但仍有一个市场经济极其活跃的省份，还是由省人大常委会做出一个正式决定，不执行文化部等部门关于开放并管好营业性歌舞厅的文件。至今他们并未正式取消这一决定，但这样的决定实际上已成废纸。他们那里的歌厅舞厅一点也不比别处少。

记者： 据说您在任期间，在作许多重要决定时，深得邓小平同志精神的“真传”，比如“不争论”“放一放”之类，尤其是一些通俗娱乐消费活动，比如选美什么的。

王蒙： 哈哈，这倒是。我对某些事的原则就是“期以时日，自然而然”八个大字。最好的最成功的过程是没有过程，见得多了就不会少见多怪，就不会引起社会的不安，就不会成为事件、成为话题、成为争议的焦点，甚至成为路线斗争。你说的选美是我在任期间，曾经发生过的深圳计划举办类似选美活动的“事件”。那时岂敢用“选美”的名义，大概是叫作什么评选“礼仪小姐”或“时装模特”之类。但已有媒体提出疑问，还有一些高级领导人、著名的“大姐”们作出批示，说选美是旧社会拿妇女当作玩物的一种活动，表现的是腐朽的资产阶级生活方式，绝对不可以在我们神圣国土上举行。我读到这些指示，自然贯彻执行，通知深圳的文化部门注意掌握。

那个时候人们哪里会想到，现在选美会在神州大地遍地开花，海南三亚还连续举办世界小姐评选大会。这就是一个没有过程的最佳过程。我相信不会有什么领导机构研究讨论过选美问题，没有哪个权威部门的批示，幸好没有这些过程，否则搞得成搞不成还不一定。这就是小平同志的“不争论”的妙处。一争论就绝对搞不成的事情，没有争论反而做成了。事实证明，选美也不是坏事，没有玩弄女性。欣赏女性的美丽并非注定低级下流。减少争论与审批的过程，提高文化教养的程度，瓜熟蒂落，水到渠成，许多时候是成功的经验。所谓“不争论”里边，其实继承了“无为而无不为，无为而治”的思想智慧。

记者：在您担任文化部部长期间，邓丽君的歌曲，还有琼瑶的言情小说、港台电视剧等等，都在大陆（内地）非常盛行，有评论称，它们为中国人充满刚性约束的生活注入了弹性空间，您怎么处理这个时期通俗文化的兴起和它们引发的争议？

王蒙：应该说，我们对群众文化性的消费需求、娱乐需求，历来是不重视的，我们从来提倡的是“业精于勤，荒于嬉”，把娱乐都当作事业的对立面、对人的道德修养起负面作用的东西，即使是在旧中国五四运动以后，在我们搞文学里面的多数人对通俗文学和文化仍然是不屑一顾的。

说到邓丽君，我觉得她的走红，可以理解为一种反弹。因为从20世纪50年代后期开始，各种抒情的歌曲，各种相对轻、柔的歌曲都式微了，几乎所有的歌曲都是在那里大喊大叫，高呼革命政治口号，社会主义好，人民公社好，“文化大革命”就是好，大海航行靠舵手等等。所有的歌曲都带有一种大声疾呼、呐喊的特点。二十多年后，出来一个邓丽君，她唱得比较软绵绵，比较轻柔，而她的歌曲牵涉到的感情也不包括两个主义、两个制度、两个阶级，或是两种意识形态之间你死我活的斗争，而无非是唱唱故乡呀、爱情呀、回忆呀、海呀、花呀、夜色呀。就像一个人连续吃了二十年馒头，忽然也可以喝稀粥了。所以邓丽君的歌曲一时成风，唱遍大街小巷。

有少量的邓丽君的歌曲我也挺感兴趣，像《甜蜜蜜》《千言万语》，而《月亮代表我的心》我反而觉得非常造作，我就不理解爱情怎么可以用月亮来代表。不过，听邓丽君的歌曲不等于不听别的歌曲。我照样听交响乐，喜欢苏联的歌曲，接受通俗的东西不等于不接受精英的东西。我和一些全世界最著名的科学家、院士接触过，我问他们喜欢看什么小说，结果他们异口同声地回答，喜欢看金庸的小说，这并不妨碍他们在各自领域里面有所建树，用不着惭愧，或者觉得失格。鲁迅有一句名言讲得非常好，他说鹰可以飞得和鸡一样低，但鸡不可能飞得和鹰一样高。你天天在五星级宾馆吃饭，你也可以吃一下大排档。你通俗一下，轻松一下，然后你照样可以飞到高空中去。通俗的东西有各种毛病，各种低级趣味，不过精英的东西里面也不是没有，从某些自诩精英的作品中你也可以看出很多低级趣味来，这个我就不多说了，否则我得罪的人太多了。

记者：既然邓丽君那么火，为什么没有来过中国大陆演出呢，真是因为传说中的“封杀”吗？

王蒙：不是这样的，当时所谓邀请她来中国大陆演出的事，都是媒体炒出来的。有人鼓动邀请她来大陆演出，一家报纸还公布了该报记者与她通话的情况，炒得很热。但是高层领导的意见并不一致，有说不宜来的，有说可以来的，有说来了没有好处的，这些意见都是很有来头，哪个我都得执行。同时，还有一个大城市也跟着起哄，它的某位有关部门领导，也是文艺界的一个资深人物来找我，说是如果文化部不敢做主，可以交给他们所在的城市来出头。

作为政府部门，现在就争论某某歌星前来演出的安排，全无必要。文化部本身，无须出面邀请，更无须反对邀请制止邀请歌星前来演出。我当时提出，邓丽君是否适合来大陆演出，完全可以待确有此事后再决定，即（一）本人确实有意来演出；（二）确有文艺团体或剧场或演出公司愿意主办这一演出，这样，他们应该向文化部呈报文件，有关文件报上来后，各种情况明朗以后，文化部才需要研究表态。

后来一查，这样尖锐的一个问题，其实压根儿就不存在，她本人没说要来，也没有什么团体请过她。我把以上情况给各领导写了报告，建议暂停有关讨论与报道。所以说有些争论纯属庸人自扰，无事生非。

记者：您在自传中透露，是为了文学创作而辞去部长的。现在回想起来，您怎么评价自己三年的部长生活？

王蒙：我把我当部长的这三年总结为六个字："且悲且惊且喜。"我发现自己对文化和艺术家们有了责任有了义务也有了说三道四的权力，但同时我也很困惑："我是能帮助艺术，还是会亵渎艺术，假装要指挥艺术，还是认真地掌握着、规划着、安排着当然也要保护着艺术文化？"有一位新四军老同志跟我说过一句话："一个文化部部长能不糟蹋文化就好了。"这句话，我一直都记得。

记者：作家陆文夫写过一篇文章，大意是说作家当了领导就再也下不来了，当不成也不想当作家了，只有您能转体三百六十度，稳稳落地，属于金牌体操冠军动作，不是常人能做得到的。

王蒙：我曾经写过一首诗，里面有两句得意之作："急流勇退古来难，心未飘飘身已还。"1986 年上任以来，我无时无刻不在提醒自己，不要沉迷于权力、地位、官职、待遇。我甚至都觉得一个作家写着写着小说当起部长来了，令人惭愧，羞见同行。起码20世纪80年代，文人们对高官还是有疏离感，不像现在，越来越多的文人认同体制与风习，不掩盖自己谋个一官半职的心思。我必须承认，如果我再多干两年，也许我再也不想回到写作的案头了，这正是我最怕最怕的。实话明说，部长是可以做出瘾来的。我一直相信我的文字会比我的发言更精彩，它的影响将比任职两个任期长久得多，我必须对得起文学，对得起历史、同行，还有读者。我甚至在与外国官员会见时，听见人家介绍我是“文化部部长，并且是一位作家”时，忍不住用英语补充：“准确地说，我是一个作家，同时是一个部长。”我还说过：“我过去、现在、将来，都只想当一个作家。”这么说来，我又不能不感到愧对那些信赖我、任命我的领导人，更愧对文化部的同人们与文学界的同行们了。

三　谈言论开放与市场化（20世纪90年代）

记者：您的自传第三部《九命七羊》开头提到，20世纪80年代后期到90年代初在今天许多知识分子眼中是一个浪漫、光荣、呼啸与歌唱的年代，随着改革开放的高歌猛进，思想界日渐活跃，甚至有点“狂飙突进”的味道，但这其中也不乏煽情与大言、急躁与搏斗，甚至埋下混乱的种子，您今天怎么看待这段“百家争鸣”的日子？

王蒙：我觉得对任何事情都不能够“太过”，搞文学、文艺的人如果连点浪漫都没有，连点“酸的馒头”（sentimental，意为“感性”“多愁善感”）都没有的话，这文学搞得太可怜，这世界也太可怜。但是王小波也有一个说法："不要瞎浪漫。"他说的是实话，言论的开放不能用浪漫的观点来看待它。言论的开放不是光给你开放的，如果你是大学毕业，它也要向中学毕业、小学毕业，甚至没有上过学的人开放。还要向糊涂人，偏激的、作秀的人开放。

说到20世纪80年代末，一心为改革开放唱颂歌，把改革开放悲情化、深沉化和诗歌朗诵化的思想作品非常多，各种受到西方影响、带有激进主义色彩的评论像海啸一样扑来。批长城、批龙、批黄河、批李白屈原一直批到鲁迅，简直称得上是地毯式的轰炸。但有位研究学者在1989年春提出，当时对中国文化与改革的探讨，存在着"重情轻理、重破轻立、重用轻体"等缺陷，我觉得他讲得非常好。

所以尤其是在言论开放的初期，我常常想，所谓的百家争鸣，其立竿见影的效果，并不是一百家真理在那儿争鸣，而且恰恰是各种片面的、极端的、人云亦云的、媚俗的意见都会出来，同时言路的放宽也创造了有利于出现创见的空间，这些意见相互之间会起到一个互相制衡的作用。你看看现在西方社会，什么胡说八道都有，什么稀奇古怪的现象都有，但是它并没有造成特别大的危害，就是因为这些见解都互相顶在那里了，互相抵制在那里了，这也算一种精神领域的"生态平衡"吧。

记者：1987年，您在《红旗》杂志上发表的谈"百家争鸣"的文章中，就提到一个很重要的观点："言论的放开必然导致言论的贬值。"即使是三十年后的网络时代，这个观点也非常值得人深思。

王蒙：我的意思是，百家争鸣的一大后果是会出现许多胡说八道，从而黯淡了一言兴邦的前景；但是言路的放宽也使得种种谬论彼此制衡，不至于出现一言丧邦的大祸。我在中国作协四届理事会二次会议上的发言中也说过：百家争鸣，会是思想活跃，也会是七嘴八舌，谁也听不见谁的。当时的中国文艺界还没有经历过这一局面：好的思想，平庸的思想，有特色的思想，信口开河的思想一起涌来。对各种现象要欢迎、理解，至少是容忍，而又积极地发出自己的声音。那就是在马克思主义思想指引下，有利于我国现代化建设，有利于物质文明和精神文明建设，是创造性的、富有时代特色和民族特色的声音。倘不习惯，不妨再看一看，不轻易下断语，因为真正的科学和艺术是不怕争论的。听到某种荒谬的意见，用不着惊诧或者愤怒，把心态放平稳："哦，就是有此一说"就可以了。

记者：从 1988 年底开始到 20 世纪 90 年代初，您在《读书》杂志开辟专栏，发表了一系列引人注目的文章。而那个时候也被视为是《读书》杂志的黄金时期，葛剑雄、吴敬琏、赵一凡、金克木、吕叔湘……大家云集，洋洋大观。至今仍有许多老《读书》的读者，怀念那段岁月。

王蒙：那是可以理解的，当年的《读书》有趣、有新意，销量以几何级数上升，一番盛况，八面来风，怀念也是很自然的。我还记得 1988 年底，编辑吴彬（吴祖光的外甥女）约我次年在该刊开设专栏，我笑说："承蒙不弃……"她大笑着说："我们不弃，我们不弃。"于是前后数年，我为《读书》写了六十七篇评论，这些文字的影响甚至一度超过了我的小说。那时的主编沈昌文也是值得怀念的。他博闻强记、见多识广，三教九流、五行八卦、天文地理、内政外交，什么都懂。他既懂得广交高级知识分子，又懂得如何与各色领导干部沟通，绝不搞学院派、死读书、教条主义、门户之见。我称他是“江湖学术家”，他写的《阁楼人语》，嬉笑怒骂，阴阳怪气，又点到为止。难怪我时常听到某些爱生气的领导愤愤不平地喊：“怎么还没有查封？”

说到怀念，你不仅可以怀念20世纪80年代，还可以怀念40年代、延安时代，是不是？还有30年代、20年代，一直怀念到汉唐，什么周公、孔圣人……起码也可以怀念到1917年十月社会主义革命。敢情你愿意怀念什么就怀念什么，你愿意继承什么就继承什么。但是时代本身在变化，它不可能往回走，这是事实。

记者：正如您刚才所说的，就在这段时间，您写的一些评论在全国掀起轩然大波。比如有一种普遍的观点认为，1992年商品经济的长驱直入，对中国社会产生了极大的冲击，理想主义在急剧跌落，现实却更加世俗化。20世纪90年代初期海派作家曾提出“人文精神失落”的话题，但您认为并不存在这个问题。您现在怎么看这个问题？

王蒙：我曾经质问过：我们有过人文精神吗？如果有它又是什么？改革开放前计划经济时代我们有过人文精神吗？如果压根儿没有，又何谈失落？如果说所谓的失落是针对通俗文艺而发的，那么在通俗文艺远不发达的20世纪50年代到70年代，我们就拥抱着人文精神了吗？我反对的主要是人文精神概念和价值的绝对单一化，我曾说过“把人文精神神圣化与绝对化，正与把任何抽象概念与教条绝对化一样，只能是作茧自缚”。结果一下子我又得罪了一批人。

但是，从今天看来，我对商品经济大潮带来的负面影响可能还是考虑得不够。

记者：对作家而言，商品经济最为切身的影响之一，就是图书出版市场化，像您这样的精英写作者，包括您这个时期写作的“季节”系列，尽管它是非常严肃博大的作品，也必须接受市场的考验。

王蒙：对了，现在精英文学也面临着市场的考验。过去我们习惯于精英的东西畅通无阻，不接受市场的压力。比如说在“文化大革命”以前，国家平均每年出版十几本长篇小说，所有的小说都畅销。现在还有人认为中国文学最辉煌时是中华人民共和国成立十周年就是1959年左右。当时出版的比如说《红旗谱》《红日》《保卫延安》《青春之歌》《林海雪原》，后来的《李自成》《创业史》《红岩》，都有极大的发行量，动辄上百万册。现在一年长篇小说产量可以达到七百至一千部之多，如果都有平均百分之六十的“垃圾”，现在的垃圾肯定比过去多。

现在呢，据我所知，有一个老教授，自己编了一本个人诗集。他的诗很好，很有水平。但是这本诗集拿到出版社以后，出版社做了一个市场预测，结果显示经济价值非常的低，就是最后确定不能出版。这件事给老人相当大的打击。所以有些精英们提起这个市场来就是咬牙切齿，甚至是痛心疾首。但是我觉得这个只能通过市场逐渐地发展、规范、提高来解决。反过来说，认为精英的东西一定没有市场，我觉得也是没有道理的。就拿长篇小说来说，也有获奖的作品，发行上也还是成功的，比如韩少功的《马桥词典》、张承志的小说。这说明在中国，市场化还没有到让精英作家活不了，或者说没法写作的这种程度。拿我个人来说，最畅销的小说是《青春万岁》，从1979年才正式出全书，到现在已经三十年了，每隔一两年、两三年，就会出一版。有时候出一万册，有时候出五千册，加在一块儿也将近五十万册了。我可以说我从来没有一本书是滞销的，但是畅销的也是少数，比如说《我的人生哲学》，因为内容比较通俗，现在也还在不停地印，也已经印了将近四十几万册。

所以我就觉得，如果说想扩大精英写作、严肃写作的发行，或者引起更多方面的重视，我们可以讨论这个问题，但是用不着以谴责或者起诉通俗文艺或者抨击市场作为前提。我们的通俗创作的确需要规范，尤其是网络，但就一个大国而言，你的文化生产和文化服务不能不考虑到“俗人”的需要，你是精英，收获的是美名高望；你是通俗，收获的是市场和粉丝。帕瓦罗蒂和“猫王”谁碍着谁呢？超男超女妨碍了声乐艺术？金庸或者王朔降低了文学品位？其实是井水不犯河水嘛。

记者：20世纪90年代中后期开始，“下半身写作”等写作倾向日渐走俏，您对这种“开放”的结果有准备吗？

王蒙：我说过，开放也好、言论自由也好，甚至民主也好，并不能保证文学的质量。恰恰相反，开放和自由，首先是使低质量的东西大量涌现，并流行开来。如果你要求所有作品出来，都是最好的作品；要求所有言论出来，都是最负责任的，或等于真理的言论才能出炉，那你等于取消言论的自由。如果没有这样的思想准备，不能适应这样的不理想状况，害怕自己的伟大深邃的声音湮没在众声喧哗里面，或者市场叫卖声里面，要求提高言论“入局”门槛，就先别叫嚷开放，更不要侈谈言论自由。对于这种低水准的自由开放，我们应该是坦然面对，积极引导，有效规范。

记者：我想谈到市场化对中国的影响，必然会涉及体制改革，其中也包括文艺院团、作协等文化机构的改革，2006年作家洪峰上街乞讨事件引起全国轰动，关于专业作家体系，您可能是中国作家中最早提出“动一动饭碗”的人。

王蒙：早在1983年，我就在《北京日报》上发表文章，我提出，设立专业作家的初衷是国家对文学事业的高度重视，因而才会为有能力从事文学创作的人们提供优厚的生活保障，但是专业作家体制的确是存在一些缺陷甚至是弊端的，最主要的是容易脱离生活、工作实际，脱离人民群众，此外还有某些专业作家生活面、知识面以及工作能力适应性越来越窄，编制庞大等问题。

我想说的是，能否把专业作家体制加以改革，使之更完善、灵活，更具有适应性，减少副作用，从这个目的出发我提出了一些建议，比如多设立“有限期”专业作家，少设立“无限期”专业作家，期满之后回原单位工作或者另行分配；设立各类广泛的文学奖金和文学创作基金，取代现在的“月工资”；提高稿费标准；对于一些老年精英作家，是不是可以设立国家文学院和院士制度予以礼遇；还有是否可以将“养”作家的范围，从作协扩大到一些大学、出版单位、文化团体或者大传媒，由它们提出一些灵活性较强的任务。

记者：您所提的这些改进意见，有一些已经逐步变成现实，但当年您可为这件事惹了不少麻烦吧。

王蒙：1994 年《文学报》的记者简要报道了我对专业作家体制存在弊端的说法，但没有详细报道我的替代主张，结果就变成我要“端”全国作家“饭碗”，王蒙不让“养”作家等说法。一位经历坎坷的老作家，非常质朴地说，对于作家们，不要“只看见贼吃肉，看不见贼挨打”，意思是别看作家不用上班天天拿工资，却忘记了作家曾经如何受批判、受迫害。还有一位作家严正指出，文明的国家都是养作家的，不养作家是不文明的。上海一位贤弟直言不讳地说，你当过领导不怕没人养，你谈养不养的时候多么风凉多么理想化啊，想想其他人的情况，身体状况不好的，家里负担重的，你能忍心不“养”？

我还以为我立足于改革、立足于扩大创造空间的意见能受到知识分子们的热烈欢迎呢，原来我忽略了最最紧要的现实利益。我不免又想起了三幅漫画，一说是赞成按劳取酬的请举手，结果是都举手；二说是赞成多劳多得的请举手，只有稀稀拉拉几个人举手；三说是赞成少劳动少得、不劳动者不得的举手，据说结果谁也不举手。铁饭碗，大锅饭，只有改革别人时才是赞成的，而且慷慨激昂，改自己时则完全是另一回事。

也有人说“洪峰事件”打了文化体制的脸，说“改革开放市场经济到了今天的地步，各级作协还在用纳税人的钱，养活像蝗虫一样多的吃财政饭的作家”。它从反面证明了作协的存在的确给会员们带来了利益，从正面提出了进一步完善和改进的必要。同时我相信，本着构建和谐社会的理念，事情是会得到妥善解决的。

四　全球化语境下的中国文学及未来（20 世纪 90 年代末至今）

记者：现在大家都说改革开放三十年是中国“和平崛起”的三十年，走向世界。说到中国文学走向世界，一个绕不开的话题就是诺贝尔文学奖，在您看来，为什么中国人那么渴望诺贝尔文学奖，以致把“境内作家没拿过诺贝尔文学奖”当成一宗原罪呢？

王蒙：提到诺贝尔文学奖，这里有一段与我相关的往事：1994 年的时候，我受到瑞典科学院终身院士马悦然教授的邀请，希望我对瑞典作一次访问，并提供一份英语推荐材料，可以提出若干名中国作家作为诺贝尔文学奖的候选人，材料不得少于十五页，将列入瑞典科学院的正式档案。信中还特别强调，我的推荐范围可以包括我自己。我觉得这是一件好事，并做了认真准备，写了推荐材料，推荐了韩少功、铁凝、王安忆、张炜，请人翻译成英文，写不写我个人，我在犹豫之中，我要坦白，如果一切进展顺利，我不会不自我提名的。

后来因为种种原因，包括我的原部长身份，此次访瑞之行未能获得通过。这一度引起了马教授的误会，以为我不愿意来。同时，因为此事，我们也失去了一个改善和加强跟瑞典科学院与他们诺奖评选机制沟通的机会。有一些人士每每研究诺贝尔文学奖获得者的情况，以他们作为文学尤其是道德标杆，要求中国作家参照反省，照此攀登，为国为民争光，我只能说这种看法太过天真。我在做客凤凰卫视的《锵锵三人行》栏目时也谈到过，中国人为什么对诺贝尔奖耿耿于怀，说到底是因为中国人渴望被世界所承认，反映出一种走向世界的心态。但诺贝尔文学奖本身代表的不是一个纯文学的标准，诺奖很喜欢特立独行，常常爆冷门，尤其喜欢社会主义国家的不同政见者、流亡者，如索尔仁尼琴，或者西方国家的左翼批评者，如德国的伯尔。诺奖是北欧人评选出来的，不可能满足中国社会主义核心价值观的要求，它没这个义务。与之对抗毫无必要，也不起作用，奉为天神，同样幼稚。我们与诺奖评审机构应该互相尊重，求同存异，加强沟通，与其批评诺奖，不如改善我们自己的国家文艺评奖，增加它的权威性、公信力和影响力，也增加它的奖金数额。王朔有一次面对提问“为什么中国作家没有得到诺贝尔文学奖”时，回答得妙极了，他说，因为中国作家忙于争取茅盾奖。可惜茅盾奖只有人民币数万元，而诺奖是欧元百万。

至少，我建议，应该设立一种真正文学性、艺术性、权威性，且被世界公认的华语文学大奖。我们现在不是很喜欢谈软实力吗？这样的软实力我们应不应该尝试构建呢？

记者：您在自传里写道，没得到诺贝尔文学奖还只是中国作家的“第二宗原罪”，“第一宗原罪”是当代作家中再没有出鲁迅，鲁迅式“国民医生”、精神导师式的写作消失了，作家的社会责任降低了，王朔、刘震云、余华等作家的作品，更多的是“侏儒”式的、“躲避崇高”式的写作。这种观点也曾引起四方哗然。

王蒙：我说的“躲避崇高”是一种文化姿态。就是说，王朔他们自己不愿意摆出一副精英的姿态，躲避伪崇高，而不是一切崇高，这个并不是对他们的作品的一个定性评价，更不是我提出的文学口号。这种文化姿态我觉得在每个人的作品当中是不一样的，有些人是先锋的姿态，启蒙的姿态，或者苦主的姿态。但是举个例子，王朔就跟他们不同，当大家都已经习惯了这种高屋建瓴式的写作态度，悲情写作、清高写作之后，他宁愿承认自己不是以巨人而是侏儒的姿态来调侃、自嘲，这里面也包含着一种很深的嘲讽意义，同时还有一种无奈。但他这种嘲讽，又和鲁迅式嘲讽是完全不一样的，因为鲁迅其实是一种俯视这个可悲的世界的悲情的嘲讽；但是王朔、刘震云不具有这种俯视性。我对王朔的评价是“微言小义、入木三厘”，我肯定了他的作品的意味，同时指出那还不是“微言大义”，不是“入木三分”。

记者：不过对于中国读者来说，似乎习惯了作家来担任精神导师，或者介入现实生活，揭露阴暗面什么的，觉得这样才是有责任心的作家，而不是关注小我？

王蒙：我觉得作家跟作家的情况有所不同，这里面有历史背景、时代使命、读者期待、阅读语境等各个方面的巨大差异，现在人们常说一些“80后”“90后”的作家，把写作变得个人化一点，我觉得这个是无可厚非的。作家对于公共事务、社会热点话题的介入也有三六九等之分，有的作家擅长揭露官场黑暗的，反腐倡廉，有的在作品里关心弱势群体，专门写农民工，这些努力都受到了相当的重视和好的评价。

我觉得要强迫所有的作家都具有相同的社会责任感是不现实的。问题是你想成为什么样的作家。有些朋友同行，把托尔斯泰式的道德责任感看得比一切都重，但不可能所有的作家都是托尔斯泰。也有朋友把鲁迅式的愤世嫉俗，以及冷峻的批评看成作家最好的品质，我也完全赞成这些朋友对鲁迅的崇拜、信赖和仰视，但所有的作家也不可能全部是鲁迅式的。反过来说，鲁迅有鲁迅的时代，如果你认为今天读者们还是像鲁迅时代的国人，民智未启，嗷嗷待哺，等待光明指引与拯救，是不是也太一厢情愿了呢？我还很不喜欢所谓“旗帜”啊、“导师”啊之类的提法。曹雪芹是清代文学的旗帜吗？李白是唐代文学的导师吗？如前所述，中国文学的姿态是千姿百态的，你可以是统帅，也可以是平民，可以站着，也可以蹲着。

记者：作为一名写过多部分析《红楼梦》著作的专家，您怎么看待《红楼梦》在当下引发的“翻拍”“解读”热潮？您对刘心武等作家的红学研究有何评价？

王蒙：《红楼梦》是一部家喻户晓的畅销书、流行书、大众书，一部杰出的作品能够被那么多奇人、伟人、下里巴人所接受所喜爱，同时又能够被那么多专家学者往高深里研究考证，这种现象非常有趣。《红楼梦》本来就是一部青春小说、爱情小说，也是沧桑小说、政治小说、文化小说，对它进行学术考证、文学欣赏、趣味研究都可以。就我个人而言，我要做的不是考证《红楼梦》的学问，而是从生活中、人生中，结合自己的人生体味，发现红楼气象、红楼悲剧、红楼悖论、红楼命运等等。我提过，《红楼梦》中有三重时间（女娲纪元、石头纪元与贾府纪元），这种多重时间处理远在《百年孤独》之前；我也说过《红楼梦》后四十回的失落具有必然性，虎头蛇尾是万事万物的共同规律。请看《圣经》，上帝创造世界的时候是何等有章法，造出世界之后就不好办了……如此这般，都是别人没有太讲过的。

我也上网看看年轻人的作品，比如有个女作家阎红，我觉得她的《误读红楼》从青春和时尚的角度去“戏说”，很有创见。我曾写文章称赞：这种“误读”是一个美丽的契机，是一个智慧的操练，是一个梦境的预演，是在尝试开辟新的精神空间。对于新老索隐派，我也并不一笔抹杀，我认为符号的重组是一种很难抗拒的智力游戏，何况“红楼”本身提供了这种契机，有时候智力游戏也能达到歪打正着的效果。但是，这种“猜谜”也应该适可而止。现在的“红楼考证”是猜测多，证据少。就像我前一阵子举的一个类比：猜谜是有条件的，你不能在马路上逮着一个人就猜他是小偷。揭秘得越“着实”、越肯定，也就越容易被反驳。还是应该保留一种模糊性、机动性，为后来的阅读留下空白。我觉得对于一个读者来说，完全可以不管别人的“误读”或者“揭秘”，自己读出自己的见解来就可以了。

记者：在中国提倡建设和谐社会的今天，您又提出一个很重要的观点，就是多次强调多种文化生态平衡，避免那种“轰来轰去，剩下一片焦土”的状况再度发生。

王蒙：我一直有一个关于文化整合的观念，我觉得近代以来，各种不同的文化形态与价值观念，会聚在多灾多难的中国，互相争斗得很厉害，直到今天，传统文化与现代文化、精英文化与通俗波普文化、市场化的次文化，新古典、新左派等等，这些文化形态与价值取向，互相斗了一个不亦乐乎，骂得狗血淋头。2007年我在全国政协常委会全体会议上就提出一个观点，要构建和谐文化，先要实现文化和谐。

我觉得现在中国面临的文化不可能是一种类型的。好比我们很称赞昆曲，我们认为白先勇搞的那个昆曲的青春版《牡丹亭》，很有意义。但我们没有理由，因为振兴昆曲而排斥意大利歌剧。从个人来说，你是爱听郭德纲的相声，还是爱听姜昆的相声，这是个人的事，但是郭德纲的相声和姜昆的相声都有它们存在的道理，没必要针锋相对。由于地域不同、民族不同，有的偏洋，有的偏土，有的偏精华，有的偏通俗。“百家讲坛”那种普及知识型的文化形式也是经常受到声讨的，因为它不是最学术化、学院化的版本，它也受到学院派的抵制。我要说的是，在文化上最好不要搞有我无你，势不两立，而是博采众长，取长补短，多元互补，双赢共存，实现正确导向与多种文化的生态平衡的良好格局。

记者：北京奥运会的成功举办，您觉得能对推动中国走向世界起到怎样的作用？

王蒙：这次奥运会在北京胜利闭幕，证明中国再不是一个积贫积弱的国家了。我们的文化焦虑正为文化弘扬与文化和谐的信心所替代。我们对于世界各国来客的亲切友善、对于本国运动员遭遇挫折的平和和包容，已经日益显示出一个大国国民应有的心态，也是一个国家走向成熟强盛的标志。无疑，没有三十年的改革开放，就没有2008年的北京奥运会——不会有实力主办，也不会有这样一种尊重别人也尊重自已的精神状态，一种对于本国也对于世界的理解与信心。这种昂扬、开放的精神面貌，就是我们主办奥运会的一大精神成果。

改革开放这么多年，中国在走向现代的过程当中，一直面临的一个问题就是中国和世界的关系。中国就是世界的一部分，但世界并不了解中国，因为这个所谓的世界呢，从整体上来讲是西方文化、基督教文明占强势的地位。所以中国和世界既是互相沟通的，互相促进的，又是互为另类的。我希望中国能借此机会跟世界实现进一步相互理解，使得彼此之间的关系更为和谐。希望世界能以珍爱而又客观的态度来看待中国文化，而中国也能以自信而又谦逊的姿态，拥抱世界，走向未来。

2008 年

为历史存真*

记者： 您在自传中说，《组织部新来的青年人》发表没两天，《人民文学》杂志的一位工作人员骑着摩托车到西四北小绒线胡同二十七号您的家，给您送来了476元人民币的稿费。当时发稿费这么快吗？这笔稿费对当时的您来说是不是一个天文数字？后来怎么用的这笔钱？

王蒙： 当时就是这么快，我也是稀里糊涂，那位工作人员骑着摩托就到了我家里面。当时的476元和现在拿到5万元感觉差不多，就好像拿了几万元似的。那是1956年发表的作品，第二年，也就是1957年，我结婚，买了张办公桌，叫一头沉。它不是写字台，写字台两边都有抽屉，它是一头有抽屉，一头只有腿。除了办公桌，还有带玻璃的书柜、沙发圆椅、一张圆桌子和一张双人床，这在当时已经很了不起了。你想，一篇的稿费就可以娶

---

* 本文是《新民周刊》记者对作者的访谈。

媳妇了！

记者： 后来因为这篇小说受到不公正的待遇，心情是不是一落千丈？

王蒙： 那当然，我的心情很沮丧。但是我又觉得事情不会老是这样，正因为我参加工作、参加政治生活比较早，所以我经常看到党内斗争，这种情况非常多，一般过一阵子又变了。面对当时的批判，我觉得只好如此，看看将来有没有变化。

记者： 您在书中如实记述了批判“丁陈反党集团”的事实，当时您主动向作协领导郭小川同志反映了冯雪峰的一些观点——苏联是大国沙文主义、教条主义，肖洛霍夫的《一个人的遭遇》不过是一篇受到吹嘘的普通作品。您还在大会上发言批评了丁玲、冯雪峰，这是您受批判之前说的吧？当时您这样做是出于向党靠拢，真心地以为冯雪峰们是反革命还是迫于无奈、明哲保身之举？

王蒙： 是我受批判之前说的，那是“反右”斗争时候的事。真正开始修理我、批判我，要到1957年的11月、12月了。1958年，我才成了“右派”。“反右”一开始批“丁陈”，还没批到我。

当时我一方面是年轻，也算是个代表人物，能参加这么重大的会是一种光荣。但那种人际整肃的方式，实际上让我感到某种恐惧，搞不清楚是怎么回事。另一方面我把它看作党内组织生活的一个过程，尘埃落定了，你才能知道它的目的到底是什么，究竟要出什么事。当时肯定是不能完全理解的。

记者：1958年8月1日，您奉命去京郊的门头沟区斋堂公社的军饷大队桑峪生产队，接受劳动改造，当时的劳动强度，您觉得您能干得下来吗？

王蒙：我当时觉得还行，那个夏天，正是“大跃进”，吃饭不要钱，厨房里做很多馒头，最好的时候是吃大黄米面、吃炸糕。那里正好是个养蜜蜂的地方，还能吃到蜂蜜，在当地来说是最豪华的餐饮，油炸的大黄米面和炸糕，抹着蜂蜜吃，和现在吃什么鲍鱼、燕窝那感觉都差不多。身体没有出现什么严重的问题，但到农村以后，我生病是比较多。显然是因为营养不够、免疫力下降的缘故，不停地感冒，又是拉肚子，然后眼睛发炎，肿得像麦粒肿，我们俗话说是“针眼”。还有耳朵后面化脓，北方话叫“长疖子”。

夏天粮食充足，冬天的时候就不行了。一天喝两顿稀粥，那很恐怖。1958年底、1959年初就开始喝稀粥了，本村的粮食已经很难养活人了。

因为在山区，经常就背一个篓子，干的是农活，应该说也不轻。

记者：改造后，1962年，您还是发表了短篇小说《眼睛》《夜雨》，那是在改造时候写的吗？当时环境已经宽松到可以允许您这样的“右派”公开发表作品了吗？

王蒙：1961年，我就不算“右派”了，所谓“摘帽右派”。正好文艺形势也有所调整，我就接到了《人民文学》和《北京文艺》两个刊物的约稿，所以我就给它们写了这两篇小说。写这两篇小说的时候，我已经不在农村里劳动了，也没有工作，我原来在共青团市委，当时我的身份不可能再在共青团市委工作。很快，这两篇小说发表后没多久，我就被分配到北京师范学院现代文学教研室。

记者： 去新疆是您自己选择的吗？是觉得那是个浪漫的地方，还是让自己去最艰苦的地方考验自己，让党考验自己，抑或觉得到那个远离是非的地方可以让自己清净一些？

王蒙： 是我自己选择的。因为我并不甘心就在大学里头教学。教书当然非常稳定，但是当时我对生活、对人生的认识，让我觉得我还是应该到工农兵中去，到边疆去锤炼自己，要投入火热的生活，当时还是很信奉这一套，就是毛主席说的知识分子要经风雨、见世面，觉得自己要奋力一搏，看看自己能不能从边疆、农村的劳动中得到磨砺，塑造一种个人的写作风格，我原来觉得自己是不符合社会需要的。

记者： 您在自传中有时没有用真实的人名，是出于什么样的考虑？

王蒙： 这分几种。有的我怕提了以后给会刺激家属。比如我在书中写到一个人叫李鲁，他是在团市委里给揪出来的“右派”，后来在劳改当中就死了，我想就不要太刺激家属，于是把他的名字给隐了。但是书出版后，他的妹妹看到这一段，她知道我写的是李鲁，她还给我写了一封信，表示非常感谢我，没有忘记她哥哥。另外她告诉我，我书的记述有误，她哥哥并不是在“反右”中死的，而是在监狱里坐了八年的牢，出来之后回到农村，又待了五年，得癌症去世的。

还有一些人是级别太高、地位太高，国家有个规定，进入国家领导人序列的，写到他们的话，都要送到有关部门去审查，这一审查多耽误事？本来俩月能发表的，起码得拖半年，那我就省了这些事吧。我也想，这种自传将来还有出版的可能，再过个三五十年，那些事情都过去了，这些人物都可以还原他的真实姓名。

记者：自传出版之后，也有许多读者写信来，指出其中一些史实性的错误。

王蒙：我有一些记忆的错误，此外我有个毛病，我这个人不重视保留文字原始材料。这和历次搞运动有关系，保留这些材料，就怕到时候又给谁惹出麻烦来。别人给我写的信，或者我给别人写的信几乎全部都被毁掉了，或者烧掉，或者撕碎扔到茅坑里、马桶里。这样的话，毕竟我年纪比较大了，有的是笔误，有的是记忆错误，三个字里，可能只有一个字写对了，其他两个字都没有写对。还有些事，是编辑的问题。他们不太了解我所写的事。比如研究《红楼梦》的“索隐派”，他们一查字典，说没有这个“索隐”，只有“索引”，所以就给改成了“索引派”。

记者：第一部里涉及的很多历史问题相对已经尘埃落定，而第二、第三部写的是近三十年的历史，是否也会有更多的隐讳？

王蒙：里头确实牵扯到一些比较敏感的事情。但是我这人有一个特点，我内心特别坦荡。不管我做什么事情，只要我是以善意的、建设性的态度来看待，不管我经历过什么样的困难，包括我个人经历过什么样的挫折，那就没有什么不可言说的事。毕竟国家是往好的方向发展，并不是向坏的方向发展，中间有什么曲折，和别人有过什么意见，这都很正常。我有时候写到和别人意见不一致，我丝毫不隐瞒我的观点。我仍然是带棱带角的，我能体会到他人的恶，与此同时，我也尽我的力量去理解别人，理解他们为什么会和我不是一个观点。我觉得我能做到这一步，很坦然、很有信心地把我经历的许多事吐而后快，但我在其中显然无意去伤害他人，更无意去做什么对国家、对党、对国家领导人不利的事情。所以一些最最难说的事情我都说到了，我也不会制造新的不和谐、制造新的纠葛，这本书不属于那种情况。

记者：您曾担任文化部部长，在任期内，您做了不少在今天看来确实有益的事，比如坚持文化领域的改革开放，制定艺术院校的管理条例和补偿办法，认同支持文化产品的商品属性，发文批准开放营业性舞厅等等。今天会议上也有人提出，您内心其实还是想继续做文化部部长的，您是否同意他们的看法？

王蒙：担任文化部部长并非我的本意。关于我当时怎么会去担任文化部部长，事情是这样的。从1985年就传出了上边正在物色新的文化部部长的消息，说法不一，一会儿一个样，我也没当回事。第二年的春天，一天下午，中组部的一位负责同志找我，正式提出了让我当文化部部长的事。我一听就很吃惊，对于掌管一个部门，没有心理准备。我也害怕内斗，就找了胡乔木、胡启立，推辞，让张光年去给乔石带话，都未果。后来我和习仲勋谈话，决定只干三年，6月，我正式出任文化部部长。

我在自传中对此有很翔实的描述，我当时的心情是：且悲且惊且喜。我突然对他们/她们有了责任、有了义务，也有了说三道四的权力。我能帮助艺术？我会亵渎艺术？我假装要指挥艺术？还是认真地掌握着、规划着、安排着，当然也要保护着——艺术还有无所不包的文化？我想起一位老爷子，他是老新四军，听说我要去当文化部部长了，他说，一个文化部部长能不糟蹋文化就好了。

我对部长的工作缺少足够的投入与献身精神，缺少对部长的工作以死相许、以命相托的责任感，我自以为是在服役，反正我要回到写字台前，写我的作品。这对于信赖和支持我的上下同志、同事，都是一种辜负，是一种对不住。

我深感愧疚的还有对于文艺家的国家奖励制度与荣誉称号系统的设立，只处于研究阶段，远未完成。

记者：在革命面前，知识分子显得非常天真和脆弱，脆弱与他们不掌握武器有关，但是天真却本不应该是知识分子的核心精神，您觉得中国知识分子的问题何在？为什么在“后革命”时期，中国知识分子会缺乏一种反思和批判的精神？

王蒙：我们面临的是一个新的时期，简单说就是在“后革命”时期的知识分子所面临的时代。在革命之前，知识分子最悲壮，也最容易成为伟大的知识分子。因为在这个时期，一切的不满、一切的牢骚、一切的愤怒都通向革命。我说过一句比较刻薄的话。在极端的情况下，哪怕这人有点傻，他跑到十字路口，大喊一声“操你妈”，他有可能成为群众心目中的英雄。但是相反的情况呢？华东师范大学的刘晓丽讲得很好，这其实也是我书里反复讲到的，你在一个你所追求的革命之中，怎么处理这种矛盾呢？1986 年，我和南非后来的诺贝尔文学奖得主戈迪默一起去参加第四十八届国际笔会，那时候的戈迪默意气风发，那种斗争性、那种自信、那种精神上的强大和她后来在曼德拉组成新政权之后接受西方记者采访时的情况大相径庭——那时的她茫然、尴尬。鲁迅就说过：“不要以为革命成功了，欢迎革命的作家都会受到优待。”一个作家、一个知识分子如何在客观上去批判旧世界，去呼唤革命，我们可以举无数的例子，鲁迅、戈迪默、高尔基都是这样，甚至反对过革命的托尔斯泰也有批判旧世界的一面。但是革命成功以后呢？流亡？很难成为规律。如果中国的知识分子，革命前要流亡，革命后也要流亡，说明这个社会永远没有正常的发展机会。对于知识分子一般性的责备、求全，有些还是非常幼稚的。比如有人把郭沫若视作软弱的代表，郭沫若当然有软弱的一面，但是郭沫若在反蒋的时候，一直是非常勇敢的，他可以向蒋介石拍桌子、跟蒋介石对骂，你能说他只有软弱吗？究竟知识分子怎么样来完成这样一个历史使命，这是个问题。

记者：您可以算是国内写得最多的作家之一。

王蒙：我从1991年就开始用电脑写作，已经用了十七年了，每天至少要敲上两千字。

有一点我得声明一下。我的兴趣比较广泛，我的经历也比较多。我既关注政治和艺术，也关注老百姓的日常生活，我对许多琐事、小事感兴趣，比如说养花、养猫、买菜，我都有兴趣。我们家里一多半采购食品的任务都是我来完成的，我很有兴趣去超市逛逛，去排队，去挑选牛奶、面包、烧饼等，我夫人主要负责做菜。

虽然我年岁比较大了，但我没有中断和生活的联系。在家里，我和我的子女、孙女也有很多的接触，我也到世界各地走走看看，所以我写东西可能比别人快。

2008年7月1日

写作忆往

有两条是肯定的。第一条叫作一切创作来自生活，不论作品的面貌多么奇特（其实我还真缺少那种出奇制胜的才识呢），都是来自生活的，包括各种手法，也同样来自生活的提示。如果没有各式各样的心理活动，哪儿来的各式各样的心理描写手法呢？这里，只要把方法论与本体论统一起来，就不会搞形式主义，矫揉造作，凌虚蹈空。我其实并不爱看作创新状的作品。顺便说一句，你从《蝴蝶》的题名可以了解到它的题意，也就可以不为我采取那种写法而惋惜了。当然，另一种写法或许可以把《蝴蝶》写成一个长篇，可以把人物写得更鲜明，那将是另一部作品，但同时它也会丧失许多现在的《蝴蝶》特有的东西。文章千古事，得失寸心知，得与失是这样地纠结在一起，唉！

第二，我反对非理性主义。我肯定理性的深化会有助于对于创作的指导作用。我并不喜欢那种思想苍白浅薄、生活空虚、缺乏真正的"货色"的东西，不管它被认为手法用得多么绝。生活是真实，潜意识是真实，思想、理性同样是真实，是人的有别于物的真实。所以，即使《春之声》的那种旋转，仍然有题，但又不仅是题。《深的湖》中我写到约旦王国的新闻，这难道是可以不写的吗？

有了这两条，在艺术手法上我们就可以更大胆地进行开拓和试验了。当然，这些开拓和试验的成败得失，还需要实践的检验、社会的检验。你的一些很好的意见，正是这种检验的一个可贵的组成部分。

你的有些意见还有待于我的思考和消化。例如你断言蓝佩玉没有及时如约赶到地下组织所指定的地点是"出于犹豫和动摇"，这使我迷惑，莫非是我太缺乏表现力？我明明写了她之所以迟到是由于她的任性、娇气和潜意识中的一次小小的失态，都是女性式的

林震及其他

在小说《组织部新来的青年人》中，林震这一人物的处理，带给我不少的困难。

我无意把他写成娜斯嘉式的英雄，像一个刚刚走向生活的知识青年能够像娜斯嘉那样。那似乎太理想化了，如果生活里一边是娜斯嘉、正确的同时坚信自己的正确的娜斯嘉，一边是阿尔卡琪、显然可鄙的阿尔卡琪，新与旧的斗争就会简单和顺利得多。不遂人愿的是，往往一些热情学习娜斯嘉的人竟全然不像娜斯嘉那样无可指摘，因而他不可能像娜斯嘉那样坚定、正确。他们正在成长，正在战胜周围的落后势力的斗争中战胜自身的缺陷。遵照生活的提示，我试写了林震。

林震是新社会培养起来的新人，对于他来说，除了遵照党章、党课和他心爱的小说、书籍来生活就没有别的道路。除了做好工作，使自己度过的每一个日子无愧于我们伟大的时代以外就没有别的愿望。爱生活，爱党，爱同志，爱美，并为了他所爱的而斗争，自然地融合于他的血肉之中，而且带有他自己的年轻人的特质。

但是，被林震奉为神圣的那些新的工作和道德原则，还没有经过生活实践的锻炼和丰富。林震本人，若没有他的追求、斗争，便显得空洞浮泛，不切实际，他往往在复杂的现实面前惶惑起来。他的对于一切失误的追根究底——他说的“不容许党的机关有缺点”虽然表现了可贵的政治责任感，却也是过分天真的幻想，生活的激流本来不是消过毒的蒸馏水。因此，他也就无力提出改正工作的有效建议，除了在区委常委会上喊几句口号以外。很明显，如果林震不好好锻炼自己使自己变得成熟，他虽然不乏某些可爱的“精神”，却也终无大用。

不论在生活里还是作品里，支持娜斯嘉是较少危险的（最近的讨论中也有祸延娜斯嘉的苗头），林震却相当使人伤脑筋，这不仅因为林震不是那么有力，也因为林震不是那么正确。何况，林震的某些言语所引起的同情的回声，又往往是与林震本人的探索语调有所不同的偏激喊叫。

我想起一个笑话，据说一位名人曾指着一个“已经证实”为新生力量的青年说：“我是一贯支持新生力量的，譬如他吧，我就支持。”但是，等到“未经证实”的新生力量找到他的时候，他却摆起十足的架子。同样，当娜斯嘉与阿尔卡琪一同走进我们的办公室，又有尼古拉耶娃同志引见他们，那么大多数人是会支持娜斯嘉的。当林震敲响了我们的门的时候，怎么办呢？

我不掩饰在“这一个”麻袋厂事件中，我基本上站在林震方面，特别是当不仅刘世吾与韩常新嘲笑林震，并且许多可敬的同志把林震从无产阶级阵营当中开除出去的时候。林震不参加韩常新的婚礼，把烂荸荠扔在地上（自是有碍卫生喽），毕竟是上帝允许犯的错误。林震常常怀疑自己，一方面是软弱的表现，一方面却也表现了他并不刚愎，而他的敲叩领导同志的房门，也标志着孤军作战阶段的结束。有什么理由对待他比对待刘世吾和韩常新更苛刻呢？不爱青年的人是没有权力教育青年的，正像不教育青年的人没有资格爱青年一样。

谈到教育青年，作者必须惭愧地说，他并没有全面地向青年指点前进的道路，由于不全面，林震这一形象还有被误认成“模范”“榜样”的危险。这首先是由于作者认识上的问题（下面再详细谈），其次作者碰到了一系列艺术表现上的困难。第一，如果增多对林震的批判性的描写，就会使“这一个”麻袋厂事件混乱起来，混淆了对于刘世吾（他是作品中的主要人物，林震只是他的见证者）的责备和期待（注意：并不是憎恨）。顺便说，作品最初构思的时候，作者曾经想在林震的身边再写一个偏激片面、目空一切的狂热分子，通过写他，可以更好地表现反官僚主义中两条战线的斗争，但是，作者未能胜任这样的结构设计，所以作罢了。第二，作者还没有能力在“这一个”作品中，写出一个有血有肉而又完美无缺的人物，有了这样的人物，自然可以提供正确的表率并且大大增加作品的乐观气息的，即使写了这样的人物，能否恰当地安插到“这一个”环境和这一组人物中，也还是问题。这里需要感受的成熟与构思的和谐，那些认为没有写伟大的领导人物就是对领导不尊重的人，是过于简单了。第三，在一篇小说中对复杂的反官僚主义斗争做全面的论证，对林震一言一行的是非做清醒的估计，都不是没有困难的，如果写论文，事情就好办得多。作者只能对他的主人公的主要精神状态，表示大体的肯定或否定，或不是简单的否定，而是质疑。当作者没有能力判决自己的人物的时候，他只好在表示一定的态度的基础上提出自己的疑惑，只好请同志们帮助解答，只好把自己的作品当作一粒种子而不是当作成熟的果实。只有允许作者在肯定生活、干预生活的基础上提出我们时代的“怎么办”，才能更好地发挥意识形态之一的文学的作用。谁能说，生活中的一切人物，一切矛盾，都已早经过马克思主义经典作家的分析，都已有了结论，因而必须表现结论，却不能抛砖引玉呢！谁能说，必须等到作家对一切矛盾的解决胸有成竹的时候，才可以写出作品呢？作家提出“怎么办”来（当然不是仅仅提出），正是为了促进矛盾的解决。

按这样的想法写小说，必然产生一些副作用，因为作者没能够克服上述困难，也因为当今作品中的黑白脸给人的影响太深了，正面人物就必然是作者狂热歌颂、竭力提倡的，这是许多人的逻辑，他们不可能设想，正面人物在生活中是多方面的、复杂的，作者对人物的认识、态度、感情也是多方面的、复杂的，甚至是有某些矛盾的（林震和刘世吾都反映了这种矛盾）。于是狂热歌颂林震的意见出现了，大骂作者狂热歌颂的意见也出现了，这两种意见在争论中互为因果各走向其极端，而作者无限惶恐了。

责怪作者没有标明“此正面人物未经保险，读者慎勿轻易仿效”是可以的，同时，咀嚼作品需要读者的牙齿，厨师把馒头蒸硬了，应该检讨，不过，再好的厨师也不能造出牙齿来。

1957 年

给《北京日报》编辑的复信

编辑同志：

来信收到了，谢谢你们的关心。

这次对《组织部新来的青年人》的讨论，给我很大的帮助。我得到了那么多的老师提出的许许多多可贵的意见，作为一个初学写作者，我感激极了。

说真的，去年开始讨论那篇小说的时候，有些意见我是没有认真考虑的，主要是觉得自己在写作时候的一些复杂、曲折的思想过程似乎没有被人了解，觉得有些批评是直出直入的判断。后来，讨论愈来愈深入了，我的思想开始活动起来。这里，我要特别感谢那些写批评文章写得尖锐的同志，固然他们的文章也被指出了若干缺点，但是，这些尖锐的批评对人是有好处的，它促使你严肃认真地重新考虑一切，它打破了那种高枕无忧的、不谦虚的态度。只要自己不气馁，风浪大一点是会使人受到锻炼的。

对我的《组织部新来的青年人》的批评，绝大多数提出了正确的意见。林默涵、康濯、秦兆阳、唐挚的文章分析得很清楚，我基本上同意。关于自己对这篇小说的看法，我也另外写了东西。我很感谢同志们。当然也有一些可怕的（但没有公开发表的）意见：有人说我的小说和路翎的《洼地上的战役》一样，和王实味的《野百合花》一样。听了这些意见，真是吃不下饭、睡不着觉。但是这些意见也是善意的，是充满了担忧和期待的。这次批评对我为党工作和写作都是有好处，真是“胜读十年书”。具体说来有三方面的好处：

（一）对自己的思想改造提出了新的课题。写小说最容易流露出心灵深处的东西。我写赵慧文、林震时，做梦也没有想到把他们写成英雄人物。我也知道他们有缺点，反官僚主义胜利不了，但是感情上和他们有共同之处，所以写着写着我就被这两个人掌握了，而不是我掌握了他们。（二）对提高自己的文艺思想有好处。我因为仅仅注意了反对公式化、概念化，忽视了自觉的先进思想对创作的指导作用。过去我只考虑到反映生活，没有更多地想到评价生活。（三）对待批评的态度。有人把批评和百花齐放对立起来，认为一批评就束缚创作。我觉得批评与百花齐放没有矛盾，有批评，文学创作才能发展，正确的批评不会使人变得灰溜溜的。也有个别的批评非常吓人，那就是对文艺作品进行批评时，对作者本人的政治面貌也下了判决。要给作者做鉴定，应该全面了解他的工作和他别的作品，而不应该只根据一篇作品下结论。但这样的批评也有好处，就是很尖锐，使你不能不好好考虑。批评也要百花齐放，批评中的毒草，也可以肥田。

我有一种感觉，就是目前创作和批评协作得还不够好，有的批评家过分地喜欢给创作泼冷水，也有些作家特别不欢迎批评，甚至对批评抱有一点敌意。其实，批评与自我批评是我们前进的规律，这个规律当然也是适用于文学创作的。没有批评的文学，就像没有文学的批评一样，都是不能想象的，好的批评对作者的帮助、对读者的帮助都非常大。

文学作品能不能表现人民内部的矛盾呢？我想是可以的。我的《组织部新来的青年人》就是表现这种矛盾的一个尝试。它的缺点是在揭露矛盾的同时，未能给人一种强有力的鼓舞，只是大矛盾套小矛盾，套得我自己也发晕。有些同志对反映人民内部矛盾的作品有抵触情绪，一看就生气，以为写了担任某种工作的有缺点的人物，就是攻击担任这种工作的全体同志，甚至是攻击新社会，这也不对。现在，写歌颂新事物的作品的作者顶多犯教条主义，而写人民内部矛盾的作品的作者，写得不好，就会被人看成是诬蔑党、发牢骚。其实写缺点是为了解决矛盾，而不是和谁过不去。我把故事的发生地点写在北京，并不是很有意识的。只是写到报纸时顺手写了《北京日报》。同时，我觉得小说不是真人真事，故事发生的地点在北京，也不等于北京真有这样一件事。可是有些人强调我写了北京，北京就那么几个区委会，有人就猜，你不是写这个一定是写那个。我希望做实际工作的人也体谅作者的困难和真心，不要乱猜作者的动机。由于新到工厂来，目前我主要是在熟悉生活、学习，最近没有写什么新东西，但愿能快点拿出点什么，回答那些关心我的读者。

有空去看你们。

握手

王蒙

（1957 年）4 月 5 日

附：1957年4月16日《北京日报》编者的话

王蒙同志的小说《组织部新来的青年人》发表后，引起了争论。很多读者非常关心地问：对这次争论，王蒙同志有什么看法和意见呢？对那些批评，他是怎么个想法呢？还有一些青年人热情而关切地问：王蒙创作的积极性会不会受到挫折呢？根据这些，我们给王蒙同志寄去了一封信，请他谈谈自己对这个问题的想法和他近来的情况。

关于《组织部新来的青年人》

最近一个时期，我写的小说《组织部新来的青年人》引起了争论，受到了不少批评。这些批评大多数都提出了正确的、有益的意见，教育了作者。我深深体会到批评与自我批评的重要：作品需要批评，就像花木需要阳光雨露似的。我体会到党和同志们对于创作者的亲切关怀、严格要求与热忱保护，我要向帮助自己免于走上歧路的前辈和朋友表示诚挚的谢意。

最初写《组织部新来的青年人》时，想到了两个目的：一是写几个有缺点的人物，揭露我们工作、生活中的一些消极现象；一是提出一个问题，像林震这样的积极反对官僚主义却又常在斗争中碰得焦头烂额的青年到何处去。

我写的几个人物和他们的纠葛，有一些地方虽然能够感受、传达，却不能清楚地分析、评价。写这篇小说时，我是抱着一种提出若干问题，同时惭愧地承认自己未能将这些问题很好地解决的心情的。

作者的主观态度是：在生活里，特别在“这一个”麻袋厂事件中，责备刘世吾的哲学，支持林震的基本精神，更多的，我当时觉得是难以在作品中一一论证了。

我不想把林震写成娜斯嘉式的英雄。生活不止一次地提示给我热情向往娜斯嘉又与娜斯嘉有相当区别的林震式的人物，林震式的斗争，林震式的受挫。老实讲，我觉得娜斯嘉的性格似乎理想化了些，她的胜利也似乎容易了些。我甚至还想通过林震的经历显示一下：一个知识青年，把“娜斯嘉方式”照搬到自有其民族特点的中国，应用于解决党内矛盾，往往不会成功。生活斗争是比林震从《拖拉机站站长和总农艺师》里读到的更复杂的。从道理上，我多少知道林震是不值得效法的，当一个朋友看了小说要向林震学习时，我曾写信劝阻他。但是作品所引起的效果，却是对林震以及赵慧文的无批判的美化和同情。同样的，作品给人的印象不是对林震所了解的“娜斯嘉方式”的保留、质疑，而是盲目鼓吹。

这是怎么搞的？人物一经作者写在纸上，就成为不以作者的主观的意志为转移的客观存在，否则，人物就活不起来。当林震这样的人物活在作者的面前时，就是对作者的思想的一个考验：能不能清醒地、全面地恰如其分地理解、评价与表现自己的人物？能不能通过对这一人物的处理，宣扬正确的、无产阶级的思想？

作者没有经得起这一考验。由于作者的心灵深处还存在着一些与林震相通的东西——它们是对生活的单纯透明的幻想，对小资产阶级知识分子的孤芳自赏与狂热心理的玩味，不喜欢伤感却又以伤感点缀自己的精神世界等等，又由于作者放弃了自觉地评价自己人物的努力——于是，违背了作者的初衷，作者钻到林、赵的心里，一味去体验他们的喜怒哀乐，渲染地表现他们的情绪，替他们诉苦，掌握不住他们，反而成为他们的思想感情的俘虏。

作者没有站得比自己的人物更高，却降得（我说降得，因为在工作、生活里作者与林、赵式的人物还是有界限的）和自己的人物一般低。

这样，就发生了不好的影响。

在与林震对立的一方，刘世吾是主要人物，我着重写的不是他工作中怎样官僚主义（有些描写也不见得宜于简单地列入官僚主义的概念之下），而是他的“就那么回事”的精神状态。形成刘世吾的原因许多同志已经做了分析，除了同意他们的看法以外，我觉得刘世吾之所以成为刘世吾，还在于他脱离了群众、脱离了生活。当他——一个知识分子出身的、精明强干的共产党员，还没有在群众斗争中受到足够的锻炼，还没有与群众建立血肉联系，还没有成为群众中、阶级中一个优秀分子的时候，就跑到群众上面，变成领导群众、教育阶级、“缔造”生活的干部了，他便更需要从群众中、生活中吸取营养和力量，刘世吾所不懂的正是这么一点。这样的刘世吾，怎么会不热情衰退呢？

刘世吾不无歪曲地讲到的职业病之所以被我写到，就是试图说明这一点。但是由于当时想得不太清楚，写得也不清楚。而林震的对照，赵慧文的衬托，更使这一段描写的意思含混不清，甚至会给人一种荒唐的印象。

至于刘世吾在工作上，不少地方是正确的、可敬的，我一点也不憎恶他。可惜，他运用自己对工作规律的掌握来保护、掩盖自己的冷漠，他的优点和缺点是联系着的。林震是不可能了解分析清楚刘世吾的，林震对刘世吾初而尊敬，继而惶惑，后来就要笼统反对了，反对当中却又没有把握，常常陷于思想混乱之中。像前面提到的，作者既然在某种意义上做了林震的尾巴，作品对刘世吾的批判既然主要是通过林、赵的嘴巴，这种批判就不能不是有些含混的、说服力不够的。

林震、赵慧文与刘世吾、韩常新的纠葛是由好几个因素组成的：其中有最初走向生活的青年人的不尽切合实际的、不无可爱的幻想，有青年人的认真的生活态度、娜斯嘉的影响，有青年的幼稚性、片面性和小资产阶级知识分子对自己的幼稚性、片面性的珍视和保卫，有小资产阶级的洁癖、自命清高与脱离集体，有不健康的多愁善感，有担任了一些领导工作的同志的成熟、老练，有在这种老练掩护下的冷漠、衰退，有新的市侩主义，有把可以避免的缺点说成不可避免的苟且松懈，也有对某些不可避免的缺点（甚至不是缺点）的神经质的慨叹……多么复杂的生活！多么复杂的各不相同的观点、思想与情绪波流！作者没有努力依靠马克思列宁主义的思想光辉照亮自己的航路，却在这观点、思想、情绪波流组成的大海中淹没了。在写到这一切的时候，作者曾经感到头绪多么纷乱、多么难以驾驭呀！甚至，他无法给自己的小说安排一个结尾呢……

许许多多的因素都写到了，为什么不写出足以给人鼓舞、给人方向的积极因素呢，除了某些气氛和无力的描写以外？

是不是由于作者看不见、不相信我们生活中强大的、振奋人心的积极力量呢？否。

作者根本没有想一想写出积极因素的问题，他觉得小说篇幅有限，各有分工，这一篇就分工写缺点吧，写令作者感到头痛的纠葛吧！至于这样会产生什么效果，没有考虑。作者还隐约感到，如果一写积极因素，由于通过积极因素的描写，就必须反衬出对于种种消极因素的正确的、清醒的、有力的分析和批判，那任务就会艰巨得多，作者隐约感到自己的力不胜任，于是就把积极因素绕开了。

在写这篇小说的时候，作者对生活真实，有一种孤立的、片面的看法，有一种“迷信”。

作者过分地相信自己的艺术感觉，他以为，靠这种艺术感觉，忠实地、大胆地再现生活当中的形形色色的人物和矛盾，就是为读者做了最好的事情。他以为，既然生活比理论更丰富、更生动，既然生活当中的一切矛盾未必都经过马克思主义经典作家和党中央的分析，那么作者就更未必分析得清楚，还是大胆地去写真实吧，把真实写出来，让读者去做结论吧。也许，话说到这里还有一些道理，但是作者却由此引申了一些错误的想法：作者以为有了生活真实就一定有了社会主义精神，其实是不去自觉地追求社会主义精神；以为有了现实的艺术感受就可以替代无产阶级的立场、观点、方法，似乎那只是写政策论文的时候才需要的，写小说的时候用不上；以为反映了生活就一定能教育读者，其实是不去自觉地评论生活、教育群众。作者是坚决反对把社会主义精神与生活真实隔离开来的，反对作品中外加的教育意义的，但因此作者陷于另一种片面性中，只要生活真实，不要社会主义精神。其实这也正是把社会主义精神与生活真实隔裂开，把生活真实孤立地“圣化”起来。

离开了马克思主义的自觉，解除了思想武器，能够更“没有拘束”地再现出生活真实么？不，痛切的教训给我一百个不！任何作家，都不是冷冰冰地镜子般地反映生活真实的，不管自觉与否，作家总是在作品中评判着生活、流露着爱憎，而且，即使作者一再声明自己并无主观态度，读者仍然可以敏锐地感到你的或鲜明、或模糊的思想倾向。半悬于空中的生活真实是没有的，有的只是被社会的一定的阶级或集团的思想情绪所理解、感受的生活真实（当然，对于生活的理解和感受，也还取决于个人的心理、性格、趣味方面的因素）。当自觉的、强有力的马列主义的思想武器被解除了之后，自发的、隐藏着的小资产阶级（或其他错误的）思想情绪就要起作用了，这种作用，恰恰可悲地损害了生活的真实。

列宁在 1915 年写道："人的认识不是直线（也不是沿着直线进行的），而是无限地近似于一串圆圈、近似于螺旋的曲线。这一曲线的任何一个片断、碎片、小段都能被变成（被片面地变成）独立的、完整的直线，而这条直线能把人们（如果只见树木不见森林的话）引到泥坑里去……（在那里统治阶级的利益就会把它巩固起来。）"（《谈谈辩证法问题》,《哲学笔记》第 365 页）

文学创作不就是这样么？在形象思维的曲折道路上，任何一个岔道都可以把你引入迷途，把整个作品的倾向引入迷途。我必须好好地学习理论，学习客观地、全面地、深刻地认识生活，必须克服小资产阶级的思想情绪，不仅统治阶级的利益，一切非无产阶级的思想情绪，都会对错误的、片面的认识起"巩固"作用呢。

1957 年 5 月

《组织部来了个年轻人》琐谈*

差不多二十三年前的一篇习作《组织部来了个年轻人》(发表时标题为《组织部新来的青年人》，收入《1956年短篇小说选》时改为现在的题目①，在即将出版的《建国以来短篇小说》中，用的是后一题目②)，最近被宣布“落实政策”了。这里，我暂不想谈小说的短长、作者的感想，只想说几个曾被误解的情况。

影射

在1957年初，有一篇批评文章写道：“作品的影射，还不止于此……”当时，有的朋友读后对“影射”两字颇表愤慨。但我一点也没愤慨，原因是——说来惭愧，我当时还不懂得什么叫影射，嗅

* 本文发表于《读书》1979年第1期。

① 即《组织部来了个年轻人》——编者按。

② 即《组织部来了个年轻人》——编者按。

不出这两个字后面的血腥气味。我的小说就是写了缺陷、阴暗面，而且是写的一级党委的组织部门，大胆直书，百无禁忌，影射于我，何用之有？按，影射的目的无非是遮掩，影射的规律则是借古讽今，以远喻近，说自然现象而实指政治生活，却不会相反。“四人帮”诬画三虎是为林彪翻案，瘦骆驼是攻击国民经济，却不会反过来指责哪一篇谈林彪的文章是有意与北京动物园的小老虎过不去。那么，20 世纪 50 年代的中共 ×× 区委员会又能是影射什么呢？难道是影射唐宁官府？语近梦呓了。作者自幼受到党的教育，视党为亲娘，孩子在亲娘面前容易放肆，也不妨给以教训，但孩子不会动心眼来影射母亲。

说实话，当时不足二十二岁的作者要真知道影射和陷人影射之类的把戏，提高点警惕，倒说不定会好一些：含蓄一些，周密一些，分寸感强一些，辫子和空子少留一些。例如，全篇除一处提到《北京日报》以外再无一处提到过故事发生在北京，而仅仅为了北京有没有官僚主义就引起了那么多指责，以至惊动了毛泽东同志他老人家讲话，才得以平息（暂时平息了）。如果作者成熟一点，本来完全不必提北京，从而可以少找许多麻烦的。

不知道中华人民共和国成立以后陷人影射之说是否从那篇文章开始的，反正影射这个概念既超出了文艺批评的范畴，也突破了法学的范畴，陷人影射不需要证据和逻辑，即使自我辩护未曾影射也无法剖胸献心。桃峰就是桃园，三虎就是林彪，做这种判断的人连讽刺喜剧《枫叶红了的时候》里的陆峥嵘都不如，陆峥嵘总还手提着一个“忠诚探测器”（哪怕是假的），还要探测一下的嘛。

比喻

小说中的人物赵慧文有一处提到洋槐花，说这花“比桃李浓馥，比牡丹清雅”。一位前辈分析说，作品用牡丹比喻党政领导干部，用桃李比喻芸芸众生，而赵慧文自诩清高，自我比喻为小白花。

看了这个分析我深深为这位前辈的思想的深邃与敏锐、想象力的丰富与奇妙而赞叹。而且，我觉得这种分析并非凭空得来。确实，小说中的林震、赵慧文就是有某种清高思想，他们确实该在群众斗争中经风雨、见世面、改造世界观，逐步与工农群众相结合。但我也惭愧，因为我写花时只不过信手拈来，写那时的季节，写赵慧文的女性的细心，写感情的波流，总之，我写的是花，没有将花比君子，没有微言大义。形象思维有自己的规律，形象思维不是图解，如果认为描写花鸟虫鱼、风霜雨露、山水沟坎都在比喻什么，请试试看，写出来会是什么虚伪造作的货色！读者和批评家可能从作品的形象中得到某种启示、联想和引申，然而，这只能是读者和批评家在“兴”，却不是作者在“比”。顺便说一句，比兴经常连用，但比兴是颇为有别的。视兴为比，难免胶柱鼓瑟。

与此类似，有人说刘世吾的谐音是刘事务，可见作者视刘世吾为事务主义者。这对于作者也无异于说梦。作者当时根本不懂用谐音来帮助自己的人物亮相，如先进人物姓洪、坏蛋姓刁之类。这篇小说里人物的名字是这样起的：作者有一批老战友，作者取他们的名字，改换了姓氏，乱点鸳鸯谱，便成了小说人物的姓名。作者在这里和他的老友们开了一个小小的玩笑——就那么回事。

还有人问，雨夜吃馄饨一节写到一个小女孩进饭馆避雨，听意大利随想曲一节写到音乐节目后是剧场实况，这是废笔吗？败笔吗？别有奥妙吗？答：都不是。写避雨才有雨意，写广播剧场实况才有周末感。作者是写生活，生活的画面和音响就是如此。

查究

小说一发表，引起了许多好同志的不安。他写的是谁？他对哪个领导不满？他写的是哪个区委组织部？他要干什么？谁向他透露了组织部的情况？难道××同志或××区委是这样的吗？舆论如此之强烈，直接影响了作者与他的一些老同志、老上级、老战友的关系。

甚至一位对小说倍加赞扬的读者也著文断言，林震显然是作者的化身。

还有一位同志自称是林震的模特儿，并因而遭受了批判。

呜呼！

小说来自生活，它有生活的影子，有生活的气息，但它不是生活的复制。面包来自小麦，小麦来自泥土，但三者有质的差别。当人们为一块面包是否烤得好而忧虑、争执的时候，大可不必组织土壤学家去考察麦地。而写小说的人只要不是一个卑劣的恶棍，总不会利用小说攻击某个人、某个单位。同时我们也可以相信，企图挟嫌泄愤的恶棍一般不会写出什么像样的小说来吧！文艺创作和刀笔诉讼，毕竟是隔行，所以如隔山。

如果你感到小说中的某人某事像生活中的某人某事，这也只是像其一点而已。我们可以从作品中得到共鸣、得到启示，也可以对小说有所不满足、有所批评或者反对，但不要按照新闻报道来要求小说吧，要相信小说是虚构，虚构就不是真人真事。否则，这不但会给作者带来意想不到的灾难，也影响百花的盛开，造成余悸的不仅有坏人的棍子，也还有好同志的误解。

附注：作者手边既无小说也无当年的评论文字，这篇小文纯系按记忆所写，错讹难免，望读者指正。

1979年1月3日

关于《春之声》的通信

×××：

来信收到了，你说“《春之声》我看了两遍，愈看愈不懂……”这可真让人抱歉！如果连你这样的文学教师都看不懂，那我不是有点太惨了吗？

奇怪的是许多年轻人，没有上过中文系、没有教过文学课、没有当过编辑的年轻人倒看得懂。当我告诉他们有人看不懂的时候，他们有点不相信，他们说：“这有什么不懂的呢？不是每一句话都挺明白、挺实际、挺有生活味儿的吗？”

你问“电子石英表”“三接头皮鞋”“结婚宴席”和“差额选举”到底是什么意思，它们之间有什么关系。能有什么别的意思呢？手表就是手表，皮鞋就是皮鞋，它们之间也没有什么密切关系。我写的不是推理小说，也不是言情小说，手表和皮鞋与主人公的行为和命运并没有必然的联系，与小说的情节发展也没有必然的联系。“那你写这些干什么？是为了凑字数？我早就说了，因为你是王蒙人家才给你发表，要是我写的，《人民文学》根本不会给登！”那天你怒气冲冲地说。

皮鞋、手表、宴席、选举，这是小说的主人公听到的别人闲谈的话题。闲谈不是开讨论会，正因为互不沾边才是真实的、令人信服的闲谈。然而真的不沾边吗？你能不能琢磨琢磨呢？如果是粉碎“四人帮”以前，甚至如果是十一届三中全会以前，大家能毫无顾忌地谈论这些吗？我们的小说能如实地写人们谈论这些吗？三年多来，我们每个人的生活都发生了和正在发生着巨大的变化。人们的物质生活在提高，录音机和电子表已经不是高不可攀的东西了（应该说是相当普及了），差额选举正在试行和推广。人们的生活、人们的闲谈变得更轻松也更惬意了，但还有一些旧习惯——如结婚大请其客——还一下子摆脱不了。但就是对这样的事也得一分为二，比起“不是你吃掉我，就是我吃掉你”来，还是你和我一起坐下吃凉拌海蜇更好一些。“文化大革命”结束了，其间的政治歇斯底里也渐渐消除了，这不是令人熨帖的么？正像有那么多人坐火车探家过春节一样，一方面，我们人口问题很大，又有许多职工男女双方分居两地，我们的交通设施也还落后，因而形成了恼人的春节前交通拥挤的状况。另一方面，大家高高兴兴地过年，连摘了“帽子”的老地主也可以见到久别的儿子，这不正说明我国形势的好转，说明党中央的路线政策顺天应人，愈来愈带来安定团结、繁荣幸福的局面吗？

难道这些是你想不到的吗？难道你无法理解吗？难道这有多么深奥吗？不，全不深奥，全能懂，全想得到。那你为什么说“不懂”呢？因为你已经习惯了看情节小说，而情节小说里提到的物件总是具有道具的性质，提到的环境总是具有布景的性质，提到的气象以及音响总是带有灯光、效果的性质，都与中心情节，与所谓主线有密切的关系。例如，如果提到一双皮鞋，那就要弄清这双皮鞋是不是赃物，是不是罪犯穿过而成为破案线索，是不是爱情的礼物或订婚的信物，然而《春之声》的写法却不是这样的。

如你所说，《春之声》并不是没有一个单纯的小故事的。这个小故事可以概括如下，一个过年探亲回家乡的科研干部，坐在一节条件恶劣的闷罐子车里，本来有些不快，但没想到在闷罐子车中还有人放录音机、学德语，这又使他快活起来。首先，这个题材是来自我的亲身经历，不同的是我不是科研人员，我父亲也不是地主；其次，我听到的录音不是德语也不是约翰·施特劳斯的《春之声》。但它的本质仍然是一样的：在落后的、破旧的、令人不适的闷罐子车里，却有先进的、精巧的进口录音机在放音乐歌曲，这本身就够典型的了。这种事大概只能发生于1980年的中国，这件事本身就既有时代特点也有象征意义。这怎么能不令我深思、令我激动、令我反复咀嚼呢？

为了最大限度地利用这个素材，为了尽可能多地挖出这个事件的意义，为了使在有限的时间和空间里的事情能让人感到更广阔、更长远、更纷繁的生活，而且要在某种程度上再现我们的生活中的矛盾和本质，我主要采取了两方面的措施。一方面，我改动了小说主人公和录音机的主人的身份和其他有关状况。请主人公“担任科研工作，又刚刚出国考察归来”，这样，才能加强闷罐子车给人的落后感、差距感，这种感觉的抒发不是为了消极失望，而是为了积极赶上去。我又加上了主人公的家庭出身、童年、曾有过的“没完没了的检讨”等描写，这样不仅有了横的、空间的对比（例如欧洲先进国家与我国、北京与西北小县镇的对比），而且有了纵的、历史的对比，有了历史感，也就有了时代感。这种历史感既回顾我们已经取得的进展和成就以增加信心，也痛心地记取我们走过的弯路，表达我们再不要重蹈覆辙的愿望，更表达我们珍惜已有的拨乱反正的成果，一定要把“四化”事业搞上去的决心。至于录音机的主人，写得虚一些，这样也许比写实了更真切也更耐人寻味一些。我又把录音机的主人从男人改成一个抱小孩的女人，这样，就增加了色彩，也强调了大家都在为“四化”而抢时间努力学习的热情。几首歌曲和乐曲，当然是为了“歌德”，歌唱我们生活中的转机。最后我写道：“如今，我们生活的每一个角落都充满着转机，都是有趣的、充满希望的和不应该忘怀的……”这就是小说主题思想所在。本来这一段话是不必写上的，考虑到像你这样的读者可能对我的满天开花的写法不习惯，所以才把题点了出来。

第二方面的措施，就是我打破常规，通过主人公的联想，突破时间和空间的限制，把笔触伸向过去和现在、外国和中国、城市和乡村。满天开花，放射性线条，一方面是尽情联想，闪电般的变化，互相切入，无边无际；一方面却又是万变不离其宗，放出去的又都能收回来，所有的射线都有一个共同的端点，那就是坐在 1980 年春节前夕里的闷罐子车里的我们的主人公的心灵。请别以为写心理活动是属于外国人的专利，中国的诗歌就特别善于写心理活动，《红楼梦》有别于传统中国小说也恰恰在于它的心理描写。也别以为写心理就一定写出精神病来，健康的、积极进取的人也照样有心理活动。正是通过他的心理，我写了生活，写了生活的艰难，写了生活的变化，写了生活的光怪陆离，也写了生活的温暖美妙，写了冬的痕迹，更写了春的声息。是暴露吗？也是歌颂。是今天吗？也是历史。是想象吗？也是现实。

这种靠联想来组织素材和放射线结构的手法，当然有借鉴外国文学包括借鉴现代派手法之处。然而这生活、这思想、这感受、这语言、这人物、这心理，却都是货真价实的国货土产。国货土产中又出现了斯图加特、法兰克福、施特劳斯这样的洋词儿，这正是20世纪80年代中国的特点。

这种写法的坏处是头绪乱，乍一看令人不知所云。好处是精炼，内涵比较丰富，比较耐人寻味，而且富于真实感。它不是被提纯、被装在瓶子里的蒸馏水，而是无边无际的海洋的一瞥。如今，生活是愈来愈复杂化了，愈来愈呈现出斑驳绚烂的色彩，愈来愈发出雄浑多样的音响，愈来愈表现出瞬息万变的节奏，为了表现生活的这种特点，不是可以探索一下手法的创新吗？

有人说《春之声》是意识流手法，我想，我不必否认我从某些现代派小说包括意识流小说中所得到的启发。又有人好心地辩驳说："这哪里是意识流，这分明写的是生活！"我也不反对。因为我写的，确实与某些西方意识流手法所表现的那种朦胧、神秘、孤独、绝望，甚至带有卑劣的兽性味道的纯内向的潜意识完全不同。给手法起个什么名称，这不是我的事。但我要说的是，是生活、是我的思想和感受提示我这样写的。重视艺术联想，这是我一贯的思想，早在没有看到过任何意识流小说，甚至不知道"意识流"这个名词的时候，我就有这个主张了。你不是看过去年7月号《甘肃文艺》上发表的我写的那篇《〈雪〉的联想》吗？那还是1962年写的呢！

最后说一下象征。象征不是比喻，象征是说生活本身往往提供出大有深意的形象，这种深意却是相当含蓄而且因人而有不同的解释的，具有某种多义性的。而比喻却是为了说明一个意思而举一个例证，例证本身没有多大价值，它为的是说明另一个主体，是单义的。因此，当有的评论解释说，小说中的火车头即指党中央时，我的天，可叫人吓了一跳，如果那样写，那还叫小说吗？那还叫生活吗？那还叫艺术吗？如果崭新的火车头代表中央，那么破旧的车厢又代表什么呢？难道代表人民和祖国么？我的天，这不是把我往火坑里推吗？

我自己认为这是一篇真正“歌德”的小说，只有真实的、面对一切矛盾和困难的歌德才是诚恳的歌德，才是诚恳地表达了我自己和许多许多人对我们的时代、我们的生活、我们国家的进展的满意、信心、决心和希望。

短篇小说总是来自对生活的剪裁和加工，而剪裁和加工的方法是无穷无尽的。如果生活是一个大西瓜，那么短篇小说可以是一粒西瓜子，也可以是一片、一角瓜，还可以是用铜勺挖下来的瓜心最甜的一部分，可以是用糖腌的瓜条，也可以是挤出来的西瓜汁；即使都是刀切下来的瓜肉，由于刀法不同，形状也会千奇百怪。所以说，没有比短篇小说更多种多样的了。而多样化，正是文学的规律，是人们精神生活的必然要求，是精神产品的应有的特性。

《春之声》是这样写了，我无意提倡别人也这样写，我自己也未必总是这样写。《春之声》的写法既与《说客盈门》《悠悠寸草心》不同，也与《风筝飘带》《海的梦》不同，当然也有某种共同之处。程咬金还有个三板斧呢，为什么我们的小说作者不能有四板斧、五板斧、十六板斧呢？为什么我们要作茧自缚，让一些条条框框束缚自己对艺术形式、创作手法的探求呢？鲁迅先生当年写《狂人日记》，当时不是更加叫人觉得不习惯吗？我们当然比不上鲁迅，但是，如果凡是不习惯的东西都要排斥，不是连鲁迅也出不来吗？

拉拉杂杂，写了许多。你同意吗？你认为能够看懂了吗？你还有什么批评和意见？好在我们是熟人，我又比你大这么七八岁，毫无顾忌地写了这些，你不会反感吧？

1980 年 8 月 15 日

关于《夜的眼》

我没有一个用笔记事的习惯——这可能也与“文化大革命”的后遗症有关，一切靠脑子。这就缺少了精确性。

我想起的是1979年12月21日，那天《光明日报》副刊上发表了我的短篇小说《夜的眼》。

这篇小说出自我的一种深深的却是朦朦胧胧的感觉。我刚刚回到北京，经过了许多年的边疆农村生活的历练，对大城市有点羡慕也有点陌生，有点伤感也有点兴味，对各种高论，听起来觉得好听却不免幼稚——我已经不像从前那样轻信了……

我以抒情诗的调子一口气写了《夜的眼》，给了《光明日报》的秦晋同志，很快就发表出来了，占了差不多一版。发表前编辑来电话说是多了一百二十个字，于是我立即删掉了一百三十个字，我对自己的作品有从无一字不可易的良好感觉。我从小学的就是听话，听党的话，听父母的话，听小组长的话，听老婆的话，也听大夫的和编辑的及警察的话。

我当时还没有房子住，临时住在北京市文化局的一个小招待所，平房，一间有十平方米，门前是公共盥洗室，窗后是一个大席棚，里面放了全招待所唯一的一台电视机。

1979 年 12 月 21 日我与妻晚饭后出来散步，走到了王府井大街东安市场对过的一个阅报栏，看到了张挂出来的《光明日报》，在昏黄的却也足够照亮的路灯下，我看到了自己的小说。我重温了那种多年后重新回到大城市的感觉，温暖却又恍然，热烈着却又清醒着。

我们离开了阅报栏，我们看到了一个中年行人走过，他停下来了，他显然是在阅读我的小说，这使我感到安慰。

后来有人说这篇小说写得不健康；有的说是头重脚轻，就是说没有仔细写一个走后门的故事；还有的说是一个探索什么的——当时“探索”这个词也是不无可疑的。

总之，当时没有几个大家注意它，最好的也不过说你在试着创新吧。只有《人民文学》的崔道怡对之赞不绝口，他坚持把它收到《建国以来短篇小说》里去了。

当时与中国关系并未正常化的苏联很快把它译成俄语，选到他们的《外国文学》杂志里。

20 世纪 80 年代美中第一次作家对谈时，美国人带来了他们的一本中国当代文学译本，这个文学译本收了这篇小说，还对它作了好的评价。1985 年秋天，在西柏林艺术节举办的王蒙作品讨论会上，德国汉学家沃尔夫冈·顾斌作了关于《夜的眼》的结构主义分析专题讲演。

2000 年 12 月

关于创作的通信*

子云同志：

读你的信是一件愉快的事情，这不但是因为你的文学见地，还因为你批评得坦诚，还因为你非常善于理解作品，不但理解作品，而且理解作者的用心。你的评论往往显得更深一些，因为你不满足于对作品的诠释的议论，而是极其认真地去抓取“狡狯”的作者也许不那么愿意直言托出的内在的意图。你是用一种严肃和崇高的态度来讨论文学的，这叫人感动。去年我在《读书》上看到你对宗璞的作品的评论，真是叫绝，可谓深得其心！我为宗璞能获得这样的知音而分享着她的激动和喜悦。

这次信里你对我，特别是对一代中年作家的理想主义的分析也是如此。这不仅是见地，而且是共鸣，是真正的理解与同情。我不知道为什么我上次的回信给你一种“委婉的拒绝”的印象。我之没

---

* 本文发表于《文学评论》1980 年第 6 期。

有拒绝，正像没有全盘称是。抬杠往往比唯唯诺诺更能启发人，对吧？其实，你对“少共精神”的感受、分析与表述，也曾使我眼睛发热，你对《海的梦》的反响，简直使我感激。我要说的只是，我发现，许多我最好的师友，他们各自接受我的作品的一部分，而对另一部分作品觉得遗憾、难以理解甚至“痛心疾首”——如你曾经玩笑地说过的。这倒是一个颇为有趣的现象。例如，不止一位老同志给我写信，劝我多写点《说客盈门》之类的东西，便于广大读者接受。有些大学生把《风筝飘带》捧得很高，而认为《海的梦》莫名其妙。有一位思想绝不保守的批评家在谈论我的探索的时候总是把《海的梦》作为探索失败的例证。有一位从不吝惜对我的作品讲溢美之词的友人对《杂色》非常不满，他说他看《杂色》有一种上当感，耐心地跟着曹千里上山了，想知道他上了山有什么遭遇，结果小说忽然结束了。而你的夸奖《杂色》与惋惜《蝴蝶》实在是别具眼光，具有独树一帜的特点。

《蝴蝶》和《布礼》也是如此，你知道，中篇小说评奖时，扬《布礼》抑《蝴蝶》与扬《蝴蝶》抑《布礼》的意见之间颇有争论，直到最后一分钟大概才变《布礼》为《蝴蝶》的。由于传出了我个人似乎宁可偏爱《蝴蝶》一点的话，似乎还有点使为《布礼》讲话的师友不快，真让人惭愧歉疚，惶恐无地！

我想借与你通信的机会说这么一个事，不论“故国八千里，风云三十年”也好，探索创新也好，乃至意识流也好，都是为我所用的，都得听作者的。我绝不会做任何一种概括或任何一种意愿的奴仆，更不要说一种手法了。

你的意见极好，当然不能老是“八千里”“三十年”地搞下去，一味这样搞下去就成了黔之驴了。《心的光》《最后的“陶”》以及最近要发的一些新作就不是“三十年”与“八千里”了。探索创新也是这样，我在《深的湖》自序中说：“刻意求突破条条框框本身就有可能变成新的条条框框。”是的，不论继承还是发展，借鉴还是突破，传统还是创新，只能为作者服务，为作品服务，而不是反过来作者与作品为某种刻意追求服务。

区区意识流，有什么了不起？为何不可一用？又为何需要望文生义地、空对空地议论不休？说实话，为了反映生活，刻画与表述社会面貌与人们的心理风貌并传达作者的思想感情见解，小小一个意识流，够用吗？如实的白描，浮雕式的刻画，寓意深远的比兴和象征，主观感受与夸张变形，幽默讽刺滑稽，杂文式的嬉笑怒骂，巧合、悬念、戏剧性冲突的运用，作者的旁白与人物的独白，对比、反衬、正衬、插叙、倒叙，单线鲜明与双线、多线并举，作者的视角、某个人物的视角与诸多人物的多重视角的轮换或同时使用，立体的叙事方法，理想、幻梦、现实、客观世界与主观世界的分别的与交融的表述，民间故事（例如维吾尔族民间故事）里大故事套小故事的方法，“此时无声胜有声”的空白与停顿，各式各样的心理描写（我以为，意识流只是心理描写的手段之一），生活内容的多方面与迅速地旋转——貌似堆砌实际上内含情绪与哲理的纷至沓来的生活细节（在《深的湖》里我尝试的正是此种），入戏与出戏的综合利用与从而产生的洒脱感，散文作品中的诗意与音韵节奏，相声式的垫包袱与抖包袱，诸如此类，我是满不论（北京土话，读 lìn）的，我不准备对其中任何一种手法承担义务，不准备从一而终，也不准备视任何一种手法为禁区。

有两条是肯定的，第一条叫作一切创作来自生活，不论作品的面貌多么奇特（其实我还真缺少那种出奇制胜的才识呢），都是来自生活的，包括各种手法，也同样来自生活的提示。如果没有各式各样的心理活动，哪儿来的各式各样的心理描写手法呢？这里，只要把方法论与本体论统一起来，就不会搞形式主义，矫揉造作，凌虚蹈空。我其实并不爱看作创新状的作品。顺便说一句，你从《蝴蝶》的题名可以了解到它的题意，也就可以不为我采取那种写法而惋惜了。当然，另一种写法或许可以把《蝴蝶》写成一个长篇，可以把人物写得更鲜明，那将是另一部作品，但同时它也会丧失许多现在的《蝴蝶》特有的东西。文章千古事，得失寸心知，得与失是这样地纠结在一起，唉！

第二，我反对非理性主义，我肯定并深深体会到世界观对于创作的指导作用。我并不喜欢那种思想苍白浅薄，生活空虚，缺乏真正的“货色”的东西，不管自以为手法用得多么绝。生活是真实，潜意识是真实，思想、理性同样是真实，是人的有别于物的真实，所以，即使《深的湖》的那种旋转，仍然有题，但又不仅是题。《深的湖》里我写到约旦王国的新闻，这难道是可以不写的吗？

有了这两条，在艺术手法上我们就可以更大胆地进行开拓和试验了。当然，这些开拓和试验的成败得失，还需要实践的检验、社会的检验。你的一些很好的意见，正是这种检验的一个可贵的组成部分。

你的有些意见还有待于我的思考和消化。例如你断言蓝佩玉没有及时如约赶到地下组织所指定的地点是“出于害怕和动摇”，这使我迷惑。莫非是我太缺乏原则性？我明明写了她之所以迟到是由于她的任性、娇气和潜意识中的一次小小的失恋。她是大时代的一个弱者，这没问题，所以她成不了革命者。但她的软弱动摇是在入狱之后而不是在赴约之时。失约之后她还勇敢热情地到处找翁式含、找革命，这在当时并不是虚假的呀。

自知之明是不容易的，让我自己谈自己的作品实在是受罪。有时在某种情况下自己概括了一下诸如“三十年”“八千里”之类的句子，其实这种概括不一定普遍适用。读你的信，我觉得你对我的剖析要比我自己更深得多。你有些话使我读了有一种被击中了的感受，例如，你的信快结束时所说的我被来自两个方面的力量所牵引时便是如此。但不知道是不是我在躲避你的分析和击打？我仍然有一种感觉，对不起，我觉得你在分析的似乎只是半个鄙人，也许是多半个。9月号《上海文学》上有一篇王元化同志的文章：《论文学的知性分析》，倒挺给人启发，难道我只是在回忆过去时才一往情深吗？难道一往情深一定表现为孩子式、少年式、青春式的吗？谁知道呢？

再一次地谢谢你！

王蒙

1982年9月25日

附：李子云*致王蒙信

王蒙同志：

这次你来上海，行色匆匆，几次见面，虽然也谈到你的作品，但是每次都是话题纷沓，不能集中，未能尽所欲言，看来还是得通过写信，将我对你最近作品的读后感提供给你了。

---

* 李子云（1930年—2009年），《上海文学》原副主编，著名文艺评论家。

话还是从前年那次通信讲起，你给我的复信中，委婉地拒绝了我对你作品中体现的“少年布尔什维克精神”热烈颂扬。你的言简意赅的反驳确实引起了我认真的考虑——自己从作品所得到的感受不为作者所承认，这能不引起自己严肃认真的考虑吗？

也许我在文艺欣赏上的偏爱过于强烈——我以为，所有的读者，甚至评论家都难免有偏爱，只是，我的偏爱可能太过分了。不仅对你的作品，对于其他我所喜欢的作品，我也常常不仅做出自己的解释，还常常将自己的联想灌注进去。有时，自己也觉得，这可能是强加于人，或可谓之偏执。

对于你的“反驳”，我是既同意又不完全同意的（这大概又表现了我的固执己见）。你说道，每个有出息的人都不能停留于永远年轻的“少共”阶段。每个人都在发展，都要逐步成熟起来。“幼稚和天真在超过了幼稚和天真的年龄的时候就不再是美德，甚至会成为罪过”“成熟往往和复杂联系在一起”“回忆儿时也许是非常优美的、撩人心绪的，但是面对现实的时候我们看到的却是一个大大复杂化了的，而且日益复杂化着的世界”。你所说的这些都是对的。我用“永远年轻的少年布尔什维克”来概括你的作品，似乎不够准确——我过分强调了少年布尔什维克精神，特别是过分强调了“少年”二字。虽然我也认为“不能把一个中年人与少年相比较，要求返璞归真重回童年或少年是不能的”，但是，我毕竟过分推崇那种少年的单纯与明朗了。用一个简单的名词——少共精神——来概括你的大部分作品固然不够贴切，但是，至今我仍偏执地认为，在你的创作道路上，随着你年龄的递增，尽管你的创作风格和作品色彩已经发生了明显的变化：由单纯而复杂，由明朗而深沉，但是其中却存在着某些贯彻始终的东西，那就是对理想及信念的虔诚、始终不渝的追求与为之献身的渴望。从你最近两年发表的作品，也可以看到，你有意识地表现一种引起更为复杂的生活现象和更为复杂的人的精神世界。即使如此，我仍然感觉到你那种热情与追求在这些作品中闪烁发光。当然，这种热情、这种追求，随着人的阅历的增长，随着社会的变化、时代的发展，它的具体内容与表现形式必然有所不同。比如，它逐渐减去了不切实际的幻想，甚至减去了只有在十九岁的时候才能有的可爱的幼稚气，而变得更为心平气和、宽容谅解，更为费厄泼赖（fair play），更为稳重成熟，但是，对理想的拳拳之心却仍保存下来。这几年来，我越来越深地感觉到，对于自己的理想而坚持不懈的追求，不仅是你一个人的，而且是这一代作家创作的出发点。它们是如此的明显炫目，因此使得读者往往能够一眼就将你们的作品从其他作品中区别出来。我这样说，绝不是认为其他作家就缺少对理想的追求和对人民的热爱，只是说，老一辈作家在这一点上表现得更为深沉含蓄，年轻的一代则更着重于进行多方面的探求，而中年这一代，由于他的信念形成于20世纪40年代末50年代初的革命高潮与革命胜利时期、形成于我们的新中国的初建与开创时期，由于当时整个的革命事业蓬蓬勃勃、充满生机，因此，这一代青少年形成于此时的信念就显得格外明朗，带有浪漫主义与理想主义的色彩。

是的，我也认为，这两年来（更准确地说，是以《夜的眼》为开端），你在创作上开始了新的探求，你企图把复杂与单纯、现实与理想巧妙地结合为一个有机体。你这一时期的创作，从主题来说，可以《杂色》为代表，而从艺术表现来说，则可以《深的湖》为代表（当然，这是就其主要特点而言）。然而，尽管你企图表现得既“杂”且

“深”，但是，在“杂”与“深”的背后，又隐藏着什么呢？不还是曹千里的“壮志未已的志在千里”和在杨恩府的“石雕猫头鹰的两个深深的眼窝中所充盈的生机与希望”？是的，从大大复杂化的现实生活与人的思想状态中，透示出生机、希望、理想的不可泯灭，对生活的新的憧憬的萌动，这就是你这两年的作品所要告诉读者的。

最能代表你最近艺术上新探求的，我以为是：《深的湖》《心的光》与《杂色》，而其中又以《杂色》最为出色：它在思想内容上最为充分地表现了复杂与单纯、现实与理想的统一，而艺术形式也最为完整和谐。《深的湖》与《心的光》在艺术手法上似乎还有挑剔的地方。《深的湖》实在是太深了。无论是杨恩府的与他庸俗的外表相矛盾的内心，还是杨恩府与他儿子之间的沟壑都显得“深”得过分了。无论是通向杨恩府内心的渠道，还是杨恩府父子从相互不理解转为理解的过程，都是那么迂回曲折，几乎是在使人不知所终的情况下才出现豁然开朗的局面，让人看清那两个清澈透明、宽广深邃的湖底。它之所以给人过分的感觉，我想可能是由于你对实与虚的处理上未尽恰当：实写的部分——如写杨恩府的谨小慎微、婆婆妈妈，写儿子对父亲的轻视与厌烦，特别是关于儿子的学校、同学的描写太多太碎，有时候离题太远，而虚写的部分——如杨恩府的内心又少了些必要的暗示。因此，虽然虚写的部分给读者留下了很大的想象余地，但终究令人感到一种用笔多处嫌太多，少处又嫌太少，未能恰到好处的遗憾。然而，尽管有这些微疵，它的结尾实在太精彩了。我真不知道你如何想出这样一个雄浑淳厚、给人无穷余味的结尾。这个结尾使通篇小说为之改观，达到一个新的境界：“石头的线条非常简单朴素，从远处看像立着一块大白薯。猫头鹰的眼睛是凹进去的，是两个半圆形的坑。坑壁光滑，明亮，润泽，仍然充满生机和希望。然而，坑是太深、太深了！那简直是两个湖，两个海！那可以装下整个的历史，整个的世界。”“他把他们那一代人的悲哀与欢乐，渺小与崇高，经验和智慧，光荣和耻辱……还有其他一切的一切，全装进去了。”你拨开了表面的泡沫与涟漪，让他的儿子，也让读者窥见了他未曾销蚀殆尽的智慧、信念与对崇高美好的追求，而正因为它们被埋藏得太深太深了，因此显得格外深沉厚重。《心的光》则从另一个方面表现了生机与希望——不是被压抑的希望的复苏，而是新的希望的觉醒。它在艺术上的缺点似乎与《深的湖》刚刚相反，你把凯丽碧奴儿和她的未出场的姐姐的那种眼界狭小、封闭自守，以千百年来代代相传的小康生活为人生最高追求目标的精神状态写得太明白、太清楚了，然而也是由于出色的结尾而使它放出异彩。关内来的电影导演热切而耐心地对凯丽碧奴儿进行启发，她不为之所动。她以那样自高自大、拒人于千里之外的态度拒绝了他提出的要她背一首诗、唱一支歌的要求。然而，当她后来无意中在一本画报上见到这位导演与他所选中的维吾尔族女演员的照片时，她不再是无动于衷，她的心动了。她“急急忙忙地看图片下面的文字报道”。对她知道了这位将在中美合拍的电影中饰女主角的狄丽奴儿和田丝厂的一位女工之后的心情，你写得十分意味深长：“狄丽与凯丽碧的意思差不多，也是心。可那怎么不是我的呢？那颗心怎么就不是这颗心呢？凯丽碧奴儿不敢想下去了，生活曾经怎样向她招手，给她提供了一种怎样奇妙和巨大的可能……而她，把这一切是这样轻易地失去了。她至少应该试一试的……”至此似乎可以结束了，但小说并没有就此打住，你接着又补上了几句：“这几天晚上她落了泪，而且没有理睬她的丈夫的殷勤与温存。她的丈夫说，他托人从山上买了一只绵羊，价格要比市价低百分之二十，羊大概一两天就会送到了。”文章至此才徐徐而止，真是恰到好处。你把心的萌动与苏醒描写得如此自然、分寸得当。这一事件仅仅引起她的一种莫名的怅惘，让她对自己的本来那样称心如意的生活感到某种不足，宛如早春的暖风第一次吹皱一池春水时引起的涟漪。今后这颗心能发出什么样的光，那已不是你这篇小说所要回答的问题了。在这里你要告诉读者的只是对现状提出怀疑要比心满意足地安于现状好。正是这一点，具有普遍意义的这一点，使它超出它的姊妹篇《最后的“陶”》（当然，《最后的“陶”》也是一篇不错的作品，它那么迅速而大胆地反映了哈萨克族人民生活的新变化。但是，总的说来，比起《心的光》，它显得有些就事论事，而缺少那么一种耐人咀嚼回味的东西）。

《杂色》不仅克服了这些缺点，而且充分发扬了你新的创作方法的长处，使得你所要表现的于复杂的画面中透露出不灭的理想之光这一意图相得益彰。我觉得你在《杂色》中最为淋漓尽致地宣泄了最近一直萦绕在你心头的“风雨三十年，故国八千里”的错综复杂的感慨。同时，在《杂色》中，你又赋予这种感慨合身的外衣——为它找到了恰当的表现形式，这里我要横插出几句对于你这种新的表现形式的议论。你曾为我对你《蝴蝶》的评价感到委屈与“伤心”，但我至今仍为你的《蝴蝶》感到惋惜。我主要是认为你用那种方法来处理这种题材未免有浪费之嫌。你这样写牺牲了至少两个非常出众的人物，那就是海云与秋文。由于结构方法的限制，这两个性格强烈又富有时代特点的女性，没有能够得到充分的展开。当然，可能你这个中篇的主要用意并不在此，你主要是想表现“两个”张思远——张副部长和老张头的关系。但正因为“两个”张思远是在与海云、秋文及美兰的既简单又复杂的矛盾中展开的，因此，她们有权利要求自己得到更为丰满动人的表现。并且我相信，你如稍稍改变一些看法，也能做到这一点。由此我感到，你的新的创作试验，对于人物较多、事件头绪比较纷繁的题材，显得有些碍手碍脚，有时不免削足适履。它倒适合于人物单一、无情节的题材。由于这种写法可以十分自如地随着人物的思绪游动，不受时空的局限，并且还可以加强情与景的交融：以客观景物触发人物的主观感受，并用以烘托、强化人物的主观感受，因此，这种写法运用得当则可扩大作品的容量，加强艺术效果。

是的，你看，《杂色》通过一位由北京逐步下放到边疆牧区当统计员的曹千里，通过他骑马去夏季牧场时一路上的思潮起伏，表现出了多么丰富、深厚的内容啊！在“杂色”二字上你做了多少文章，寄寓了多少人生的感慨！你描绘了杂色的天空，杂色的草原，颠簸在杂色的老马上的骑手的杂色斑驳的思绪。就在曹千里由四周景物所触发的跳跃的思绪中，你发挥了多少对于生活的见解，真可说是随手拈来，令人目不暇接（有时我甚至感觉它们太稠密了一些，似乎还可再有张有弛、疏密有致一些）。羸弱的灰色老马的迟钝和“萧萧然、噩噩然”的神情，让你想到“皮鞭加上岁月”“鞭打一次就钝一次”的历程；马厩墙缝中奋力钻出来的多刺植物，引起你的响亮叹息：“扎根扎错了地方，生命力再强也难以成材”；路旁一柄被废弃而锈毁的铡刀引起你的怜惜：孙悟空的金箍棒搁久不用也会变成废铁！而横阻于前的奔腾喧闹的河流，则使你的感触一发而不可收；虽然曹千里“不是第一次骑马过这河，但他仍然像第一次过这河一样不解地思考着同一个问题，这条河究竟在这里奔流了多少年了呢？有多少气势，有多少力量，多少波涛多少浪头就这样白白地消逝在干枯的石头里呢？既没有灌溉的益处，更谈不上提供舟楫的便利，这原始的、仍然处在荒漠的襁褓里的河！你什么时候发挥你的作用，唱出一首新的歌呢？这随着季节而变化的、脾气暴躁却又永不衰老、永不停顿的河！你的耐性又能保持多久呢？”

每当我读到这段充满哲理的抒情文时，我总要想到，不知五十年、一百年以后的读者是否还能理解这种心理、这种特殊的精神状态？——这种只有跨越过两个历史时代，既和敌人殊死斗争过，又被自己人当过敌人的特殊心理状态。曹千里，从表面看来，已被磨炼得顺应环境，与世无争，心平气和，知天乐命。但是，从他那梳理不清的纷杂而相互矛盾的思绪，从他那常常出现，但转瞬即逝的“两眼发直、对周围的一切都失去了反应，又似傻呆，又似苍老”的极度痛苦的表情，却透露出他们内心深处的信息。他们并未消沉，从未认命。他们还想奔跑，想跳跃，想飞腾，想为革命事业冲锋陷阵。最后，你终于让老马说话了，发出“最后的呼喊”，让曹千里醉酒之后在苍茫的大草原上引吭高歌。这是一个令人惊心动魄的场面。面对这匹瘦弱、困乏的老马，你说：“你当真蕴藏着那么多警觉、敏捷、勇敢和精力吗？你难道能跳跃、能飞翔吗？如果是在赛马场上，你会在欢呼狂叫之中风驰电掣吗？如果是在战场上，你会在枪林弹雨中冲锋陷阵吗？”“让我跑一次吧！”马忽然说话了，“让我跑一次吧！”它又说，清清楚楚，声泪俱下，“我只需要一次，一次机会，让我拿出最大的力量跑一次吧！”

“让它跑！让它跑！”风说。

“我在飞，我在飞！”鹰说着，展开了自己褐色的翅膀。

“它能，它能……”流水诉说，好像在求情。

“让它跑！让它跑！让它飞！让它飞！让它跑！让它飞！”

春雷一样的呼啸震动着山谷。这个管弦铙钹齐鸣烘托老马发自内心深处再也抑制不住的呼号的场面，令我激动得不能自已。大概在我们这代人中间，许多人都曾发出过这灵魂的呐喊吧。最后，曹千里借着酒意，在远离人烟的草原上破戒，不顾一切地引吭高歌、飞腾奔驰起来了。

有人怀疑这个中篇的基调是否低沉暗淡了一些，我则谓不然。杂色绝非灰色。既是杂色，其中就有暗色，也有亮色，有冷色，也有暖色。在你这幅杂色的画布上，有灰、褐，也有天蓝、橘黄，还有红色杂居其间。感慨不是呻吟，不是呜咽，更多的时候，它是发自对于为自己信念献身的渴望。你最初曾把这个中篇题为“志在千里”，你的意思我能理解。在你的心里，斑驳的杂色，生活的复杂性与志在千里、与革命者不可摧毁的理想原是并行不悖，作为一个统一体而存在的——这是你截至目前的对生活的理解与态度。

我认为《杂色》是最出色地表现了你过去那一段生活经历的体验（在短篇小说中我以为《海的梦》可与之媲美）。同时，我也产生了一个想法，那就是你不应再如此“三十年”“八千里”地写下去了。稍后出现的小克（《如歌的行板》）、翁式含（《相见时难》），都让人感到他们在这个方面或那个方面与曹千里有某种类似，翁式含的脸上不是也不时出现曹千里那种如悲如痴、发呆愣神的表情？我想，你也一定正在考虑另辟蹊径。

至于你那篇用心良苦的《相见时难》，却又让我感到不够满足，不知我是否重蹈对待《蝴蝶》的覆辙。当然，《相见时难》有不少吸引人的地方，比如，它所反映出来的你的敏感，对许多新出现的社会现象的敏感；你的机智，对有些社会现象的恰如其分的善意的嘲讽，都让人折服。你在一篇谈自己创作的文章中曾说：那随着时间的推移而不断出现的新事物，总是特别引起你的关注和兴趣。你希望你的小说成为时间运行的轨迹。《春之声》《风筝飘带》《最后的“陶”》和这部《相见时难》都是你这一创作主张的实践。反映及时、快，有它的好处，它带给读者新鲜感，比如，闷罐子车里抱着孩子学外语的年轻妇女；在像暴发户一般闪烁着“物质的微笑”的两层楼高的金鱼牌铅笔的广告牌下，在新落成的十四层高楼的暗淡的楼道里用阿拉伯文谈恋爱的佳原和素素；进入了天山脚下桦树林的邓丽君和“猫王”；等等。到《相见时难》，则出现了这几年特别时髦的所谓美籍华人。“美籍华人”这个新出现的、似通非通的名词（既已入了美籍为何还称之为华人？）似乎为具有一定社会地位的已入美籍者所专用，很少用之称谓以体力劳动身份入美籍者。这些人，在十年前，二十年前，三十年前，几乎极少例外地被视为敌对分子，而现在又一体待若贵宾。你在这里既反映了某些人的前倨后恭，时而怀疑一切、时而卑躬屈膝的精神状态，如孙润成，也描绘了如杜艳那样的寡廉鲜耻、无孔不入地拉“洋”关系，哪怕是只沾到一点边的亲戚也不放过手、恨不得从他们身上把最后一件衣服也扒下去的小丑。当然，你也写了翁式含这样自尊自重的人。这确是对一些新出现的社会现象做出了“灵活的反映”。不过，可能由于反映过快，作者对有些人和事还没有来得及仔细剖析，还没有来得及“反复地咀嚼，经过记忆、沉淀、怀念、遗忘又重新回忆的过程”（这个过程对于创作是极为重要的。作者只有经过反复的咀嚼和通过回忆的沉淀，才能对自己的表现对象楔入得更深、把握得更准确）。因此，在这里有些反映似乎还停留在现象的表层，虽能博得人们会心的微笑，或者同情的苦笑，甚至惶惑的思考，但终究缺少一种使人回味不已的东西。当然，不能要求作家的作品篇篇深厚，那就是苛求了。我只是说，你对于刚刚进入我们视野的社会现象和人物心理的反映似乎还把握得不够稳，不够深。

我觉得《相见时难》的不足之处主要就在于对翁式含、蓝佩玉相见时的心理状态掌握得不够充分，也不够准确。揭示有些人在接待美籍华人时那种令人哭笑不得的表现，当然不是你这篇小说的最终目的。相见时难别亦难，这个“难”是有着多重意义的。这个“难”不完全是孙润成这类人或杜艳之流所造成的，你更多的是着眼于翁式含和他与蓝佩玉心理上的障碍，而小说恰恰在这方面没有深入下去。他们的见面不但不断地被孙润成、杜艳所干扰，而即使在机会难得单独相对的情况下，两个人的对话、动作以及心理反应也都显得一般，有时甚至让人感到别扭。对此，你这次在上海时解释说，他们这次是在1978年刚刚解除闭关锁国的背景下见面的，种种有形的和无形的清规戒律还名亡实存。他们还没有条件真正从思想上相见。但是，我仍以为，在这篇小说中，当时所存在的种种障碍，可以限制他们语言的交流，但并不妨碍作者对他们复杂的心理活动的揭示，可惜你在这一点上缺少一些富于特点的刻画，特别是对于蓝佩玉。

对于蓝佩玉这样一个人物，如果能够把握住、揭示出她的充满矛盾很不一般的心理状态，一定饶有趣味而发人深思。她的回国访问，她与翁式含的会面，都不可回避地要面对许多尖锐的、带有挑战性的问题。如何看待这个经济上贫穷落后的祖国？如何估价这三十年曲曲折折的革命历程？蓝佩玉既不是被革命赶出祖国的“白华”，也不是一个在年幼无知的情况下被父母携带出国的人。她是一个在革命高潮中曾被卷入浪潮，但最后又被黎明前的黑暗吓退的贵族教会女中的小姐。不论她自认为有多少理由（也不论你如何讲恕道，讲宽容，用经常“迷路”“误点”“缺乏方位感”来为她开脱），她在1948年3月10日之所以没有如约来到地下组织指定的地点，是出于害怕和动摇。从她后来遵从父母的意见，只身远渡重洋到大洋彼岸来看——而且时间是在1948年4月北京解放的前夕——说她临阵脱逃绝非冤枉。这样一个人物，三十年后，以一位美籍博士、教授的身份回到北京，她该有多少复杂的心理活动。她曾经有过成为革命队伍中一员的可能，但是她现在是一个外国人，是一个被客气接待的“外宾”。面对这片风暴才过、疮痍满目的大地，面对这个青年时代的“战友”、童年时代的邻居，她是愧，是悔，是庆幸自己，还是钦敬别人？当然，这样说过于简单了，她的心情绝非几个形容词所能概括的。但是，无论如何复杂，每个人总有指导他一切行动的主宰思想。我觉得你处理这个人物，没有把笔力放在真正的着力点上。在她的乐章中，缺少一个主旋律。

你对她久别归来的游子对故乡故土的眷恋之情描写得很是精彩。比如，她听到乡音并发现乡音某些语汇音调变化时的激动；她来到故居，物是人非所唤起的回忆和引起的感伤；寻觅到“梦魂萦绕了多年的豆汁”，连带找回了相违已久的北京式的寒暄时所感到的亲切与温暖。这些，都能诱发读者的共鸣。对于她作为一般美籍华人的心理历程刻画得也还真切：出国之后从惶惑到入境随俗；既接受了“不能到生活之外找生活”的人生哲学，但又不能完全放弃某些中国式的思想方式；直到重新踏上祖国大地时所坦率供认的“我爱中国，但我缺少爱的勇气。我不那么喜欢美国，但是我离不开它”。你生动地揭示了一部分美籍华人（大概多半是知识分子）的那种在美国人面前是中国人，而在中国人面前又往往是美国人的矛盾心理。只是，你没有能够准确地抓住她——蓝佩玉这样一个特定的人物：既接触过革命又临阵脱逃到美国这样一个人物第一次回国的心理状态。你对她作为一般美籍华人的心理，是写得不错的，但对于“这一个”的特定人物的心理却展开得不够充分，未见特色（顺便再讲一句，我觉得你对中华人民共和国成立前蓝佩玉的某些细节描写，也有欠准确之处，比如她在卧室的床头上挂着周曼华、白云的照片，比如她到店铺门口去听收音机播送白光、李丽华的流行歌曲。当时在高级知识分子的家庭中，对白云、白光是不屑一顾的）。

我这个读者大概是太苛刻了。但我觉得对你这样有志于探求人的心理奥秘的作家，有权做如此的要求。尽管如此挑剔，我还是认为《相见时难》不失为一部耐人寻味的小说，只不过觉得蓝佩玉在你的人物画廊里稍逊一筹，使人觉得有如雾里看花而已。

我认为迄今为止你写得最好的仍是那些从少年时代开始投身革命队伍的知识分子：缪可言、曹千里、翁式含、海云、秋文，和那个在《如歌的行板》中只匆匆露了几面的萧铃（这个人物实在写得太好了！）等等。你对他们是那样的了解，你写他们的时候真是如鱼得水、恣肆自如。你对他们又是那样的钟爱，特别是每当回溯到他们的青少年时代，回溯到他们灿烂辉煌的十九岁的时候，你立刻就变得神采飞扬，如醉如痴，心驰神往，不能自已。每读到这样的篇章，我就感到，你在受着来自两个不同方面的力量所牵引——理智与感情，过去（当然，这个过去绝不是高尔基所谓的某些知识分子怀旧的那种过去）与现在。你理智上倾向面对现在，你要求自己谛听并且及时记录生活不断前进的脚步声；但在感情上，你仍不能忘情于过去，不能忘情于那个豪情满怀、生气蓬勃的青少年时代。写到这里，读到《人民文学》第七期上所发表的你的《惶惑》，我更觉得自己这个看法得到了进一步的证实。刚刚得到提拔的中年干部刘俊峰来到二十八年前到过的T城。“尽管这次到T城出差比二十八年前那次做的工作要多得无法比拟，他受到的礼遇也和那时候无法比拟，为什么在他心里倒是二十八年前的那次更值得眷恋和珍重？更令他神往？”“时光不能倒转，20世纪80年代有80年代的挑战，而他在80年代担起了超重的担子。他大概不如1954年、当然也不如1951年给‘不相识的朋友’题词时那样可爱了，他好像有那么一点冷酷。一匹小马当然比一匹大马、更比一台拖拉机可爱，但是耕地还是要找大马，最好找拖拉机。可爱不能当饭吃，也不能脱硫。”刘俊峰所感到的那种“淡淡的，却又是持久的惶惑”也许是你自己心情的自我写照吧？虽然你现在清楚地认识到“我们需要新的乐章”，需要“更加雄浑、有力、丰富、深沉”的乐章，但是你仍然要告诉你的年轻的朋友们，曾经让十九岁的萧铃和大克、小克沉醉过的，从容宁静、带有淡淡的忧郁的“如歌的行板”，毕竟是一首非常好的、非常奇妙的乐曲。

这就是我对你近作的理解，不知对也不对？

祝好！

李子云

1982年8月16日

话说这碗“粥”*

有这么一路为文之法：写甲文，而后写乙文谈甲，而后写丙文谈甲、乙文，而后丁文谈甲、乙、丙文，而后戊文谈甲、乙、丙、丁文，言必称自己而满目琳琅，江郎才尽而喋喋不休。我则不然，绝少谈自己的作品，并以视旁人为自己的作品争论不休为最大享受、最大欣赏。在别人谈得热闹的时候自己插嘴进去，搅得人家谈不快活，不纯粹是冒傻气吗？

可是这一回要破破例了，不得已也，岂有它哉？

1986 年 8 月，我与文化部一位女同志出差拉萨。这位同志每天早餐只吃稀粥、馒头、咸菜，拒绝西式藏式食品。西藏自治区文化局的一位局长同志（藏族）开玩笑说：“汉族同志身体素质差，就是稀粥咸菜造成的，我一定要设法消灭稀粥咸菜。”他的这个玩笑话引起了我的思索：从营养学的观点看，正确的态度应该是使饮食习惯

---

* 本文发表于《读书》1991 年第 12 期。

随着生活的提高和眼界的开阔而逐渐予以补充和提高。而这又是与我一贯的提倡建设、提倡渐进、反对偏激、反对清谈的思想相一致。这就是小说《坚硬的稀粥》的题材和主题的由来。

1988 年 7 月底，我去北戴河休假，除写了《球星奇遇记》以外，还写了《坚硬的稀粥》，回京后觉得后者有些粗糙，便放了一段时间。后逢《中国作家》编辑催稿，对小说润色后于 1988 年 12 月寄出。这碗“粥”，就发表在 1989 年第二期《中国作家》上。

这是一篇幽默讽刺小说，其中有对人民内部的一些缺点、弱点的嘲笑。批评的主要矛头直指食洋不化、全盘西化、追逐时髦、盲目幼稚而又大言不惭的儿子。同时，小说批评了偏于保守的徐姐、不敢负责的爸爸、侈谈民主而又脱离实际的堂妹夫以及这一家人多争论而不善行动的弱点。从这些内容上，得出的结论只能是作者呼唤一种健康的、实事求是的、建设性的态度，只能说明作者的思想观点在当时早与全盘西化、侈谈民主、不问国情的那些“赵括谈兵”们划清了界限，而不可能是相反。至于作品中的爷爷，是一个宽厚、慈祥、开明、从善如流的人物。如果不是另有隐衷，是不可能因之生走火入魔之思的。

尤其要指出的是，小说的基调是光明的，小说人物在闹一些小笑话的同时，正处于欣欣向荣、蒸蒸日上、生动活泼、欢乐向前的气氛中。他们在有一些小纷争的同时，有着一种和睦亲切的人情味，他们在表现出某些天真幼稚的同时，又展示了对新鲜事物的兴趣，他们在有点乱乱哄哄的同时，又显示了父慈子孝、亦信亦义的家庭伦理的温暖。小说结尾处实际上已经解决了膳食维新问题，叫作“鸡鸭鱼肉蛋奶糖油都在增加”同时还要“加吃稀饭咸菜”——稀饭咸菜本来就不应该是消灭的目标，稀饭咸菜本来就不是改革的对象。就是说，在生活日益提高、视野日益开阔、前途日益光明的大背景下，某些争论自会迎刃而解，根本无须急躁烦恼。作品批评什么、选择什么是十分明确的，完全不存在影射问题。

作品所说“理论名称方法常新，而秩序是永恒的”中的秩序，是指客观世界的规律、时间承递的顺序、事物的发展过程，乃至一种文化传统的形成与变异的过程，这是永远不以人的意志为转移的客观存在，是不可以主观主义、视而不见的。所说“理论名称方法常新”则恰是指那些年流行的引进新理论、新名词、新方法论的潮流，作品不认为清谈一通新潮或搞一点新花样表面文章能于事有补，作品对这种轻浮的学风泼了冷水，这在当时也是需要勇气的。

小说的风格是轻松的幽默与讽刺。小说用了一些政治名词，既反映了政治名词大普及的事实也体现了小题大词的反差的幽默性，小题大词、大题小词（如把外交上的结盟说成寻找舞伴）这是语言艺术特别是喜剧艺术（如相声）中常见的修辞手段。也说明了作者写这篇作品的时候心情轻松、胸怀坦荡，绝无草木皆兵、藏头露尾的阴暗心理，绝无含沙射影、指桑骂槐的动机与行动，影射云云，太无稽了。

对于一篇小说的解释产生歧义本不足为奇，借题发挥，故作惊人之论，也算“接受美学”之一端。“更上一层楼”，离了题，离了谱，究竟是怎么回事，就跟“文本”“本文”毫不相干喽。

1991 年 12 月

我写《暗杀 3322》

前年夏天，春风文艺出版社安波舜先生策划了“布老虎丛书”的出版，他说：“请给读者一个故事，别的，怎么严肃怎么艺术怎么探索…… 你们爱怎么写就怎么写。”

他讲的得体，我为之心动。我当然不是一个畅销书的作者，但我也丝毫没有颠覆阅读之类的雅癖，我更不是滞销书作者。我始终认为曲高和寡也好，雅俗共赏也好，曲不算太高但也过得去而又和者众更好。它们各有各的本事，各有各的意义，都没有多少牛可吹，也都没有多少需要多么惭愧的地方。所以谁也不要拿自己当标尺去衡量乃至剪裁旁人。唯一不敢恭维的是曲低和寡，又没有真货又要与读者作对，不知其价值在哪里 —— 当然，作者与他的几个朋友以此自娱倒也是人权与自由。

随后，我看到了铁凝的《无雨之城》，更觉得写得有内容又有趣是可能的。当然，为了某种通俗，也不是完全不付出代价。加以我已连写了两部“季节”，我想换换口味，就答应了写一部相对比较可读性强一些的长篇小说，叫作加盟“布老虎”。它就是《暗杀3322》。

这篇小说的基本构想出现于1986年初，原打算写成中篇，已经写了一万多字，没有写成。

要小说提供一个故事，这既不算苛求，也不算多么庸俗。生活中既然充满了矛盾冲突也就充满了故事，特别是咱们大起大落、热热闹闹、千奇百怪、瞬息沧桑；读者轻车熟路，容易入辙；作者有例可依，有法可循；读者与作者彼此易于认同，谁也不太费力。这样的套路，诸如三角恋爱，才子佳人，善恶报应，冤案昭雪，清官赃官，巧合误会，历险事成，拨云见日……古今中外，莫不皆有。

而严肃文学的最大特点在于追求反套路、破套路、创新突破、出其不意、耐人寻味、余音绕梁；不是使读者舒服，而是使读者震服。这样，才有了深度厚度，才有了境界品位，也才有了永远评析不完解读不完的潜力。但是闹不好也常常会折磨读者的神经，考验读者的耐心，令一般读者抓不着头绪，抓不着线索，乃至读不下去。

这里，可以借用画家对于“生”与“熟”的论述。太生了，难以接受。太熟了，似曾相识，乃至鄙俗跌份。其实听歌曲听音乐也是如此，一听就爱，一学就会的曲子，常常是一会就厌，经不住欣赏。而有些好曲子必须听上两三遍乃至更多遍才听得出味道。

所谓严肃文学与通俗文学也有其相通之处。例如世态人情求其真实与深刻，人物性格求其生动和丰满，情节起伏求其动人而又别致，语言文字求其挥洒自如。再说严肃文学也不是全没有自己的套路，一个不成功的爱情，一个实现不了的隐秘愿望，生与熟，创新与传统，其关系都不是单一的。凡此种种，也是大体而言，因为文学上颇多变体与例外。

这样，和寡未必曲高。曲高常常和寡。和寡也应该敢于曲高，坚持曲高。和众就更应该求高，求艺术质量。至于曲高而又和众，就太理想了，这种两全其美的理想就像找到一个十全十美的理想伴侣一样令人羡慕，却又非强求可致。

我在写《暗杀 3322》时努力掌握这个度。有时写高兴了得意扬扬，过一会儿总又觉得顾此失彼。喟然叹曰：文章千古事，得失寸心知。我无意写一部畅销通俗书。我追求的是一部故事性强一点但仍然是严肃的书，是增加一些世俗性。由于我的经历特点，常常欲写得更多一点人间烟火味儿而不可得。我是太"干部"、太"知识分子"、太理想、太洁癖与太追求了。这次有意识地生活一点、"大众"一点，爱情与政治的风云变幻，恩恩怨怨的无穷纠葛，祸从天降与时来运转的沧桑感，敌我友的重新组合，性格悲剧与历史悲剧的交织，永远偿还不清的风流孽债与永远改不了的横蛮霸道，一代青年的道德呐喊与三代女人的辛酸毒辣，都收在我的笔底。这里，俗与雅的划分当不是绝对的。小说一征订就是七万册。安先生根据他的销售策略只印五万。现在，已经印了第二次，总共是十万册了。

1995 年 1 月

止于流血　止于画龙 *

一开始，人民文学出版社跟我商量开这个会，我还有顾虑，因为现在这类型的讨论会太多。但是，我参加今天的会，确实感到一种满足。这种满足，不是因为听人夸我，我已经过了人一夸我就来精神的那个年纪。确实有一种知音之感；是真正思想的交流，是心灵的碰撞。写东西写多了，我最喜欢曹雪芹的一句话：满纸荒唐言，一把辛酸泪，都云作者痴——这句话到我这里得改：都云作者精——谁解其中味。各位对这味儿确实也解得差不多了，我觉得都对。说的那些不足之处，也都对。过去我也说过，比如我想写革命，我想写历史，我想写心灵史，最近我想起一个词儿：我想写一种人类的经验。我坚信，中国的革命和社会主义建设的经验，包括苏联和东欧的革命和社会主义建设的经验，都是人类的经验，或者还有其他。刚才大家的发言，给我一个大的启发，底下的两部或者三部

* 本文是作者在人民文学出版社召开的“季节系列”长篇小说研讨会上的发言。

怎么写，我现在也在考虑。一种是“季节”继续弄下去，搞成鸿篇巨制，一下来他七部；还有一种方法，就是另起炉灶，里边某些人物可以一致，但显然不会用这种写法，止于“狂欢”，再往下各方面都不允许了，不能再这样下去了。写“文化大革命”，因为它已经是个过去了的事情，而且，我相信一个长篇小说，要是一部接一部地老不完，一看又是这个，又是钱文，而且，钱文，我要是写他离过两次婚，搞两次婚外恋也行，一看他的妻子还是叶东菊，这样读者会腻味，钱文没腻味，读者腻味了，所以我得想点儿招，到底什么招，再说。

另外，我在这儿还稍微说明一个小情况，今天各方面评论家都来了，作家主要请了比较年轻的，原因一个是有些和我同龄的朋友，我们在电话里都交换了意见。我觉得都是六十好几的人了，也别再劳动人家。我还一直在琢磨，这四本书，一百三十几万字，送给我的朋友，过若干年后，他卖废纸，能不能卖上块儿八毛钱这个事。再一个就是说，我个人也有个顾虑，年轻人可能读不下去，所以想听听年轻作家的意见。另外这里，我也有商业的算计，年轻作家现在风头正健，比如大家都利用王朔、刘震云来做促销，有了这小哥儿几个、姐儿几个助阵，也许这套书，有可能好销。然后，作为回应，我谈一点，就是我的节制。因为很多朋友分析我写得非常充分，非常自由，非常放得开，我觉得大家分析的都好，需要黄牌考虑的问题也很好。但是这里还有另一面，就是适可而止这一面，有节制的一面。我止于流血。我这四部小说里面重要的非正常的死亡，已经有好几个人；所有这些死都没有正面的描写，我止于血，止于死亡。因为没法再写下去了。我觉得前革命写作和后革命写作是不一样的，前革命写作好办，从历史的总体趋势来说，他的批判性写作纳入了准备一场革命历史运动之中，所以那时候就有伟大的鲁迅这样的作家，一个也不宽恕。后革命写作，您一个也不宽恕？人家不宽恕您是真的。有一种前革命写作，还有一种就是反革命写作。反革命写作也好办，像索尔仁尼琴，他流亡了。索尔仁尼琴也可以算作前革命写作，因为后来的那个变化，是索尔仁尼琴喜欢的。另一种革命即我们所说的反革命，米兰·昆德拉，或者还有谁谁谁，但是，我的选择和他们并不一样，中国的国情跟苏联也并不一样，所以，我必须止于血。对不起，我不能让血在读者面前流。

同时，我止于画龙，就是说我绝不点睛。我可以没完没了在那儿折腾，很多是现象，是一时一地一人的见解。刚才有一位说：这里有很多东西，从表面看好像是我在那儿误导。这种见解，那种见解，其实都不是我现在的见解，但都是真实的见解，都是人类的经验。这些见解也都不是我故意捏造出来，或者拿来开涮、拿来调侃的，不是。我认为这都是人类的经验，那么是不是我现在的这个“睛”就很清楚了呢？哎呀，王蒙这个人太明白了，他什么都知道，什么都明白——这也是你的想象。不同的人有不同的想象。其实不是，我内心里也不是，我也没有这个“睛”。如果有了，我就奇货可居了。我从来没有一些小哥们儿的代表真理、全知全能的自我感觉。我想这个点“睛”的任务，这个点“睛”的趣味，还是留给读者吧，这样不同的人就会点出不同的“睛”。

人生的经验告诉我，有一种力量，他可以超出一时一地的局面，这就是生活的力量。即使是在“文化大革命”当中，也可以吃奶油炸糕。当然，这是不是就是说我在提倡苟活了，这话又说回来了，我也没提倡苟活，我提倡的仍然是有所为有所不为，坚决不大言欺世、欺世盗名，而是更历史、更理性、更现实。底下的呢，我还希望努力地写，不管用什么方式，底下的两部或者三部，我要写下去，来报答各位的理解和支持。还包括那些所有的批评，对我都非常的有价值。

谢谢！

2000 年 4 月

长图裁制血抽丝

早在 20 世纪 80 年代，我希望有机会能写我们这一代人，写我们所经历的革命和新生活，写我们的心灵史，写人类的这种刻骨铭心的经验，写天若有情天亦老、人间正道是沧桑——这是毛泽东和李贺合写的极好的两句诗。

于是有了“季节”系列，从《恋爱的季节》《失态的季节》，然后到《踌躇的季节》，直到这回的《狂欢的季节》。我花了八年多时间，写了一百三十万字。

这不好写。写旧社会好办，写妓女写僧道写土匪写乞丐写国王写奸细写狐仙写疯子傻子写二性子变态都好办，都可以纳入呼唤革命（或恐惧革命）的历史潮流里。社会主义就不能这么写，迄今，写社会主义生活的要不捧上天，人间天堂，个个天使；要不就狗血喷头，骂入十八层地狱，念念有词如巫妖毒咒。

不，这不真实，这当然不是我的选择。我希望我能写出真相，我能为历史提供一份证词。历史就是历史，它伟大而又曲折，平凡而又惊心动魄，艰难而又趣味盎然，荒唐而又严丝合缝、无懈可击。

我不是历史大变革中的遗老遗少，我不是书斋里的兰菊文竹，我不是远庖厨而又善美食的谦谦君子，更不是咬牙切齿而又昏头昏脑的偏执狂与夸大狂，即在庄严的历史面前自以为小葱拌豆腐一清二白，解决复杂的问题如探囊取物的、保守的或时髦的牛皮大王。我是历史的积极参与者、弄潮者，有时候被迫晒干岸儿，也至少是观察者与思考者。历史从来与我息息相关，痛痒相通，成败相连，得失相与。我有第一手的经验，第一手的感觉，第一手的反应，第一手的喜怒哀乐。把这些写出来，是我的历史责任，是我对后人的交代。

于是有了“季节”系列。它是我的怀念，它是我的辩护，它是我的豪情，它也是我的反思乃至忏悔。它是我的眼泪，它是我的调笑，它是我的游戏也是我心头流淌的血，它更是我的和我们的经验。它是我的过程，它是我的混乱和清明，它是我的寄语和诘难，它是我的纪念和旧梦、新梦、美梦、噩梦，它是我的独语、呓语、禅语与献词，它是我的软弱和顽强，理智和痴迷。它是我为画龙而泼下的成吨的墨，却又止于所当止所不可不止。历史并未终结，经验仍在积累，小说还要写下去，“睛”并非现在的作者所已有。在一浪又一浪的季节与语言后边，让我们共同去试图点上“睛”，让我们共同期待着“龙”的飞翔吧。

又，曹雪芹云：满纸荒唐言，一把辛酸泪！都云作者痴，谁解其中味？其实即使作者不痴，作者很精很油很自在很智慧，又能怎样？

两年前我写过一首旧体诗，有两句是：落叶飘零风送雾，长图裁制血抽丝。呜呼，已经爬了太多的格子了，不知道会耗费读者多少时光、目力、财力，愧对读者之余，就不要再絮叨了吧。

2000 年 11 月

说《青狐》*

王山： 您的长篇小说《青狐》被定位在“后季节系列”，一个“后”字说明了和“季节系列”的联系，但我更看重的是其中所拉开的距离以及和前四部作品的不同之处，我的感觉是叙述语言有所节制，而故事性更强了、更世俗化了。我觉得作品写得比较放得开了，同时也好看了一些。它展现的是历史时段，是社会现实，但是首先成功的是塑造了青狐这个罕见的人物形象。不过看后又有点纳闷：“怎么这些人物和事件会是这样的呢？”

王蒙： 前四部当中，人物主要表现着或者说是演出着历史给他派定的角色。而在这一部，历史主要是人物的背景，当然这两者不可分。历史在《青狐》中是人性的背景，是欲望的背景，是性格和命运的背景。说更世俗化一点也非常对，因为这里表现的生活更贴近了普通的人生，生活本身就更生活化了。而前四部当中人物的生

* 本文是作者王蒙与王山的谈话，原题《王蒙父子说〈青狐〉》。

活被一股子政治热潮所燃烧着或者冰冻着，被历史的巨变所激荡着或者梳理着。这部当中的人物更多面对着自己人性的要求，比如说，面对性，这是前四部从来没有过的。

王山：这也是一个麻烦，现代人越来越重视维护自己的个性、自己的独特性了，但是事实上人往往是被历史“裹挟”着走。什么时候人能成为主体呢？

王蒙：相对说，在重大变故当中，历史比人强。而在正常状况下，历史因人而丰富多彩，因人而增加了不确定性。什么叫正常？就是说历史给个性、给人提供了机遇，提供了平台，提供了场地；而不仅是要人作出抉择和牺牲。历史有可能遮蔽真实的人，以至于一旦看到真实的人性，读者会感觉不舒服。去掉遮蔽，说破真相，能帮助我们减少一厢情愿和狂妄，帮助人们更加成熟起来。

王山：文学创作回避不了性，现在不少性描写文字正大行其道。在您以往的作品中，很少有涉及性的文字。《青狐》中有不少有关性心理的描写，可以说，多了一些让普通读者容易接受的人间烟火气。我的感觉是，性心理描写好像也不是您的所长，不知道您的考虑是什么？有人认为您这种类型的作家并不擅长写性，是这样吗？

王蒙：我觉得是这样，整个来说，中国对于男女之间关系的描写经历了一个漫长的过程。古代有过非常健康的、非常含蓄的描写。类似《诗经》里的“窈窕淑女，君子好逑”；或者叹息这种感情得不到理想结局的，像《孔雀东南飞》，像《钗头凤》的“错、错、错”。《红楼梦》中性的描写主要集中在比较低下的人物当中，贾琏与多姑娘与鲍二家的等等，还有薛蟠的性无赖基本上是恶少性质。贾宝玉和林黛玉的感情最深，但不涉性欲。宝玉与秦钟甚至有准同性恋关系，是少年顽童式的。贾宝玉对薛宝钗的“雪白的膀子”有反应，但是那个我也是把他当作一个无知少年来看待。即使按封建道德，宝玉也不肮脏，是顽童……

王山：玩乐的玩还是顽皮的顽？

王蒙：顽皮的顽，还是个孩子，当不得真的。“五四”时期，才开始有了爱情这个词，而且在巴金的笔下这个词是和启蒙联系在一起的，爱情是无限美好的，压制爱情才是最丑恶的。高觉新和梅，觉新和瑞珏，觉慧和鸣凤，更不要说觉民和琴，都无限美好，也都不涉性事，是纯洁高尚的新思想、新生活、新文化的象征。这可以说是一度解放一度启蒙。但是我写的《青狐》里的时期等于是中国的二度启蒙，爱情的二度解放，而在二度解放当中，人们面对爱情比巴金作品当中的人物面对爱情的时候要现实得多。第一是二度解放，已经不那么鲜嫩清纯。第二是对于青狐等人来说，对于米其南来说，他们已是中年，已不是当年贾宝玉或高觉慧的青春年华。他们是在相当长的一个时期里经历了压抑和曲折以后，又进入了一个恋爱的季节，他和那个《恋爱的季节》不一样，周碧云、满莎他们毕竟还年轻。青狐们在面对爱情的时候既是理想的、诗意的又是现实的、生活的，甚至是一种我要加一个引号的——“粗鄙”的。既是热情的、人性的，又是欲望的、要求的。这是一个需要正视的话题，而且我觉得回避这种粗鄙，并不是文学的一个最好的选择。正像中国的资本积累里面会发生粗鄙的现象。中国的企业的发展，甚至于经济建设里面会有各式各样的粗鄙现象。很可惜，现代化的进程并不一定那么诗化。至于说到是否擅长于写性，和美女作家相比，和 ××× 相比，我和他们肯定不一样，但我写的也是别人写不出来的。有一位朋友告诉我，他看到我的一些句子的结构就笑得没办法。小说里对于性的幻想、性的歪曲，包括性的沉醉，或者是性的失败、性的挫折、性的无能，都带有王氏的“爱情学”“情欲论”和对人生的解读。

我觉得，性有各种各样的写法，想写那种挑逗性全方位的，开放的、欲望的表现，满足、胶着的经验，很可能不是我的选择。但是，这又牵涉到了《青狐》的主题。刚才讲到了历史与人，那么底下又有一个主题，就是时代与欲望。任何一个时代，性都是一种非常有代表性的、非常有特色的东西。不同的时代有不同的表现，比如说，罗马帝国，在它的后期，骄奢淫逸、混乱、极端的享乐化，是它的一个特色。比如说明代，也有这种类似的腐朽表现。再比如说宫廷，宫廷里面的性事，和各种宫廷斗争结合在一起，很可怕。我写的是二度恋爱季节，恰恰是一些曾经受过伤害，曾经有过一些极不愉快经验的人。我希望和世俗的距离更近一些，我其实缺少对于世俗的人生的体察，不是当革命家就是当什么分子。我整天写一些大事。忧国忧民的同时，笔下的人物不等于没有弥补情爱生活的缺憾的欲望了。当然，我也希望有更多的普通读者能够接受我的作品。“粗鄙”是加引号的，我写到了青狐的、杨巨艇的心理活动、动作，乃至极少一点生理的特点，也许我们可以说，所谓像杨巨艇这样的伟人，所以讲那么多的大话，也和他的这种心理上的失望与自卑有关。既撕去了杨巨艇脑袋上的光环，也轻轻地把他放到了一个实在的土地上，对杨巨艇不是一件坏事。不能说我这样写杨巨艇就是对杨巨艇无情的打击。你不把他看作神明，就不会把他的一切人间的尴尬看成丑行罪恶。

王山：在您的作品中总可以看到一种人情世故上的通透和明白，但是否又过于明白，而有虚无和冷漠之嫌呢？我初步的感觉是《青狐》中可爱的人物不多，或是生活本身、人性本身就没有那么可爱？

王蒙：我并没有，起码在我的写作的动机当中并没有一种冷淡或者说失望在里面。相反地，以青狐为例，她表现了……用我的语言来说，是既具有天才又具有天情。天才第一是天大的第二是天生的意思。她有天大的一种热情，她有天生的一种热情，这种热情首先是对爱情，对于爱情的幻想，对于爱情的强烈的要求，在爱情上感觉到的那种痛苦，在爱情上的那种决绝。我觉得所有这些都是可爱的，是辉煌的。例如在海边她等待和寻找深夜游泳的王模楷一节，青狐多么动人！但她已经四十多岁了，她已不可能再扮演纯情少女，她不可能像朱丽叶或者林黛玉那样。但是，她这种天才和天情和她整个的处境、性格、经验，和她的价值体系又不是都很平衡的。甚至连她的文明程度、教育程度即学养教养、眼界与心气也不平衡，心比天高，才如泉涌，热似火山，知识二五眼，修养不入流，政治发疟疾……

王山：您这样一说就显得太狠了，太解剖学了，您客观上成了青狐的杀手了！甚至于，读者也许会觉得您不厚道，觉得您水至清则无鱼，人至察则无徒，您在《我的人生哲学》当中讲过的，在《青狐》中却违反了您自己主张的这一切。

王蒙：小说是另一个世界，有不同的规则。我早在谈《活动变人形》的时候说过，我起诉了我的所有人物包括作者自身，严厉地审判了他们也审判了自己，然后，宣布了大赦，赦免了他们——我们，并为大家大哭了一场。有的人看到了起诉，以为要枪决他们。或者有人看到了解剖刀，以为是在谋杀。太廉价了。

再回过头来说青狐，她在日常生活里的修养不平衡，不对称，错位，所以她在有些事情上显得有些出洋相，甚至表现得非常尴尬，显得不走运。她是怀着一种带傻气的痴情来要求这个世界，要求自己所爱的。带着爱情的浪漫主义、玫瑰色彩，但她得到的是一种男性中心的轻薄和玩弄，得到的是庸俗、低下，没有爱情只有生理这样一种关系。自己又无法面对这种现实。后来，迟到了的是，自己的社会地位上来了，实际上她已是过大了，如果她是二十几岁，她的感受和经验又会不一样。所以在这些地方她老是不对，老是赶不到点上。在她的心目中，从外表、形象、气概，她最钟情杨巨艇，但她和杨巨艇没有前途，杨巨艇早已经有了家室，而且杨巨艇分析问题行，其他什么都不行。她和杨巨艇的关系你会觉得是在被嘲笑，在被生活嘲弄，或者是在被作者谋杀。然而她是真实的所以是动人的与值得同情、值得叹息乃至值得爱恋的。我曾经说过一句话，你好好研究中国的文学史，中国的女性追求爱情的经验和路程太苦了，虽然中国有过各式各样的女性追求爱情的描述，卓文君的爱情还算成功，其他的多是失败的。

青狐文学上的追求是另外一个情况，她在爱情上的追求是失败接着失败，痛苦接着痛苦，洋相接着洋相。但她仍然得到了人生的近乎极致的体验，她的愤懑也是她的财富，她是个天才的小说家，是性情中人，是爱国者，是真正的活人，是半路出家的个性解放者。她大放光芒。我在写到这些地方的时候，尽管我很无情地写到了她的失败和洋相，实际上我充满着对她的同情和心疼。紫罗兰也是一种不平衡，按紫罗兰的相貌和才具以及热心一片她本不该是这样。由于她的经历、她的婚姻，她变成了一个权力狂，又极“左”，又和一般极“左”的不一样，仍然保持着自己的性格，那种所谓一个性情中人的特点。如果紫罗兰成为一个相对开放的演出经纪人、文化活动家，甚至当一个管理者，她本来是可以很成功，很美好，她的身上同样存在着美好的可能性。我觉得我写出了一些本来会是相当精彩的人物不平衡、不对称的现象，其实这个是我早在《活动变人形》中就感兴趣的一个现象，人的脑袋和他的身躯和他的脚的不平衡现象。也可以把这看成一个中国在总体实现现代化中人的性格、遭遇的悲喜剧，这也是代价，是现代化的代价。为什么我说悲喜剧，因为不像《活动变人形》那么悲。许多地方带有喜剧的色彩。小的收获，小的成功，一直在放光，当然，如果和《青春万岁》和《恋爱的季节》比，甚至和《蝴蝶》比，和《夜的眼》比，多了一些X光，多了一些解剖刀，而少了一些所谓的脉脉含情。许多人的作品中有一位悲情英雄，充当叙述者、控诉者、批判者的上帝的角色。

但是在“季节”与“后季节”系列里，没有这样的悲壮与全知全能的中心。读者会不会因此而感到不习惯呢？

王山： 起诉自己的人物，审判他们，然后赦免他们并为他们大哭一场，这需要有相当的勇气，也需要极高的境界，同时也需要读者的配合。当前很多作品的不足往往是作者与自己的人物同谋，或者是一人独清而世界出奇的混浊。这就失去了作品的深度和内涵。

2003年12月22日

关于《这边风景》

这是一本下了苦功夫的书

“好事不会觉得太晚”，这是俄罗斯的谚语。更令人欣慰的是新疆，是伊犁，是各族尤其是维吾尔族人民，是他们的生动鲜活、他们的幽默智慧、他们的别有趣味、他们的艰难困苦中的光明快乐，还有他们的与内地城市大异其趣的语言与文化，突破了环境与书写的局限，创造了阅读的清新与感动。我感谢书里书外的天山儿女，感谢在困难的时期得到的那么多友谊、知识和温暖。感谢情歌《黑黑的眼睛》，感谢流淌过巴彦岱的大湟渠——人民渠，感谢房东阿卜都热合曼·奴尔大哥与赫里其汗·乌斯曼大姐。

这是一本下了苦功夫的书，使我想起了四十多年前，处于逆境的王蒙，决心按照“讲话”精神，破釜沉舟，置之死地而后生，到边疆去，到农村去，深潜到底，再造一个更辽阔更坚实的写作人；同时仍然热爱，仍然向往，仍然自信，仍然多情多思多梦多词多文。

没有许多年的农村生活，没有与各族农民的同吃同住同劳动，没有对维吾尔语的熟谙，没有对于生活、对于大地、对于边疆、对于日子的爱与投入，不可能有这部作品。

真正的文学拒绝投合，真正的文学有自己的生命力与免疫力，真正的文学不怕时间的煎熬。不要受各种风向影响，不盯着任何的成功与利好，向着生活，向着灵魂开掘，写你自己的最真、最深与最好，中国文学应该比现在做到的更好。

重要之点是作品

20 世纪 60 年代，在我处于逆境的时候，我下决心遵循“讲话”的教导，到边疆去，到农村去，破釜沉舟，置之死地而后生，重新打造一个更宽阔也更坚实的写作人，打造一个焕然一新的工农化的写作人。按当时的认识，我必须写工农兵，最好是写农民，我只能写工农兵才有出路。就像我在 1963 年底，坐在火车上全家从北京到新疆时所吟咏的：

死死生生血未冷，
风风雨雨志弥坚。
春光唱彻方无恨，
犹有微躯献塞边。

我到了伊犁州伊宁县巴彦岱人民公社，与维吾尔族农民生活在一起，同吃同住同劳动，并曾担任二大队副大队长。

我很快与农民打成一片，讲维吾尔语，读维吾尔文书籍，背诵维吾尔文毛主席语录与“老三篇”。我住在老农阿卜都热合曼·奴尔与赫里其汗·乌斯曼家里。我住的一间小屋，在我到来以后，燕子飞来做了巢。每天我与呢喃的燕子一起生活，农民们却从这一点上认定我是一个善良的人。

我爱生活，我爱人民，我爱不同的环境与新鲜的经验，我爱雪山与大漠、湖泊与草原、绿洲与戈壁滩。我得到的是爱的回报。当地的农民喜欢我。

你可以说我是在特殊处境下作出的不一般的选择，但是我选择了，我做到了。我仍然充满生机，爱恋着边疆的、对于我来说是全新的一切：情歌《黑黑的眼睛》、伊犁河、大湟渠、砍土镘、水磨，尤其是各有特色的族群——汉族、回族、维吾尔族、哈萨克族、乌孜别克族、锡伯族、俄罗斯族……还有馕饼、拉条子、哈密瓜与苹果园。我也极有兴趣于开阔自己的视野，丰富自己，充实自己。我曾经说我在新疆十六年，完成了维吾尔语博士后的学业。我至今回想起这一切，更要强调说，新疆各族人民对我恩重如山。“文化大革命”中，是人民保护了我。

乃有了《这边风景》，我确实书写了大量的有特色的生活细节。劳动、夏收、割草、扬场、赶车、灌水、打馕、植树、雨灾……我写了人民公社时期的奋斗、挫折、懒汉、积极分子，我写了伊犁的边民外逃事件、复杂的内外斗争，我写了边疆历史的风风雨雨、恩怨情仇，我写了那里的大异其趣的衣食住行婚嫁。讨论作品的时候，有学者说他们看到了西域的《清明上河图》，有的说边疆生活细节排山倒海。一位维吾尔族女教授说：“作家把他的心交给了我们，各族人民也就愿意把心交给他。”

这本书的得奖，最使我感谢的是它将有利于人们关注新疆，了解新疆，热爱新疆，走近新疆。我为新疆的兄弟姐妹们高兴。

这本书的得奖，还让我相信真正的文学经得住时间的考验。四十一年前动笔写的书，三十七年前基本定稿的书，现在受到了新的关注。毋庸置疑，写作的年代与现时区别很大，写作时有各种的局限性，可以说当时的写作是戴着镣铐的舞蹈。然而，只要下了苦功，有了刻骨铭心的生活经验，有了血肉相连的感情交融，有了对于大地的匍匐与谛听，有了对于人民音容笑貌的细腻记忆与欣赏，你写出来的人、生活、深情，就能突破局限、摆脱镣铐、充满真情、充满趣味，成就你所难以预见的阅读的厚味与快乐。

仍然是王蒙写的，仍然热爱，仍然多情，仍然兴致盎然，仍然一片光明，仍然有青春万岁的信念，有新来的年轻人的眼睛与好奇心，有对于生活的缤纷期待，有对于日子的珍惜与温习，有对于爱情的讴歌，有对于历史和时代的钻研，都来吧，都来吧。

茅盾奖的获得当然令人高兴。至于获奖与否，并没有那么重要。文学奖引人注目，因为它向读者推荐了文学。奖为文学增光，前提是文学能不能给奖增光，能不能给予心灵以抚摸与冲击、营养与激扬。只有文学本身可爱，奖才可爱。对于奖作各种猜测与解读，应该基于对获奖作品或者提名作品的阅读、品味、感受与评析。离开了作品去研究文学奖，未免可笑与可悲。文学的好处是它的公开性、群众性、长期性，如果奖励的是假冒伪劣的作品，没有什么力量可以防止它的出丑。反过来，如果你有好的作品，不奖也还是好作品，奖能锦上添花，奖能促进发行，但是奖不能弥补缺陷，奖不能化东施为西施。把功夫放在争取得奖而不是写好作品上，只能说是作者没出息到了极致。

我想念真正的文学

可以说我们现在的文学很“繁荣”。“文化大革命”前十七年，出版长篇小说约两百部，平均每年近十二部。

现在，纸质书加网络作品，一年上千部长篇，多数是消费性的，解闷、八卦、爆料，还有刺激、胡诌、暴力、生理之类。

我想念真正的文学，提供高端的精神果实，拷问平庸与自私，发展人类的思维与感受能力，丰富与提升人的情感，回答人生的种种疑难，激起巨大的精神波澜。真正的文学，满足的是灵魂的饥渴。真正的文学，读以前与读以后你的人生方向会有所区别。我相信真正的文学不必迎合，不必为印数而操心，不必为误解而忧虑，不必为侥幸的成功而胡思乱想，更不必炒作与反炒作。

真正的文学有生命力，不怕时间的煎熬，不是与时俱逝，而是与时俱燃，燃烧长久，火焰不熄。真正的文学经得住考验掂量，经得住反复争论，经得住冷漠对待与评头论足。真正的文学不怕棍棒的挥舞，不怕起哄的浪涛。

真正的文学充满生活，充满爱情，充满关切，充满忧思与祝福，充满着要活得更好更光明更美丽的力量。

不要听信文学式微的谣言，不要相信苛评派和谩骂派的诅咒，也不要希冀文学能够撞上大运。作家需要盯着的是大地，是人民，是昭昭天日，是历史传统，是学问与思考，是创造的想象力，是自己的海一样辽阔与深邃的心。

我的长篇处女作《青春万岁》压了二十三年，1956年定稿，1979年出版第一版，但是它至今仍然在不停地被重印，仍然被摆在青年人的案头，仍然是阅读对象，而不仅仅是研究者的文学档案。

我的《这边风景》，初次定稿于1978年，出版于2013年，尘封了三十五年。作者耄耋，书稿却比1978年时显得更年轻而且新鲜，哪怕能找出它的明显的局限。

我的《活动变人形》初版于1986年，至今已经出版了二十九年，仍然有新的版本在重印。

我有时发问，文学作品是像小笼包子一样新出锅时滋味好，还是像醇酒一样经过一些年的发酵效果好？或者两者都是？

文学是一种精神力量，是一种感动，是一种对精神包容空间的开拓，又是一种犀利的解剖与挖掘，还有痛彻骨髓的鞭挞。从文学里可以看出一个人的恻隐之心、羞恶之心、恭敬之心、是非之心，从文学里可以看出一个人的度量、智慧、灵活与庄严，从文学里可以看出一个人的美好或者偏狭、高尚纯洁或者矫情作秀。

文学并不能产生文学，是天与地、人与人、金木水火土、爱怨情仇死别生离、工农兵学商党政军三百六十行产生文学。从中外文学史上看，写作人如果一辈子生活在文学圈子里，或者是把自己封闭起来，就太可怜了。他们容易失眠，容易自恋，容易发狂，容易因空虚而酗酒、吸毒、自杀，还容易互相嫉恨窝里斗。

让我们更多地接地气，接天气（精神的高峰），接人气，也接仙气（浪漫与超越），接纯净的空气吧。

眼界要再宽一点，心胸要再阔一点，知识要再多一点，身心要再强一些。我们绝对不能只满足于精神的消费，更要追求精神的营养、积累、提升与强化。

这边风景啊，新疆！

1963 年我做了一个破釜沉舟的决定，全家迁往新疆。我认为这是真正的实行“讲话”，开阔自己，锤炼自己。不这样，就只剩下了死路。

我仍然满心光明与希望。我带着一缸小金鱼坐火车。我写着诗：“日月推移时差多，寒温易貌越千河，似曾相识天山雪，几度寻它梦巍峨。”我吟着诗：“死死生生血未冷，风风雨雨志弥坚，春光唱彻方无恨，犹有微躯献塞边。”

同样在运动中没顶，具体处境不同，我不会因为旁人的情绪反应与我不同而改变。

那个年代，斗争的弦越拧越紧。1965 年，我到了伊犁农村“劳动锻炼”六年时间，我与当地维吾尔族为主的各族农民同吃同住同劳动，同生活同学习。我后来不无骄傲地说，我在新疆完成了阿勒泰语系的维吾尔语“博士后”。我与当地农民打成一片。

我喜欢新经验，我喜欢有所相异的文化与完全相通的心，我喜欢维吾尔族民歌《黑黑的眼睛》。在“无产阶级专政下的继续革命”种种说法搞得我头昏脑涨的时候，去新疆，我想我更可以比较放心地沉浸在民族团结、祖国统一、沙漠绿洲、自有特色的新疆生活里。

古话有云：“大乱避城，小乱避乡。”如果在京，“文化大革命”这一关，恐怕难过得多。

从1974年，我写下了《这边风景》。我对于我写的生活充满了爱与趣味，充满了知识与开拓，充满了投入的激情。我对于我写的土地，充满了眷恋与吟咏。何等的幸运，何等的机缘，很难再有一个人像我这样沉潜到如此地步！

四十年过去了，人民公社已经不再，记忆仍然鲜活。积极分子的忧愁、懒汉的笑料、热热闹闹的磨洋工、高高兴兴的空话连篇，却仍然是这边风景的独具美好，仍然是青年男女的无限青春，仍然是白雪与玫瑰、大漠与胡杨、明渠与水磨、骏马与草原的世界固有的强劲与良善。

毕淑敏说过一句话，有时候“文化大革命”一类的政治歪曲了生活，但是强大的生活又在消解着歪曲的政治。

所以还是能写。即使戴上了镣铐，真情、热爱、大地的脉动、生活的兴致、感受的真实、伊犁河水的不舍昼夜、天山雪峰的冷傲庄严，都超越着镣铐，都突破着局限，给你的是“清明上河图”，是“细节的排山倒海”（后面两句话是别人讲的）。

而且是怎样的一个切入角度，在1974年，王蒙的批判锋芒针对的是分裂势力，是极“左”，明白了吧，朋友？

我没有忘记伊犁人对于家乡的“吹嘘”，新疆人说伊宁人个个都是“呶契”——英雄好汉又兼牛皮大吹！例如，那位靠夺权上台的穆萨队长！

最使我感动的是爱弥拉克孜痛责泰外库的那一段，多少年过去了，自己读到这一段往往会痛哭。一个是尊严，一个是希望与失望，一个是爱情，不为他们落泪，你为谁哭泣？

而在雨灾里伊力哈穆问乌尔汗，你还跳舞吗？使我想起了《组织部来了个年轻人》里对于赵慧文的描写，有什么办法呢？王蒙就是王蒙，清水里泡三次，碱水里泡三次，血水里泡三次，然后他问道："各位可好？各位可老？"他在伊宁县巴彦岱农村住进了一家维吾尔族老农的一间放工具的小屋。三天后燕子开始在这里做窝，一夏天他与呢喃的一家小燕子相陪伴而过。而少数民族穆斯林们竟然从这一点上判断老王是个最善良的人。那是什么样的感受与感恩？

写到了开放爽朗的狄丽娜尔突然跳上了俄罗斯族青年廖尼卡的自行车货架子上的情景，那样的事我也有啊。我骑着一辆破车，一阵笑声中一个维吾尔族大姑娘已经跳骑到了我的车上，到了她要到的地方，又是在笑声中奔跑而去。那不是一个快乐的年代，但你为什么不许我发现与珍惜快乐？

还有赶车夫的生活。还有穆斯林的宗教生活与宗教情绪。还有四只鸟和一个诡诈的人，那种结构显然受到《一千零一夜》故事的影响。还有1962年伊犁地区的边民外逃事件。还有"四清"，还有汉族的女技术员杨辉，还有雪林姑丽与艾拜杜拉的洞房之夜，雪林姑丽为新郎脱靴子的时候，我写到雪林姑丽脸红了，我也脸红了。

在不快乐的时期我找到了我的快乐。在无所事事的时期，我做了可能的最好的事。在小说基本改好以后，我将它尘封了三十五年，又过了两年，它得到了关注与本届茅盾文学奖。

我想起了一幅国画："直钩去饵八十年"，大概画的是姜太公？这一切，好像有点意思呢。

2015年

文学与安定团结

粉碎“四人帮”以来，一批真实地、尖锐地反映生活中的矛盾冲突的作品吸引了读者的注意。现在，这些作品面临着一个新的考验：在强调安定团结和消除动乱因素的今天，它们还是合乎时宜的吗？大胆地揭露矛盾，会不会助长离心倾向、火上浇油、制造动乱、破坏安定团结呢？

确实有许多好心人（我愿意相信他们是好心人）忧心忡忡。这样，我们就不能不认真地研究一下我们的生活和文学。

经过了许多年的一个接一个的政治运动，绷紧了许多年的“阶级斗争的弦”，许多无辜者、许多优秀的人倒在自己营垒射出的子弹下面，最后，“文化大革命”使我们清醒了。我们要搞生产、搞建设，要安定团结。安定团结，是人民的迫切需要，是生存和发展的需要，是实现“四个现代化”的需要，是中华民族的需要。

为了中国的安定、发展和繁荣，我们流过血，我们付出了牺牲，我们等白了头发！

可见，安定团结不是出自哪个人的善良愿望，而是历史的客观进程所决定的必然。真实地反映生活的文学作品，不可能不反映出这种客观的必然性来。

但是生活中充满了矛盾。这些矛盾如果解决得好，就会促进社会的发展和进步，促进安定团结的巩固和加强。我们是马克思主义者，我们承认矛盾、正视矛盾、解决矛盾，我们认为事物的内在的矛盾乃是事物的运动和发展的动力。因此，我们的文学作品就不能不正视和反映这些哪怕是很尖锐的矛盾和冲突。如果我们反映得深刻，如果我们对此有一个正确的、积极的和负责的态度和解释，那么，这样的文学作品将是对促进安定团结的重要贡献。如果我们闭着眼不看这些矛盾，如果我们在这些矛盾面前惊慌失措或者束手无策，或者如果我们用一种消极的、不负责任的甚至是幸灾乐祸式的态度来对待这些矛盾，这些矛盾就有可能转化成为动乱的因素。为了实现和巩固安定团结，必须消除动乱因素。而为了消除动乱因素，必须承认和正视这些因素。我们的文学作品同样不能回避这些动乱因素。我们要研究它、解剖它、反映它，我们的目的是消除它、解决它和克服它，这是没有疑问的。

三十年来活生生的事实告诉我们，破坏我们的国家、我们的人民生活的安定团结的不是别人，正是那些用极“左”、超“左”的言辞装扮自己的野心家。人们对林彪、“四人帮”制造的“十年大动乱”记忆犹新，甚至迄今心有余悸。同时，无可否认，我们自己工作中的错误，主要是“左”的错误，也是一个因素。回想中华人民共和国成立初期，在我们的九百六十万平方公里土地上，曾经出现了怎样一个万众一心、安定团结、繁荣昌盛、生动活泼的局面，后来这种局面又是怎样被破坏的。惨痛的教训是不应该忘记的。

所有这些，在叶剑英同志为庆祝中华人民共和国成立三十周年所做的报告中已经得到了全面的、语重心长的阐述。三年来，我们的许多文学作品正是向着林彪、“四人帮”，向着“左”的思潮猛烈开火的。我们国家的安定团结的局面，正是在战胜了林彪、“四人帮”，战胜了“左”的干扰之后才实现的。我们的文学作品，在这方面做出了自己的贡献，是有功劳的。

不幸，仍然有那么一些鼠目寸光的庸人，他们总是害怕文学作品真实地反映生活中的矛盾和冲突，在粉饰太平和自欺欺人面前，他们心安理得；在言过其实的颂扬面前，他们陶然怡乐；而任何哪怕是轻微的批评性的言辞，都使他们感到刺耳、不安、可怕。在他们的眼睛里，似乎不是火星和火灾引起了报警，而是消防队的警笛引起了火灾；不是礁石和台风威胁着航船，而是气象预报和航海地图引起了翻船的危险；不是病毒、细菌和癌细胞破坏着健康和生命，倒是听诊器、X 光机威胁着人体的健康。这真是一种古怪而又愚蠢的偏见。

我们可以设想一下，如果按照这些自称“歌德派”的人的意思办，我们的文学将重新走上粉饰生活和伪造生活的绝路，读者所关心、所无法摆脱的那些矛盾的问题，将不能在我们的文学作品中得到应有的反映，读者从我们的作品中看到的将是虚假的、没有生命的说教，读者将被反复告知：你们已经是生活在蜜缸和糖罐子里了，你们已经是蜜饯干果了，你们是身在甜中不知甜啊！过去的年代，我们的某些作家曾经这样教育过读者，可悲的是，这样的话恐怕连作者自己也不再相信了。

粉饰生活的谎言文学，将会发挥什么作用呢？第一，解除读者的思想武装；第二，掩护林彪、“四人帮”之类的野心家粉墨登场；第三，降低党的文学事业的声誉，甚至降低党的信誉。我们的文学事业是党的事业的一部分，创作、编辑、出版、发行、阅览……一切有关的人员和机构，一切设备和手段都是由党来领导或者由国家来掌握的，我们并没有什么同路人的文学，我们并没有其他党派主办的文学刊物（何况民主党派也是接受党的领导的），因此，我们的文学作品的声誉，是我们党的信誉的一个组成部分。如果读者对我们的文学作品的真实性产生怀疑，如果读者不相信我们的作家和报刊，这才是一种离心离德的倾向，这才是一种动乱的因素。生活中的矛盾、消极面，这是客观的存在。你不反映它，它照样存在。你视而不见，它就会往更坏的方面发展。再说，读者从我们的文学作品中得不到共鸣和教益，他们就将转而从街谈巷议中，从小道消息以至政治笑话中，从秘密流传的民间故事、手抄本或自发性刊物中去寻找对于生活的感受、理解和探求，这就有把思想工作的阵地，把文艺的阵地，把精神生活的阵地让给别人的可能。这其实是把广大读者，把人民群众从我们的身边推开。有以往年代的坎坷、三十年的实践、三十年的学费，难道时至今日还有人以为靠甜言蜜语的粉饰能掩盖矛盾、能维护安定团结吗？

当然，这也不是说在文学作品中揭露阴暗面愈尖锐愈好，愈刺激愈好，甚至愈恐怖、愈丑恶愈好。我们是革命的乐观主义者，我们是以改造中国、改造世界、解放全人类为己任的爱国主义和国际主义者，困难、牺牲、挫折和失败并没有吓倒我们，我们坚信人民在痛苦中成长，祖国在曲折的道路上前进，中国的前途是光明的，世界的前途是光明的。暴露黑暗，揭露我们工作中的缺点和过失，揭露我们生活中的消极面、阴暗面，揭露我们所面临的矛盾和冲突，这并不是我们的目的。我们不是为了暴露而暴露，不是为了发泄而暴露，更不是为了吓人、为了哗众取宠而暴露。暴露的目的是为了驱散黑暗，为了前进，为了扩大和发展光明。我们不希望我们多灾多难的祖国再回到“文化大革命”的那种动乱局面中去，我们也不希望我们的初步呈现了生动活泼的政治局面的祖国重新变成被禁锢的无声的中国。正因为如此，我们搞文学创作的人，不能在激动着、苦恼着、纠缠着千千万万中国人的现实问题面前闭目合十、麻木不仁；不能够在破坏着我们党的优良传统和社会主义的风尚的专制主义、官僚主义、特权思想以及无政府主义、极端个人主义面前违心地一味去“歌德”。我们不能不更敏感一些，更勇敢一些；我们不能不先天下之忧而忧，后天下之乐而乐；不能不做群众的代言人，不能不努力站在正确的立场，正视现实，反映现实，给人民以尽可能好的精神食粮，来提高人民的精神境界，来推动现实的发展和社会的发展。我们这样做了，才是真正地有利于安定团结。

以刘心武深受读者欢迎的作品和沙叶新的话剧《报春花》等为例，难道这些作品会有“助长离心倾向”的副作用吗？难道这些作品的读者和观众会从作品中得到暗示或者煽动，因而去闹事，去怠工或者罢工，去搞“运动”，去破坏工作秩序、生产秩序和社会秩序吗？不，这些作品是教人爱的，爱我们的社会主义祖国，爱善良正直的人民，爱我们党的实事求是、联系群众的好传统。当然，这些作品也教人憎，憎恨林彪和“四人帮”，鞭挞思想僵化和两个“凡是”，鞭挞各种不正之风，也鞭挞那种对社会不负责任的冷漠的“看透论”。这些作品更教人深思，发人深省，教人们认真地去思考，为什么一个这样光荣伟大的党，一个这样可爱的国家，却被林彪、“四人帮”蹂躏达十年之久？为什么会出现王守信这样的丑类和谢惠敏这样的畸形儿？这些作品还教人警惕，使人们注意那些动乱的因素，去提防、去扑灭那些与我们党的性质、与社会主义的性质、与实现“四个现代化”的目标格格不入的封建主义、资本主义的东西，所有这些难道不是对安定团结，对推动“四化”的宝贵贡献吗？他们不是理应受到表扬、受到鼓励而不应受到压力、受到责难吗？

这些作品还有一个重要的作用，就是使人民对我们生活中的一些消极现象（如不正之风）的正当的不满乃至愤懑得到表达、得到抒发，伸张正义，打击歪风邪气。这不但对通过健康的社会舆论来限制、制裁乃至消除各种歪风邪气起了有益的作用，而且在某种意义上，它缓解了某些应该缓解的人民内部矛盾，使人民的某些不满乃至愤懑情绪不致因得不到抒发和表达甚至受到压制而在暗中向极端和偏激方面发展；不致使客观存在的诸如领导和群众、城市和乡村、脑力劳动和体力劳动的矛盾由于得不到引导而发展激化到带有破坏性的程度；不致使群众的某些意见，发展成具有冲决堤防的力量的暗流。这是一个极其珍贵的贡献，这也是民主生活的表现。实践已经证明，用民主的方法，让人讲话的方法，“放”的方法来维护安定团结，虽然会经常暴露一些小摩擦、小矛盾，却避免了大矛盾、大爆炸；而用压制的方法，禁锢的方法，“收”的方法来维护安定团结，即使可以短期奏效，却孕育着更大的动乱的危险。“文化大革命”之中，“歌德”之声响彻云霄、不绝于耳，书架和舞台都像真空一样干净，不但没有阴暗面，没有官僚主义者，而且连落后人物、中间人物都没有，任何敢于思考的头颅都要打碎，任何敢于呐喊的喉管都要割断，其结果怎样呢？不是什么“安定团结”，而是濒于崩溃！

历史的经验是不会被忘却的。愈来愈真实地反映生活，乃是我国文学发展的不可逆转的势头。当然，具体到某一篇作品，也总还有高低、深浅乃至准确与不准确之分。成败得失，是可以批评、可以讨论的。同时，文学对安定团结的贡献也远远不限于揭示生活中的矛盾冲突。文学是人学，作家是人类灵魂的工程师。要使我们的作品充实、美化、提高人民的灵魂，要沟通、温暖和润泽人们的心灵，要愉悦和抚慰人们。我们脑子里的“弦”，多年来实在是绷得太紧太紧了。关于全面地认识和利用文学的功能的问题，笔者将另行著文论及。

1980 年 1 月

生活、倾向、辩证法和文学

一

我常常感到一种也许是不必要的忧虑：我们的后代能够理解我们这一代人所经历过的那些五花八门的论争吗？声势浩大的辩论，洋洋大观的文章，马拉松式的争执，随风而变的、在各个不同的时期就必须强调不同侧面的论点，费了偌大的代价而得到的结论却只不过是早已被公认的常识……这究竟是怎么回事？是因为我们太复杂还是太简单？太聪明还是太愚蠢？太认真还是太无聊？

例如红与专的问题。难道这是类似什么关于地球外的生命体系，关于宇宙和物质的结构，关于控制论，或者关于社会主义道路的统一性和多样性，关于当代资本主义的总危机、相对繁荣及其前景之类的“尖端”问题吗？难道不是小学生也懂得品学兼优的重要性，懂得各门功课考零蛋的学生即使纪律再好也不可取，打人、骂人、偷窃的学生即使门门功课考一百分也不足为训吗？品学兼优，这不就是又红又专吗？我的老天爷！为了这个问题，1958年展开了全国全民的大辩论，1966年更是几个中央级的报纸连篇累牍地发表社论，什么突出政治啦，什么政治比业务大因而不能落实到业务上啦，什么政治可以冲击其他啦……各种高腔高调令人眼花缭乱。这些总算过去了，现在我们提倡的仍然是又红又专——品学兼优。为了能够接受这个常识性的提法，我们付出的代价大概不比哥白尼、布鲁诺和伽利略少。但是哥白尼、布鲁诺和伽利略之所以付出代价，是因为他们提出了、论证了新的、向人们的一般常识挑战的学说。而我们的代价呢？却是为了类似耳朵是管听的，眼睛才是管看的，人是要吃饭的，所以要搞生产……这样人所共知的道理而付出的。

文艺上的歌颂与暴露的问题也是这样。我这个浅薄的头脑简直不理解这个问题有什么奥妙。该歌颂就歌颂，该暴露就暴露，对真、善、美要歌颂，对假、恶、丑要暴露，这不是和人们碰到了喜事要笑，碰到了丧事要哭；吃了糖会说甜，吃了黄连会说苦；夏天会喊热，冬天会喊冷一样自然，一样合理，一样不值得大惊小怪吗？难道当真需要什么大人物或者理论家，需要什么“左”派或唯一革命的教师爷来规定人们哭和笑的比例，甜和苦的配方，热和冷的守则吗？或者论述笑是有德的，哭是缺德的；吃糖是有德的，吃黄连是缺德的；放暖气的是有德的，开电风扇的是缺德的吗？离开了对象，离开了对象所处的具体时间、地点和条件，这种关于歌颂与暴露的论争，究竟有什么意义呢？如果我得了肠胃炎，你却只准我吃糖球而不准吃黄连素，那咱们俩到底是谁缺德呢？如果我的母亲死了，你却只准我笑不准我哭；如果室内温度已经到了三十七摄氏度，你却只准我放暖气而不准开动电风扇，请问，又是谁缺德呢？马克思说：离开实践的思维是否具有现实性的争论，是一个纯粹经院哲学的问题。

但我们面临的却不是一个什么经院哲学的问题。那种只准歌德、吃糖球、笑和放暖气的人并不是由于在逻辑推理上出了差错。他们其实是非常“现实性”的人物，他们看到了林彪、“四人帮”败坏我们的党风、社会风气，他们总结了一套一味歌功颂德、阿谀奉承、报喜不报忧以求宠的经验，他们适应了这种风气，因而在脸上涂抹起“维护”“誓死捍卫”牌的脂粉。

但我们这里要谈的不是这些，我们要谈的是，这种关于歌颂与暴露的烦琐的、简单化的、有时候是相当庸俗和粗鄙的讨论，怎样造成了人们认识上的混乱，怎样降低了我们的文艺理论、我们的文艺批评、我们的论争的水平。

例如有的同志认为：为了冲破只准歌颂不准暴露这条清规戒律，针对中国当前的现实状况——“文化大革命”及其后遗症，实现“四个现代化”、进行改革所遇到的阻力，就是要大张旗鼓地强调暴露，强调批判，强调揭露阴暗面；还有的青年提出什么“社会主义的批判现实主义”的口号；也有一些作品，在那里争相表现尖锐、大胆、淋漓尽致：写发疯、写自杀、写被杀、写强奸、写肉刑、写尸体……这些理论和作品的情况不尽相同，其中有一些用意是很好的，是完全可以理解的，但是，他们与自称“歌德派”的人的针锋相对，却有些简单化，有些肤浅，甚至面临着被“歌德派”请君入瓮的危险。

这个“瓮”首先是指政治上的陷阱。以左的面貌出现的以“歌德”为己任的人具有政治上的某种“优势”。他们是最爱党、最爱社会主义、最爱工农兵的，他们是最最最爱我们的党的领袖的，如果他们做出了一些抹杀事实的论断——如那个被引用得够多了的“莲荷盈盈”之类，也无非是他们爱得太深太痴，就像一个钟情的男子根本看不见自己心爱的姑娘脸上有雀斑或者麻子，或者认为这雀斑和麻子使那姑娘的姿色更加绝伦。如果他们发出了刺耳的警报，例如宣称现今中国的文艺界到处是蛆虫、动物、洋毒草、古毒草，那也无非是他们对党、对社会主义关心太过，就像母亲为了护卫自己的孩子，老是提心吊胆，生怕有什么神鬼灾病侵犯自己的心肝。如果他们宣告错了，至多不过是有点不合时宜，没有碰对“点儿”罢了。这是一些多么可爱的人，多么可爱的错误呀！强调歌颂总不会招惹来歌颂对象的讨厌吧。

如果你简单地和他对着干，如果你大谈揭露阴暗面或暴露黑暗的必要性，甚至专门以暴露黑暗为己任，即使你一时受到了喝彩，从长远来说，从全局来说，你的形象和论点不能不受到理所当然的、正当的疑惑。划清批评和批判、批评和反对、批评和攻击的界限，划清讽刺和丑化、讽刺和诬蔑、讽刺和中伤的界限对于某些人来说并不是十分容易的事情。敌视新中国、敌视中国共产党的人千方百计地从我们的生活中、从我们的文艺作品中寻找黑暗面，他们幸灾乐祸地利用我们的自我批评，不幸，这也是不可否认的事实。再说，如果我们的文艺作品中充满了被暴露的黑暗，那么，社会主义的优越性到底在哪里？人们艰苦奋斗、流血牺牲、进行革命的必要性到底在哪里？我们的信心，我们的希望，我们的光明到底在哪里？这个问题是不能不郑重地予以考虑的。一有风吹草动，这些似乎是热衷于暴露的人被视为异端，被视为“闹事”的煽动者或后台，被视为不可靠的或者危险的人，不是很难避免的吗？

这里也有艺术上的歧途。如果我们简单地认为现在的读者所讨厌的乃是歌功颂德本身，需要的乃是暴露、暴露、再暴露，我们就会在大胆和尖锐上开展一场自发的竞赛，看谁笔底下敢于写出最丑恶、最恐怖、最痛心甚至最离奇和刺激的事情。现在确实有这样的作品，编辑部退回了更多的这样的稿件。但是，请问，当真读者见了这一类的作品就一定喜欢吗？如果做做调查，我们就会发现并非如此。一味地、虚假的、千篇一律的歌功颂德是令人厌恶的，同样，简单的、肤浅的、做作的和似曾相识的暴露黑暗也只能引起读者的反感。

所以，对歌颂与暴露这样一个被人谈滥了、本来不需要再喋喋不休地谈下去的问题，我们不得不进行深入一步的探讨。

二

先谈谈歌颂。对生活，对人类，对宇宙、自然和我们生于斯、老于斯、栖息于斯的大地——祖国，对母亲，对劳动者的双手和良心，对工人阶级及其先进的有组织的部队，对人民争取自由和幸福的斗争，对巴黎公社、十月革命、中国革命，对毛泽东、周恩来、朱德等老一辈无产阶级革命家，对我们自己的建立和完善社会主义制度的斗争，对我们的青春、我们的爱情、我们的友谊、我们的老人和我们的孩子，我们究竟是抱着肯定的态度、怀疑的态度还是否定的态度呢？我们是爱这一切、漠视这一切还是憎恨这一切呢？我想，毫无疑问，我们是肯定这一切、爱这一切的。文学本身就代表着对真善美的追求、对光明的追求，代表着这种肯定、这种爱。如果没有这种追求、这种肯定和爱，没有对于光明的信念，文学创作活动也就失去了意义和动力。文学是光明的，文学家的心也应该是光明的。文学作品的力量在于表现光明，这本身并不是一个错误的提法。

但是，当有人把这种表现光明的方式确定为“歌颂”的时候，当有人洋洋得意地标榜自己在“歌德”的时候，事情就被弄得肤浅、片面、狭隘以至荒谬起来了。歌颂光明的作品本身就一定代表着光明吗？不见得。譬如说歌颂毛主席当然是歌颂光明无疑了。然而说到歌颂毛主席，我看我们所有的热情歌颂的诗人和歌手比起林彪的歌颂都会感到自愧弗如。什么“句句是真理”“一句顶一万句”“精神原子弹”“世界几百年出一个，中国几千年出一个”的“天才”，什么“顶峰”“最高最活”……如果我们颁发“歌德”奖的话，林彪理所当然地应该得到特等金质奖章。再说对社会主义的歌颂，在众所周知的十年也算达到了“顶峰”，言必称“形势大好”“愈来愈好”，文必称“莺歌燕舞”“特大喜讯”，歌必称“东风劲吹”“红旗飘扬”，标语必称“热烈欢呼”“伟大胜利”……好了，人们并不健忘，对于这种“歌颂光明”，九亿人民，十年时间，已经领略得够了。由此可见，不能把歌颂不歌颂当作判断一部作品的政治倾向的标尺。

我们还要分析一下：对于光明，需要的难道仅仅是歌颂吗？对于一个革命的领袖和执政党，难道首先需要的不是支持、不是帮助、不是反映真实的情况、不是提供群众创造的新鲜经验，而是无休止的颂扬吗？这种唯歌颂论不是已经和仍然可能继续为奸佞开路吗？

其次，对于工、农、兵来说，难道首先需要的不是为他们讲话，向损害他们的权益的封建势力、资本主义势力的残余做斗争，提高他们的政治觉悟、知识水平，开阔他们的眼界，愉悦、温暖、沟通和滋润他们的心灵，而是无休止的颂扬吗？当党面临艰巨的任务和复杂的问题的时候，我们如果不通过我们的作品去反映生活的要求和真实的矛盾，不去号召读者坚定地、科学地、有纪律地去支持党、帮助党来完成她的艰巨任务、解决她面临的复杂问题，而只是大喊几声“您真伟大呀”“您太好啦”，或者告诉读者现在已经是人间天堂啦，你们已经掉到蜜缸和糖罐里啦，这样的做法对于正在艰苦奋斗、挥汗如雨的党来说，不是在起哄、在添乱、在欺骗吗？同样，对于正在矿井和车间、稻田和麦场、堑壕和工事里坚守着自己的岗位的正在和天斗，和地斗，和大小霸权主义斗，和林彪、“四人帮”的余毒斗，和官僚主义、特权观念斗，和自身的落后、愚昧斗的工农兵来说，如果我们不去给以支援，给以娱乐，给以启迪、提醒和鼓舞，而只是给以“歌颂”：“你用秦砖汉瓦盖房子，好啊！”“你用五代时候的犁犁地，好啊！”“你被假、大、空话所愚弄，好啊！”这种歌颂，对于艰苦奋斗、挥汗如雨的劳动人民来说，不是在起哄、在添乱、在下蒙汗药吗？想来想去，有什么人像需要吃饭和喝水一样地需要无休止的歌颂呢？马克思是不需要的，恩格斯是不需要的，毛主席、周总理是不需要的，鲁迅是不需要的，哥白尼、布鲁诺和伽利略、居里夫人和爱因斯坦也是不需要的，不但不需要，他们对那种饶舌的、夸张的、不实事求是的、做作的所谓歌颂是很“讨嫌”的。倒是林彪和“四人帮”，这些外强中干，极其虚弱的野心家，他们离了颂歌就过不了日子，他们害怕批评，害怕真实地反映生活，就像害怕瘟疫一样。

光明不是从天上掉下来的，也不是靠歌颂来保持和发展的。光明需要的是向往，追求，传播，斗争。文学是光明的。然而单单歌颂光明是远远不够的，而且打着歌颂光明的大旗的人本身未必一定光明。我们要向往光明，追求光明，传播光明，歌颂光明，我们更要为光明而与黑暗斗争。

再谈谈暴露黑暗。什么是我们所指的黑暗呢？国内外的敌人，林彪和“四人帮”及其死党、帮派骨干，封建主义、资本主义的残余势力，以及我们的党、我们的人民自身的一些缺点，一些与党的无产阶级性质，与实现“四个现代化”的目标格格不入的旧思想、旧习惯、旧传统等等。存在不存在这些反面的、消极的、对历史的前进起着阻碍作用的不愉快的东西呢？这是毋须讨论的，只要不是别有用心，就不会怀疑这些东西的现实性。那么，这些东西需要不需要暴露呢？不能说不需要，然而，仅仅暴露还是太不够、太不够了啊！

例如对于林彪、“四人帮”及其余毒，仅仅暴露已经远远不能满足人民的要求，他们造成的浩劫是有目共睹的，如果只是：“看啊，多么丑恶！多么悲惨！多么可怕！”如果只是：“请看，这里有脓，有血，有疮疤……”实在可以不劳作家的大驾，茶余酒后，车站旅店，我们不是到处都在谈论这些事情么？如果我们的揭批“四人帮”的作品不是向历史背景的宏大与广阔、向人们的心灵的细致入微的深处、向各种人与人的关系的本质方面发展，而是向表面的尖锐、生理的刺激、情节的离奇方面发展，就只能降低这些作品的真实性和思想性。现在需要的是深入一步去剖析、探索在二十世纪社会主义的中国产生这些怪胎的原因，号召人们不但要与这种浩劫的后果做坚持不懈的斗争，更要消除产生这种“左”的封建法西斯主义的温床，尤其要鼓舞人们各自以切实有效的劳动来促进安定团结，促进生产力的发展，尽快地消除目前还存在的某种贫困、落后和不发达的状态，以杜绝再产生林彪、“四人帮”式的怪胎的可能性。我们要揭示伤痕，更要疗救伤痕，促进伤口更快地愈合，我们要暴露黑暗，更要剖析黑暗，以增加战胜黑暗的力量和信心，以达到驱散黑暗的目的。

至于人民内部的、我们党内的一些缺点问题，情况更是多种多样。有一些人本身虽不是帮派分子，但中毒太深，又为了某种利益的需要，时至今日仍然拿着“四人帮”的棍子、唱着“四人帮”的调子，与党的三中全会的精神、与广大人民的愿望相对立。对这种黑暗，确实要进行一针见血的针砭，但同时也要给这样的人以发言权、辩护权，也要有同志式的批评，探讨，论战。仅仅给以暴露，是不够的。至于劳动人民的一些弱点缺点，如崇拜权势、委曲求全、保守因循，那就更需要给以药石的治疗而不能单纯暴露了。严格地说，这种劳动人民身上的弱点到底能不能算黑暗呢？还是算黑斑呢？这些黑斑又是怎样生长在健康的或者基本健康的肌体上的呢？又是怎样与健康的或者基本健康的血管、神经、心脏、大脑联结在一起的呢？这就更需要具体分析和区别对待了。

仅仅说暴露，还有一种客观主义的味道，从这里看不到作家的责任心。中国是我们自己的祖国，党的事业是我们每一个人的事业，所有这一切，光明也罢，黑暗也罢，顺利也罢，受挫也罢，好也罢，赖也罢，赔也罢，赚也罢，都有我们的份，我们只能有一个心，希望我们的国家搞得好一些，希望我们的党搞得好一些，希望我们的作品对我们的国家、我们的人民、我们的党有利。我们是和党和人民一起弯着腰来建设国家的，是一起来扩大光明、消除黑暗的，我们不能仅仅满足于直着腰指指画画地暴露，更不能搞那种所谓的“我”暴露“你”。

说实话，也许是偏见或者咬文嚼字，我并不那么欣赏暴露黑暗的提法，当然，这不等于我不会在创作中揭露黑暗腐朽的东西，我只是觉得作为一个口号，它太不完整了。如果把这个提法吹得过火，我认为它会和歌颂光明的提法一样的简单、肤浅，可能流于片面甚至荒谬。

对一类黑暗——如霸权主义，如林彪、“四人帮”，需要暴露，更需要剖析、声讨，战而胜之，摧而毁之。

对另一类所谓黑暗——如劳动人民自身的奴性残余，需要暴露，更需要教育、引导，唤而醒之，疗而治之。

暴露黑暗，批判黑暗，驱散黑暗，照亮黑暗，靠的是光明、光明的力量、光明的自信和作家的光明的心胸。正因为文学从生活中、从人民中汲取了足够的光明，它才具有洞察黑暗、睥睨黑暗、照亮黑暗的力量。它本身就是光明的化身，它应该成为火炬、成为明灯、成为璀璨的珠贝、成为闪亮的星。

三

当我们的探讨涉及对具体的文艺作品的评价的时候，用歌颂光明和暴露黑暗来进行划分，其荒谬性不下于仅仅用夏和冬来划分季节，仅仅用黑和白来区别颜色，或者仅仅用正午和子夜来区分一天的时间。

生活是复杂的，人是复杂的，色彩是斑驳的，旋律是多样和多变的，好和坏，善和恶，亮和暗，白和黑，强和弱，新和旧……还有不同程度的较好，较坏，半好，半坏……是如此错综地交织着，羼杂着，转化着。所以，我们的感情、倾向、评价也同样是多种多样的和处于流动的状态之中。对大千世界的评价，必然有大千的样式、大千的调子、大千的风格。我们中国的汉语是足够丰富的，我们有足够的语言来表达我们的感情、倾向、评价，在这里，仅仅用歌颂和暴露这种简单的和极端的用语，是多么浅陋啊！

以鲁迅的作品为例，在《一件小事》中，鲁迅对人力车夫的态度应该是比较鲜明的了，但这里与其说是歌颂，不如说是赞美、赞叹、赞扬、叹服。这些词与歌颂是有级的区别的。对《伤逝》中的涓生和子君呢，那就显然既非歌颂又非暴露，作者的态度是复杂而又含蓄的。有批评，也有更多的同情；有赞赏，也有哀怜；有喜爱，也有深沉的疑虑、担忧；有无可奈何的叹息，也有顽强执着的追求……在这里，歌颂和暴露的两极划分法之于作品，无异于用小学一年级学到的加减法来解高等数学难题。

再以《红楼梦》为例。《红楼梦》大概可以算是暴露文学，专司暴露黑暗的吧，看它揭示了多少丑恶、肮脏、可悲可怖的事情！但是，其中不仅对贾宝玉和林黛玉的悲剧式的爱情作品是赞美和同情的——但赞美和同情之中又有一种镜花水月，空虚失望，甚至希图看破和摆脱之的意念；即使对薛宝钗，作品也绝对不像如今的某些“立场坚定”的评论者那样坚定地予以“暴露”的，谁能说在对薛宝钗的描写中没有某种好感、惋惜，乃至无可奈何的怜悯与同情呢？“悲金悼玉”，这难道仅仅是作者的障眼法吗？还有王熙凤呢，在我们的某些评论者看来，这里作家似乎是在大胆暴露、“批倒批臭”的了，实际上怎么样呢？即使在王熙凤身上也照样有着挽歌的调子，协理宁国府一节，谁能说不是对王熙凤的才能的渲染和赞美呢？当然，令人悲愤、令人顿足、令人汗毛倒竖的恰恰在于这种才能、美貌和绝顶的聪明，正是和王熙凤的蛇蝎心肠结合在一起的。然而，即使是王熙凤，她所造成的审美效果也绝不仅限于憎恨和恶心，在王熙凤身上，我们仍然看到了人的能力、人的价值。人本来可以多么美丽和聪明！可惜所有这一切可爱的东西都被地主阶级的生活和意识所歪曲、所毒化，因而变成了恶人的画皮和毒牙了。

由此可见，如果仅仅用歌颂和暴露这两个词来区分作品，实在只是一种幼儿划分“好人”和“坏蛋”的智力水平。它体现的是一种绝对化的形而上学，不是革命就是反革命，不是英雄就是魔鬼，不是一片光明就是一片黑暗，不是皆大欢喜就是统统灭亡，不是大获全胜就是一败涂地，不是大跃进就是大倒退，不是全盘西化就是国粹神圣……多年来，我们在政治上、哲学上、文学艺术上受这种绝对化的形而上学之害还少吗？不承认事物的中间状态，不承认“中间人物”，不承认量变和改良，不承认团结和平衡，不承认轻音乐、无标题音乐和音乐的某种程度的抽象性，不承认无害作品和娱乐性，这种两极化的形而上学多少次使我们在社会现象和文艺现象面前陷入窘境！在连国际力量也不能用两极化的办法来认识的时候，我们又怎么能用两极化的办法来认识错综复杂、纷纭变幻的文艺现象呢？连两千年以前的老子也知道“一生二,二生三,三生万物”，知道矛盾的两个方面的相互斗争，相互依存、渗透和转化的结果会生出第三种新事物来，而最后出现了千千万万的事物，我们怎么能用那种廉价的两极论，歌颂与暴露必居其一论来冒充和替代非常生动、非常丰富、非常实事求是的辩证法呢？

另外，从一些经典的和优秀的文学作品的情况，我们可以看到，歌颂和暴露，这毕竟是作家的主观意图、倾向，这种主观意图和倾向虽然在创作活动中起着巨大的作用，但并不是进行创作的出发点，也并不等于作品的实际效果。在这里，决定性地起作用的仍然是生活，当作家努力地、勇敢地而又匠心独运地表现着生活真实的时候，当作家敏锐地、富有才华地在自己的作品中表现出生活所固有的（不是伪造的）真善美的时候，当作家同样敏锐地、富有才华地表现出生活所固有的（也不允许是伪造的）假恶丑的时候，歌颂还是暴露，同情还是嘲弄，怜悯还是怨恨，宽容还是严峻……这些问题也就迎刃而解了。在这里，生活是第一性的，倾向是第二性的，是生活决定倾向而不是倾向制造生活。离开生活的真实去纠缠什么歌颂、暴露，仍是十足的烦琐哲学。歌颂或暴露，不仅仅取决于作家的主观愿望，文学作品是反映生活的，生活是客观的实在，因而文学作品的内容具有一定的客观性，在某种意义上，这种客观性越强，反映生活越真实和深刻，人们予以评价和探讨的可能性就越充分，作品也就越有价值。《红楼梦》意在“补天”，却起了最深刻的批判、暴露、送葬的作用。在歌颂或暴露之类的问题上，读者和评论家的倾向同样起着巨大的作用。我们的许多揭批“四人帮”的作品，在使广大人民受到教益、发人深省、唤起了“决不让这样的悲剧重演”的决心和力量的同时，也会使少数人感到悲观失望，甚至使一小撮反华反共的敌人幸灾乐祸，这也是难以完全避免的事，不能因此责备作家不该写这样的作品。当然，我们的作家应该把勇气和科学态度结合起来，尽量避免这一类作品的副作用。

而当我们探讨某些不成功的作品的时候，例如那些“高大完美”的纸糊的英雄、草包式的敌人、粉饰太平的“人间天堂”景色或是目前多多少少也有点露头的那种丑恶的堆积、令人反感的刺激和恐怖……我们就会发现，促使这些作品简单化、虚假做作的原因之一，很可能是作者过分重视了、接受了歌颂或暴露的任务，如果他们不是首先以反映生活的真实为己任，而是以歌颂或暴露为己任，这本身就是“主题先行”，就是简单化，就是赤裸裸的唯心主义。其结果就必然降低我们的作品的艺术质量和认识价值，使我们的作品非颂歌即伤痕，使我们的创作只有一条路或只有两条路，使我们只能是一花独放或两花双放、两花对放，永远做不到多种多样的流派和风格，永远做不到真正的百花齐放。

最后，我们还应该看到，两极论的荒谬还在于，不论生活还是文学，从来不会是单一的光明或者黑暗。世界上没有专门歌颂光明、从不暴露黑暗的文学，正像没有专门暴露黑暗、从不歌颂光明的文学一样。不消除黑暗就不会有光明，不具备光明也就看不到黑暗。这二者是一个问题的两个方面，是不可分离的。如果周围是完全的黑暗，谁看得见这黑暗，谁来暴露这黑暗呢？1976年春，中国算是乌云沉沉，够黑暗的了，然而“四五”运动，“四五”诗歌本身就是强光，就是烈火。同样，如果到处是一片光明，连影子都没有，那就是说世界万物（包括我们的人体）都变成了透明体，世界成了无形的了，人也会失去视力（透明体是不能感光的，而不透明就会留下阴影），所谓光明，也就成了不可感知和毫无意义的了。

让我们努力地去研究和表现生活吧，让我们用我们的心、我们的笔去更真实、更生动也更深刻地再现生活的美好、生活的丰富多彩、生活的艰难曲折和生活的魅力吧，让我们少在歌颂、暴露这种简单化的讨论中伤脑筋吧，千千万万的读者正等待着我们拿出更加打动人心、更加有益于人的灵魂的作品来呢。

1980 年 1 月

对一些文学观念的探讨

在艺术形式上，在小说的写作手法上，我正在做一些试验、探索。这些试验和探索，丝毫不具有排他的性质。即使我自己，在写作《夜的眼》《春之声》的前后，还写了《悠悠寸草心》《说客盈门》。何必那么绝对，称赞、欣赏一种写法，就必须否定、排斥另一种写法呢？文艺创作上的排他，往往会成为百花齐放的一大障碍。八仙过海，各显其能，甚至一个人也可以一专多能，程咬金还有三板斧呢，一个作家多搞它几"板斧"，又有什么不好呢？

但是有一些传统的文学观念需要探讨，需要允许突破，否则就会形成艺术上的条条框框，艺术上的禁区。须知，不管是多么正确的东西，如果僵化、绝对化，就会起某种束缚的作用，在艺术问题上尤其是如此。

例如在写人物的问题上。文学要写人，这是不成问题的。但是人是否就等于人物？人物是否就等于性格？不见得。我们可以着重写人的命运、遭遇——故事，也可以着重写人的感情、心理；可以写人的幻想、奇想，还可以着重写人生存于其中的自然环境——风景；可以写人的环境氛围、生活节奏，也可以着重写人物——性格。

过去曾把恩格斯的命题译为“典型环境中的典型性格”，后改译为“典型环境中的典型人物”，译法虽然改了，但观念并没有改，即一般仍认为人物即性格，认为塑造典型性格乃是文学的最高要求。而所谓典型，如能成为某种性格的共名，被广大群众所普遍承认、普遍接受，就是创作成功的主要标志。按这种观念，中华人民共和国成立以来三十年，我们的文学创作的不可逾越的顶峰只能是相声《买猴儿》，因为里边有个马大哈，马大哈确实是共名，这三个字本身就是性格的抽象。不能设想谁能写出个人物比马大哈更能成为性格的共名，刘心武的谢惠敏也远远不像马大哈那样普遍流行。

近几年的作品更多地探索人的内心活动、精神世界。这并没有什么不好。通过细节刻画人物性格，这很好，它为文学的画廊提供了一幅幅栩栩如生的人物造像。略过外在的细节写心理、写感情、写联想和想象、写意识活动，也没有什么不好。后者提供的不是图画，而更像乐曲。它能探索人的心灵的奥秘，它提供的是旋律和节奏。

是否像歌德所说的，没落者才面向内心，而上升者是面向世界的呢？我以为可以把面向世界（客观世界）和面向内心（主观世界）结合起来。难道只有没落阶级才有内心世界吗？当然不是！一个积极的、进取的、富于时代精神的战士——公民的内心世界，与一个颓废的、没落的、绝望的、多余的人的内心世界是完全不同的。积极者的内心世界，将不是引着人们逃避现实，而是执着地去爱这现实，改革现实，参加现实斗争，既清醒，又充满理想、幻想，富于最大胆的想象。写这样的内心活动，将使人们的精神世界得到丰富，使精神境界得到提高，这难道会成为没落的呻吟吗？

再例如关于结构的观念。搞戏搞电影的人都讲究一条主线。一般地讲，这当然是对的。我们却往往是单线，最多是合股线。过去，我们的民族乐曲只有齐奏，没有和声，多么大的乐队，多少件乐器，都是奏一个调。这种结构，好处是清楚、明白、易懂，缺点是表现力受限制。生活是不断发展变化的，与古人相比较，我们的生活的显著特点，一是它的复杂化，一是它的节奏快了。表现在结构上，反映这样的生活，就会有复线或者放射线的结构。表现在节奏上就会有跳越，有切入。就会引起一些非议，让人觉得看不懂，头绪乱。但我认为，复线或者放射线结构的作品，是不妨一试的，交响和和声，是必然会日益发展的。

还有一个主题的问题。作品要不要主题？当然要，我们完全摒弃无思想的文学的主张。但是，过去我们往往要求用一句话来说明主题，要求主题是一个简单明了的政治——社会学命题，不符合这个要求的则斥为主题不鲜明或不集中。其实，思想应该深刻、丰富、崇高，但不应要求一定多么集中、单一。形象大于思想，生活之树常绿，而文学是用形象来反映生活的，作品的思想意义的完成，从理论上说，应该是没有止境的，应该有待于文学评论、阅读和欣赏，应该给读者留下更多的思考余地（《红楼梦》便是如此）。而浅露，正是我们文学创作中的一个毛病。我们的作品应该更耐咀嚼一些，包含的思想可以更含蓄、更立体化、更具有多义性一些。

还有一个标新立异和尊重传统、吸收借鉴与民族形式的问题。民族形式是否都是单线条，有头有尾？我看也得全面研究。中国的诗歌既有现实主义，也有浪漫主义，还有象征、印象、意识流……

什么都有。李贺、李商隐的一些诗就很有点意识流的味道。李白的《梦游天姥吟留别》也有意识流的味儿。还有《红楼梦》,《红楼梦》对传统小说是大突破，里边有大量的关于心理以至关于潜意识的描写。宝玉的玉，宝钗的锁，史湘云的麒麟，更是谜一样的象征。可见，民族形式绝对不是单一的、一成不变的。

再说鲁迅，鲁迅当年写《狂人日记》，显然是借鉴了外国小说的写法。鲁迅的《狂人日记》，其形式在当时恐怕是很惊人、很奇特的，对于中国的传统小说，恐怕算得上一大异端。鲁迅的《野草》也是很奇特的。我们在艺术上的闯劲，与鲁迅相比，差得太远了。

从某种意义上来说，我国的现代小说和新诗都是大大地借鉴了外国文学的艺术成果的。赵树理写小说，写人物，写风俗世态，写生活情趣，也已经大异于《今古奇观》或者《聊斋志异》。当代高晓声写农村的小说，其手法更是寓“洋”于“土”。

借鉴是成功还是仿效时髦乃至拾人牙慧，关键看是否来自我们自己的生活，来自我们的人民，来自我们作家的真情实感。西红柿是引进的，但它长在中国的土地上，是中国的土、水、农民培育了它，所以它成为中国的了。只要把根子深深地扎在自己的土壤里，那么用一点洋化肥，甚至引进一点洋品种，将不是什么危险、可怕的事。

最后一个问题是关于“懂”“不懂”的问题。文学作品是给读者看的，如果读者不爱看，或者看了半天不知所云，如读天书，这当然不是好兆头。从文学作品的整体来说，应该是人民群众所喜闻乐见的，为人民所欣赏，为人民所利用的，否则，文学的审美作用、教育作用、认识作用就无从谈起，这是毫无问题的。

但具体到一篇作品，每篇作品可以有不同的读者群作对象。雅俗共赏、皆大欢喜，固然很好，像地方戏那样只在某个省、某个地区流行也是可以允许的。像昆曲那样，比较雅，比较文，因而只被某些具有特定的条件的知识分子所欣赏，或者像洋嗓子歌剧那样，只被某些城市的比较年轻的观众所欣赏，也未尝不可。这里，完全不必搞“一刀切”。我们既要注意普及，也要注意提高，既满足多数读者的喜闻乐见，也照顾少数读者（或观众）的喜闻乐见，不同的许多个少数加在一起，也就是多数。其实，严格地说，每一篇作品的读者，都不会是“全民”，而只能是人民的一部分。各部分加起来，才是工农兵，才是人民大众。

对“读不懂”的情况，需要分析。一种情况是没写好，装腔作势，故作艰深，用“障眼法”来掩盖空虚，甚至用假洋鬼子的架势吓退读者，表面的玄乎后面并无真实的货色，这当然是不好的，是应该改进的。另一种情况是由于有所探索、有所创新，因而暂时叫人觉得不怎么习惯。有时读者反映“不懂”，其实每一句都是懂的，但读者按照某种传统的文学观念要求弄清这句话与故事情节主线的关系，要求弄清这个细节对故事的结局产生什么影响，又要求弄清这一段描写说明主题思想的哪个部分，一旦这些问题得不到肯定的答复、“鲜明的”答案，就觉得糊涂。从某种意义上，这和某些观众听完一支乐曲或看完一支舞蹈以后反映“不懂”是一样的。乐曲听着很悦耳，舞蹈看着很优美，但观众往往还要求告诉他乐曲和舞蹈在讲述一个什么故事，这种要求其实对于某些节目是不合适的。哪怕说是对于多数作品可以提这样的要求，总不能对每一篇作品里的每一句、每一字提出这样的要求。生活、情绪、画面、旋律、节奏，在小说中，完全可以和情节具有同样重要的地位，完全可以不成为情节的组成部分，更可以不是主题思想的派生物。

最后我要再强调一下，一定要百家争鸣，百花齐放。艺术上要兼收并蓄，要自由竞赛。我们整天讲“各种流派”，其实至今既谈不上流派，更谈不上“各种”。“老王卖瓜，自卖自夸”，也许是难免的，是可以原谅的，“只此一家，别无分号”，却是要不得的。自树样板或树样板，都是蠢事。对艺术上的探索，可以不必急于做结论。以我个人的近作来说，有吸收了某些“意识流”手法的，也有吸收了侯宝林、马季的相声手法和阿凡提故事的幽默手法的，在《风筝飘带》和《蝴蝶》中，我还有意识地吸收鲁迅的杂文手法和李商隐的象征手法。虽然，我一个人的能力有限，但我愿意把路子走宽一些，我希望我的习作在艺术手法上呈现出一种多元的景象，我不想“一条道走到黑”，不想在艺术形式上搞一元化，“定于一”。我希望我们的探讨更加大胆，我也希望我们的探讨更加宽容、谦逊，用公开的、平等的、“费厄泼赖”式的讨论、争论、竞赛，来促进新时期文学事业的发展。

1980 年 6 月

一个值得探讨的问题*

——谈我国作家的非学者化

作家不一定是学者。

我们有许多作家，他们提起笔来，靠的是深厚的阶级情感、丰富而又实际的生活经验、活泼的群众语言、被艰苦的人生锻就的聪明机智。尽管他们有的不仅没上过大学，甚至没上过中学或小学（最极端的例子是高玉宝和崔八娃，他们成为作家的时候差不多还是半文盲），尽管他们没有学过立体几何、有机化学与量子力学，尽管他们既不懂任何外文、也不懂古汉语和现代汉语的语法，尽管他们当中确有人至今还错别字连篇，但他们确实是令人敬佩、令人钦羡的作家。他们写出一篇又一篇作品，反映了独特的、绝非一般“文人”所能反映的生活领域，他们表达了一种特别朴素、真切、笃实的情感，他们说出了劳动人民的心里话，并且创造了和正在创造着一种纯朴、平实、大众化的风格，这是非常可喜的。从某种意义上

* 本文发表于《读书》1982 年第 11 期。

来说，这正是社会主义国家劳动人民当家做主，劳动人民真正成为文化的主人，把被历史颠倒了的再颠倒过来的生活体现。

古今中外的文学史上也都有这样的例子，艰辛的生活竟比辉煌的大学文学院更能造就作家。如果高尔基不是在轮船、码头、面包房里而是在圣彼得堡的最高学府读“我的大学”，那也就不成其为高尔基了。

学者不一定是作家。

我们有许多学富五车的教授、副教授、研究员、副研究员，他们虽然可以很好地讲小说史、小说论，却写不成小说。这是常事，也是常识，用不着说，用不着解释。

这么说，做学问和搞创作是两路“功”，走两条道。

甚至彼此还会产生一种隔膜或偏见。有的作家告诉我，愈是读文学史和文艺理论，就愈是写不出东西来。愈是眼高，就愈会手低。他们对一些学者写的评论、研究文字，往往敬谢不敏，觉得那种掉书袋的冬烘气、八股气只能扼杀活泼泼的创造者的心灵。

当然，也毋庸讳言我们的一些学者对于当代许多作家的鄙薄态度。在一些学者的眼里，我们的作家不过是一些头重脚轻根底浅、嘴尖皮厚腹中空的轻狂儿，在文坛上夤缘时会、名噪一时的暴发户。“那算不得学问。”学者们说。写一百篇小说或者受到二十次好评、奖励，也算不上学问。不仅写这样的东西算不得学问，研究、评论乃至涉猎这样的东西也算不得学问。要做学问吗？去做“四书五经”、李白、韩愈、关汉卿、曹雪芹、荷马、但丁、巴尔扎克、别林斯基去吧。

于是乎确有不读书、不看报，不知道世界有几大洲，不知道脊椎动物无脊椎动物的区别，不知道欧几里得，也不知道阿基米德……甚至至今写不准我国国家领导人的名字的作家（当然是个别的）。

于是乎确有毫无艺术感觉、但知背诵条条、“不知有汉，无论魏晋”的学者。

这似乎也难免，也正常，不足为奇，不足为虑，既不影响二百种文学刊物按时出刊，也不影响六十所大学文科院系的科研、教学工作。

果真是这样吗？果真搞创作不需要学问，或者做文艺学的学问可以不问当今的创作实际吗？

作家不一定是学者，诚然。但是大作家都是非常非常有学问的人，我不知道这个论断对不对。大作家都称得上是学者。高尔基如果只会洗碗碟和做面包，毕竟也算不得高尔基，他在他的“大学”里读了比一般大学生更多的书。如果清代也有学士、硕士、博士这些名堂，曹雪芹当能在好几个领域（如音韵学、中医药学、园林建筑学、烹调学）通过论文答辩而获得学位的吧？现代文学史上的几位大作家：鲁迅、郭沫若、茅盾、叶圣陶、巴金、曹禺、谢冰心……有哪一位不是文通古今、学贯中西的呢？鲁迅做《古小说钩沉》，鲁迅翻译《死魂灵》《毁灭》……鲁迅杂文里的旁征博引；郭老之治史、治甲骨文及其大量译著；茅盾《夜读偶记》之渊博精深；叶圣陶老人之为语言学、教育学权威；巴金之世界语与冰心之梵语……随便顺手举出他们的某个例子（可能根本不能代表他们的学问造诣），不足以使当今一代活跃文坛的佼佼者们汗流浃背吗？

加一段微乎其微的叹息。中国文人有讲究写字的习惯。上述大家，仅就写字一点也确实在一般知识分子之上，但当今……就拿笔者来说，每当被人要求题字的时候，写前先有三分愧，写完恨不得学土行孙来他个土遁！呜呼……

也许这些话有点九斤老太气。不，我不是也不愿做九斤老太太，未敢妄自菲薄，更不敢鄙薄同代作家。在革命化、工农化、深入生活、劳动锻炼、联系群众、政治觉悟、社会意识、斗争经验等等许多方面，我们是有出息的，也是胜于前人的。我们的作家队伍是一支很好的队伍，是一支古今中外罕见的与人民同呼吸共命运、与革命同生死共患难的队伍，这是没有疑问的。但是，中华人民共和国成立三十余年来，我们的作家队伍的平均文化水平有降低的趋势（近年来可能略有好转），我们的作家愈来愈非学者化，这也是事实。

而且，这是一个严重的事实。如果不正视和改变这种状况，我们的文学事业很难得到更上一层楼的发展。

我们有时候在谈论和写作当中也偶尔涉及这样一个问题，为什么当代还没有出现鲁迅、郭沫若、茅盾、巴金那样的大作家？当然，对这个问题的看法并不一致，有一些热情宽厚的长者对当代中青年作家及其作品夸奖得相当够。但是，在肯定总的成绩超过了许多历史时期的同时，我们无法不承认，我们当中确实还没有出现那种文化巨人式的大作家。

原因很多，个人的原因，社会的原因，历史的原因。我国的社会主义文学事业也正像其他事业一样，前进在并不平坦的大路上。“文化大革命”造成的损失……但我认为这至少是原因之一，我们不重视作家的学问基础，我们的作家队伍明显地呈现出非学者化的趋势。在“五四”时期乃至20世纪30年代，几乎所有的名作家都同时是或可以是教授，国外的许多名作家也是大学教授，现在呢，翻开作家协会会员的名册吧，年轻一点、发表作品勤一点的同辈人当中，有几个当得了大学教授的？

靠经验和机智也可以写出轰动一时乃至传之久远的成功之作，特别是那些有特殊生活经历的人，但这很难持之长久。有一些作家，写了一部或数篇令人耳目一新、名扬中外的作品之后，马上就显出了“后劲”不继的情况，一个重要原因就是因为缺乏学问素养。光凭经验只能写出直接反映自己的切身经验的东西。只有有了学问，用学问来熔冶、提炼、生发自己的经验，才能触类旁通、举一反三、融会贯通生活与艺术、现实与历史、经验与想象、思想与形体……从而不断开拓扩展，不断与时代同步前进，从而获得一个较长久、较旺盛、较开阔的艺术生命。

这个道理在表演艺术上也许看得更加明显。有一种所谓本色演员、本声歌手，他（她）们演戏唱歌靠的是天生的本色本声，未经训练。他们当然也可以演红唱红，甚至比“学院派”更易被接受，但时间长了，观众就会发现，他（她）不论演什么角色，都是自己演自己，不论唱什么歌，都是一个调调，本色则本色矣、质朴则质朴矣，惜无开拓、发展、变化，无开拓、发展、变化则无新意，无新意则出现单调和停滞，出现单调和停滞则意味着艺术生命的衰老乃至最后消亡。

我们常常讲思想，但身为一个作家，我们对他的思想的要求不能停留在政治态度不错、谦虚正派、不乱搞男女关系上（当然这些公民道德也不容忽视），这里，思想是指世界观的科学性、广博性和深刻性，指对于真理的认识。思想不能仅仅是一个道德规范、行为规范的范畴，作家的思想应该同时是一个认识论的范畴，它应该反映的是一个民族、一个社会究竟在什么程度上掌握了历史发展和宇宙变化的规律，究竟掌握了多少真理。而这一切，离不开对于自然科学、社会科学和哲学的知识的掌握。

我们也常常谈生活，但是没有学就不会有识，就不会有对生活的深刻理解与敏锐感受、捕捉。对于一个作家来说，生活不仅仅是吃喝拉撒、上班下班，也不仅是写作的素材；作家的生活，应该是一种文化的对象、文化的实体。作家应该时时从生活中得到对本民族的源远流长的文化传统的验证、启示、补充、发展，才能从生活出发而对于文化做出贡献。

我们也谈技巧。但是，文学不是孤立的，文学是整个民族文化的一部分，不能设想一个民族的高的文学水平是与这个民族的相对低的文化水平甚至无知愚昧联系在一起。技巧也是一种文化，没有文化最多只能有类似手工艺的技巧。现代文学技巧时时受到各种科学知识（如电脑技术、公众传播技术、心理学、教育学、逻辑学）的冲击和充实，只有充分吸收运用最先进的文化积累，才能创造出真正高水平的文学技巧，才不会满足于江湖术士式的雕虫小技。

我们也谈才华，但才只有与学结合起来才是有用之才，也才能成为大才。无学之才只能炫耀一时，终无大用，弄不好还会成为歪才、恶才、害人害己之才。凡是对自己的才沾沾自喜而不肯下苦功夫治学的人，绝无大出息。没有变成学问的才华，最多不过是尚未开发的铁矿，究竟是富铁矿还是贫铁矿，究竟有没有开采价值，其实还是未知数哩！

这里，我们不妨申明一个看来像是“大实话”的命题。毕竟现在不是原始社会，不是奴隶社会，不是口头文学占据文学主导地位的古代，在今天的社会，作家应该是知识分子，应该是高级知识分子，应该有学问，应该同时努力争取做一个学者。作家应该学习专家、教授、学者治学的严肃作风。在这一点上搞创作和做学问的道理是一样的：你肚子里有真实货色才能拿出给人启迪、给人教益的作品，而为了积累真货，必须努力学习。

我们常常批评目前确有一些格调不高的作品。有的拿肉麻当有趣，搞低级趣味。有的生编硬造，俗不可耐地套现成的套子。有的矫揉造作、装假洋鬼子。有的抱残守缺，关上门自吹。还有一些其他的也许更严重的不理想、不严肃乃至不正派的作风。对此，我们当然要从思想修养、道德、政治上找原因，所以我们要反对"资产阶级自由化"，我们要加强政治思想工作，我们要制定和遵守"文艺工作者公约"等等。同时，我们还要从生活上找原因，我们要不知疲倦地号召组织作家深入人民群众的斗争生活。此外，我们还可以从体制乃至从法制上找原因和想办法，例如《中华人民共和国著作权法》等法规的制定对于克服文艺出版工作中的某些消极现象有着立竿见影的意义，我们的专业作家体制也还有待改善，这些都是完全必要的。

但是，这里还有一个重要的原因，就是作家队伍的非学者化趋向。不用古往今来的一切积极文化成果来充实自己，不站在人类已经积累起来的文化基础上，就无法真正弄通马克思主义，不可能取得真正的、强大的思想武装，不可能有真正崇高恢宏的思想境界，不可能有广阔从容的胸怀与气度，不可能有深邃的与清醒的历史感与社会使命感，不可能真正地用共产主义思想去影响、去培育有理想、有道德、有纪律的一代新人，就难免时而表现思想的苍白和贫乏，题材的狭窄、雷同、平庸，情感的卑琐、空虚、低下，技法的粗糙、单调。遇有风吹草动，更容易表现出缺乏思想，缺乏见解，缺乏稳定性。一群满足于自己的学问不多、知识不多的状况的作家，充其量不过能小打小闹一番而已。能够完成伟大的史诗的作家，能够不同时是思想家、史学家、美学家、社会学家和诗家吗？一个企图攀登文学创作的高峰的人，一个企望通过自己的作品而对本民族的文化以及人类文化做出哪怕是些微贡献的人，能够不去努力学习、吸收、掌握民族的与全世界的文化精华吗？一个企望在语言艺术上有所创造，有所发明，有所发现，有所前进的人，能够对古文、外文一无所知吗？

眼高可能手低，但是眼低只能手更低。取法乎上，得乎其中。如果连民族文化和世界文化的高峰何在都不知不见，又何谈攀登、创造？那么，会不会学得愈多愈写不出东西来呢？也有可能，那恐怕是因为本来就缺乏艺术创造才能和学习方法的教条主义。理论联系实际的学习，独立思考、富有想象力的学习，对创作是一个巨大的推动。当然，作家的工作与一般学者的科研、教学工作会有许多不同。所以我们既提倡作家不应与学者离得那么远，作家也应严肃治学，又不能要求作家普遍成为一般意义上的学者。也许从反面更易把话说清：即作家绝不应该满足于自己的知识不多的状况，作家不应该不学无术。

至于学者了解一下当前创作实际，理论从实践中汲取营养的必要性，这里就不多说了。

当然，这是从整体而言的，从个体来说，每个作家有每个作家的情况，有其独特的优势，发挥优势，各有各的路子。古今中外的文学事实证明，某个完全非学者的作家，也有可能做出杰出的贡献，成为很好的乃至杰出的作家。我想提出的问题不是某个作家的文化知识问题，而是整个作家队伍的非学者化，以及作家队伍与学者队伍的日益分离、走上两股路的状况。

至于笔者本人，只有初中毕业文凭，前不久还因不会正确地使用“阑珊”一词而受到读者的批评（见《读书》第七期），才疏学浅，有负作家称号，正因为愧怍深重，才提笔写这篇立论或有偏颇的文章。但愿同辈与更年轻的作家，以我为戒，在思想、生活、学识、技巧几个方面下功夫，我自己，也愿急起直追，学习、学习、再学习，为建设社会主义的精神文明，为开创社会主义的文学艺术繁荣兴旺的新局面而献出一切力量。

1982 年

文学：失却轰动效应以后

大概我们可以用“记忆犹新”四个字来回忆1977年《班主任》发表，1978年《神圣的使命》发表——为此《人民日报》还发表过一篇署名本报评论员的文章呢——1979年《乔厂长上任记》发表时的盛况。争相传诵啦，纷纷给作家写信啦，刊物销量大增啦什么的。就连当时对这几篇作品持严峻的批评态度的人，“批”的劲头儿也是热烘烘的。

20世纪50、60年代，同样不乏这样的盛事。1960年困难时期，《红岩》出版，新华书店前排的队绝不比糕点铺前的队短。《青春之歌》《林海雪原》《红旗谱》《创业史》以及一些引起过争议的作品都曾掀起热浪，连这些作者得了多少稿费也被一些人津津乐道。

记忆犹新而又恍如隔世。现在呢，作家们写什么，怎么写，似乎已经很难出现那种轰动的效应。1984年，出现了《百年孤独》热，并由此而出现了王安忆、郑万隆等人的一批作品；1985年出现了寻根热与新方法论热，并相应地出现了韩少功、冯骥才、郑义等人的一批作品；1986 年，又出现了文化热，出现了许多“文化发展战略”和诸如“现代主义与东方审美传统的结合”之类的命题，据说现代派已经穿上了中国道袍，羽扇纶巾，扇子上画着八卦，阿城的小说便是代表。所有这些热，已经大体是文人、文学爱好者圈内的事了，很少涉及圈外人。于是有人干脆提倡起画圈子来了。

到了 1987 年，连圈内的热也不大出现了。不论您在小说里写到了某种人人都有的器官或大多数人不知所云的“耗散结构”，不论您的小说是充满了开拓型的救世主意识还是充满了市井小痞子的脏话，不论您写得比洋人还洋或是比沈从文还“沈”，您掀不起几个浪头来了。不是么？

是不是作家与作品产生了退步现象呢？很难这么说。比较一下本文开始时提到的一些“热”过的作品（这些作品也是从大量平庸的一般的作品中筛选出来的）与当今的一些代表性的作品，还是当今的一些作品写得更活泼、更富有艺术个性因而从总体上更给人以多样与开放的感觉。但同样的事实是，20 世纪 80 年代中期以后，突出的好作品似乎是逐年减少。到了 1987 年，值得称道的好作品就更少。富有激情和感染力的作品似乎确不如前。从外部条件找原因未必是符合实际情况的，因为写作周期要比外部条件发生的周期长得多。愈是好作品就愈不是某种条件或气候的产物。条件愈好，厚积薄发的作品就愈容易比“薄积多发”的作品少。

怎么回事？试析如下：

首先，社会的安定化正常化及其对读者心态的影响。起码从 20 世纪 30 年代起，革命、抗战、胜利、解放、改造、拨乱反正、改革开放……中国的这一段历史是充满了政治激动性的。本文开始时涉及的一些文学热浪，无不与政治热浪有关，无不体现出一种理想主义色彩相当浓重的政治激情。全民的热点是为中国找出路，为一次又一次找到了金光大道而激动，为不能走另一条和又一条路而激动，为从今走向繁荣富强走上金光大道通向天堂而激动，为一次又一次地“非昨而是今”而激动。

当然，这样的激情这样的理想如今也有，也许更深刻了。但毕竟今天的情况是空前的安定、稳定。现在的热点是改革，没有错。但改革的热点是经济，人们对改革的看法要务实得多，思想准备要长得多。1949 年全国都唱“解放区的天是明朗的天”，1958 年全国都唱“社会主义好”，1966 年都唱“大海航行靠舵手”，现在却不会也不必要吸引组织大家唱“改革了的体制放红光”或者“改革就是好，敌人反不了”。如果说现在整个的社会都更加稳定，人们的心态，相对来说更缓和与宁静一些了。我们只能额手称庆。中国是个古老的大国，近百年由于屈辱困苦而变得相当易于冲动……不是么？

人们变得日益务实以后，一个社会日益把注意力集中在经济建设、经济活动上而不是集中在政治变革和寻找新的救国救民的意识形态上的时候，对文学的热度会降温。这很遗憾，但似乎事实如此，不知道这算不算什么“规律”。20 世纪 50 年代或者更早，青年人希望通过文学作品来确立自己的人生道路、价值观与政治方向。有不少人看完了一本书就离家出走，就冲破婚姻罗网、背叛剥削阶级家庭投入革命队伍。70 年代后期人们通过“得风气之先”的作品来体察社会的新的萌动。例如，远在中央做出正式决定以前，《于无声处》就上演了，能不轰动吗？以后还能常常是这样或者有必要这样吗？现在呢，未必有太多的人希望通过文学作品来帮助他们理解或者解决最关心的物价、劳动工资、职务提升与职称评定、购买商品房或者考“托福”出国的问题。包括“翻两番”与赶上中等发达国家的大目标也未必需要文学的诠释或“吹风”。

不能笼统地慨叹世风日下，人心不古，不能笼统地埋怨读者的素质低下——不看自己的巨著却去看通俗武侠言情小说，甚至也不能笼统地责备作家没有去写改革写聘任制写横向联合写合营旅馆写中纪委正在处理的大案要案。现在写更大得多的贪污案也难以收到1977年的轰动效应，即使写得更深刻精彩。这里，笔者想冒昧地说一句，如果一个社会动辄可以被一篇小说一篇特写一个文学口号所激动所“煽动”起来，只能说明这个社会的运行机制特别是言论与决策状况不大健全、不大顺畅，说明这个社会的人心不稳，思想不稳，处于动荡之中或动荡前夕。反过来说，如果一个社会的许多成员只是为了解闷儿而读文学作品，冷落了一些救世型的思想家与惊世玩世型的艺术家的巨作，也并非完全可悲。要求增加工资的人去找人事科财务处，要求民主参与的人去找市长区长政协委员人民代表，要求惩治坏人的人去找律师检察院，要求打发时间的人干脆去看《卞卡》，他们都没有必要一定去找作家找文学作品。

当然，这不是说作家与文学将会失业。文学的功能是各种社会机构所无法代替的，难以因非文学的“形势”而获得轰动式的成功，只能要求严肃的作家拿出更加有独特的艺术成果与经得起历史考验的真实货色（包括思想的、政治的、经验的、学识的、技巧的）的作品来。这也必然会使本来就不严肃的作家去搞些噱头性的东西，他们也许会变得更不那么严肃。界限渐趋分明，也好。

另外，开放的结果会使人们见怪不怪。封闭的结果当然是少见多怪，大惊小怪。开放环境中的人比封闭环境中的人更不易激动，不知道这是不是也是“规律”。例如看惯了人体画的人不会因看画而产生邪念，而男女授受不亲的结果，则是谁碰谁一下都能令人联想到性关系。回想20世纪70年代末80年代初，朦胧诗与所谓意识流小说居然能引起不小的波澜，能就“看得懂还是看不懂”而论辩一番。此后的一些年，一些文学作品如马原、残雪的作品，在形式的怪异乃至内容的晦涩方面走得远多了，相比之下看得懂与看不懂、赞赏与斥责的声浪却低得多。当今文坛上，走爆冷门的捷径去争取一鸣惊人、一举成名天下知的效果是愈来愈困难了。禁区愈少，闯禁区的诱惑力便愈降低。途径愈多样，走捷径的方便就愈减少。当然，这也不是坏事。

前些年出现了许多热，从蛤蟆镜热到寻根热，从邓丽君热到琼瑶热，从萨特热到拉美文学热，从办公司热到自费留学热。有的热得有理，有的热得没劲。易热的结果必然是易冷，而易热易冷反映了一种“初级”心态。

这说明我们的开放才刚刚开始，还不那么成熟那么善于消化选择，还不那么清醒稳重。降点温以后，会不会更好一些呢？当然，开放的幼稚性只有靠进一步开放来解决，靠边开放边消化选择来解决，而不是靠停止开放来解决。

在谈到“凉”的问题的时候，最后，我们还得考虑一下作家本身的状况。有相当一批中青年作家，这几年写得很快很多，要说的话说了不少。他们需要的是某种新的调整、充实、积累、酝酿、蜕变。作家正像油井，不可能总是喷涌。即使有的作家如王蒙、刘绍棠每年仍是新作不已、持续旺盛，但也有一种实际上的危机或者

“颓势”在等待着他们——他们的新作有可能只是旧作的平面上的延伸与篇数字数的递增，而平面延伸与字数递增并不值得任何作者与读者羡慕。

另外还有一批比较年轻的作家，有的是出手不凡，有的是迭出佳作，文坛上评评论论还是相当红火的，但也陆续露出了后劲不支的样子。在这方面，王安忆讲得最为诚实。最近她在香港说：“我在农村插队落户时，常有多种遭遇，因而产生各种心情；回城后当刊物编辑时，也有各种际遇，时有所感。写作的要求都是在这种场合产生的。现在则经常坐在家中写稿，既无谋生要求，又无当初各种苦闷的心情……”她又说，“不幸的是我过早成为专业作家。文学本来应该是人生的副产品……不料我先成为作家，生活倒成为我的次要东西了。因此，我感到困惑。”（见1988年1月3日《文汇报》第三版）说得何等好啊，王安忆！你说出了我国“优越”的专业作家照拿工资制度的弊病。你有勇气说出真相，可敬！你有没有勇气甩掉这个“专业作家”的空架子、去追求实实在在的人生、追求从而出现的副产品呢？

再如阿城，“三王”写罢，海峡两岸一片喝彩。但他早在两年前的《遍地风流》里，已经重复《棋王》里“喝得满屋喉咙响”之类的受到激赏的句子了，这不是吉兆。如果他相当长一个时期拿不出新的好作品来，对于他，完全不应苛求或者责备，倒是一些喝彩者值得想一想，文坛固然需要当场起立的叫好者，不也需要一慢二看三想过的评论家吗？

近年又有新作者涌现，某些作品向怪向粗野等方面发展。有的还自称什么“第五代”作家。成绩如何？还需要再看看。这里要说的是，不论什么新观念新手法新流派新句式，都不妨试验，拿裤衩当手套当领带当裹脚布，都可以试，但都不能代替真货色。真货色是作家的真才实学、真情实感，是作家的全部才能学识、经历经验、灵魂人格。如果您和您的读者确实吃得过饱，当然也可以写出一些撑出来的作品。如果您和您的读者确实太闲，当然也会写一些闲出来的作品。如果您和您的读者确实才思如流星飞瀑如钱塘江潮，当然也会写出一些打破条框的作品。怕的是您刚够卡路里就超前打饱嗝，刚旷了一天工就炫耀无聊，二等才华却具备头等的疯狂和痛苦。

文学当然会有新的高峰和新的突破，只是得来不会如此廉价。年轻人会成长起来，走过自己的坎坷的路。长者的减少年轻人的曲折和坎坷的愿望是可以理解的，该说的话总归该说，回避文坛现状的矛盾是不可以的。但谁也无法代替他们前进、代替他们突破或咋咋呼呼地自称突破，也不能代替他们跌跤和碰壁。

文学热确实在降温，无须着急也无须生气。我们的国家正在发生巨大的、历史的变化。社会心态也在变，这种变必然会反映到文学领域。从不同角度出发怀旧，不喜欢目前的种种文学现象是可以的，但谁也无法不让它变化。也许凉一凉以后会进入新的阶段、新的境界，出现新的人才或老人才焕发出新的活力。也许凉一凉以后才会出现真正的杰作。但愿如此。但也许这种相对疲软的局面会延续乃至加重，谁能说得准呢？连副食品供应都那么难预测，何况虚无缥缈得多的文学？当然，从长远来说，前景仍然是乐观的。能不能预测一下今后一些年代文学发展的趋势呢？更难。但不妨试一试：

一、文学的进一步分化。尽管把通俗小说与严肃小说结合起来，做到雅俗共赏、曲高和众是诱人的理想，但这二者的进一步分化、文学的双向发展与作者读者在这二者之间的摇摆恐怕是难以避免的事实。类似的双向发展还有洋与土，纪实与幻想，巨型与微型，道德与非道德，极端与中和，高尚与俗鄙，艰深与浅白等。包括一些长年以来没怎么发展起来的形式，如推理小说、自传小说、历史小说等，都会得到长足的发展。

二、深沉化，这是最重要的。一方面表现为思考的更加理性、更加深邃、更加全面和多侧面；一方面表现为对人的灵魂的进一步关注。在描写重大历史事件和典型人物的时候，不论是写战争、“土改”“大跃进”“文化大革命”还是写今天的改革，不论是写什么样身份的人物——“红卫兵”也好、老干部也好，资本家也好、佃农也好，将愈来愈突破简单化程式化与脸谱化的模式，将不再是某个口号或理念的图解，而日益反映出我们的民族已经在变革与建设的道路上走了一大段路的成熟性与更深刻、更宽阔的概括力。另一方面，深沉在于写出人的灵魂，叫作“触及灵魂”，当然不是用“大批判”的方法。文学将更深入生动地描写人的喜怒哀乐，描写人们的（当代的、现代的、古代的、特定的与普遍的、特定历史时期与永恒的）困扰与激动，写人的内心需要，写人的内心的痛苦与追求。这些，当然具有社会的与历史的内容，但这种社会的与历史的内容是通过或往往结合着人性的内容、生命的内容来展现的。这里要说的一句话是，无神论者也需要拯救（包括安慰、净化、超脱、激励）自己的灵魂，当人们寄希望于文学家的时候，一篇又一篇小说不能仅仅用一些粗鄙的脏话或者梦呓式的咕哝来搪塞读者。也许一个时期以来作家努力显得比读者高明比读者先知先觉未必总是对的，但也不可能走上在作品中显示作者比读者更白痴或者更提不起来乃至更流里流气的路子。从长远来说，在实现“全民皆小说家”之前，读者需要的仍然是亲切的、诚实的、精神上更多而不是更少有力量的作家。我们的文学界内外已经饱尝假大空的超级口号之苦，人们厌烦了洋洋洒洒的空论，这是可以理解的。但反过来以为堂堂中华文学要走犬儒主义、玩世不恭的无理想无追求无道德的道路，也是荒谬的。这种赶时髦也很可笑可悲。

三、民族性与时代性的结合。经过一段初级开放的多方引进多方寻根以后，在一大堆洋玩意古玩意土玩意都不再新奇了以后，在创作上那种急于甩出去、争当第一个或者见到新玩意就痛心疾首义愤填膺的心态渐趋平稳以后，有可能出现新的更加民族也更加时代的作品。在一大批涌潮又退潮的作品沉淀下去以后，也许从这几年不那么活跃的老人或者这几年尚未露头的新人之中会出现几部真正能留在文学史上的巨著？谁知道呢？文学与生活一样，人们当然寄希望于未来。

文学的黄金时代确实是来了，黄金一样的作品却不会因时代的黄金而自动涌现。《红楼梦》的出现恰恰不是时代黄金的结果。我们需要观察，我们需要思考，我们需要探讨，我们更需要潜心全面努力。

1988 年

难得明白

我抱着试试看的心情拿起王小波的著作，原来接触过他的个把篇议论文字，印象不错，但是现在热到这般地步，已经有“炒死人”之讥在报端出现。我不敢跟着哄。

王小波当然很聪明（以至有人说，他没法不死，大概是人至清则无徒而且无寿的意思），当然很有文学才华，当然也还有所积累，博闻强记。他也很幽默，很鬼。他的文风自成一路。但是这都不是我读他的作品的首要印象，首要印象是，这个人太明白了。

十多年前，北京市经济工作的领导人提出，企业需要一些“明白人”。什么是明白人呢？不知道最初提出这问题来时的所指，依我主观想法，提这个问题就是因为我们当时糊涂人实在不少。而“明白”的意思就是不但读书，而且明理，或曰明白事理，能用书本上的知识廓清实际生活中的太多的糊涂，明白真实的而不是臆想的人生世界，如同毛泽东讲王明时讲的，需要明白打仗是会死人的，人是要吃饭的，路要一步一步走的。明白人拒绝自欺欺人和钻牛角尖，明白人拒绝指鹿为马望梅止渴画饼充饥，明白人拒绝用情绪哪怕是非常强烈和自称伟大的情绪代替事实、逻辑与常识。盖人们在发明和运用概念、发明和运用知识的时候也为自己设立了许多孽障，动不动用一个抽象的概念抽象的教条吓唬自己也吓唬旁人或迎合旁人，非把一个明白人训练成糊涂人才罢休。

文学界有没有糊涂人呢？我们看看王小波（以下简称王）明白在哪里就明白了。

要说王是够讽刺的。例如他把比利时的公共厕所说成是一个文化园地。他先说“假如我说我在那里看到了人文精神的讨论，你肯定不相信”（唉！）“但国外也有高层次的问题”，说那里的四壁上写着种族问题、环境问题、让世界充满爱、如今我有一个梦想、禁止核武器。王问道：“坐在马桶上去反对到底有没有效力？”他还说布鲁塞尔的那个厕所是个“世界性的正义论坛”“很多留言要求打倒一批独裁者”“这些留言都用了祈使句式，主要是促成做一些事的动机，但这些事到底是什么，由谁来做，通通没有说明。这就如我们的文化园地，总有人在呼吁着。要是你有这些勇气和精力，不如动手去做。”

认真读读这一段，人们就笑不出来了，除非是笑自己。

当然王也有片面性。呼吁，总也要人做的。但是我们是不是太耽于笼统的呼吁了？以致把呼吁变成一种文化姿态，变成一种作秀，变成一种清谈了呢？

这是王小波的一个特点，他不会被你的泰山压顶的气概所压倒。你说得再好，他也要从操作的层面考虑考虑。他提出，不论解决什么高层次问题，首先，你要离开你的马桶盖——而我们曾经怎样地耽于坐在马桶盖上的清议。

王说："假如你遇到一种可疑的说法，这种说法对自己又过于有利，这种说法准不对，因为它是编出来自己骗自己的！"完全对。用王蒙（以下简称蒙，以区别哪些是客观介绍，哪些是蒙在发挥）的习惯说法就是"凡把复杂的问题说得小葱拌豆腐一清二白者，凡把困难的任务说得如探囊取物唾手可得者，皆不可信"。

从王身上，我深深感到我们的一些同行包括本人的一大缺陷可能是缺少自然科学方面的应有训练，动不动就那么情绪化模糊化姿态化直至表演化。一个自然科学家要是这种脾气，准保一事无成——说不定他不得不改行写呼吁性散文、杂文和文学短评。

明白人总是宁可相信常识相信理性，而不愿意相信大而无当的牛皮。王称这种牛皮癖为"极端体验"——恰如唐朝崇拜李白至极的李赤之喜欢往粪坑里跳。救出来还要跳，最后丧了命。王说："我这个庸人又有种见解，太平年月比乱世要好。这两种时代的区别比新鲜空气与臭屎之间的区别还要大。"他居然这样俗话俗说，蒙为他捏一把汗。他的一篇文章题目为《救世情结与白日梦》，对"瞎浪漫""意淫全世界"说了很不客气的话。这里插一句：王的亲人和挚友称他为"浪漫骑士"，其实他是很反对"瞎浪漫"的，他的观点其实是非浪漫的。当某一种"瞎浪漫"的语言氛围成了气候成了"现实"以后，一个敢于直面人生直面现实讲常识讲逻辑的人反而显得特立独行，乃至相当"浪漫"相当"不现实"了。

王提到萧伯纳剧本中的一个年轻角色，说这个活宝什么专长都没有，但是自称能够"明辨是非"。王说："我年轻时所见的人，只掌握了一些粗浅（且不说是荒谬）的原则，就以为无所不知，对世界妄加判断……”王说他下了决心，无论如何不要做一个什么学问都没有但是专门“明辨是非”的人。说得何等好！不下功夫去做认知判断，却能不费吹灰之力地去做价值判断，小说还没有逐字逐句读完，就抓住片言只语把这个小说家贬得一文不值，就意气用事地臭骂，或者就神呀圣呀地捧，这种文风学风是何等荒唐，又何等流行呀！

（这种情况的发生，与特定历史条件下“明辨是非”的赌博性有关，明辨完了，就要站队，队站对了终生受用无穷，队站错了不知道倒多大霉乃至倒一辈子霉。这种明辨是非的刺激性与吸引力还与中国文化的泛道德化传统有关，德育第一，选拔人才也是以德为主。王指出，国人在对待文学艺术及其他人文领域的问题时用的是双重标准，对外国人用的是科学与艺术的标准，而对国人，用的是单一的道德标准。单一道德标准使许多人无法说话，因为谁也不愿出言不同不妥就背上不道德的恶名。蒙认为我们从来重视的是价值判断而不是知识积累，价值判断出大效益，而知识积累只能杯水车薪地起作用。）

何况这种明辨是非（常常是专门教给别人特别是有专长的人明辨是非）的行家里手明辨的并不仅仅是是非。如果仅仅说己是而人非那就该谢天谢地，太宽大了。问题是专门明辨是非的人特别擅长论证“非”就是不道德的，谁非谁就十恶不赦，就该死。王在《论战与道德》一文中指出，我们的许多争论争的不是谁对谁错，而是谁好谁坏，包括谁是“资产阶级”。蒙按，这意味着，我们不但擅长明辨是非而且擅长诛心。我们常常明辨一个人主张某种观点就是为了升官，或者反过来主张另一种观点就是为了准备卖国当汉奸；反正主张什么观点都是为了争权夺利。王也说，你只要关心文化方面的事情，就会介入了论战的某一方，那么，自身也就不得清白了。他说他明知这样不对，但也顾不得许多。蒙说真是呀，谈到某种文化讨论时立即就有友人劝告我：“不要去蹚浑水。”我没有听这话至今后悔莫及。

王说：“现在，任何有理智的人都不会认为，讨论问题的正当方式是把对方说成反动派、毒蛇，并且设法去捉他们的奸；然而假如是有关谁好谁坏的争论……就会得到这种结果。”王认为，现在虽然没有搞起轰轰烈烈的“文化大革命”，但人们还是在那里争谁好谁坏，在这方面，人们并没有进步。这可说得够尖锐的。王认为当是非之争进一步变为好坏之争后，“每一句辩驳都会加深恶意”“假如你有权力，就给对方组织处理，就让对方头破血流；什么都没有的也会恫吓检举”。真是一语中的！王以他亲眼所见的事实证明，人如果一味强调自己的道德优势，就会不满足于仅仅在言辞上压倒对手，而会难以压住采取行动的欲望，例如在“反右”时和“文化大革命”时，都有知识分子去捉“右派”或对立面的奸；知识分子到了这种时候都会变得十分凶蛮……他的这一亲身经验，也许胜过一打学院式的空对空论证。看看随时可见的与人为恶与出口伤人吧，对同行的那种凶蛮的敌意，难道能表现出自己的本事？更不要说伟大了。有几个读者因为一个学人骂倒了旁人就膜拜在这个文风凶恶的老弟脚下呢？什么时候我们能有善意的、公正客观的、心平气和的、相互取长补短的文明的讨论呢？

王批评了作者把自己的动机神圣化、再把自己的作品神圣化、再把自己也神圣化的现象。王说，这样一来，“他就像天兄下凡的杨秀清”。王还以同样的思路论证了“哲人王”的可怕。王明白地指出，别的行业，竞争的是聪明才智、辛勤劳动（哪怕是竞争关系多，路子野，花招花式。蒙注），“唯独在文化界赌的是人品：爱国心、羞耻心。照我看来，这有点像赌命，甚至比赌命还严重！”“假设文化领域里一切论争都是道德之争神圣之争，那么争论的结果就应该出人命。”他说得何等惨痛！何等明晰！何等透彻！他也一语道破了那种动不动把某种概念学理与主张该种概念学理的人神圣化的糊涂人的危险。

在文学上立论不易，任何一种论点都可以说是相对意义上的，略略一绝对化，它就成了谬论。王对神圣化的批评也是如此。蒙牢记一些朋友的论点，不能由于警惕糊涂人的行动而限制思想的丰富，糊涂人也不会绝对糊涂，而是某一点或几点聪明，总体糊涂。如果反对一切神圣化，也就等于把反神圣化神圣化。但王确是抓到了一定条件下的现实问题的穴位，抓到了我们的文艺论争动不动烂泥化的要害。那么我们以此来检验一下王自己的评论如何？

王显然不是老好人，不是没有锋芒，不是过于聪明的中国作家。但是他的最刻薄的说法也不是针对哪一个具体人或具体圈子，他的评论里绝无人身攻击。更重要的是，他争的是个明白，争的是一个不要犯傻不要愚昧不要自欺欺人的问题。他争的不是一个爱国一个卖国、一个高洁一个龌龊、一个圣者一个丧家走狗、一个上流一个下流或不上不下的流，也不是争我是英雄你是痞子（他有一篇文章居然题为《我是英雄我怕谁》，如果是“我是痞子我怕谁”，那口气倒是像。哪怕是作秀的痞子。如果是英雄，这“凶蛮”的口气像么？）。王进行的是智愚之辨，明暗之辨，通会通达通顺与矫情糊涂迷信专钻死胡同的专横之辨。王特别喜爱引用罗素的话，大意是人本来是生来平等的，但人的智力是有高有低的，这就是最大的不平等，这就是问题之所在。王幽默地说，聪明人比笨人不但智力优越，而且能享受到更多的精神的幸福，所以笨人对聪明人是非常嫉妒的。笨人总是要想法使聪明人与他一样的笨。一种办法是用棍子打聪明人的头，但这会把聪明者的脑子打出来，这并非初衷。因此更常用的办法是当聪明人和笨人争起来的时候大家都说笨人有理而聪明人无理——最后使聪明人也笨得与笨人拉平，也就天下太平了。

蒙对此还有一点发挥，不但要说聪明人错了，而且要说聪明人不道德。在我们这里，某些人认为过于聪明就是狡猾、善变、不忠不孝、不可靠、可能今后叛变的同义语。一边是聪明反被聪明误，机关算尽太聪明、反误了卿卿性命；另一边是愚忠愚直愚孝，傻子精神直至傻子（气）功。谁敢承认自己聪明？谁敢练聪明功？我的天！泛道德论的另一面就是尚愚尚笨而弃智贬智疑智的倾向。

而王对自己的智力充满信心，他在《我为什么要写作》一文中说："我相信我自己有文学才能。"他认为文化遗产固然应该尊重，更应该尊重这些遗产的来源——就是活人的智慧，是活人的智慧让人保有无限的希望。他提倡好好地用智，他说："人类侥幸拥有了智慧，就应该善用它。"他说得多朴素多真诚多实在，他在求大家，再不要以愚昧糊涂蛮不讲理为荣，不要以聪明文明明白为耻了！看到这样的话蒙都想哭！他的其他文字中也流露着一个聪明人的自信，但止于此。他从来没有表示过叫卖过自己的道德优势，没有把自己看作圣者、英雄、救世者、伟人、教主、哲人王，也就没有把与自己意见不合的人看成流氓地痞汉奸卖国贼车匪路霸妖魔丑八怪。而且，这一点很重要，说完了自己有才能他就自嘲道：“这句话正如一个嫌疑犯说自己没杀人一样不可信。”太棒了，一个人能这样开明地对待自己，对待自己深信不疑的长处，对待自己的破釜沉舟的选择（要知道他为了写作辞去了那么体面的职务），也对待别人对他的尚未认可，还有什么事情他不能合情合理地开明地对待呢？注意，蒙的经验是，不要和丝毫没有幽默感的人交往，不要和从不自嘲的人合作，那种人是危险的，一旦他不再是你的朋友，他也许就会反目成仇，怒目横眉，偏激执拗。而像王小波这样，即使他也有比较激烈乃至不无偏颇的论点——如对国学对《红楼梦》，但他的自嘲已经留下了讨论的余地，留下了他自己再前进一步的余地，他给人类的具有无限希望的活的智慧留下了空间，留下了伸缩施展的地盘。他不会把自己也把旁人封死，他不会宣布自己已经到了头：你即使与他意见相左、不承认他有文学才能，至少他也不可能宣布你是坏蛋仇敌。

这里又牵扯到一个王喜欢讲的词儿，那就是趣味。人应该尽可能地聪明和有趣，我不知道我概括的王的这个基本命题是否准确。这里趣味不仅是娱乐（在中文里，娱乐两字常常与休息、懈怠、消费、顽皮、玩世不恭、玩物丧志等一些词联系在一起）。蒙认为趣味是一种对于人性的肯定与尊重，是对于此岸而不仅是终极的彼岸、对于人间世、对于生命的亲和与爱惜，是对于自己也对于他者的善意、和善、和平。趣味是一种活力，一种对活生生的人生与世界的兴趣、叫作津津有味，是一种美丽的光泽，是一种正常的生活欲望，是一种健康的身心状态。一点趣味也感觉不到，这样的人甚至连吃饭也不可思议。我们无法要求一个一脸路线斗争一肚子阴谋诡计的人有趣，我们也无法要求一个盖世太保一个刽子手太有趣味。自圣的结果往往是使一个当初蛮有趣味的人变得干瘪乏味不近人情还动不动怒气冲冲苦大仇深起来——用王的话来说是动不动与人家赌起命，用蒙的话说是亡起命来。王认为开初孔子是蛮有趣味的，后来被解释得生气全无——这当然不是创见而差不多是许多学人的共识——孔学的发展过程就很给明白人以教益，也不免使孔夫子的同胞与徒子徒孙痛心。岂止是孔子，多少活生生的真理被我们的笨师爷生生搞得僵死无救，搞得语言无味、面目可憎！所以毛泽东提起党八股来，也有些咬牙切齿。

所以，王在谈到近年我国的“文化热”时一针见血地指出：前两次文化热还有点正经，后一次最不行，主要在发牢骚，说社会对人文知识分子态度不对，知识分子自己态度也不正，还有就是文化这种门庭绝不容痞子插足。这使王联想起了《水浒传》中插翅虎雷横所受到的奚落。王说，如此看来，文化是一种以自我为中心的价值观，还有点党同伐异的意思。但王不愿意把另一些人想得太坏，所以王说这次讨论的文化原来就是一种操守（亦即名节。蒙注），叫人不要受物欲玷污，如同叫唐僧不要与蝎子精睡觉失了元阳。王进一步指出文化要有多方面的货色，是创造性劳动的成果，例如你可以去佛罗伦萨看看，看看人家的文化果实（蒙按：那可不仅仅是唐僧坐怀不乱的功夫）。王说，把文化说成一种操守，就如把蔬菜只说成一种——胡萝卜；“这次文化热正说到这个地步，下一次就要说蔬菜是胡萝卜缨子，让我们彻底没菜吃。”王因此呼吁（他也不是不呼吁）：“我希望别再热了。”

也许事情远没有这样糟，也许这只是王内心恐惧，杞人忧天？

但愿如此。只怕是真吃不上丰富多彩的蔬菜的时候也就都不吭气了。

我们知道难得糊涂了。看了王小波的《我的精神家园》，我深感难得明白，明白最难得。什么叫明白呢？第一，很实在，书本联系现实，理论联系经验，不是云端空谈，不是空对空，模糊对模糊。第二，尊重常识和理性，不是一煽就热，也不是你热我就热，不生文化传染病。第三，他有所比较，知古通今，学过自然科学人文科学，得过华、洋学位，英语棒。于是一瓶子不满半瓶子晃荡的人明明被他批驳了也还在若无其事地夸他。叫作不怕不识货就怕货比货，货比三家，真伪立见，想用几个大而无当的好词或洋词或港台词蒙住唬住王小波，没有那么容易。第四，他深入浅出、朴素鲜活，几句话说明一个道理，不用发功，不用念咒，不用作秀表演豪迈悲壮孤独一个人与全世界全中国血战到底。第五，他虽在智力上自视甚高，但绝对不把自己当成高人一等的特殊材料制成的精英、救世主；更不用说是像挂在嘴上的“圣者”了。用陈建功当年的一句话就是他绝对“不装××”。这最后一点尤其表现在他的小说里，他的小说没有任何说教气炫耀味，更没有天兄下界诸神退位的杨秀清式包装。看了他的小说不是像看完有些人的小说那样，你主要是会怀疑作者他是否当真那么伟大。而看了王的小说，你怀疑的是他王小波“真有那么坏吗”。这里的坏并不是说他写的内容多么堕落下流，而是他写的那样天真本色率性顽皮还动不动撒点野，搞点恶作剧，不无一种“痞”味儿，完全达不到坐如弓立如松五讲四美的规范与我乃精英也的酸溜溜风采。如果说你在某些人的作品中常常看到感到假面的阻隔，那么他的小说使你觉得他常常戴起鬼脸，至少在这一点上他与那个已被批倒批臭的有相似处。但是他有学问呀，他不嘲笑智力和知识，不嘲笑理性和学习，所以他的遭遇好得多。看来，读书是能防身的，能不苦读也乎？

而我当然是一个正人君子，我的小说里绝对没有王小波那种天花乱坠的那话这话。我认为与他的议论相比，他的小说未免太顽童化了。所以我就不在这篇文字里再提他的小说，免得再和一名王某绑到一块儿，就是说我不能连累王小波。反之亦成立。

虽然带有广告气，文化艺术出版社 1997 年 6 月印第一次、次月就印第二次的《我的精神家园》一书封底上的一段话还是真的，我认可："那些连他的随笔都没有读过的人真是错过了……"

1998 年 1 月

心 香 一 瓣

祭长者——邵荃麟同志

写文章纪念亡者，这还是我生平的第一次。去年我才知道您去世时的情况。被隔离时终夜无眠的咳嗽，死后一年才通知家属，连骨灰也没有领到……您就这样含冤离去了么?

然而我已经见不到您，我到大雅宝胡同您的家，只看到了瘫痪的、丧失了说话能力的葛琴同志。那间曾经和您谈过三次话的客房，只堆放着几件陈旧的杂物。谁能证明，您曾经在这里工作，在这里操劳，在这里接待客人呢？如今，只有一个寂寥的院落，正门是掩死了的。因为，那时，您和葛琴同志还没有作“结论”。

后来，你们终于得到了平反昭雪。还青松以高洁，还橡树以葳蕤，还革命家以光荣，还善良的长者以后辈的追念与爱戴，这就叫作还以本来面目，这就叫作天公地道，这就叫作真理必胜。

我第一次见到您是在 1957 年的春天。您为了筹备那次作家与编辑的关系问题的座谈会而把我找了去。但您更多地询问了我对许多当时文艺界感兴趣的理论问题的看法。您的把“解决”读作“改决”

的南方口音使我有时还听不大懂，这更增加了我这个初学写作就捅了娄子的年轻人的忐忑。然而，您的亲切、耐心、平等待人，很快使我安定下来。我发表了我的看法，有些问题自己没有很好地想过或者缺乏这方面的知识，我也照实汇报。您喜形于色，表扬我谦虚，并强调谈了力戒骄傲的重要性。荃麟同志，也许那时是您轻信了？说实话，那时对于谦虚谨慎的重要性，我还远远缺乏深刻认识与身体力行，只不过是，在您这位文艺界的前辈、领导人面前，我没有敢放肆胡言罢了。在您翻译《被侮辱与被损害的》的时候，我还是幼儿呢。

然后是一场翻天覆地的“运动”。我受到的教训，受到的考验都是空前的。然后到了1962年，我再一次坐在您客厅的沙发上。“经过了一番惊涛骇浪，我们谈谈心。”您是用这句话开始我们的谈话的，“这些年，我常常和××同志、×××同志谈过你，对你被划为‘右派’，我们觉得很惋惜……”您这样说。是的，直到1978年，我才知道了在“反右”斗争中您力图保护一些人免受不公正的对待的情况，知道您也曾力图保护我。当然，十二级大风吹起的时候，有时您也无能为力，而且，最后您连自己也没能保护住。然而，您的心意仍然温暖着、慰藉着大风里被连根拔起的小草儿们的心。您是一棵老树，把自己摆在防风的前哨上，您努力减轻着树苗和青草的不幸。就在1962年的这次会面中，您谈了一系列有关我的工作、创作的设想，您还勉励我要向茅盾、巴金等老一辈作家学习，要学外语，要有大思想家的学识和气魄……回想这些，许多方面我都没能达到您寄予的期望，我愧对您……

然后是第三次，大约是1963年的初夏了。山雨欲来风满楼，当时文艺界已经有一种危机四伏的气氛。这个时候，已经第二次决定付印的我的 20 世纪 50 年代的旧作《青春万岁》，又面临了新的困难。后来我把清样寄给了您，才十天，您把我找了去，说是您因为感冒在家，把它读完了。您说：“你写得真切，你很会写散文。”您说，“我的孩子也看了，他说就是这样的。”您说，“可如果发表了，会有人提出批评的。他们会说，为什么没有写和工农兵相结合呀……”我说：“可我写的是在校的中学生啊……”“是啊，是啊。”您沉吟着，“不过，以你的处境，你恐怕经不住再一次批判了……”您忧虑地说。您的忧虑里充满了那么多长者对于后辈的爱护之情，使我热泪盈眶了。您说：“先把它摆一摆吧，作家写出东西来，先摆一摆，也是常有的。”您说得对，但我当时也只不过二十八岁，我完全没有估计到我们面临的将是一场怎样的风暴，继 1957 年打出清样便搁浅以后，再一次打出清样“摆起来”，这使我颇不好过。大概我的脸上现出这样暗淡的表情了吧？您又说：“不然，由哪个地方出版社出，我也不反对。”看，您又要保护作者，又不希望作品长久被埋没，为了这，您真是殚思竭虑，费尽了心！

1962 年，您曾经和我面谈过写“中间人物”的问题。您不过是说：“先进人物可以写，中间人物也可以写，把中间人物的转变和成长的过程写出来，也是很有教育意义的。”那一年，我写了短篇小说《眼睛》和《夜雨》，也可以说是写中间人物的一个试验，后来，您这么一句无可非议的话，引起了多少轩然大波？连您曾经翻译过《被侮辱与被损害的》竟也成了罪名。其实，不关心，不同情“被侮辱与被损害的”，哪里还会有革命？哪里来的革命者和革命党？“生活像泥沙一样流，机器吃我们的肉……”这不是列宁所喜爱的歌曲吗？从斯巴达克思到攻克巴士底监狱的英雄，从陈胜、吴广到李自成，直到 20 世纪中国人民的革命斗争，不都是代表着“被侮辱与被损害的”人们起来抗争么？

虽然有幸几次亲聆教诲，我作为一个年轻人，对于革命前辈、文学前辈的您远远谈不上有什么了解。从头一次见面，我就觉得您身体瘦弱，似乎支持不了您那巨大的头颅。然而，您的思考总是那么周密，判断总是那么明晰，知识总是那么丰富，而用意又是那么善良和宽厚。只是您有一句话，使我现在想来觉得未免太书生气。记得 1962 年您对我说：“前几天 ×× 来过，对说他反党，他想不通。这里有一些下意识的东西……”底下，您也没有说清楚。下意识反党，世上还有这样的罪名吗？然而当时，您说的时候和我听的时候都是很郑重、很虔诚的。听说，直到您生命的最后时刻，您还在认真考虑着自己一生对党所犯下的过失，世上哪有这样可爱的“三反分子”？

凡是经过林彪、“四人帮”的浩劫而能够活下来的，都是“命大”的、有福的人，我们的一生将不感到遗憾。因为 1949 年我们曾经上街欢呼蒋家王朝的覆灭，而 1976 年我们又上街欢呼王、张、江、姚的灭亡。历史上能有几次这样的幸运，使一代人两次尽情体验这种砸碎锁链的欢欣呢？在这一点上，我们比荃麟同志，比贺龙同志、陈老总，比彭德怀同志，甚至比周总理也要幸运得多。活着的人因而也承担着更多的责任。老树已经凋谢，曾经接受过它的庇荫的树苗和小草儿，不能不更快地成长起来，不管经历过多少凄风苦雨，每一棵树苗和小草都应该要求自己开出尽可能艳丽的花朵，结出尽可能香甜的果实。因为，我们的党、我们的人民、我们的文艺工作者中间，毕竟有许多许多像荃麟同志这样的长者，而年幼者又正在生长起来。我们国家的前途是光明的，我们的社会主义文艺事业的前途是光明的。我们有责任以实现“四个现代化”的成就，以创作上的香花甜果来祭奠那些没有来得及看到这一切，因而尚未完全瞑目的长者同志们。

1979年4月21日敬书

一个甘于沉默的人

“要甘于沉默。”这位高个子、黑面孔、眼窝深陷，有一种既操劳过度又精神十足的神气的作家，用低沉的声音，对我缓缓地说。

在我的一生中，得到这样的劝告，这是唯一的一次。谁都知道作家往往是最不甘于沉默的人，最耐不得寂寞的人，他们总是要叫，要笑，要唱，要长太息以掩涕。他们最大的希望就是发出自己的声音，哪怕那声音不像夜莺而像叫驴也罢。

但是他在1963年这样地劝我了，因为他当时和我一样，都在噤声五年以后，在重新得到了发出自己的声音的一点点机会以后，又感到了山雨欲来风满楼的气氛。全国的文艺刊物彼此之间十分默契，1962年“放”了一阵，1963年就收上了，直收到1966年，连自己也被收进去了，落了个白茫茫大地真干净的局面，卫生，不传染。

“让咱们沉默，咱们就沉默吧。”他的潜台词里包含着这么一句，他是很听话、很驯顺的，从无二心。“不要因为不甘寂寞而做出卜贱事来。”也许，更重要的是这一层意思。“文化大革命”中，不甘寂寞的文人丢了多少丑啊！如果他们有这种“甘于沉默”的精神，情况不是会好得多吗？“多做些默默无闻的事情吧！”也许，“甘于沉默”四个字还含着这样一种积极的意向呢。不是么，他“沉默”着，却发现了又帮助了那么多作家，使那么多作家得以引吭高歌，声震云霄！

我碰到的第一个编辑就是他。那时候我刚满二十岁，把自己的长篇处女作《青春万岁》的初稿送到了中国青年出版社，有时候我走过东四十二条出版社的门口，看到一些戴着深度眼镜、微驼着背、斯斯文文、说话带南方口音而且满嘴的“题材”呀、“提炼”呀、“主线”呀、“冲突”呀的编辑，我是怀有一种敬畏之感的。终于，这个出版社的文学编辑室的负责人接见了我，那就是他。当我知道这位吴小武同志就是鼎鼎大名的受过批判的萧也牧的时候，我却产生了一种对他的怜悯之感。中华人民共和国成立初期，我读过他的《我们夫妇之间》，读得蛮有兴趣，后来不知道怎么的就批上了，罪名大概是小资产阶级倾向之类（天知道这篇小说到底有什么倾向问题！），从此，他就沉默了。到 1955 年我在萧殷同志家里第一次与他见面时，已经有好几年没有见过他的作品了。一个作家而多年失去了发表作品的权力，其可怜与可悲，即使幼稚如当时的我，也是完全明白的。

我现在完全想不起我们的谈话的具体内容了。但我记得，他是用一种深知个中甘苦的、带几分悲凉的口气来谈创作的，他不但懂得创作的技巧，他更理解创作的心理、作者的心理。他深知写作的艰难，他好像多次用过“磨”这个词。1962 年我们重逢的时候（当然，那时用不着我可怜他了，彼此彼此）他说过：“我只能业余时间写一点，我是搞不成长篇了，一部长篇就磨白了头发。”他的话带着一种苦味儿，谈起创作来他很激动，有时用手势加强语气，他的这种劲头让我感到了他对创作这一门该死的劳动的神往。他向往创作，这是肯定的。尽管创作给他带来了灾难、不幸、死亡……有哪一只鸟不向往天空，哪一条鱼不向往大海呢？

1956年，我在北京一个工厂做共青团的工作。那个工厂的青年文学爱好者，请他去一起座谈了一次，此事我事先毫不知晓，当时我也不在场。但后来党委宣传部的一位负责同志（一位很质朴的好同志）却很紧张，说：“怎么咱们都不知道他们就请来了萧也牧！萧也牧是被批判过的，对党是不满的，怎么请来了这样的人？”呜呼，因为他是被批判过的，所以他是对党不满的；因为他是对党不满的，所以应该对他进行批判。这种逻辑多么残酷，这种逻辑或许至今还有市场的吧？

1962年，他曾把他的小说《大爹》的构思讲给我听，谈的时候他的两眼放着光，但他整个的人仍然沉浸在一种凝重、晦气的色调里。他的脸上总有一种“苦相”，有一种生理的痛楚的表情。他好像越来越知道写小说是一件“凶事”，而他又遏制不住自己。不久，他就提出“甘于沉默”的口号了，显然，他已经预感到了一点东西，老关节炎对天气总是敏感的。1963年，我去新疆前夕，他到我家表示惜别，我留他吃饺子。第二天，他要了出版社的车把我们全家送到火车站，然后是站台上的挥手，离去。

1978年，我应中国青年出版社之约又来到北京，见到出版社的黄伊同志，才知道也牧同志已经长眠地下好久了。

中国文人的不幸遭遇确实很多。但党员作家而命如此之“苦”，如萧也牧者，却也不多。粉碎“四人帮”以后，他本来可以呐喊、可以高歌了，然而，他已不在了——他永远地沉默了。也许，他还有许多话希望健在的同志替他说一说吧?

1980 年 7 月

安息吧，鞠躬尽瘁的园丁

——悼萧殷老师

我终于记起来了，那院子不是8号而是6号，赵堂子胡同6号。在那里，文学的殿堂向我打开了它的第一道门，文学的神祇物化为一个和颜悦色的小老头，他慈祥地向我笑，向我伸出了温暖的手。1983年8月的最后一天，当我从电话里得知萧殷同志去世的消息以后，我像傻了一样苦苦地把思想凝聚到一点：那院子究竟是几号呢？

那是一个清洁的小院子，窗前有许多花。1955年春天，只有二十岁又半的我惴惴地推开了赵堂子胡同6号的门。屋里坐着的还有高大、驼背、目光深邃的吴小武，他是当时中国青年出版社的文学编辑室负责人。他们把我的长篇处女作——《青春万岁》的杂乱的草稿拿给萧殷同志看了，并安排我与萧殷同志见一次面。萧殷同志满脸皱纹，笑嘻嘻地、用至少有百分之十是我听不懂的广东味的普通话与我说话，话中有欣慰也有叹息。而且从第一眼我就看出来了，他的身体不好。

“……艺术感觉，这是很不容易的……周小玲说李春（均为《青春万岁》中人物）说话有复杂的文法构造，这话很有趣，人物是活的……很难集中起来……我也总是想搞创作，搞创作的人从读者那里不仅得到理解，而且得到爱……看了你的作品，叫人感动……虽然片片断断，但是发光……”

总之，我明白了，我已经走到了文学的道路上，虽然这道路是那么艰难，简直无从下脚，无从下手。在《青春万岁》的初稿里我真诚地写下了我对生活的种种感受，然而它还不像一部小说，更不像一部长篇小说，我自己也知道。为了使它成为小说，还需要结构，还需要情节，还需要……什么来着？萧殷老师说了：“关键问题在于主线……”主线这个词儿我还是第一次听到，伟大神秘、令我神往又令我气馁的小说主线啊，我到哪里去找你？

“我身体不好，这部稿子我看了一个多月，它零零散散，但却能吸引我读下去……”

谢谢您，萧殷老师！

这次谈话的最后，萧殷老师把他的一本与青年习作者谈创作的小册子送给了我。说也好笑，在1953年初冬开始动笔写《青春万岁》的时候，我从来没看过这一类的书，我连一期《人民文学》也没看过。我当时已经是团区委的副书记，我要开很多会，写很多请示报告和工作总结，而爱好文学，大量阅读文学书刊却是童年的事。萧殷同志送给我的这本书，是我在中华人民共和国成立以后读的第一本这样的书，我只觉得生动具体，字字珠玑，我从来没有想到过写小说还要考虑这么多，要从生活出发，要写人物性格，要突出性格特点并运用艺术夸张，“没有艺术夸张便没有光彩。”对，萧老师是这样对我说的："不要搞什么抢题材。"多大的学问，多丰富的经验呀！

从此，我成了赵堂子胡同6号的座上客，萧殷同志不仅对《青春万岁》的修改作了许多指点和鼓励，而且，终于在1956年初，他通过中国作家协会青年工作委员会给我请到了半年创作假。

在讨论《组织部新来的青年人》的日子里，萧老师也写了文章。与别的文章不同的是，萧殷同志的评论文章不仅分析了作品，还站出来维护了作者，他特别热情地肯定了作者的政治品质。为了这篇小说的事，我带病坐一辆三轮人力车去看他。"你要用一点'鼻通'，那对治感冒很有效。"他说，又留我吃饭，并特别介绍说："我们炒菜用的是广东出产的蘑菇酱油……"

谈话中涉及一位被批判过的作家。"我向来是实事求是的。那位作家说过什么话，我听见了，但我不认为那是反党性质，我就坚持说，那些话里并没有反党的意思，你要那么理解是你的事情……有的人，一会儿说是问题严重，一会儿又说是没问题，把什么都否定了……这种人真是品质成问题！"

我不知道这些事的内情，而且，说来太惭愧了，在1957年春天，听到萧老这样谈的时候，我竟体会不出这是指一种什么样的人，这又是一种什么样的品质问题。当然，后来懂了，而且为我的"不懂"付出了高昂的代价。

当"扩大化"的斗争终于波及我自己头上的时候，我还去过一次赵堂子胡同6号。萧殷同志极力劝慰我说："不要着急，特别是文艺的问题，比较复杂……"又能说什么呢？于是我们谈起了热带鱼。萧老送给了我两条（四条？）热带鱼，我拖着沉重的步子，带着欢快的小鱼，与赵堂子 6 号告别了。

后来我就不便、无颜去看萧老了。

大约是 1958 年吧，我才知道萧老迁到广东去了。

直到 1978 年，粉碎“四人帮”的春雷响过，“实践是检验真理的唯一标准”的春风开始在大地上劲吹的时候，我试投了一封致萧老的信。回信很快就来了，那是一封欢欣若狂的回信，“王蒙来信了，王蒙来信了……”他说，他大叫着把这个消息告诉他的妻子陶萍同志，告诉他的友人。那种洋溢的热情和师情，使我泪下。

他当时正在编《作品》文学月刊，《最宝贵的》便是应萧老之约寄去的。

《青春万岁》在历时二十余年之后，终于在 1979 年第一次出版了，我想，萧殷同志的心情绝不会比我平静。我多么想请他为这本晚出的书写一篇序言啊，然而他告诉我，他身体已经不行，力不从心了。

……这些年来，我是多么忙啊！我是怎样地对萧老疏于问候了啊！有多少老同志、老前辈、老同学，包括自己的多少亲属，我欠着他们多少感情的债、问安的债、通信往来的债啊！繁忙会使一个人变得无情么？人们能够理解、能够原谅一个繁忙的人的常常来不及表达他的思念和问候么？人们能够相信，我仍然一样地惦念着他们么？

今年年初，我与妻子去广州的医院探望了卧床已久的萧殷同志。当他用枯瘦的、我要说是冰凉的手握住我的手的时候，当我告别的时候，萧老哭了，我已意识到了，这便是永诀。从那时起，一提起萧老我就长吁短叹。

安息吧，萧殷老师！那时候您其实还没有我现在的年岁大吧？当年您在赵堂子胡同6号接见的那个青年习作者，还有许许多多您关怀培养过的青年习作者，以及许许多多从您的著作中得益的过去的和现在的青年人，正把您对文学事业的热望和对青年一代的关怀化为祖国社会主义文学蓬勃发展的现实，我们终于迎来了社会主义文学的春天。我们永远不会忘记您这位辛劳的、鞠躬尽瘁的园丁，永远！

1983年9月8日

夏衍的魅力

在大六部口那个漂亮的四合院和陈设简陋乃至寒酸的房间里，我们从来只谈国家、世界、文艺大事。我说："上星期三，报纸上有一篇重要的报道……"

他说："噢，不是星期三，是星期四。"

我为他的水晶般的清晰吓了一跳。因为他是夏衍，比我大三十四岁，他加入中国共产党的时候距离我出生人世还有七年。

他永远是那么敏捷，条理，言简意赅，不打磕巴儿，不模糊吞吐，不哼哼哈哈，节奏分明而又迅疾，应对及时而又一针见血。他的这些特点使你不相信他是一个九十多岁的人。

如果是第一次见面，你也许会为他的瘦削而吃惊，他这个人也像他的思想、语言一样，删除了一切枝蔓铺排，只留下提炼到最后的精粹。据说他从来没有达到过五十公斤，在他的生命晚期，他大概只有三十公斤体重。

然而，他总是明白透彻，一清见底。

他当然是绝对的前辈，然而他从来不摆前辈的谱。他早就担任高级领导职务了，然而他从来不摆哪怕是一点点官架子。说起待遇，他说20世纪50年代有一回他出差到某市，当地按照他的级别给他安排了房间，“那房间大得太可怕。”他说的时候似乎还“心有余悸”。80年代初期，有一次邓友梅同志称他与另一位担任领导职务的老作家为“首长”，他立即打断，说：“不要叫首长。”

他真诚待人，渴望吸收新的信息，对一切新的知识新的动向感兴趣，而且像青年人一样的幽默，在这方面，他永远不老。

我第一次听他讲话是他在第四次文代会上致闭幕词。与一些官样文章不同，夏老语重心长地讲了反封建与学科学，字字出自肺腑，字字是毕生奋斗经验的结晶，寄大希望于年轻人，令人感奋不已。

对各种问题他常有独具慧眼的卓识，例如他说过，中华人民共和国成立后前三十年的最大失误是没有搞计划生育。你听了会一怔，再一想实在是深刻：甚至连“文化大革命”这样的骇人听闻的错误也是可以事后在某种程度上予以弥补和纠正的，人一下子多出来了好几亿，谁有本事予以“纠正”呢？从此，世世代代，后人们就得永久地背起这多出的几亿人口的包袱——后果了。

华艺出版社1990年出版了一个《当代名家新作大系》。出版社领导要我求夏公给写个序。考虑到夏公的高龄，我起草了一个提纲供他参考。夏公给我写了一封信，说是各人文章写起来风格不同，捉刀的效果往往不好，他无法使用我代为起草的提纲，他自己一笔一画地另外写了颇有见地而又清澈见底的序言。他还对一个我们都很熟悉的朋友说：“按王蒙的那个提纲去写，人家一看，就是王蒙的文章么，怎么会是夏衍写的呢！”就这样，他老人家把我的提纲

“枪毙”了。但可能是为了“安慰”我，他声称他的序言里已经吸收了我的提纲。我也就假装得到了安慰和鼓励，心中暗暗为老人喝彩叫绝。

提起文艺界某些小圈子现象，夏公不火不怒地笑着说：“我看他们一个是‘鲁太愚’，一个是‘全都换’。”他用了韩国两位政治家的名字的谐音，令人忍俊不禁。当然，请韩国朋友们原谅，这里绝对没有对韩国政治家不敬的意思。

然后他又俏皮地说：“有些人现在是分田分地真忙了，但是谁知道分了地后长不长庄稼？”

他莞尔一笑，觉得有趣。

他的话传出去了，其实挺厉害。

但我从没有看到过他为了小人得志的事儿发怒，他也从来不向我抱怨诉苦，哪怕是老年人的生理上的病痛。他也从不炫耀自夸什么，从无得意扬扬之态，正如从无怨天尤人之语。他从不谈个人，也不说任何个人的坏话。对于个人之间的亲疏远近恩怨，他一贯认为是小问题，这样我也就不好意思向他抱怨任何人，包括被抱怨了绝对不会冤枉的人。同样，我也从不与他谈我个人处境上的风波，不管风波已经到了什么程度。在我们的频繁接触中，从来没有为个人的事互相关照或者求助。“稀粥事件”他也略表关心，他当然有他的倾向，但是他坚持认为，这只是小事一桩，不足挂齿。上述的“夏味幽默”中的讥讽意味，对于他来说，也就算是到了顶了。他自己还是高高兴兴地过日子。每天他细细地看书看报听广播，只关心大事。

小事当然也有，例如养猫与观看世界杯足球比赛实况转播。20

世纪70年代初期，与世纪同龄的他居然半夜里起床看球并如数家珍地有所评论，这真是一绝。

在大六部口住所的院落里，有两棵丁香树，一紫一白。1990年开花时节，我去赏花，打从年轻时候我就喜欢丁香。夏老那天也高兴，扶着拐杖出来看花，看小猫在房上跑，他还兴致勃勃地说是它也喜欢丁香花。那场面很像是一幅水墨“新春行乐图”。

人老到一定程度，会有一种特殊的美：那是无限好的夕阳，个性已经完成，是非了如指掌，经验与学识博大精深，知止有定，历尽沧桑，个人再无所求，无欲则刚，刀枪不入，超脱俗凡，关注人生，原谅一切可以原谅的人和事，洞悉一切花拳绣腿，既带棱带角，又含蓄和解，一语中的，入木八分，一言一笑都那么有锋芒，有智慧，有分量有原则有趣味而又适可而止。

今年元月初，我最后一次在他清醒的时候看望他。我们谈论的是社会治安问题与《人民日报》刊登的胡绳同志的文章：《马克思主义是发展的》。那天他精神很好，坐在椅子上谈笑风生。说曹操曹操就到，说着说着胡绳同志进病房来看望夏公来了。据说那是夏公去夏病情不好住院以来情况最好的一天。

倒数第二次与夏公（昏迷前）的见面是1994年11月底。他那天十分疲劳，静卧在病床上。他已经卧床数日了。见此情况我稍事问候便起身告辞，以免打搅。夏公平躺着衰弱地说：

“有一个担心……”

我连忙凑过去，以为他有什么话要告诉我。

他继续说：“现在从计划经济转变成为市场经济，而我们的青年作家太不熟悉市场经济了。他们懂得市场么？如果不懂，他们又怎么能写出反映现实的好作品来呢？”

我感到惊讶。在卧床不起的情况下，夏公关心的仍然是中国的文学事业。

他的离去也是颇有自己的独特风格。1995 年 1 月 21 日，他清晨起来吃早饭的时候就感觉不好，发了点脾气，摔了一样器皿。于是他自觉不对头，找了子女来，从容地、周到地、得体地吩咐了后事。他说，在他九十五岁生日的时候有关方面搞的活动，对于他有一个评价，除去溢美的水分，他自己还是满意的。他希望自己走了以后，不搞什么活动，把骨灰撒到他的家乡——浙江——钱塘江里。谈到料理后事的时候，他还提到了陈荒煤与王蒙的名字。两个小时以后，他昏迷过去，从此再没有苏醒过来，直到春节休假过后上班的第二天，他溘然长逝。他一辈子清清白白，走也是清清白白地走的。

不知道这里有什么缘分，以阴历计算，我与夏老出生在同一天，即重阳节的前一天——阴历九月八日。我现在住的房子，是夏老住过的。他在 20 世纪 90 年代初期还特意来他的旧居——我的也已经不算新的房子来看了看。

也许在他走了以后，人们会愈来愈感到他的可贵。中央领导，各部门领导，文艺界，各省市各地方，人们一次又一次地由衷地缅怀夏公，真情流露，涕泪交加，使你觉得人心不死，民气昂奋，冥冥中有大道大义存焉。中国人，中国的知识分子远远不是全部掉进了钱眼里。中国的事业正是大有希望。

许多年轻的与不年轻的文艺家都喜欢到夏公那里去，与他交往令人心旷神怡，温馨而又超拔，光明而又通达，锐利而又沉稳。特别是对年轻人，他是那么充满爱心。我们常常讲营造如坐春风的气氛，在夏老那里，才真是如坐春风呢！环顾四周，常有老、中、青的“代”的隔膜，包括我个人有时也为之所苦，不承认隔膜也许更说明隔膜之深。但是想一想夏公，关键还是看自己的思想境界与是否具备应有的长者风范。没有什么可烦恼的了。是的，他聪明而又宽厚，德高望重而又平等待人，洞察世事而又不失趣味乃至天真，直面真实而又从容幽默，我行我素而又境界高蹈，永葆本色而又绝不任性，不苟同更不知道什么叫迎合讨好，不自得也不会被什么大话牛皮吓住。他是铮铮铁骨，拳拳慈心，于亲切中见极高的质地。毛泽东有所谓“脱离了低级趣味的人”一说，说是说了，真正脱离低级趣味的人实在是凤毛麟角。我谓夏公是真正脱离了低级趣味的人。夏公的性格是一种美，夏公的人品与智慧实在是充满了魅力。他的去世令我万分悲伤，但是一旦回忆起他的音容笑貌谈吐识见，我不能不发出会心的满意的微笑。

1995 年 1 月

别荒煤*

说是这几年老天爷收作家。短短的一年，冯牧走了，艾青走了，端木蕻良走了，汪静之走了，这不，荒煤又走了。

今年8月底，我到医院去看望荒煤老，他已经相当衰弱，还是让人把床折叠成四十五度角，坐起身，然后为戴助听器又忙活了一阵，开始用低沉的声音与我说话。他说："关于电影，上次×××同志来看我，我就对他说，几十年的经验，搞电影最怕的是一窝蜂，提倡上什么就都上什么……"

我只能说："您多休息，您多休息……"他已经身患绝症，他自己还不知道——我怀疑他不可能一直不知道，但是既然别人瞒着他，他也就不说破——他挂念的仍然是文学、文艺、文化事业。

他的女儿不太满意，嚷道："还说这些呢，烦人不烦人呀，地球离了你就不转了吗？"她说话的声音很大，不怕荒煤听见。当然，

* 本文发表于《中国作家》1997年第1期。

亲人自有亲人的语言和情绪，女儿是心疼父亲，病成那个样儿了，还是文学文学，作家作家……

我也觉得荒煤未免太爱谈工作了。据说10月份他昏迷后又苏醒，刚一认人又谈上工作了。您就不知道歇息歇息么？您就不知道您早已退居二线，现在又身患重症了么？

可是我又想，不说这些又说什么呢？你让他谈最近的股票行情，谈吃食，谈天气，谈养生之道，谈饮酒的新顺口溜，谈哪里抢了银行，哪里争风毁容，还是谈商场商品，意大利皮夹克、十八K金手链、青岛海尔热水器和火得不得了的餐饮业的“烧鹅仔”？不可能，荒煤老他见了我不可能谈这些。他一辈子只知道谈文学、文艺、文化，只知道探讨总结党对文艺事业领导的经验教训。

我想起了十五年前，当时正在讨论一部电影的问题，在一个层次很高的学习会上荒煤发言，他老老实实地承认“我就是心有余悸”，然后他替中青年作家说了许多话，一直说到稿费与所得税，力图证明现在的中青年作家并没有过几天好日子……他的发言给我留下了深刻的印象。我感到了他的天真和迂直，因为他的话不合时宜。

然后我又想到20世纪70年代末期，他在社科院文学所时热情洋溢地召开的为新时期文学呐喊的一些座谈会。我那时刚刚从新疆回来，许多当时的与后来的文学界的活跃人物我都不认识，倒是在他老召开的会上认识了不少人，也开了眼界。我并不绝对地同意他说的每一句话，但我知道他是自觉地为文学界的新人新事物鸣锣开道的。他认准了什么就去干就去说，几乎不设什么防。

我也想起我在文化部工作期间，他写来的密密麻麻的小字信，通篇都是为了文化工作的管理更加有效、文化市场的方向得到正确引导、文艺思潮上的一些偏向能够得到纠正……总之都是忧国忧民、忧文忧艺的，都是强调正确方向、马列主义的指导的，都是坚持党的文艺方针的。我想起他怎样热情地编辑《周总理与艺术家们》一书的事来了，可以说，没有荒煤是不会有这本书的。

他病重以后，还常常写这种密密麻麻的小字信。例如，他就给袁鹰同志和我写过“表扬”我们主编的《忆夏公》一书的信。

荒煤重感情，热心肠，常为受到谁的托付而给这里那里写信。他也写过一些其实不必由他出面或由他出面并不合适的信，即他帮了不该帮的人。他的助人为乐有时候为他自己找了啰唆。但他还是写了，差不多是有求必应。他脸皮薄，不好意思拒绝人，包括绝对应该拒绝的人。这也不像多年“仕途”的人——年轻人把担任领导工作的人说成是走上了仕途，这也是荒煤等人始料未及的吧。

第一次见荒煤当然是老早老早以前，那是1956年开第一次全国青年文学创作者会议——为了防止与会者骄傲自大，不叫青年作家会议——的时候，荒煤那时在文化部电影局工作，他在大会上讲话，号召青年创作积极分子多写电影剧本。他高高的个子，儒雅俊秀，一表人才。

时间不宽容任何人。他去世后一个多小时我在北京医院的病房里见到了他的遗体，他是安详的，然而，已经老、病得不成样子了。

我从来不会写挽联，但还是应约为荒煤写了一联：一腔挚爱牛俯首，满腹沧桑马识途。他是孺子之牛，他是党和人民的一匹老马。如果再加一个横批呢，我想应该是：“善良荒煤”。在这种类型的人已经不太多的时候，在人们日益老练而又实惠起来的时候，荒煤去了，一个风度翩翩、和蔼可亲、随时准备向任何求助的人伸出手来的荒煤去了。今后，我们的文艺工作者将怎样面对和解决荒煤至终了还在念念不忘的那些问题？谁能不为之唏嘘落泪？

1996 年 11 月

难忘冯牧*

冯牧去世了，这有点令人难以置信。因为他比起一些前辈来，并不算老。因为他确实常常生病，病了也就好了，好了，然后他总是热心地、滔滔不绝地谈着对文学现状的看法，一半欢欣鼓舞，一半忧心忡忡，思绪连贯，层次分明，不停地接待来访者，接电话，接收邮件，忙忙碌碌，日理千机，好像没有病过，好像他住院时对自己的病情的描述言过其实——都知道他胆子小。本来大家以为这次也与过去一样，病上一段，又会在一个什么研讨会上见到他，听到他的一以贯之的论述见解，看到他的孜孜不倦的身影。

冯牧有一种重要性，至少是在最近十余年以来，他的意见受到文学界也受到各个方面的尊重。谁都不会忘记党的十一届三中全会前后，他为“伤痕文学”呐喊呼号，为“思想解放运动”披荆斩棘的情景。长时期以来，他是中国作协的一个虽然行政职务并非最高，

* 本文发表于《中国作家》1995年第6期。

却是读作品最多，联系作家最广，关心文学事业的发展最热烈专注，陷入各种矛盾最多，被致敬与被骂差不多也是最多，对于文学事业的责任心最强，发表意见最多，或者可以从某种意义上说，他是最专职、最恪守岗位、最受罪也最风光、最尽作家的朋友与领导责任、最容易兴奋也最容易紧张的评论家、组织家、领导人。

最令我感动的是他那样大量地阅读作品，他的那个阅读量也许会使常人发疯至少是病倒。他每天读各种新作到深夜。他把领导的职责、朋友的关注以及与人为善的评论家的兴趣统一在自己身上。对比一下那种看看简报就把文艺界看成一塌糊涂，就连批带唬的文艺家，那种从概念到概念的拉大旗的捍卫者或趸入——批发者，我每每不能不产生一个疑问，一个基本上没有读过“时文”的人，他究竟是怎么评价怎么导向怎么研究怎么大话连篇又砍又杀又抢又夺的呢？

我第一次见冯牧是1962年，那时随着形势的某种松动，随着“文艺八条”“文艺十条”等的制定，空气似乎有一点缓和，中国青年出版社考虑出版我的长篇处女作《青春万岁》，又拿不准，于是出版社请冯牧帮助审稿。冯牧读完早已在1956年排出来的校样，找我面谈，于是我看到了这位一脸书卷气，异常忙碌，说起话来口齿清晰，神态专注，完全没有官腔官调，也没有虚饰应付之词的评论家。他说他完全不明白那些认为这部书还需要做较大的修改的人所提的那些“问题”，他相当热情地肯定了这部书稿。似乎就在这一次，冯牧与另一位来访的同志谈起了刚刚结束的八届十中全会，提到了毛主席关于“千万不要忘记阶级斗争”的警告。冯牧现出了忧心忡忡而又心存侥幸的心态，嘴里发出一种咝咝的声音，显得紧张不安。

此后许多年，遇有风吹草动，冯牧就会咝咝一番，咝咝完了他还是勉为其难地支撑着，维持着，执行着，维护着，力争多保护一点文学的生机。

后来与冯牧见面就是好时候了。在20世纪80年代，他为“伤痕文学”鸣锣开道的时候，我听到了他的那些雄辩的发言。他特别热情地帮助青年作家，而一些青年作家确实是常常把冯牧看作自己的靠山。他的家总是宾朋满座，熙熙攘攘，大家的话题只有一个，怎么避开各种干扰，怎么样为文学争取一个更大的艺术空间，更好的创作气氛，怎么样让作家得到更好的发挥。

对于文坛，一种人是蝇营狗苟，自己没有真才实学却又勤钻营，多活动，能捞就捞一把。这样的人当然为大多数作家所不齿。另一种人则是我行我素，井水不犯河水，靠实力让文坛追求我，有好处我不拒绝，有麻烦没我的事。这也不失明智乃至伟大。还有更“伟大”的，就是对文坛，对同行，基本上采取深恶痛绝的态度，张口就骂，众人皆浊我独清，这样做也是完全有根据有收益也有代价的。这样骂文友，既出了气又比骂任何旁人都更安全，对此我也不持太多异议。但也有一种态度，我指的是冯牧，他一直对于文学充满了责任感，一直低着头浇花耕耘，挨着上下左右的骂，也享有上下左右的友谊与尊重，一直硬着头皮做他认为是有益于中国文学事业的工作。即使在人人都有自认为正当的原因对文坛绝望对作协撂挑子的时候，还会有一个冯牧在那里窝着火，忍着气，支撑着，维持着。

冯牧怕“左”，也或有顶一顶“左”。为了文学，冯牧确实是谈“左”色变。冯牧最头疼的是那些不读作品就批一通的同志们。冯牧其实也怕“右爷”的目空一切、大话连篇。谈到那些句句话如匕首投枪刺刀见红的“右爷”狂爷，冯牧也是只剩下了咝咝的份儿。只有一次，当站着说话不腰疼的朋友指手画脚地要求冯牧像他们一样风凉着骂人的时候，冯牧与我咕哝过：“真正到了时候，还不是得靠我们，靠荒煤我们去说去争取……”大意如此，底下就尽在不言中了。

上边有人对冯牧有意见，觉得他不够铁腕，就是说还是一手软了吧。作家里有人对冯牧有意见，觉得他太胆小，太委曲求全。新生代们对冯牧其实也不大买账，觉得他的文风啊名词都已落伍了。但同时，所有这些对他或有某种不满意的人们又都承认，他真是个好人呀！

也许在他走了以后，人们才会痛感到他的不可或缺。从领导方面来说，上哪里再找一个这样顾全大局、循规蹈矩、敬业勤“政”而又切切实实地联系着广大作家的文艺组织工作者去？从作家们来说，上哪里再找一个这样的良师益友去？就是那些大话吹破天的爷们儿，冯牧同志走了以后，谁还替他们兜着顶着应付着？站着说话不腰疼的主儿啊，冯牧去了，你们以后还有没有站着说话专骂旁人的福气呢？你们保重了。

而今后三十年五十年的文学事业的一切成就和光荣，一切痛苦和艰辛当中，你都会发现冯牧的心血、冯牧的对革命的文学的一往情深、冯牧的奔走与呼号、冯牧的带病操劳、冯牧的忍辱负重、冯牧的咝咝与微笑。冯牧活在中国的当代文学里。我们不会忘记冯牧。

1996 年

独一无二的韦君宜

早在20世纪50年代，我在北京市一个区做团的工作的时候，我就有机会见到君宜同志了。她当时在《中国青年》杂志社工作，她写了一些谈青年人思想修养的文章，写得很好，如《妹妹的故事》等。一些学校的团总支请君宜去作报告，我作为团干部前往旁听，发现她说话又急又有些口吃，和她的干净流畅的文笔相比，她的口才实在不强。

1956年，我发表了《组织部来了个年轻人》，君宜同志主编的《文艺学习》组织了讨论，赞成与批评的意见都很热烈。她约我到她家里去过，同时见到的还有当时任市委书记的杨述。她（他）们与我交谈，是抱着关心帮助循循善诱的师长的态度的。他们的观点其实非常正统，但他们都十分与人为善。

后来由于毛主席的干预，《组织部新来的青年人》的风波暂时平安度过。当然，等到“反右”开始，毛主席说过话也罢，刘少奇打过招呼（见今年第一期《百年潮》上的有关文字）也好，都没能保得住我，我还是在劫难逃地落水了。在最艰难的情况下，我听到杨述同志催促本单位为我早日“摘帽子”的事。

到了1962年，情况刚刚好一点，我就收到当时由君宜同志主持的人民文学出版社的约稿信，继而，她与黄秋耘同志多次与我见面，他们千方百计地帮我想办法，希望《青春万岁》能顺利出版。君宜还把我的短篇小说稿《眼睛》转给《北京文艺》发表。但后来很快“精神”又变了，他们对我的呵护，也没能达到预期的效果。

“文化大革命”中她去过一次新疆，我去看望她，她是一句寒暄的话也没有，似乎不认识我。到了1976年，我爱人回北京探亲，她受我的委托去看望君宜，君宜也是一句话也没有。我理解，君宜是一个极讲原则讲纪律极听话而且恪守职责的人，她不会两面行事，需要划清界限就真划，不打折扣，不分人前人后。同时，我从来没有对她的与人为善失过信心。

进入新时期以来，她是极端认真地拥护党的三中全会精神并身体力行之的。她写出反响巨大的《思痛录》来绝非偶然，她用外在的要求克服内心的良知的经验太多了，她必须把这些“痛”告诉读者。

同时她是一个极诚实的人，最利索的人，从不模棱两可，从不虚与委蛇，从不打太极拳。办事，她没有废话，没有客套，没有解释更没有讨好表功，即使在最好的情况下你与她打交道也时而觉得太“干”得慌；由于形势的原因，她认为不能与你交谈更不能帮你的忙，那就干脆一句话都没有。她确实是做到了无私，她不承认私人关系，不讲人情世故。她也算是绝了。而最好的情况下，如果她与你的意见不一致，她也绝不照顾关系，哼哼哈哈。例如，20世纪

80 年代我曾在某个场合说过文学总体上看是人类的业余活动的话，君宜不赞成我的话，她立即也在一定的场合表示异议。

君宜还有一件事给我的印象极深，她写作速度极快，而且能够抓紧一切时间，有一次在机场等飞机时，我也看到她在笔记本上奋笔疾书。她退下来后病中写下那么多好东西就是证明。然而，她长期服从党的安排做编辑工作，硬是牺牲了自己的写作，同时她帮助了那么多青年作者脱颖而出。这也表现了无私，这令人肃然起敬。

我常常想，在中国这个古老和讲谋略的国家，在有过那么多战略战术的国家，在经过了那么多沧桑和现代后现代炒作和姿态以后，还有君宜同志这样认真和纯洁的人吗？我不敢多想了。

1999 年 1 月

忧郁的黄秋耘 *

秋耘是我最早熟悉的老作家之一。早在 1956 年，当时他与韦君宜一道主编的《文艺学习》连续几期展开了对我的小说《组织部来了个年轻人》的讨论，而且讨论有愈搞愈大，不好收场的趋势。韦主编写黄副主编找我交谈。韦的谈话基本上是对作品一分为二，但以保护作者为主。黄的谈话则一直是欣赏和叹息。他尤其喜欢赵慧文这个人物，后来的接触中他频频提到赵慧文。有一次在钟敬文老师家里看到一幅字，是一首旧体诗，诗不记得字句了，只是记得它很抒情，朦胧委婉而且忧伤。我在二十岁左右的时候正好有点喜欢这种情调。秋耘立刻说："赵慧文……"其实我自己并没有从那首旧体诗里发现什么赵慧文。顺便说一下，当时对小说的批判意见里，有个人就指出赵慧文是特别的"不健康"。

后来"反右"了，我不用说了，秋耘和君宜日子也不好过，但

---

* 本文发表于《新文学史料》2002 年第 1 期。

他终于被邵荃麟保护过了关（他自己告诉我的）。即使在“反右”以后，在那个“失态的季节”，秋耘一直对我关怀备至。后来情况稍微好一点，就是说在20世纪60年代初“调整、巩固、充实、提高”的那个时期，他热心于《青春万岁》的出版，帮我出了许多主意。当然，人难胜“天”，书还是没有出来，秋耘是尽了力了。他的信中提到过，如果书出来，他要“浮一大白”。他谈起这部长篇小说，一直说“我喜欢这部书”，就像他读的不是清样而是成书似的。

1957年以后《文艺学习》没有了，他到《文艺报》担任了编辑部副主任。20世纪60年代以后，他住在东单小羊宜宾胡同的家，是我最常去的地方之一。他也数次到我住的一个极破烂的小平房里来过。每次他都爱护备至地向我介绍许多情况。与此同时，他又不停地为我想办法，一会儿说我的这个短篇可以寄《鸭绿江》，一会儿又建议我的另一篇作品寄给《新港》。当然由于时机不对，寄哪儿也没有用了。

最难忘的是1962年初夏，一次我建议他同去颐和园游玩，他同意了。我提出我们游泳共渡昆明湖，从知春亭游到龙王庙去，他也欣然接受。他是广东人，游得很好，倒是我第一次游那么远，颇有点气喘如牛、手忙脚乱的狼狈。但总还是安全地游过去了。这次游泳显然给他留下了深刻印象，在后来我去新疆以后的通信中，他曾怅然地提到：“如今畅游难再矣。”

到1963年，我要去新疆，他依依不舍，并写诗相赠，后面四句是：“文章与我同甘苦，肝胆唯君最热肠。且喜华年身力健，不辞绝域做家乡。”前面四句记不起来了，反正很有感情。

赴疆前夕，他主动问我有什么经济上的需要，就是说他愿意借钱给我作长途迁移之用，在大家都困难的时期，他的这种相濡以沫的友谊也是令人非常感动的了。我也确实借用了他的钱，到新疆后一个月汇还了他。

我赴疆后不久，接到他的来信，说是他奉调将赴广州《羊城晚报》工作。他还提到“青春做赋，皓首穷经”，他今后不打算写多少东西，而是闭门读书了。他写了诗给我，说是“不窃王侯不窃钩，闭门扪虱度春秋”，也是不惹是非、得过且过之意，令人感到了几丝悲凉。

“文化大革命”后期与“四人帮”倒台初期，他几次到北京，参加《辞源》的编纂工作。我也数次与他在京见面。得知我们二人在“文化大革命”中的遭遇还算是好的，只是一般的靠边站，倒还没有什么飞来横祸也没有受多少皮肉之苦。也许这应该归功于他的一贯的小心翼翼与叹气不止吧？

鱼相忘于江湖，近二十余年，情况好了，人就忙了，互相联系反而少了。1982 年我们一道去美国参加一个研讨会，我发现他还是一副沉重兮兮的性情，似乎他的脑子里仍然是各种要整肃谁谁的坏消息，我忽然觉得他有点习惯性的忧郁，忧郁的后面是莫名的恐惧。而我想，人生不能没有忧患意识，正如不能只有忧患意识，何况我当时确实有点天真的兴奋劲儿。记得也是在此次的国际研讨会上，我提到某女士的著作体现了诗教的“怨而不怒”的风格，秋耘便起立发言，表示他不赞成什么怨而不怒。这是第一次我看到他的比较激烈的一面。后来在我担任公职期间，1988 年，我去广州出差时到他家看望他，他引用诗句以为对我的警策。他引用的句子是：“寄语位尊者，临危莫爱身。”是充满了忧患意识的了。这句话给我的印象太深，太刺激了。

我也知道做到这一点是多么重要，多么难能可贵啊。

今年8月下旬，我照例从北戴河游泳写作回来，友人邵燕祥来电话告诉我秋耘已经过世的消息，我又连忙把噩耗告诉与他相熟的张洁。记得有一年，张洁在广州生病住院，秋耘对她呵护有加。我们都说，“一个好人啊，过去了。”后来才接到讣告，由于我搬家，讣告是寄到原地址去的，从原址转来，就晚了几天。

都知道秋耘是一个人道主义者，他翻译过罗曼·罗兰的著作。人道主义者选择了中国共产党领导的人民革命，这是历史的必然，难道人道主义能够选择帝国主义、封建主义、官僚资本主义三座大山的压迫么？秋耘是老革命，曾经从事过艰苦卓绝的秘密工作，然而文人的气质、书生的理想主义，在这种背景下的人道主义在严峻的现实面前显得是多么无奈！他碰到的挫折大概也不少吧？但他也坚定地说过：“在我历练诸多之后，我承认，革命的过程与我想象的有很大出入，但是，如果回到当年的情况，我仍然会毫不犹豫地选择革命。”他的话是意味深长的。

老年以后，每次与他见面，他都给我以泪眼迷离的感觉。有一个作家对我说：秋耘是那种“官愈做愈小”的老革命。戏言乎？不平乎？呜呼！

而他的人道主义、理想主义与对不幸者孤独者弱者包括对那个“季节”的我的关心，都是令人永远不能忘怀的。他自己告诉我，“文化大革命”后周扬在广州与他见面时，特别提到：还是要讲讲人道主义。

2002年1月

周扬的目光*

如果我的记忆无误的话——我从来没有用文字记录一些事情的习惯，一切靠脑袋，常有误讹，实在惭愧——是1983年的岁末，周扬从广东回来。他由于在粤期间跌了一跤，已经产生脑血管障碍，语言障碍。我到绒线胡同他家去看他，正碰上屠珍同志也在那里。当时的周扬说话词不达意，前言不搭后语，以至尽是错话。他的老伴苏灵扬同志一再纠正乃至嘲笑他的错误用词用语。他自己也有自知之明，惭愧地不时笑着，这是我见到的唯一一次，他笑得这样谦虚质朴随和，说得更传神一点，应该叫作傻笑。眼见一个严肃精明，富有威望的领导同志，由于年事已高，由于病痛，变成这样，我心中着实叹息。

我和屠珍便尽量说一些轻松的话，安慰之。

只是在告辞的时候，屠珍同志问起我即将在京西宾馆召开的一

---

* 本文发表于《读书》1996年第4期。

次文艺方面的座谈会。还没有容我回答，我发现周扬的眼睛一亮，“什么会？”他问，他的口齿不再含糊，他的语言再无障碍，他的笑容也不再随意平和，他的目光如电。他恢复了严肃精明乃至有点厉害的审视与警惕的表情。

于是我们哈哈大笑，劝他老人家养病要紧，不必再操劳这些事情，这些事情自有年轻的同志去处理。

他似乎略略犹豫了一下，然后“认输”，向命运低头，重新“傻笑”起来。

这是我最后一次在他清醒的时候与他的见面，他的突然一亮的目光令我终生难忘。底下一次，就是1988年第五次文代会召开前夕陪胡启立同志去北京医院的病房了，那时周扬已经大脑软化多年，昏迷不醒，只是在唤他的名字的时候他的眼睛还能眨一眨。毕淑敏的小说里描写过这种眨眼，说它是生命最后的随意动作。

周扬抓政治抓文艺领导层的种种麻烦长达半个世纪，他是一听到这方面的话题就闻风抖擞起舞，甚至可以暂时超越疾病，焕发出常人在他那个情况下没有的精气神来。这给我的印象太深了。同时，没有“出息”的我那时甚至微觉恐惧，如果当文艺界的“领导”当到这一步，太可怕了。

1981年或1982年，在一次小说评奖的发奖大会上，我听周扬同志照例的总结性发言。他说到当时某位作家的说法，说是艺术家是讲良心的，而政治家则不然云云。周说，大概某些作家是把他看作政治家的，是“不讲良心”的；而某些政治家又把他看作艺术家的保护伞，是“自由化”的。说到这里，听众们大笑起来。

然而周扬很激动，他半天说不出话来。由于我坐在前排，我看到他流出了眼泪。实实在在的眼泪，不是眼睛湿润闪光之类。

也许他确实说到了内心的隐痛，没有哪个艺术家认为他也是艺术家，而真正的政治家们，又说不定觉得他的晚年太宽容，太婆婆妈妈了。提倡宽容的人往往自己得不到宽容，这是一个无情的然而是严正的经验。懂了这一条，人就很可能成功了。

就是在那一次，他也还在苦口婆心地劝导作家们要以大局为重，要自由但也要遵守法律规则，就像开汽车一样，要遵守交通警察的指挥。他还说到干预生活的问题，他说有的人理解的干预生活其实就是干预政治。“你不断地去干预政治，那么政治也就要干预你，你干预他他可以不理，他干预你一下你就会受不了。”他也说到说真话的问题，他说真话不等于真理，作家对自己认为的说真话应该有更高的要求。他在努力地维护着党的领导，维护着文艺家们的向心力，维护着党的十一届三中全会以来出现的文艺工作蓬勃发展的大好局面，甚至为之动情落泪。殷殷此心，实可怜见！

在此前后，他在一个小范围也做了类似的发言，他说作家不要骄傲，不要指手画脚，让一个作家去当一个县委书记或地委领导，不一定能干得了。

他受到了当时还较年轻的女作家张洁的顶撞，张洁立即反唇相讥：“那让这些书记们来写写小说试试看！”

我们都觉得张洁顶得太过了，何况那几年周扬是那样如同老母鸡保护小鸡一样地以保护文艺新生代为己任。但是彼时周扬先是一怔，他大概此生这样被年轻作家顶撞还是第一次，接着他大笑起来。他说这样说当然也有理，总要增进相互的了解嘛。

他只能和稀泥。他那一天反而显得十分高兴，只能说是他对张洁的顶撞不无欣赏。

周扬那一次显得如此宽厚。

然而他在他的如日中天的时期是不会这样宽厚的，20 世纪 60 年代，他给社会科学工作者讲“反修”，讲小人物能够战胜大人物，那时候他在意识形态领域的影响达到了一个相当的高峰，他的言论锋利如出鞘的剑。他在著名的总结文艺界“反右”运动的《文艺战线上的一场大辩论》中提出“个人主义是万恶之源”的时候，也是寒光闪闪，锋芒逼人的。

1983 年秋，在他因“社会主义异化论”而受到批评后不久，我去他家看他。他对我说一位领导同志要他做一个自我批评，这个自我批评要做得使批评他的人满意，也要使支持他的人满意，还要使不知就里的一般读者群众满意。我自然是点头称是。这“三满意”听起来似乎很难很空，实际上确是大有学问，我深感领导同志的指示的正确精当，这种学问是书呆子们一辈子也学不会的。

我当时正忙于写《在伊犁》系列小说，又主持着《人民文学》的编务，时间比金钱紧张得多，因此谈了个把小时之后我便起立告辞。周扬显出了失望的表情，他说：“再多坐一会儿嘛，再多谈谈嘛。”我很不好意思也很感叹。时光就是这样不饶人，这位当年光辉夺目，我只能仰视的前辈、领导、大家，这一次几乎是幽怨地要求我在他那里多坐一会儿。他的这种不无酸楚的挽留甚至使我想起了我的父亲，他每次对于我的难得的造访都是这样挽留的。

他是从什么时候起变得有些软弱了呢？

我想起了 1993 年初我列席的一次会议，在那次由胡乔木同志主持的会议上，周扬已经处于被动防守的地位，吃力地抵挡着来自有关领导对文艺战线的责难，他的声音显出了苍老和沙哑。他的难处当然远远比我见到的要多许多。

而在三十年前，1963年，周扬在全国文联扩大全委会上讲到了王蒙，他说："……王蒙，搞了一个'右派'喽，现在嘛，帽子去掉了……他还是有才华的啦，对于他，我们还是要帮助……"先是许多朋友告诉了我周扬讲话的这一段落，他们都认为这反映了周对于我的好感，对我是非常"有利"的。当年秋，在西山八大处参加全国文联主持的以"反修防修"为主题的读书会的时候，我又亲耳听到了周扬的这一讲话的录音，他的每一个字包括语气词和咳嗽都显得那样权威。我听得汗流浃背，诚惶诚恐，觉得党的恩威、周扬同志的恩威都重于泰山。

我在1957年春第一次见到周扬同志，地点就在我后来在文化部工作时用来会见外宾时常用的孑民堂。由于我对《组织部来了个年轻人》受到某位评论家的严厉批评想不通，给周扬同志写了一封信，后来受到他的接见。我深信这次谈话我给周扬同志留下了好印象。我当时是共青团北京市东四区委副书记，很懂党的规矩、政治生活的规矩，"党员修养"与一般青年作家无法比拟。即使我不能接受对那篇小说的那种严厉批评，我的态度也良好。周扬同志的满意之情溢于言表。他见我十分瘦弱，便问我有没有肺部疾患。他最后还皱着眉问我："有一个表现很不好的青年作家提出苏联十月革命后的文学成就没有十月革命前的文学成就大，你对这个问题怎么看？"我回答说："这是一个复杂的问题，需要进行全面的调查和研究，需要掌握充分的资料，随随便便一说，是没有根据的。"周扬闻之大喜。

我相信，从那个时候起他就决心要一直帮助我了。

所以，1978 年 10 月，当“文化大革命”以来报纸上第一次出现了周扬出席国庆招待会的消息，我立即热情地给他写了一封信，并收到了他的回信。

所以，在 1982 年底，掀起了带有“批王”的“所指”的所谓关于“现代派”问题的讨论的时候，周扬的倾向特别鲜明（鲜明得甚至使我自己也感到惊奇，因为他那种地位的人，即使有倾向，也理应是引而不发跃如也的）。他在颁发茅盾文学奖的会议上大讲王某人之“很有思想”，并且说不要多了一个部长，少了一个诗人等等。他得罪了相当一些人。当时有“读者”给某文艺报刊写信，表示对于周的讲话的非议，该报便把信转给了周，以给周亮“黄牌”。这种做法，对于长期是当时也还是周的下属的某报刊，是颇为少见的。这也说明了周的权威力量正在下滑失落。

新时期以来，周扬对总结过去的“左”的经验教训特别沉痛认真。也许是过分沉痛认真了？他常常自我批评，多次向被他错整过的同志道歉，泪眼模糊。在他的生命的最后几年，他特别注意研究有关创作自由的问题，并讲了许多不无争议的意见。

当然也有人从来不原谅他，1980 年我与艾青在美国旅行演说的时候就常常听到海外对于周扬的抨击。那是没有办法的事。

我听到不止一位老作家议论他的举止，在开会时刻，他当然是常常出现在主席台上的，他在主席台上特别有“派”，动作庄重雍容，目光严厉而又大气。一位新疆少数民族诗人认为周扬是美男子，另一位也是挨过整的老延安作家则提起周扬的“派”就破口大骂。还有一位同龄人认为周扬的风度无与伦比，就他站在台上向下一望，那气势，别人怎么学也学不像。

还有一位老作家永不谅解周扬，也在情理之中。有一次他的下属向他汇报那位作家如何在会议上攻击他，我当时在一旁。周扬表现出了政治家的风度，他听完并无表情，然后照旧研究他认为应该研究的一些大问题，而视对他的个人攻击如无物。这一来他就与那种只知个人恩恩怨怨，只知算旧账的领导或作家显出了差距。大与小，这两个词在汉语里的含义是很有趣味的。周扬不论功过如何，他是个大人物，不是小人。

刘梦溪同志多次向我讲到周扬同志在十一届三中全会之后总结党的历史经验时说的两句话。他说，最根本的教训是，第一，中国不能离开世界，第二，历史阶段不能超越。

言简意赅，刘君认为他说得好极了，我也认为是好极了。可惜，我没有亲耳听到他的这个话。

1996 年 4 月

悲情的思想者 *

一

顾骧把他的新著寄给了我，它披露了20世纪80年代周扬的一些思索、遭遇和那个年代对文艺工作的讨论等内部材料，它已经受到思想史专家的重视。由于书中的事情我在场许多，耳闻许多，牵心许多，书中不止一处地方提到我的名字，至今读起来仍觉得历历在目，言犹在耳，有的惊心动魄，有的令人嗟叹。

恰恰在近日出版了拙作长篇小说《青狐》，小说的相当一部分题材，与这本书的题材重叠或者交错，有的段落可以互为验证，互为补充，互为演绎。这更增加了我对顾书的兴趣。前几年我应邀在东南大学做过一次讲演，题目是“文学互证论”，这回可以自己参与进去互证一番的了。

---

* 本文发表于《读书》2004年第11期。

但更多的是一种隔世之感，是一种平静，是“白头宫女在，闲坐说玄宗”的间离效应。我问过一个读了此书的中年人，他说他觉得书的材料翔实，但是他怀疑，如今再回顾这些前朝旧事，这些详尽的争斗细节，有那么必要吗？

也许这才是真正的悲哀，这是真正的隔膜。一个“异化”，一个“人道主义”，已经没有那么悲壮或者那么严重乃至那么重要了。人们会怀疑，难道值得为之献身或者为之大动干戈？

二

周扬同志首先是一个革命者，同时，他与那些靠朴素的阶级感情跟着打土豪分田地的人不同，他是一位刨根问底的思想者。我1956年听他在全国第一次青年创作积极分子会议上讲话，他说：“在座的各位是搞形象思维的，而我是搞逻辑思维的了，哈哈哈……”他开怀大笑，我觉得他带几分得意。

革命与思想，这是周扬其人的关键词。革命需要思想，毋宁说在社会矛盾足够尖锐的前提下，革命是思想、是意识形态的产物。法国大革命时期，自由平等博爱还不是现实，而是一种新兴资产阶级的意识形态。在国际共产主义运动的高潮时期，共产主义也不是现实，起码尚未充分现实化，而是如火如荼而又寒光闪闪的意识形态，是一把出了鞘的剑。“王侯将相，宁有种乎”与“迎闯王，不纳粮”“苍天已死，黄天当立”是农民起义的意识形态。而马克思主义，成为20世纪无产阶级或无产阶级领导的人民大众革命的意识形态。没有革命的理论就没有革命的运动，这是一个经典的命题。很少有政治家、领导人像革命的政治家、革命政权的领导人这样重视思想、理论、意识形态直到文学艺术唱歌演戏的。所以我们新中国对于领导人的逝世，自然而然地以“伟大的（或杰出的）马克思主义者”作为对历史人物评价的最崇高的称号。

革命同时需要情感，革命充满了悲壮的、正义的即绝对道德自信的、排他的、斗志昂扬的、宁死不屈的激情。我想列宁所说的没有人情味就没有对于革命的追求就是这个意思。革命思想不是数学符号式的单纯的逻辑推理，而是激情、想象与科学论断结合的产物。《共产党宣言》正是充满悲情的革命意识形态的一个范本。“宣言”是犀利通透的理论，也是大气磅礴的散文诗篇。强调学习“毛著”的年代，说是一定要带着（阶级）感情学，这并非偶然。

这样的革命有极大的魅力，革命需要文学，文学倾心革命。革命特别吸引文学青年，哪怕这些人被定性为“小资产阶级”知识分子。

革命的威严压倒一切，使革命党有信心也有必要掌文学的舵。个中最主要的是以革命的意识形态统领文学，向文学创作特别是理论中一切异己倾向作无情的斗争。

周扬即是一个革命意识形态战斗者与领军人的角色，他领导革命的文艺运动长达半个多世纪。如顾书中所说，他的职务不算太高，但是他的影响与威信大大超过了他的级别。名胜于“职”（不是“质”）使他面临某种危险。

他的威信是党的威信，是马克思列宁主义、毛泽东思想的威信，也是他个人的善于思想、善于进行悲情的与雄辩的理论阐发的威信。“文化大革命”中姚文元批周扬，说周扬是反革命两面派，说他是（做）报告狂，这从反面表明了周扬在研究、讲授、运用与发展革命的意识形态方面的热情、特长、深思与自信，也表明了他自以为十分政治化了，其实仍然保持了某些知识分子特点或曰文人特点。言多必失，在中国，真正的大政治家不会做这么多长篇大论的演说。周扬毕竟搞了一辈子文艺，而且不幸的是，他真钻进了文艺，不是只在文艺圈做管理干部。他总是有太多的文艺话、理论话，而且是相当内行的话要说。

三

“文化大革命”之后，周扬上下求索，他要给类似“文化大革命”的事件一个马克思主义的说法，他要寻找一个庄严的、符合马克思主义的历史主义必然观的、悲情的与原罪的概念——命题，无所不包地说明他所虔诚信仰和舍命投入的革命事业产生挫折的原理。他找到了“异化”一词，他为之激动并对之青睐。他以为，他有可能从此找到总结历史教训、避免类似事件重演的理论关键。

以我的初级阶段的理论知识而言，异化与变质含义也差不多。第一，我党是很喜欢讲什么人蜕化变质的。第二，确实，不同的人都可以方便地使用异化这个词。我就听周扬的老秘书露菲同志说过，一位文艺观点乃至政治观点与晚年周扬大相径庭的人，后来表示欣赏异化论：他们所说的异化，主要是用来批评改革开放带来的与传统观念中的社会主义不一致的东西。

至于人道主义，应该说没有什么“另类”。1983 年批评周扬的时候，我就听中联部一位资深领导同志讲过，要慎批“人道主义”，如法共机关报就叫《人道报》嘛。1986 年我访问齐奥赛斯库时期的罗马尼亚时，也知道“罗共”的纲领规定，要以爱国主义、人道主义与历史乐观主义教育人民（这从另一面反衬了人道主义标榜的不足恃）。以人为本，现在则已经载入中国共产党的正式文件。

时代发展了，自然要讲人道主义，也不妨一提异化。我们既不觉得它们是什么洪水猛兽，也已经不显得振聋发聩。我倒是从中拟喻不伦地联想到了重庆大足石刻中的几幅连环浮雕：表现一头牛先是套着绳索，挣扎而不得脱，后来自然而然地就摆脱了绳索，在明月清风之下自在徜徉。

生活之树常绿，生活比论争更强，或者说有时候不争论的方针比大辩论的方针更有力；对于教条主义的消解，比与教条主义认真论争更有效，更少“以条易条”的危险。只要基本健康的理性占了上风，生活，尤其是人民群众的经济生活与普通常识，天生地站在鲜活的创造性的实践一边，而不可能是站在不合时宜的吓唬人的条条框框一边。这是令人欣慰，令人扼腕，抑或令人失落的呢？

四

然而又是事出有因，人道主义确实曾经被派过反共、反革命的用场。这是特定历史阶段特定国情下的事，这当然不是人道主义的罪过。

这里还有一个问题，马克思主义在中国，至少在新中国从来不是一个纯学术的概念，而是真理、革命话语权与指挥权、进行无产阶级专政或人民民主专政的权威的根据与标志。马克思主义是新中国的道义权威、理论权威、政治权威的集合象征。所以，我们会看到：讨论马克思主义的一些带有根本性的命题，便是讨论谁来掌权和怎样掌权的问题。这样，马克思主义往往难以七嘴八舌，争鸣齐放，不可能允许任意置喙，而只能由党的领导集体，由党的领导核心，由党的最高领导人极端慎重地也是极端郑重地予以首先是坚持，其次才是发展丰富乃至修正，提出新的提法，成为新的革命经典，这里不可任意越雷池一步。马克思主义而马列主义，而毛泽东思想，而邓小平理论，而“三个代表”的重要思想，新中国的马克思主义发展史就是明证。当然，这里也有特定的不同情况，例如，十一届三中全会前后，理论界关于“实践是检验真理的唯一标准”的讨论，由于与政治生活的操作要求高度一致而受到极其积极的评价。紧接着关于“生产目的”的讨论却由于未必符合操作需要，便不了了之了。

周扬出于自己的马克思主义信念、智慧和历史经验，特别是十年“文化大革命”的痛苦经验，意在对于马克思主义当仁不让地有所发展解释，其情可感，其志可嘉，其心胸可敬可歌，其思想水平理论水平也令人赞佩，然而，他多少脱离了研讨马克思主义的具体政治条件。他没有更多地从中国共产党的实践中，从中国共产党的领导人的言论指示中寻找理论资源，而是从马克思的早年文字中去寻找，文章到底是书生啊！而且他是党的高级干部，以他的资历和身份，他要以署（真）名文章的方式在党中央机关报《人民日报》上以显著地位发表新论，他当然是在为党立言，只能是为党立言！

也许现在是时候了，我们可以讨论在同心同德、艰苦奋斗的情势下，在保持作为党的政治纲领即政治实践的理论基础的权威性统一性严肃性的前提下，怎么样做能更好地发挥人民的特别是理论工作者与党史专家们的历史主动性与理论创造性；怎么样做更有利于作为世界观与方法论，作为哲学、政治经济学与人类学、社会学、历史发展学说的马克思主义学说的科学性与人民性的结合；怎么样做更有利于发挥集体智慧、人民的智慧来学习研究发展马克思主义，来活跃头脑与建立真正的人文科学社会科学研究的合理的和更加民主即更加生动活泼的格局。此事体大，这是另外的话题。我们现在回顾这一段历史，只是为了理解当年发生的事情的历史必然性，而从中国封建社会的悲情思维定式——忠而见疑，怀才怀忠不遇，小人进谗的认识模式——中超越出来。

五

然而周扬是悲怆的。“文化大革命”后复出，周扬创巨痛深，常常是双目含泪，反思和致歉。他从事革命意识形态工作的经验使他确信，一个正确的思想，一个理论命题或者概念，将改变国家的命运，文艺的命运，几代人的命运。他是决心背起共产主义运动的曲折与人民革命斗争的艰难这副十字架的。这种悲情的思想者特色其实并不自异化论与人道主义论始。

几十年来，我听周扬同志的报告常听到他引用歌德的两个言论，虽然我至今没有找到出处与原文。一个是“愤怒出诗人”，周扬就是用这个话来动员作家们参加“反右”“反修”、反这个反那个的斗争的。不少人至今以怒为荣，以怒为吸引眼球的妙计。另一个是：“一个阶级上升的时候面向世界，没落的时候面向内心。”对这个说法我也一直是且信且疑。歌德有那么强的阶级观点和非内心观念——有点唯物论的反映论的意思了——吗？怎么解释《浮士德》呢？求识者教我。

请看一看他 20 世纪 50 年代的著名讲演《文艺战线的一场大辩论》和 60 年代的另一次著名演说《哲学、社会科学工作者的战斗任务》吧，他同样是悲情与雄辩地、富有创造性地讲着“个人主义是万恶之源”“小人物打倒大人物”，高屋建瓴，势如破竹。他同样激情洋溢地进行过“反右”与“反修”的大辩论。他的理论是革命的，普罗的与人民大众的，而“被侮辱与被损害”（语出陀思妥耶夫斯基的小说题目，邵荃麟译）者的革命，永远是小的弱的无名的（弱势群体）打倒那些庞然大物，这样的“造反有理”心态，这样的失去锁链得到全世界的零和心态，离不开悲情与煽情。

我再补充一句，在那段“激情燃烧的岁月”，一些人接受批判戴“帽”也是充满悲情的，一些被批判的人欢呼革命的深入，忏悔自身的不足，悲情无限地准备着脱胎换骨，从此破旧立新，舍命求新。只是在屡屡遭遇现实的荒谬闹剧以后，才发生了从悲情到无奈调笑的过渡。

周扬毕竟是思想者，不可能满足于欢呼圣明与人云亦云，他在 20 世纪 50 年代 60 年代如日中天，是由于他善于理解和别具风格地、不无创造性地与感情充沛地诠释他所崇拜的毛泽东的思想指示决策。当然，听从着他的良知，在可能范围内他也做了例如保护一些人才、普及正确的文艺观的事。在高龄以后，欣逢新时期的开始，他有一种使命感和急迫感，他具备另一种思想悲情，他的沉重的反思命令着他：对他为之献身，也为之不惜硬起心肠做了许多严酷的事情的马克思主义，他应该做出新的探索、解释和阐发。他同样对自身的马克思主义水平与意识形态在我国社会生活政治生活中的作用信心十足，他要去推动马克思主义在中国的发展，要以新面貌的马克思主义来使中国至少是使中国文艺焕然一新。1979年纪念五四运动六十周年时，他首先提出了“三次思想解放运动”的重大命题，他在理论上的影响越来越大。然而，紧接着，1983年在为马克思百年祭立言的事情上，他碰了壁。

同时如前所述，周扬这一代方方面面的领导干部习惯于进行反倾向斗争，他们要根据毛泽东的矛盾论找主要矛盾，找牛鼻子：明确是要反“左”还是反右，做出正确的（希望是英明的）判断，这才叫领导，这才是最主要的统揽全局，驾驭形势，决胜千里的领导艺术。晚年周扬的一个重要的与千辛万苦的努力就是力图说服上上下下，“左”才是当时文艺工作的主要错误倾向（而不是“自由化”）。对这种旷日持久的要反“左”还是反“右”，还是两样都反的讨论辩论，笔者（王）至今回想起来都有一种疲劳感与无力感（亦请读《青狐》）。周扬意在保护文艺家特别是中、青年文艺家，其情可感，但未必人人知情。

我想起了自称“散淡的人”的杨宪益先生的打油诗（原文不在手边，按记忆复述）：

……

周郎霸业已成灰，

沈老萧翁去不回，

好汉最长窝里斗，

老夫不吃眼前亏。

漠然，敬而远之，观戏，这恐怕是“沉默的大多数”文人的感受，真正的平民视角。周扬的在天之灵，希望不要有类似鲁迅在《药》中表达的感受。

六

更沉重的是，现在已经不是完全用理论用意识形态来裁判一切、用反倾向斗争治国的时代了。砍头不要紧，只要主义真，而主义真不真要靠实践这个唯一标准来检验。中国共产党已经完成和正在完成着从革命党到执政党的转变。当然，没有放弃而是继续坚持与高扬革命的意识形态的旗帜，才有理念，才有方向，才有执政的合理性、合法性、连续性与稳定性，才有人民、民族的凝聚力、向心力。主导方面多次宣告绝不实行领导思想的多元化，原因即在于此。毛泽东对马克思主义有一个简明的解释：造反有理。邓小平强调马克思主义的精髓是实事求是。十六大的提法则强调马克思主义的理论品格是：“解放思想，实事求是，与时俱进。”从中当可以看出时代发展与理论提法发展的轨迹。

执政而搞一言兴邦一言丧邦，那是远远不够的。执政后的现实、执政的得失、社会发展的成败进退等等，诠释者责任者已经不是旧的反动政权而是革命党人自身了。这时候，听取现实的声音，不断校准与发展既有的理念比任何时候都更重要，至少与用理念来武装自身、用理论衡量实践一样重要。与用理论剪裁现实比较，更重要的是以现实校订并丰富理论。在野党革命党可能是理想主义直至乌托邦主义者，而执政党首先必定是、必须是求真务实的现实主义者。

面对日新月异的现实，曾经至高无上的理论工作者不能不感受挑战，感受尴尬，也迎接新的激发与丰富。

执政，在正常年代，正在从以呼风唤雨、风云变色、山岳崩颓的反倾向斗争为纲到以管理公共事务为主线上过渡。相当大一部分公共事务如防治传染病，维护公共秩序，保证春运畅通，打击假冒伪劣……未必仅仅从属于某种特定的意识形态理念，但它体现着立党为公、执政为民的宣示。人们在重视意识形态的作用的同时，必然同时强调统筹兼顾，重在建设，经济工作是中心，依法治国，学习（世界上）先进的管理经验，注意人才，科教兴国等等。包括文艺生活方面，个案处理式的就事论事乃至若无其事的行政处置，有可能或已经取代了一部分震天动地的意识形态搏斗。

而周扬那个时候，虽然他意在反“左”，意在拨乱反正，但仍然沿用当年的思想论战的方法、理论论证的方法、意识形态概括的方法、大宣讲和大辩论的方法、抓牛鼻子的方法来反“左”。其实正是毛主席，最善于以华彩的理论论争摆平一切对手，摆平一切具体矛盾。而周扬确是学习了毛主席的理论感与思想威力感。他是一个理论的探索者乃至先行者、献身者，他的贡献将被有心人记住。但历史的经验恰恰证明，仅仅从理论到理论不能完全解决问题。

那个时候社会上流行一个词，叫作“观念更新”，以为中国的问题是一念或多念之差所致，我从来对之抱且信且疑的态度。观念是要更新的，但同时需要或者更需要的是切实的与建设性的工作，通过现实的新意来更新观念。观念更新与生活更新需要互相配合，互相适应，需要良性互动。

我们常常强调正确的理论使中国革命面貌一新。其实我们也应该想一想，中国革命的实践与革命前特别是革命后的现实，确实使马克思主义理论的面貌一新。

夺取政权的斗争是悲壮的英雄主义的，而全面建设小康社会便相对更强调求真务实，也许我们为了务实而多少付出了一些理想主义、浪漫主义、豪言壮语与直上云霄的理论作为代价。有人在怀念革命的悲情与崇高，怀念“左”的年代的宏文谠论，喜欢唱“世风日下，人心不古”的五百年老调，或者为“生活在别处”而慷慨激昂。人们不能不为腐败、拜金主义、价值危机、人文精神失落……而痛心疾首。所以至今仍然有，也一定需要有民间的悲情思想者，他们可爱可敬有时也不免失之天真乃至褊狭。他们仰慕先哲：鲁迅、切·格瓦拉、福柯……或者另一种人物如顾准、哈维尔（至于把陈寅恪也放到名单里则恐怕属于误植）。他们无法把社会拉回到昨天或拉到别处。我们的社会确实应该有足够的勇气与胸怀听取他们的哀声与警告，即使说的话很不受听，也可以发现与寻找他们的见解中的值得警策之处。他们做得好了有可能点燃起新的思想火炬（至于悲情则可以少一点，历史已经证明悲情、愤怒、咋呼有可能靠不住）。同时对今日的悲情思想的地位要有一个恰当的估计：不可无视，不可轻慢，不可不分青红皂白地敌视，应该认真面对。但这些搞得太自恋了，也并非没有可能成为东施效颦、缘木求鱼的半瓶子醋。人们更不能忘记的是，时刻倾听生活的信息与启示。

七

顾骧对于周扬同志非常尊敬，非常怀念，他的怀念与尊敬同样充满悲情，这是自然的与感人的，情走笔端嘛。同时不难看出，作者对此书中的周扬同志的“对立面”胡乔木同志颇有非议。

无疑，在晚年周扬的那一段公案中，周扬在道义上得到过文化圈子内颇多人的同情与尊敬。而胡乔木则有些尴尬，对他的腹诽不少。在后来一个场合他又从正面讲了许多人道主义的好话，他其实感到了为难。我们还可以说，周扬与胡乔木，在对待改革的理解与态度上，确有不同。

胡、周二位领导、二位大人物、二位前辈，对我都是倍加爱护与帮助的。根据我的有限的理解，事情可能不像此书想的那样简单。胡在1988年曾经颇带感情地对我与吴祖强同志说过：“必须废除文坛领袖制度……”他说得斩钉截铁，深恶痛绝。他批评音乐界忽视黄自、萧友梅是由于“门户之见”。他还向我表示过对丁玲的遭遇的不平与同情。他也有他的悲情与正义感、不平感。虽然他更讲纪律，更少流露，更多的是使自己的才华与学问，使他的缜密与华丽的文字为党所用，为中央所用，为领导人所用，而且自觉地被用得得心应手。一家一本难念的经，他的晚年同样有他的郁郁之处。

他们毕竟是一代风流人物，我有幸亲见亲历，聆听教诲，每每感从中来。虽然我不敢也无意掩盖我与他们的差距、差别。我愿直言不讳地怀着亲敬的与平常的心情放言写下对他们的看法，包括事后诸葛亮的妄评。同时我永远不会忘记他们对我的关心帮助。天老沧桑，哲人其萎，胡乔木、周扬，这样的一些名字正在或者已经从历史的篇章中翻过去，历史已经掀开了新的一页又一页。他们的革命理想、理论理想，至今仍然在鞭策着也烤灼着我们。我们怀念与尊敬老一辈悲情的思想者，温故知新，我们有可能汲取一点他们终其一生才换来的宝贵的经验教训，今之视昔如后之视今，对历史其实也是对现实，对古人其实也是对自身，我们需要正视，更需要深思、深思、再深思。我们都可以想得做得更长进更完善更明白些，而绝不是更糊涂。

同时也感慨，原来我们已经走了那么多、那么长的路，而前面的路更长、更艰巨。

2004 年 9 月

子云走了

今年5月21日与22日，在上海连续两天我都见到了李子云，她气色不错，但是显得非常衰弱，走路时紧紧靠着搀扶她的安忆，说话也比平时少得多。

想不到6月10日，她就走了。说走就走了，几乎没有过程。

她是一个爱说话的人，过去每次在北京见到，光与她说话也超过四五个小时。

谈对文学、作家作品、作协文联等的看法。谈话中她锋芒毕露，时有批评指点，不跟风，不趋时，不从众，不看批评对象的高低贵贱，不管你具备老虎或者老鼠屁股，也都不留情面。包括对我的作品，她认为好就是好，她认为不好她绝对不会说好。一种她认为是我的炫技之作，花样翻新，却并没有能触动她的心田，她当然不喜欢。一种她认为是我的和稀泥之作，名为温暖和谐，实为欲说还休，却道天凉好个秋；她说她读了好难过。还有一些观点与我不同，例如她不那么喜欢通俗文学，我却觉得应该包容。

我们是和而不同的。大致上谁也没有说服谁，但又互有很大的影响。

最早一次见到她是在四次文代会上。听她谈了在上海的一些有关文艺问题的争论。她在编《上海文学》，她发表了长文，对于文艺为政治服务的说法提出质疑。她被某些人所不喜，又为某些人所支持。她曾经在夏衍同志身边工作，从她身上可以看出夏老的清晰、清高、清纯与分明。

世界上的事都能那么分明吗？到了 1979 年，到了我入党已经三十一年，中间被开除了二十二年，终于又回来了，而且一片形势大好的时候，我身上未必没有难得糊涂的阴影，即使那时候抱有的希望如火如荼。我甚至私下觉得子云何必那么较真，为什么不能迁就迁就、凑合凑合呢？文艺文艺，争那么多做啥，争论终将被忘却，作品、好作品仍然存留。尤其是遇到一个什么直接领导，你怎么能不善自调和一番呢？

但是她的鲜明与文艺良心仍然给我深刻的印象。对于她，文学与良心完全一体，违背了良心绝对没有文学。她要求深度，她要求感动，她要求直面人生现实，她要求触及真相与灵魂，她要求精美与严肃，要求真情。她压根不信并且讨厌炒作、关系、促销手段与拉拢公关，她也从来不被大话热昏、被潮流所唬住。

“某某写得笨。”她一句话就扎到了一个死穴上，虽然人们都认为某某写得真诚。“对某某某吹捧得太高了”，她说，尽管高高之说已经实际上被许多人所接受，已经成了气候。她全然不顾别人的哄抬，对于她，任何哄抬等于零。“某某心思很高，但是常露出马脚。”她又说。我甚至觉得她说得太穿透了。她说到了那些可爱的同行的不得体的、偏于下作的举止与文字，实在令人摇头，令人沮丧。不说不行吗？例如在大街上看到一摊污秽，是指出还是赶紧转过头去好呢？

她不无洁癖。她感到吃惊：怎么某某的言辞像是流氓？怎么某某的腔调像是应召女？怎么某某变成了死官僚？

……她不完全了解我们的生存环境吗？她以为文艺界当真矗立着什么象牙之塔吗？

她为什么不把这些都写出来？她当然写过不少的批评、评论文章，有棱有角，我听到过被批评的作家的叫苦。但是没有写得更多。我替她难受，怕什么？搞了一辈子文学评论，连一些贻笑大方的作家都没有认真得罪过，不是太憋屈了吗？

但是听她说说仍然有趣，有时颇为痛快。她对文艺工作方面担任过领导职务的人的情况直至音容笑貌也都学得惟妙惟肖，评得入木三分。无怪乎 1983 那年闹批现代派，竟然把冯骥才、刘心武与在下的妄言，归罪到她，竟然几乎把祸事转移到李子云身上，因为说是上海支持了现代派（？），夏老、巴老都说了让某些自命不凡的领导不那么爱听的话，他们怀疑，是子云在那里牵线搭桥，兴风作浪；忙于什么要把她调离文艺界，敢情文艺界是这样可爱肥厚。现在的“80 后”“90 后”们，当然无法想象当年的文艺盛况，应该说是弄假成真、装腔作势、借以吓人，终于空无一物的盛况。

屡屡成为目标，有点风风雨雨的意思，同时她该怎么样就怎么样，从前是这样，后来还是这样。她住在淮海路上一个里弄的一间不大不小的老旧房间里，三十余年如一日，陪她的有一个老保姆，她就在子云家里养老了。其他人包括我本人在此期间已经搬了不知多少次房，住房面积扩充了有的达十几倍。她从来没有为自己个人的处境生活待遇等与我透露过一个标点符号——说实话，我也没有相问过。而另一位写作人，刚发表了第一篇大作就开始闹腾待遇了。他的各种言辞令人作呕。为什么同为文艺从业人，低俗的就俗出个蛆虫来，而清高的就只能清高出凉风阵阵？我接触过的夏衍张光年包括林默涵等也是这样，他们只谈文艺与政治，绝对不谈个人得失，他们不关心这些，不论是他们自身的还是旁人包括谈话对象的。他们的骄傲是他们的思想观点，你让他们改变自己的观点，根本不可能。子云在评论界有相当的影响，我知道有些作家希望得到子云的好评，有某些努力，但是无用。现在还有这样固执的、不妨说是方正无私的或者不无迂腐的评论家吗？像李子云这样的评论家会不会逐渐绝了种？

她比较毫不吝惜地赞美过的作家之一是冯宗璞——兰气息，玉精神。她这样说宗璞，她在宗璞身上，找到了某些方面的自己。

然而李子云又不仅是书生才女，她绝对不是书呆子，她太不呆了。你到上海，如果得到子云的照拂，那一定是如沐春风，哪里住、哪里吃、哪里散步、哪里谈天、哪里购物与购什么物，她的建议永远是最佳答案。

有时候她有点娇气，她从不要求豪华，但是一点点不适她会有超强的反应。到北京来，她喜欢吃我们自家做的饺子。但是一个小馆如果被她察觉出来不洁处，麻烦了，她只能选择绝食。还有一次在某地开会，她到了，觉得不适，立即躺倒，然后立马回上海。也许这是她那时已经有点心脏病的表现。

她不接受肮脏和俗鄙。当一个土包子出了趟国，回来拿上个小玩意儿垂涎三尺地讲述国外的繁荣讲究与自己开洋荤的兴奋的时候，李子云的反应是："我们早就选择过了。"张承志无数次提起此事，他感佩李子云的尊严。他反感某些写作人的无耻，当然。

子云走了，她的风格与见识仍然与我们相伴。我们无法忘掉她。

我早晚要做一件事：冒大不韪，把她口头上多次评论过，却一直没有写出来的那些话公之于众。如果说我没有得到授权，那就算老王的又一次王说李话，借题发挥吧。

相信我写到这里，有些人读到这里，也许会吓出一身汗。

2009 年 7 月

附一：王蒙小传

1934 年　10 月15 日（农历甲戌年九月初八）出生于北平（今北京）。祖籍河北省南皮县龙堂村。

1940 年　入北京师范学校附属小学。

1945 年　考入私立北平平民中学。

1948 年　根据地下党组织的意见进入河北高中学习。10 月加入中国共产党，成为候补地下党员。

1949 年　任新民主主义青年团北京市筹备委员会中学委员会中心区委员。

1953 年　任青年团东四区委副书记。开始写长篇小说《青春万岁》，次年年底完成初稿。

1955 年　发表短篇小说《小豆儿》。

1956 年　9 月发表小说《组织部新来的青年人》（后改题为《组织部来了个年轻人》），其后《文艺学习》《人民日报》等多家报刊对《组织部新来的青年人》展开了热烈讨论。此事引起毛泽东的关注，他认为作品写得不错，小说批评工作中的缺点，这是好的，但正面人物没有写好。

1957 年　与崔瑞芳在北京结婚。

1958 年　在“反右”运动后期被错划为“右派”分子，开除党籍。

1961 年　摘掉“右派分子”帽子。次年分配到北京师范学院中文系做王景山先生的助教。

1963 年　举家西迁新疆。

1976 年　完成《这边风景》初稿。

1978 年　《文艺报》《文学评论》联合召开作家作品落实政策座谈会，为《组织部新来的青年人》平反。

1979 年　“右派”问题彻底改正，恢复党籍。奉调回京，任北京市作家协会专业作家。当选中国作协第三届理事会理事。

1981 年　任中国作协书记处书记。

1982 年　列席中国共产党第十二次全国代表大会，当选中央候补委员。

1983 年　任《人民文学》杂志主编。

1985 年　当选中国作协常务副主席、党组副书记。完成长篇小说《活动变人形》。当选中央委员。

1986 年　任中华人民共和国文化部部长。

1987 年　出现带有“批王”“所指”的关于“现代派”问题的讨论。

1989 年　获准辞去文化部部长职务。

1991 年　短篇小说《坚硬的稀粥》受到《文艺报》署名“慎平”的读者来信批评。来信说“《坚硬的稀粥》对我国社会主义改革的影射、揶揄，在政治上明显是不可取的”。王蒙向北京中级人民法院起诉，控告《文艺报》和“慎平”侵害了王蒙的政治名誉和公民权利。

1993 年　当选全国政协委员。

1995 年　出席人民文学出版社举办的长篇小说《恋爱的季节》《失态的季节》研讨会。

2000 年　出席由中国作协创研部、人民文学出版社等联合举办的“季节系列”长篇小说研讨会。

2001 年　受聘华中师范大学客座教授。

2002 年　受聘中国海洋大学顾问、文学院院长、教授，为文学院和王蒙研究所成立揭牌。

2003 年　完成长篇小说《青狐》。

2005 年　被任命为全国政协文史和学习委员会主任委员。

2007 年　完成三部自传《半生多事》《大块文章》《九命七羊》。

2008 年　完成《老子的帮助》。

2009 年　受聘中央文史馆馆员。

2010 年　完成《庄子的享受》。

2011 年　出席绵阳艺术学院王蒙文学艺术馆奠基典礼。

2012 年　妻子崔瑞芳病逝。

2013 年　出席“青春万岁——王蒙文学生涯六十年”展览开幕式。与单三娅女士结婚。

2014 年　《王蒙文集（45 卷）》出版。完成长篇小说《闷与狂》。

2015 年　完成《天下归仁》。《这边风景》获第九届茅盾文学奖。

2016 年　完成《得民心　得天下：王蒙说〈孟子〉》。

2018 年　出席人民文学出版社已故社长韦君宜纪念座谈会。访问南美三国。

附二：王蒙主要作品

《青春万岁》，人民文学出版社，1979 年。

《淡灰色的眼珠——在伊犁》，作家出版社，1984 年。

《王蒙选集（4 卷）》，百花文艺出版社，1984 年。

《创作是一种燃烧》，人民文学出版社，1985 年。

《相见时难》（维吾尔文），新疆青年出版社，1985 年。

《活动变人形》，人民文学出版社，1987 年。

《心之光》（维吾尔文），民族出版社，1989 年。

《球星奇遇记》，人民文学出版社，1990 年。

《风格散记》，人民文学出版社，1991 年。

《红楼启示录》，生活·读书·新知三联书店，1991 年。

《欲读书结》，海天出版社，1992 年。

《恋爱的季节》，人民文学出版社，1993 年。

《失态的季节》，人民文学出版社，1994 年。

《暗杀 3322》，春风文艺出版社，1994 年。

《王蒙评点〈红楼梦〉》，漓江出版社，1994 年。

《双飞翼》，生活 · 读书 · 新知三联书店，1996 年。

《踌躇的季节》，人民文学出版社，1997 年。

《中华散文珍藏本 · 王蒙卷》，人民文学出版社，1998 年。

《狂欢的季节》，人民文学出版社，2000 年。

《我的处世哲学》，中国青年出版社，2000 年。

《心有灵犀》，人民文学出版社，2002 年。

《王蒙文存（23 卷）》，人民文学出版社，2003 年。

《青狐》，人民文学出版社，2004 年。

《王蒙：不成样子的怀念》，人民文学出版社，2005 年。

《尴尬风流》，作家出版社，2005 年。

《王蒙自传（第一部）：半生多事》，花城出版社，2006 年。

《王蒙自传（第二部）：大块文章》，花城出版社，2007 年。

《王蒙自传（第三部）：九命七羊》，花城出版社，2008 年。

《不奴隶，毋宁死？》，十月文艺出版社，2008 年。

《老子十八讲》，生活 · 读书 · 新知三联书店，2009 年。

《庄子的享受》，安徽教育出版社，2010 年。

《老子的帮助》，华夏出版社，2010 年。

《庄子的快活》，中华书局，2010 年。

《庄子的奔腾》，湖南文艺出版社，2011 年。

《你好，新疆》，人民文学出版社，2011 年。

《你好，新疆》（维吾尔文），新疆人民出版社，2011 年。

《王蒙作品选》（维吾尔文），新疆人民出版社，2011 年。

《中国天机》，时代出版传媒股份有限公司、安徽文艺出版社，

2012 年。

《这边风景》，花城出版社，2013 年。

《王蒙文集（45 卷）》，人民文学出版社，2014 年。

《与庄共舞》，生活 · 读书 · 新知三联书店，2014 年。

《这边风景》（维吾尔文），新疆人民出版社，2014 年。

《闷与狂》，北京联合出版公司，2014 年。

《天下归仁》，北京联合出版公司，2015 年。

《得民心　得天下：王蒙说〈孟子〉》，浙江人民出版社，2016 年。

编后记

杨柳*

广东人民出版社出版作家的“文学回忆录丛书”，邀王蒙先生加入。王蒙少年从文——当然先是从“布（布尔什维克）”，一生的曲直都关文学；著作等身，有洋洋洒洒三部自传，却没有专门的文学回忆录。但是他很多文章，写自己的和文坛的人、事，又都是他的文学的回忆录。顺便交代一句，本书“代序”和“人生初步”就是从《王蒙自传》中摘编的。

王蒙的文学经历和人生经历十分丰富，在中国当代作家中，可以说是首屈一指。他幼年不幸，少年得志，青年受挫，中年转运，后中年爆发，晚年愈加不可收拾——长短小说、新旧体诗、散文评论之外，红楼梦、李商隐、老庄孔孟、天机玄要……八把笔[①]齐抡，文武昆乱不挡。更难得的是他对生活始终怀有激情，即使“明年我

* 杨柳，人民文学出版社编审。

① 王蒙诗曰：“风云哀乐万般言，说部诗文八把笔。”自注：“西方俚语称饕餮者为‘七把叉’，我乃戏称自己为‘八把笔’。”

将衰老”，今天仍是青年。

无论怎样，王蒙和他的作品都是中国当代文学重要而持久的话题之一，而这本小小的“回忆录”，收入的都是记录他的人生和文学的重要之点、重要观点的文章。革命和文学，都始于内心深处的爱和恨，这对于一个敏感而聪慧的少年，仿佛顺理成章。

作为一个读者，我最（不是唯一哦）喜欢的王蒙作品是《活动变人形》。对王先生的认识，也是从这部小说开始。后来读了他的很多文字，总是觉得，都是从这个“根”上长出来的。

祝所有人的青春万岁。

2020 年 4 月

文学回忆录书系

策划 肖风华

执行主编 向继东

主编 陈思和

统筹 段洁 金龙

刘心武文学回忆录	刘心武 著
蒋子龙文学回忆录	蒋子龙 著
张炜文学回忆录	张 炜 著
王跃文文学回忆录	王跃文 著
残雪文学回忆录	残 雪 著
张抗抗文学回忆录	张抗抗 著
叶辛文学回忆录	叶 辛 著
刘醒龙文学回忆录	刘醒龙 著
宗璞文学回忆录	宗 璞 著
王蒙文学回忆录	王 蒙 著
陈忠实文学回忆录	陈忠实 著
*肖复兴文学回忆录	肖复兴 著
*叶兆言文学回忆录	叶兆言 著
*梁晓声文学回忆录	梁晓声 著
*冯骥才文学回忆录	冯骥才 著
*浩然文学回忆录	浩 然 著
*姚雪垠文学回忆录	姚雪垠 著
*李準文学回忆录	李 準 著
*孙犁文学回忆录	孙 犁 著
*从维熙文学回忆录	从维熙 著

*待出